Diogenes Taschenbuch 21640

Ethel Lina White

Helen
oder
Die Wendeltreppe

*Roman
Aus dem Englischen
von Marta Jacober*

Diogenes

Titel der 1934 erschienenen Originalausgabe:
›Some Must Watch‹,
später erschienen unter dem Titel
›The Spiral Staircase‹
Copyright © 1986 by
the Estate of Ethel Lina White

Alle deutschen Rechte vorbehalten
Copyright © 1988
Diogenes Verlag AG Zürich
60/89/36/2
ISBN 3 257 21640 8

Inhalt

Der Baum 7
Die ersten Risse 16
Geschichte am Kaminfeuer 27
Lichter aus alter Zeit 40
Das blaue Zimmer 50
Illusion 61
Die neue Pflegerin 70
Eifersucht 80
Die alte Frau erinnert sich 91
Das Telefon 99
Ein Glaubensartikel 109
Die erste Bresche 117
Mord 126
Vorsicht! 134
Geheime Nachrichten 141
Die zweite Bresche 151
Wenn Ladies streiten 160
Die Verteidigung wird schwächer 169
Ein Gläschen zuviel 178
Kosmetik 188
Aus dem Weg... 196
Der letzte Mann 207
Wenn Matrosen trinken 217
Nächtliches Picknick 227
Der Wächter 237
Eines Seefahrers Rat 246
Des Menschen Erbfeind 258
Der Löwe, oder der Tiger? 267
Allein 276
Die Wände stürzen ein 283
Weidmanns Heil 293

Der Baum

Helen merkte gerade, als es zu dämmern begann, daß sie zu weit marschiert war.

Sie schaute um sich, und die Trostlosigkeit des Landes legte sich ihr auf die Seele. Während ihres langen Marsches war sie keinem Menschen begegnet, hatte kein Haus gesehen. Sie sah nicht über die steilen Borde des Weges hinaus, die kaum mehr waren als Lehmrutschbahnen. Zu beiden Seiten von ihr erhoben sich Hügel – kahle Ockerformen, die von dem feinen Nieselregen verwischt wurden.

Über allem hing schwer ein Gefühl der Erwartung, als ob das Tal einem Unglück entgegensähe. Weit weg – zu weit, um bedrohlich zu wirken – grollte schwacher, klumpiger Donner.

Zum Glück war Helen Realistin. Sie war gewohnt, mit den Härten des Lebens fertig zu werden, und ohne Selbstmitleid. Ihr Optimismus, gepaart mit gesundem Menschenverstand, half ihr glauben, daß jene dünn verschleierten Falltüren über der Hölle – Körperschwere und seelische Bedrücktheit – sich mit Verdauungsbeschwerden oder Wetterumschlägen erklären ließen.

Sie war so klein und blaß wie der Neumond; an ihr war nur ihr hellroter federnder Haarschopf bemerkenswert. Aber trotz ihres unscheinbaren Aussehens pulsierte sie vor Lebenslust, schaute der Zukunft mit freudiger Erwartung entgegen, begrüßte fröhlich jeden neuen Tag und fand an jeder Stunde und jeder Minute etwas Interessantes.

Als Kind hatte sie häufig Fremde mit der Frage nach der Uhrzeit belästigt – nicht etwa aus bloßer Neugier, wie früh oder wie spät es sein könnte, sondern weil sie ihre Uhren sehen wollte. Diese Gewohnheit war ihr geblieben, als sie für ihren

Lebensunterhalt selbst sorgen mußte, unter dem Dach jener glücklichen Leute, die ein eigenes Haus besaßen. Sie fürchtete nur eines: arbeitslos zu sein. Sie konnte sich gut vorstellen, wie viele Bewerbungen auf die Anzeige eingegangen waren, in der eine Haustochter für Professor Warrens Landhaus gesucht wurde. Sobald sie beim Haus »Summit« ankam, verstand sie, daß dessen einsame Lage ihr dabei geholfen hatte, der Arbeitslosigkeit zu entgehen.

Es lag in einer abgelegenen Ecke, an der Grenze zwischen England und Wales; in der Nähe kamen drei Grafschaften zusammen. Das nächste Städtchen war dreißig Kilometer entfernt, das nächste Dorf zwanzig. Kein Dienstmädchen würde auf einem solch gottverlassenen Flecken ausharren wollen; da mußte ein chronischer Mangel an Personal herrschen.

Mrs. Oates, die mit ihrem Mann die Lücken zu schließen versuchte, hatte Helen die Lage kurz geschildert, als sie zur ersten Besprechung im Wartesaal für Damen in Hereford zusammengekommen waren.

»Ich habe Miss Warren gesagt, sie *müsse* eine Dame nehmen. Niemand sonst würde sich so etwas gefallen lassen.«

Helen fand auch, stellensuchende Ladys gebe es im Überfluß. Sie hatte mehrere Monate erzwungener Muße hinter sich und war, nach Wochen einschneidender Sparsamkeit, nur allzu dankbar für die Geborgenheit irgendeines Zuhauses; das Wort »Hunger« findet sich schließlich nicht im Wortschatz einer Lady. Abgesehen von der einsamen Lage war dies eine ausgezeichnete Stelle, denn sie bekam nicht nur ein hübsches Zimmer und gutes Essen, sondern würde auch mit der Familie zusammen essen.

Für sie war das weit mehr als nur eine rücksichtsvolle Geste, denn sie würde Gelegenheit haben, ihre Arbeitgeber genau zu beobachten. Sie besaß die glückliche Fähigkeit, sich in sie hineinzuversetzen, und da sie sich nur selten einen Kinoplatz leisten konnte, bezog sie ihre Unterhaltung aus dem Rohmaterial des Lebens.

Die Familie Warren hatte einige dramatische Eigenschaften. Der Professor, ein Witwer, und seine Schwester und zugleich Haushälterin – Miss Warren – waren eher ältlich. Helen ordnete sie als bestimmte Typen ein – akademisch, kühl, wohlerzogen, aber nicht von größerem menschlichem Interesse.

Ihre Stiefmutter jedoch, die alte Lady Warren – die invalide Frau im blauen Zimmer – war da lohnender. Sie war eine Mischung von Blut und Schlamm, und das Ganze wurde dreimal täglich durch Anfälle von Bosheit aufgerührt. Sie war der Schrecken des Haushalts; erst gestern hatte sie ihrer Pflegerin eine Schüssel Brei an den Kopf geworfen.

Dies war ihr natürlicher und damenhafter Protest gegen einen solchen Ersatz für ein saftiges Steak gewesen, das sie zwar vorzog, aber nicht mehr kauen konnte. Da sie sehr treffsicher war, hatte sie den gewünschten Erfolg; heute morgen hatte Oates die Pflegerin in die Stadt gefahren und sollte am Abend mit einer neuen Zielscheibe zurückkommen.

Helen, die die alte Dame noch nicht kennengelernt hatte, bewunderte ihr Temperament. Der Haushalt wartete auf ihren Tod, aber sie regierte noch immer. Jeden Morgen klopfte der Tod höflich an die Tür des blauen Zimmers, und Lady Warren begrüßte ihn in ihrer gewohnten Art, indem sie ihm nämlich eine Nase drehte.

Außer solch handfester Komödie vermutete Helen, daß zwischen dem Sohn des Professors, seiner Schwiegertochter und dem im Haus wohnenden Studenten, den der Professor für den Dienst in Indien schulte, ein Dreiecksverhältnis bestand. Der Sohn – ein gescheiter, häßlicher junger Mann – liebte seine Frau Simone heftig und aufdringlich. Sie war eine ungewöhnlich anziehende junge Frau mit eigenem Vermögen und einem in manchem leichtfertigen Charakter.

Milde ausgedrückt: sie experimentierte gerne mit Männern. Im Augenblick versuchte sie offensichtlich, den Studenten, Stephen Rice, zu umgarnen – einen gutaussehenden, ungezwungenen jungen Mann, der aus Oxford fortgeschickt worden war. Helen konnte ihn instinktiv gut leiden und hoffte, er würde der Dame weiterhin widerstehen.

Obschon ihre Neugier dem Haus »Summit« und seinen Bewohnern galt, lag ihr vor allem daran, ihre Pflichten zu erfüllen. Bei dem Gedanken, daß sie ihre neue Stelle schließlich behalten wollte, schnitt sie eine Grimasse, als sie auf ihre Uhr sah.

Schon regten sich die ersten Schatten als Vorspiel zur kurzen Dämmerung. Sehr bald würde es dunkel sein.

Ein langer Weg trennte sie noch vom »Summit«. Sie sah es in weiter Ferne, ein Felsblock solider Sicherheit vor dem Hintergrund verhüllter Hügel. Aber davor gähnte eine Mulde leeren Landes, das etwa einen Kilometer weit zu einer baumbestandenen Vertiefung abfiel, ehe es jenseits davon wieder anstieg bis zu den jungen Baumbeständen auf dem Hügelkamm.

Trotz ihrer Gelassenheit spürte Helen, wie ihr Mut bei dem Gedanken daran sank, daß sie diese dicht überwucherte Talmulde nochmals durchqueren sollte. Vom ersten Tag im »Summit« an war ihr aufgefallen, welch dichtes Unterholz das Haus umgab. Wenn sie im Zwielicht aus den Fenstern schaute, schienen die immergrünen Büsche auf dem Rasen – vom Abendnebel verzerrt – sich zu bewegen und auf die Mauern zuzukommen, als wären sie die Vorläufer einer kriechenden Invasion.

Da sie sich sicher wie in einer Festung fühlte, genoß sie den Kontrast zwischen dem verhexten Garten und dem soliden, von Licht und Stimmen fröhlich erfüllten Haus. Sie war drinnen und sicher. Aber jetzt war sie draußen und fast drei Kilometer entfernt.

›Idiotin‹, schalt sie sich selbst. ›Es ist nicht spät. Es ist bloß dunkel. *Hopp, los!*‹

Da sie nicht, wie ihr Arbeitgeber, frei heraus schimpfen durfte, half sie sich, indem sie zu sich selbst alles sagte, was ihr gerade auf der Zunge lag. Sie sprach sich also Mut zu, indem sie sich eine schöne Auswahl böser Namen an den Kopf warf, und begann vorsichtig zu laufen. Dabei rutschte sie im Schlamm der Seitenborde, weil die ausgefahrene Wegmitte zu steinig für sicheres Gehen war.

Sie hielt die Augen auf ihr Ziel gerichtet, das allmählich im Boden zu versinken schien, als ihr Weg tiefer und tiefer hinabführte. Gerade als es ihren Augen entschwand, erglomm ein Licht im Fenster des blauen Zimmers.

Das kam ihr vor wie ein Signal, das sie zu einer besonderen Pflicht heimrief. Jeden Abend hatte sie in der Dämmerung rund um das Haus zu gehen, die Türen zu verschließen und die Fensterläden über den Fenstern zu befestigen. Bis jetzt war ihr das als übertriebene Vorsichtsmaßnahme erschienen, aber jetzt, in ihrer düsteren Einsamkeit, nahm es eine unangenehm sinnvolle Bedeutung an.

Dabei bestand eine Beziehung zu einem allgemeinen Gefühl von Spannung – Aufregung in der Küche, Geflüster im Salon –, das von einem Mord herrührte.

Mord. Helen empfand ein instinktives Grauen vor diesem Wort. Sie war mit genügend gesundem Menschenverstand ausgestattet, um Verbrechen in das Reich der Geschichten zu verweisen, die die Zeitungen am Bahnhof zu einem sensationellen Lesestoff machten. Unmöglich konnten solche Tragödien wirklichen Leuten zustoßen.

Sie zwang sich, an etwas Harmloseres zu denken.

»Wenn ich jetzt im Irischen Lotto gewinnen würde...«

Aber je tiefer der Weg führte und seine steilen Borde das rasch verdämmernde Licht ausschlossen, desto deutlicher wurde ihr bewußt, daß ihre Gedanken sich nicht nur mit heimlichem Reichtum befaßten. Einfache Freuden sagten ihr im Augenblick mehr zu – die Geborgenheit der Küche im »Summit« und die Gesellschaft von Mrs. Oates und der roten Katze zu Toast und Tee.

Sie versuchte es noch einmal.

›Wenn ich nun das Irische Lotto gewinnen würde. *Einer*

gewinnt doch immer. Von all den Millionen Leuten in der Welt sind einige dazu *bestimmt*, reich zu werden. Stell dir das vor.‹

Leider führte dieser Gedanke zu einem anderen, ebenso überwältigenden.

›Ja. Und von all den Millionen Menschen, die im Bett sterben, sind einige dazu bestimmt, ermordet zu werden.‹

Sie versuchte, auf andere Gedanken zu kommen, denn vor ihr öffnete sich das schwarze Loch des Hohlweges.

Als sie diesen am Nachmittag durchquert hatte, war ihr Hauptanliegen gewesen, durch die dicke schwarze Schicht verrotteter Blätter einen einigermaßen trockenen Weg zu finden. Sie hatte sich den geschützten Flecken lediglich gemerkt, um im Frühjahr dort nach frühen Schlüsselblumen zu suchen.

Aber der Gedanke an Frühling war jetzt nur ein Hohn. Als sie weiterging, erschien ihr die Stelle verlassen und vermodernd, unfruchtbar und voll brüchigen Holzes. In diesem düsteren, trüben Graben, der unter dem Abfall der Jahreszeiten erstickte, gab es außer verstohlenem Rascheln unter den Büschen keinen Ton mehr; durch das zu einer dunklen Masse reduzierte Licht ragten die Bäume wie Menschen.

Plötzlich war Mord nicht mehr nur bloßes Zeitungsfutter. Er wurde wirklich – eine Bedrohung und eine Ungeheuerlichkeit.

Helen verlor die Kontrolle über ihre Gedanken, als ihr einfiel, was Mrs. Oates über die Serie von Verbrechen erzählt hatte. Es waren vier – offenbar von einem Verrückten begangen, dessen auserwählte Opfer Mädchen waren.

Die ersten zwei Morde waren im Städtchen geschehen – so weit weg vom »Summit«, daß dessen Bewohner sich nicht sorgten. Der dritte fand in einem noch immer bequem weit entfernten Dorf statt. Das letzte Mädchen war in einem einsamen Landhaus erwürgt worden, keine acht Kilometer von Professor Warrens Wohnsitz entfernt.

Das erinnerte sie auf unheimliche Weise daran, daß der Irre

mit jedem Erfolg immer kühner wurde. Jedesmal drang er tiefer in die Privatsphäre seines Opfers ein.

›Beim erstenmal war es nur ein Straßenmord‹, dachte Helen. ›Dann schlug er in einem Garten zu. Dann drang er in ein Haus ein. Und dann – sogar in den ersten Stock. Dort sollte man sich doch sicher fühlen können.‹

Obwohl sie nicht ihrer Panik nachgeben und zu laufen anfangen wollte, gab sie es auf, sich zwischen wassergefüllten Karrenspuren einen Weg zu suchen, und setzte ihre Füße rücksichtslos in Schlamm und Dreck, der sich an ihren Schuhsohlen festsaugte. Sie hatte den dichtesten Teil des Gehölzes erreicht, wo die Bäume ineinanderwuchsen und sich gegenseitig verkrüppelten.

Der Ort wurde in ihrer Vorstellung zur Verkörperung des Bösen. Zerfetzte Blätter hingen noch an nackten Zweigen und erinnerten unangenehm an zerfallende, von einem Galgen herunterhängende Fleischfetzen. Ein träge fließender Bach war von faulendem Laub verstopft. Verlassener Abfall, bestehend aus löchrigen Stiefeln und rostigen Büchsen, wuchs aus üppig treibenden Brennesseln und Ampferbüschen heraus und zeigte an, wo einmal ein Vagabund sein Lager gehabt hatte.

Wieder dachte Helen an die Morde.

›Es kommt näher und näher. Näher zu *uns*.‹

Plötzlich fragte sie sich, ob ihr jemand folgte. Sie hielt an und lauschte. Das Gehölz schien mit murmelnden Geräuschen erfüllt – dem Geflüster vertrockneter Blätter, dem Brechen von Zweigen und dem Kichern tropfenden Wassers.

Alles nur Mögliche ließ sich vorstellen. Obwohl sie wußte, daß ihre Phantasie, wenn sie sich zum Laufen verleiten ließe, mit ihr durchbrennen würde, rannte sie jetzt bedenkenlos über die weiche Erde, deren dicke Schlammpflaster sich an ihre Sohlen hefteten.

Ihr Herz klopfte protestierend, als der Weg vor ihr wieder aufwärts führte, steil wie eine Hauswand. Die Steilheit täuschte allerdings, denn nach der ersten Kurve legte sich der

Pfad zurück wie ein gebeugter Arm, um die Steilheit des Abhangs zu mildern.

Noch einmal kehrte Helens normaler Mut zurück, denn ihre Uhr sagte ihr, daß sie den Wettlauf gegen die Zeit gewonnen hatte. Die kostbare neue Stelle war ihr sicher. Ihre Beine schmerzten, als sie mühsam aufwärts stieg, aber sie munterte sich auf mit dem Gedanken, daß ein tapferes Herz nie aufgibt, daß der längste Weg einmal eine Biegung macht und daß jeder Schritt sie heimwärts trug.

Bald erreichte sie das Ende des Hangs und ging nun durch die Pflanzung, die aus locker stehenden jungen Tannen und Lärchen bestand und mit einem Teppich aus gefallenen Nadeln belegt war. Im dichtesten Teil konnte sie hindurch sehen, und plötzlich erblickte sie das »Summit«.

Es war keine ferne Silhouette mehr, sondern so nahe, daß sie die Farbe der Fenstervorhänge im blauen Zimmer ausmachen konnte. Der Gemüsegarten fiel gegen die Mauer zu ab, die die Pflanzung umschloß, und Rauchkringel und ein fröhliches Pfeifen verrieten ihr, daß der Gärtner auf der anderen Seite war und ein Feuer machte.

Beim Anblick ihres Ziels verlangsamte Helen ihre Schritte. Jetzt, wo es überstanden war, erschien ihr ihr Ausflug nur mehr wie ein Abenteuer, so daß sie zögerte, zum gewohnten Tagesablauf zurückzukehren. Bald würde sie Türen und Fenster schließend durch das Haus gehen, um es für die Nachtruhe vorzubereiten. Das kam ihr nun langweilig vor, denn sie hatte schon wieder vergessen, wie sie im dunklen Gehölz die Bedeutung der verriegelten Schlafzimmerfenster erkannt hatte.

Der aufkommende Wind besprühte ihr Gesicht mit Regen und verstärkte ihre Abneigung gegen vier Wände und ein Dach. Sie sagte sich, daß die Nacht stürmisch werden würde, und ging mit zögernden Schritten auf die Haupttür zu.

An ihrem Ende verdünnte sich die Pflanzung zu einer einzigen Reihe von Bäumen, durch die sie bereits die Steinpfosten des Tors zum »Summit« und die Lorbeerbüsche der Auffahrt sehen konnte. Während sie dort stand, erglühten plötzlich die Fenster des Salons in neuem Licht.

Das bedeutete Teezeit – und rief sie heim. Eben wollte sie zu laufen anfangen, als plötzlich ihr Herz aussetzte.

Sie war sicher, daß sich der am weitesten entfernte Baum bewegt hatte.

Sie blieb stehen und sah genauer hin; ihre Phantasie hatte ihr wohl einen Streich gespielt. Der Baum war ohne Leben und Bewegung wie alle anderen. Aber irgend etwas an seiner Form – eine unbestimmte Ausbuchtung des Stammes – machte sie ein wenig mißtrauisch.

Es hatte nichts mit Logik zu tun – sie wußte nur mit großer Bestimmtheit, daß sie an diesem bestimmten Baum nicht vorbeigehen wollte.

Noch während sie zögerte, kam ihr ihre lange Erfahrung zu Hilfe. Sie hatte mit vierzehn begonnen, ihren Lebensunterhalt selbst zu verdienen, indem sie die Hunde reicher Leute ausführte. Diese reichen Hunde waren besser ernährt und stärker als sie selbst und hatten oft versucht, ihr ihren Willen aufzuzwingen; das hatte sie gelehrt, schnelle Entscheidungen zu fällen.

Jetzt gab ihr ihr Instinkt eine Abkürzung ein, die quer über morastige Erde, durch ein paar Büsche hindurch und über die Gartenmauer ging.

Sie führte ihr Vorhaben in kürzester Zeit durch und nahm dabei wenig Schaden, wenn sie auch vollständig ihre Würde verlor. Nachdem sie sicher, wenn auch erdig, in einem Kohlbeet gelandet war, ging sie zum Haupteingang hinüber. Den Schlüssel im Schloß, drehte sie sich ein letztes Mal zur Pflanzung um, die durch die Tore hindurch sichtbar war.

Sie sah gerade noch, wie sich der letzte Baum spaltete, als sich ein Mann vom Stamm loste und in den Schatten verschwand

Die ersten Risse

Helens aufkeimende Neugier war stärker als alle anderen Empfindungen. Sie ließ sie die Auffahrt hinunterlaufen im Bedürfnis, das Rätsel zu ergründen. Aber am Tor sah sie nur Reihen von Baumstämmen, die sich in verwirrenden Perspektiven kreuzten.

Pflichtvergessen starrte sie in die Düsternis der Pflanzung, während der erste Stern durch einen Spalt in einer zerfetzten Wolke aufschien.

›Das *war* ein Mann‹, dachte sie triumphierend, ›und ich hatte recht. Er hatte sich versteckt.‹

Sie wußte, daß es eine einfache Erklärung für den Vorfall gab: Ein junger Mann mochte auf sein Mädchen gewartet haben. Aber sie glaubte nicht daran, teils, weil es zu wenig spannend war und teils, weil die Umstände nicht danach waren. Ein Liebhaber, fand sie, würde sich die Zeit mit Auf- und Abgehen vertreiben oder eine Zigarette rauchen.

Die starre Haltung dagegen und die lange Zeit, während der sich der Mann mit dem Baum verschmolzen hatte, ließ eine hartnäckigere Zielsetzung vermuten. Sie erinnerte Helen an die konzentrierte Geduld eines Krokodils, das im Schatten eines Flußufers auf Beute lauert.

›Ganz egal, was er dort gemacht hat, bin ich froh, daß ich nicht an ihm vorbeigegangen bin‹, sagte sie sich, als sie sich wieder dem Haus zuwandte.

Es war ein hohes, graues, spätviktorianisches Steingebäude, das sich in der umgebenden Wildnis seltsam ausnahm. Mit seiner elfstufigen Steintreppe zum Haupteingang und seinen großen Fenstern und grünen Jalousien war es typisch für die besseren Wohnquartiere einer wohlhabenden Stadt. Zu ihm gehörte eigentlich ein großer, gutgepflegter Garten und eine Privatstraße mit Straßenlampen und einem eigenen Briefkasten.

Trotzdem bot es der Einsamkeit eine feste Stirn. Es war so gut unterhalten, daß offensichtlich war, wieviel Geld darauf verwendet wurde, es wetterfest zu erhalten. Da gab es weder abbröckelnde Farbe noch rostige Dachrinnen und Röhren oder zerbrochene Ziegel. Das Ganze machte den Eindruck eines Hauses, das bei Gefahr so abgeschottet und sicher wie ein Panzerwagen gemacht werden konnte.

Es war von elektrischem Licht erleuchtet, denn Mr. Oates' wichtigste Pflicht war die Wartung des Generators. Eine einzige durch die Luft führende Stromleitung verband es außerdem auf beruhigende Weise mit der Zivilisation.

Helen wollte sich nicht länger draußen aufhalten. Der Abendnebel stieg empor wie feiner Rauch, und die über den Rasen verstreuten immergrünen Büsche schienen zitternd zum Leben zu erwachen. Durch den Dunstschleier sahen sie schwarz und grimmig aus, wie Trauernde bei einer Beerdigung.

›Wenn ich mich nicht beeile, stellen sie sich zwischen mich und das Haus und verwehren mir den Zutritt‹, sagte sich Helen, die gerne solche Phantasiespiele mit sich selbst spielte. Ihre Kindlichkeit war begreiflich, denn ihre einzige Erholung war eine lange Wanderung über schlammige Feldwege gewesen, anstelle von drei Stunden im Kino.

Sie lief schnell die Stufen hoch, warf einen schuldbewußten Blick auf ihre Schuhe und rieb sie dann kräftig am riesigen eisernen Schuhabkratzer ab. Ihr Schlüssel steckte noch, wo sie ihn vor ihrem überstürzten Ausflug die Auffahrt hinunter gelassen hatte. Als sie ihn umdrehte und das Schloß hinter sich zuschnappen hörte, verspürte sie ein starkes Gefühl der Geborgenheit. Das Haus glich einem gemütlichen Bienenhaus, durchzogen von goldenen Wabenzellen, von denen jede voller Licht und Wärme glühte. Es summte von Stimmen, es bot Gesellschaft und Schutz.

Aber obwohl sie es schön fand, hätte das Innere von »Summit« einen modernen Innenarchitekten entsetzt. Die Eingangshalle war mit einem Boden aus schwarzen und roten Fliesen bedeckt, auf denen ein schwarzer Teppich lag. Das Mobiliar bestand aus einem Stuhl mit geschnitzten Armlehnen, einem Tonrohr, welches als Schirmständer diente, und einer kleinen Palme auf einem Ständer aus pfauenblauem Porzellan.

Helen stieß die Drehtür auf und trat in die Halle, die ganz mit pfauenblauem Teppich ausgelegt war und von massiven Mahagonimöbeln verdüstert wurde. Radioklänge drangen durch die schweren Vorhänge, die die Tür zum Salon verhüllten, und die feuchte Luft duftete nach Topfprimeln und Orange-Pekoe-Tee.

Obschon Helen sich vorsichtig bewegt hatte, hatte jemand mit feinem Gehör das leise Schwingen der Tür wahrgenommen. Die samtenen Falten des Türvorhangs wurden zurückgeschoben, und eine Stimme rief lebhaft und vorwurfsvoll.

»Stephen, du . . . ach, *Sie* sind das.«

Helen hörte sofort die Enttäuschung in der Stimme der jungen Mrs. Warren.

›Du hast also nach ihm gelauscht, meine Liebe‹, schloß sie für sich selbst. ›Und gekleidet bist du wie eine Modepuppe.‹

Respektvoll begutachtete sie das schwarzweiße Teekleid aus Satin, das den Eindruck erweckte, Simone komme direkt von einem Londoner Tanztee, zusammen mit der Musik. Sie folgte der Mode auch in Einzelheiten wie kunstvoll bemalten Lippen und Augenbrauen, die die natürlichen Formen überdeckten. Ihr glänzendes schwarzes Haar war zurückgestrichen und ruhte lockig auf ihrem Nacken, und ihre Nägel leuchteten in rotem Lack.

Aber trotz der langen, schwungvollen Linien, die sich über rasierten Bögen erhoben, und trotz der winzigen hochroten Rundung, die ihren natürlichen Mund kleiner erscheinen ließ, hatte sie sich noch nicht weit von der Höhle ihrer Urahnen entfernt. Ihre Augen leuchteten mit einem uralten Feuer, und ihr Gesichtsausdruck verriet ein stürmisches, leidenschaftliches Wesen. Sie war entweder eine schöne junge Wilde, oder aber in ihr fand die jüngste Entwicklung der modernen Zivilisation ihren Ausdruck. Wie auch immer – das Ergebnis war eine junge Frau, die genau das tat, was ihr gefiel.

Als sie von ihrer größeren Höhe auf Helens kleine, aufrechte Gestalt herabsah, zeigte sich der große Gegensatz zwischen ihnen. Das Mädchen war ohne Hut und trug einen schäbigen, taufeuchten Tweedmantel. Sie brachte die Elemente von Wind und Wetter mit herein – Schmutz an den Schuhen, vom Wind gerötete Wangen und glitzernde Tropfen in ihrem roten Haarschopf.

»Wissen Sie, wo Mr. Rice ist?« fragte Simone.

»Er ging kurz vor mir zum Tor hinaus«, antwortete Helen, die eine geborene Opportunistin war und der es stets gelang, mit den Ereignissen Schritt zu halten. »Und ich hörte ihn etwas von ›ade sagen‹ erwähnen.«

Simones Miene verdüsterte sich, als ihr einfiel, daß der Student morgen heimfahren würde. Sie drehte sich heftig um, als ihr Mann ihr wie ein neugieriger Vogel über die Schulter blickte. Er war groß und grobknochig, mit einem unordentlichen Kamm roten Haares und einer Hornbrille.

»Der Tee wird bitter«, sagte er mit hoher Stimme. »Wir warten nicht länger auf Rice.«

»Ich schon«, antwortete ihm Simone.

»Aber der Teekuchen wird kalt.«

»Ich liebe kalten Teekuchen.«

»Willst du mir wenigstens den Tee eingießen?«

»Tut mir leid, Lieber. Hat meine Mutter mir nie beigebracht.«

»Aha.« Newton zuckte mit den Schultern und wandte sich ab. »Hoffentlich weiß der edle Rice dein Opfer zu schätzen.«

Simone gab vor, das nicht gehört zu haben und sagte zu Helen, die ebenfalls Taubheit vorgeschützt hatte:

»Wenn Sie Mr. Rice treffen, sagen Sie ihm, wir warten mit dem Tee auf ihn.«

Helen begriff, daß die Unterhaltung vorüber war oder vielmehr, daß der Szene ein jähes Ende gesetzt worden war, gerade als sie sich auf Simones Vergeltung gefreut hatte.

Recht zögernd ging sie die Treppe hinauf bis zum ersten Absatz, wo sie stehenblieb, um vor dem blauen Zimmer zu horchen. Es erweckte stets ihre Neugier wegen der furchterregenden invaliden alten Dame, die dort lag – unsichtbar, aber deutlich umrissen, wie eine Figur aus einer Sage.

Sie hörte das Murmeln von Miss Warrens Stimme, die als Hilfspflegerin diente, und beschloß, schnell ihr eigenes Zimmer aufzusuchen und es für die Nacht fertigzumachen.

Das »Summit« war ein dreistöckiges Haus mit zwei Treppenaufgängen und einem halb versenkten Kellergeschoß. Auf jedem Stockwerk gab es ein Badezimmer, und bei Trockenheit kein Wasser. Die Familie – bestehend aus der alten Lady Warren, dem Professor und Miss Warren – schlief im ersten Stock, während die Gästezimmer im zweiten Stock lagen. Im Dachgeschoß wohnte das Personal – wenn welches da war; momentan war dort nur das Ehepaar Oates.

Newton galt jetzt als Gast, denn er und seine Frau bewohnten das große rote Zimmer im zweiten Stock, während sein altes Zimmer, das mit den Räumen Lady Warrens und des Professors verbunden war, in ein Wohnzimmer für die Pflegerin umgewandelt worden war.

Als Helen die Tür von Miss Warrens Zimmer öffnete, bemerkte sie eine Kleinigkeit, die später große Bedeutung erlangen sollte. Der Türknopf rutschte in ihrer Hand, und sie mußte fest auf ihn drücken, um ihn drehen zu können.

›Da ist eine Schraube gelockert‹, dachte sie. ›Sobald ich Zeit habe, hole ich einen Schraubenzieher und bringe das in Ordnung.‹

Wer Helen kannte, wußte, daß sie stets Muße für ungewohnte Arbeit fand, selbst wenn sie deswegen eine andere

Pflicht vernachlässigen mußte. Alles Neue, das ihre langweilige Routine belebte, half ihr, ihre leidenschaftliche Lebenslust aufrechtzuerhalten.

Miss Warrens Zimmer war düster und kahl, mit braunen Tapeten, Vorhängen und Möbelbezügen. Ein Kissen in der Farbe von altem Gold war der einzige Farbtupfer. Es war vor allem ein Studierzimmer, denn Bücher überfluteten die zahlreichen Regale und Bücherschränke, und der Schreibtisch war überhäuft mit Papier.

Helen war etwas überrascht, daß die Fensterläden schon geschlossen waren und die kleine, grünbeschirmte Lampe über dem Schreibtisch bereits wie ein Katzenauge glühte.

Als sie wieder auf den Korridor hinaustrat, kam Miss Warren aus dem blauen Zimmer. Sie war wie ihr Bruder groß und respektgebietend, glich ihm aber sonst nicht. Helen erschien sie als vornehme, überlegene Persönlichkeit mit unbestimmt flatternden Gesichtszügen und regenwasserfarbenen Augen.

Genau wie der Professor empfand sie den Blick eines Fremden offensichtlich als Verletzung ihrer Privatsphäre. Während sie allerdings Helen so abwesend ansah, als schicke sie sie auf eine sehr weite Reise, konnte der Professor sie gänzlich ignorieren.

»Sie sind spät dran, Miss Capel«, bemerkte sie mit ihrer tonlosen Stimme.

»Es tut mir leid.« Helen blickte ängstlich, denn sie fragte sich, ob ihre kostbare Stellung in Gefahr sei. »Mrs. Oates hatte mir gesagt, ich hätte bis fünf Uhr frei. Es ist mein erster freier Nachmittag, seitdem ich hier bin.«

»Das habe ich nicht gemeint. Ich werfe Ihnen selbstverständlich keine Verletzung Ihrer Pflichten vor. Aber Sie sollten nicht so spät von einem Spaziergang zurückkommen.«

»Oh, danke für Ihre Fürsorge, Miss Warren. Ich bin tatsächlich weiter gegangen, als ich vorhatte. Aber dunkel wurde es erst während des letzten Kilometers.«

Miss Warren schaute Helen an, die sich etwa tausend Kilometer weit weggetragen fühlte.

»Ein Kilometer ist weit weg von zu Hause«, sagte sie. »Es ist unklug, sich so weit zu entfernen, sogar bei Tageslicht. Sie haben doch sicher genügend Bewegung bei Ihrer Arbeit im Haus? Warum gehen Sie nicht in den Garten, um frische Luft zu schöpfen?«

»Aber Miss Warren, das ist doch nicht dasselbe wie ein flotter Spaziergang.«

»Ich verstehe.« Miss Warren lächelte leicht. »Aber Sie müssen Ihrerseits folgendes verstehen. Sie sind ein junges Mädchen, und *ich* bin für Ihre Sicherheit verantwortlich.«

Obwohl die Warnung von Miss Warrens Lippen grotesk klang, wurde Helen durch die unbestimmte Anspielung auf Gefahr in Spannung versetzt. Sie schien überall zu sein; sie lag in der Luft – sowohl innerhalb des Hauses als auch draußen im dunklen, mit Bäumen dicht bewachsenen Tal.

»*Blanche.*«

Eine tiefe Baßstimme – wie die eines Mannes oder einer alten Frau – klang schwach aus dem blauen Zimmer herüber. Augenblicklich schrumpfte die eindrucksvolle Miss Warren aus einer lähmenden Persönlichkeit zu einem Schulmädchen zusammen, das sich beeilte, dem Befehl ihrer Lehrerin zu gehorchen.

»Ja, Mutter«, rief sie. »Ich komme.«

Sie ging mit linkischen Schritten über den Korridor und schloß, zu Helens Enttäuschung, die Tür des blauen Zimmers hinter sich.

›Ich lerne seltsam gegensätzliche Menschen kennen‹, dachte sie, als sie langsam die Treppe zum nächsten Stock hochstieg. ›Mrs. Newton ist glühend heiß und Miss Warren eiskalt. Abwechselnd heißes und kaltes Wasser. Was würde wohl passieren, wenn die beiden zusammenkämen?‹

Sie erfand gerne treffende Vergleiche, so wie sie auch den Gedanken lustig fand, daß sie täglichen Umgang mit zwei

Junggesellen und einem Witwer hatte; damit übte sie sich in einer verlorengegangenen Kunst. Diese belächelten Viktorianerinnen, die jeden Mann als möglichen Gatten betrachtet hatten, hatten es doch verstanden, dieses eher langweilige Geschlecht sehr interessant zu machen.

Wenn sie auch die Intelligenz des Professors respektierte und sich aufrichtig auf die Besuche des jungen walisischen Arztes freute, war sie dennoch entschlossen, weiterhin für ihr Alter zu sparen. Denn sie glaubte zwar an Gott, aber nicht an Gouvernantenromane in der Art von Jane Eyre.

Als sie in ihr Zimmer gehen wollte, sah sie durch die Glasscheibe in der Tür des Junggesellenzimmers Licht schimmern. Es zog sie wie ein Magnet dorthin.

»Sind Sie da, Mr. Rice?« rief sie.

»Kommen Sie selber nachsehen«, lud der Student sie ein.

»Ich wollte bloß wissen, ob unnütz Licht brennt.«

»Das tut es nicht. Kommen Sie herein.«

Helen kam der Einladung nach. Männer behandelten sie auf zwei Arten; sie ignorierten sie entweder, oder sie machten ihr, sobald sie allein mit ihnen war, angestrengt den Hof.

Von diesen beiden Möglichkeiten zog sie diejenige vor, beleidigt zu werden, denn sie wußte sich immer zu wehren, solange sie persönlich betroffen war.

Sie mochte Stephen Rice, weil er sie genauso behandelte wie andere Mädchen auch, mit entspannter Offenheit. Er rauchte, während er Kleider in einem offenen Koffer verstaute, und entschuldigte sich nicht dafür, daß er nicht angezogen war. In seinen Augen war seine Unterwäsche anständig genug.

Obschon Helen, die gerne in einem männlichen Gesicht Spuren von Intelligenz oder Temperament sah, ihn nicht als anziehend empfand, so galt er doch allgemein als ungewöhnlich gutaussehend, dank seiner schweren, regelmäßigen Gesichtszüge und seines üppigen, gewellten Haares, dessen Ansatz etwas zu tief in der Stirn war.

»Mögen Sie Hunde?« fragte er und schüttelte einen Knäuel von Krawatten auseinander.

»Lassen Sie mich das machen«, bemerkte Helen und nahm sie mit fester Freundlichkeit an sich. »Natürlich mag ich Hunde. Ich habe auf welche aufgepaßt.«

»Dann bekommen Sie eine schlechte Note. Ich hasse Frauen, die Hunde herumkommandieren. Man sieht sie im Park sich aufspielen wie irgendein verdammter Hauptmann, der Befehle erteilt. Ich hatte immer Lust, sie zu beißen, da die Hunde zu vornehm waren, das selbst zu tun.«

»Ich weiß«, nickte Helen, die grundsätzlich zustimmte, wann immer es möglich war. »Aber meine Hunde kommandierten *mich* herum. Sie sprachen sich ab, alle auf einmal zu ziehen, und dazu in verschiedene Richtungen. Ein Wunder, daß ich mich nicht zu einem Seestern entwickelt habe.«

Stephen lachte laut heraus.

»Um so besser. Wollen Sie einen ganz besonders schönen Hund sehen? Ich habe ihn heute einem Bauern abgekauft.«

Helen schaute sich in dem unordentlichen Zimmer um.

»Wo ist er?« fragte sie. »Unter dem Bett?«

»Würden Sie vielleicht dort schlafen, Sie Dummchen? Im Bett natürlich.«

»Oh. Und wenn er nun Flöhe hat?«

»Und wenn er keine hat?... Komm, Otto.«

Stephen hob eine Ecke der Daunendecke hoch, und ein Schäferhund lugte hervor.

»Bißchen schüchtern«, erklärte Stephen. »Was meinen Sie, was passiert, wenn Miss Warren ihn sieht? Sie will keine Hunde im Haus haben.«

»Warum nicht?« fragte Helen.

»Sie hat Angst vor ihnen.«

»Das ist doch nicht möglich. Es ist umgekehrt. Man hat Angst vor ihr, sie ist so beeindruckend.«

»Sie gibt sich bloß so. Das ist eine hohle Maske. Sobald sie in Schwierigkeiten gerät, zerbröckelt sie. Gerade jetzt wieder lebt sie in Furcht vor diesem Gorillamenschen. Übrigens, haben Sie Angst vor ihm?«

»Natürlich nicht.« Helen lachte. »Ich würde mich vielleicht ein wenig fürchten, wenn ich allein wäre. Aber in einem Haus voller Leute kann man doch nicht ängstlich sein.«

»Das finde ich nicht. Es kommt alles auf die Leute an. Ein schwaches Glied gibt es immer, wie zum Beispiel Miss Warren. *Sie* wäre keine Hilfe.«

»Aber mehr Leute geben doch mehr Sicherheit«, beharrte Helen. »Er würde es nicht wagen, hierher zu kommen... Haben Sie etwas zu flicken?«

»Nein danke, meine Liebe. Die gute Mrs. Oates hat dafür gesorgt, daß ich ganz geblieben bin – in mehr als nur einem Sinn... Sie ist eine wirkliche Persönlichkeit, das kann man sagen. Man kann völlig auf sie setzen – wenn nicht gerade eine Flasche herumsteht.«

»Wieso, trinkt sie?«

Stephen antwortete nur mit einem Lachen.

»Sie gehen jetzt aber besser«, riet er ihr, »bevor Miss Warren eine Szene macht. Dies ist schließlich das Junggesellenzimmer.«

»Aber ich bin keine Lady. Ich gehöre zum Personal«, erklärte Helen entrüstet. »Und man wartet auf Sie mit dem Tee.«

»Sie wollen sagen, Simone wartet. Der alte Newton schlingt Teekuchen herunter.« Stephen zog seine Jacke an. »Ich nehme den Welpen mit hinunter. Zeige ihn der Familie und verbessere unsere Chancen im Wettessen von Teekuchen.«

»Aber dieser große Kerl ist doch sicher kein Welpe mehr«, rief Helen, als der Schäferhund seinem Herrn in das Badezimmer folgte.

»Er ist aber noch sehr jung.« Stephens Stimme klang geradezu zärtlich. »Ich liebe Hunde – und hasse Frauen. Habe auch Grund dazu. Erinnern Sie mich daran, daß ich Ihnen bei Gelegenheit die Geschichte meines Lebens erzähle.«

Helen fühlte sich ein wenig verlassen, als sein Pfeifen in der Ferne verhallte. Sie wußte, sie würde den Studenten vermissen. Aber als sie sich nochmals in dem unordentlichen Zimmer umsah, sagte sie sich, daß seine Abwesenheit auch weniger Arbeit bedeuten würde und beschloß, das Bedauern Simone zu überlassen.

Ihr Tee erwartete sie unten in der Küche. Sie hielt sich nicht mit Aufräumen auf, sondern eilte in ihr eigenes Zimmer und legte Mantel und Schuhe ab. Da der Befehl, die Fensterläden geschlossen zu halten, nur für Keller, Erdgeschoß und ersten Stock galt, schlug ihr eigener Laden im Wind hin und her.

Trotz ihrer Eile konnte sie dem Luxus, ein wenig stehen zu bleiben, nicht widerstehen und schaute aus dem Fenster auf das Tal hinaus, um den Gegensatz zu genießen. Sie sah nur eine schwammige Dunkelheit, die alles Licht aufsog und die sich im leichten Wind zu bewegen und langsam heranzukriechen schien. Nicht ein Lichtschimmer drang aus den Fenstern der weit auseinanderliegenden Bauernhäuser.

›Ich möchte wissen, wo ich mich befand, als ich zu »Summit« hinüberschaute. Damals schien das Haus so weit weg, und jetzt bin ich herinnen und sicher.‹

Keine Vorahnung warnte sie, daß seit ihrer Rückkehr bestimmte banale Vorfälle die ersten Risse in die Mauern ihrer Festung gesprengt hatten. Hatten diese einmal angefangen, so konnte nichts den Vorgang des Zerfalls aufhalten, und jedes künftige Ereignis würde wie ein Keil die Risse in stets weiter klaffende Breschen verwandeln, die die Nacht hereinließen.

Geschichte am Kaminfeuer

Helen ging in die Küche hinunter. Sie nahm die hintere Treppe, eine Spirale steiler Stufen, die bei jedem Stockwerk durch einen schmalen Absatz unterbrochen wurde, wo eine Tür zur Haupttreppe führte. Die Treppe trug noch den ursprünglichen Linoleumbelag, braun-beige und kleingemustert wie altmodische Fliesen, aber noch in bestem Zustand.

Für Helen war diese schäbige Hintertreppe hochromantisch. Sie verband sie mit zarten Fäden mit einer glanzvolleren Vergangenheit und weckte Erinnerungen an weiträumige, müßige Zeiten.

Sie war in einer winzigen Wohnung aufgewachsen, wo weder für ein Dienstmädchen, noch für eine Hutschachtel, noch für eine Katze Platz war. Der Kinderwagen stand im Badezimmer, und die Speisekammer war schlauerweise im einzigen verfügbaren Winkel untergebracht worden, nämlich neben dem Ofen. Und so hörte sie mit wehmütigem Neid zu, wenn ihre Mutter vom Haus ihrer eigenen Kindheit erzählte.

Damals hatte offenbar jedermann eine große Familie besessen, und es war nur logisch, daß man in großen Häusern mit zwei Treppenaufgängen wohnte, mit Leisten, die zu hoch zum Abstauben waren und mit Schränken voller hausgemachter Konfitüre.

Als Helen in das Untergeschoß kam, hörte sie schon das willkommene Klappern von Geschirr und konnte das Feuer des Küchenkamins durch die matten Glasscheiben der Tür sehen. Mrs. Oates war gerade dabei, aus ihrer Untertasse Tee zu trinken und sich nochmals ein Stück Toast zu machen.

Sie war eine große, kräftige Frau, breitschultrig und muskulös, und in ihrem häßlichen Gesicht stand der Unterkiefer stark vor. Ehrlichkeit lag in ihrem Gesichtsausdruck und in ihren vorstehenden braunen Augen, die Helen an eine treue Bulldogge erinnerten. Sie trug keine Uniform; ihr Rock war von einer Schürze aus rotschwarzem Flanell bedeckt.

»Ich habe gehört, wie Sie all die steilen Stufen heruntergerannt sind«, sagte sie. »Sie können gerne die Haupttreppe benutzen.«

»Ich weiß«, sagte Helen. »Aber Hintertreppen erinnern mich an das Haus meiner Großmutter. Stellen Sie sich vor, Mrs. Oates, Dienstboten und Kinder durften nie auf die Haupttreppe, damit der Teppich nicht abgenutzt wurde.«

»Was Sie nicht sagen«, bemerkte Mrs. Oates höflich.

»Ja, und genauso war es mit der Konfitüre. Davon hatten sie in rauhen Mengen, aber Erdbeer- und Himbeerkonfitüre bekamen nur die Erwachsenen. Die Kinder durften nur Rhabarber oder Kürbis mit Ingwer essen... Wie grausam wir Erwachsenen damals waren.«

»Sie nicht. Sie müssen sagen ›die Erwachsenen‹.«

»›Die Erwachsenen‹«, sagte Helen gehorsam nach. »Ich möchte mich zum Tee einladen, da Ihr Mann doch fort ist.«

»Gerne.« Mrs. Oates stand auf, um neues Geschirr aus dem Regal zu holen. »Ich sehe schon, Sie kennen sich aus. Man braucht eine braune Teekanne, dann bekommt der Tee den besten Geschmack. Ich hole noch aus dem Salon Kuchen für Sie.«

»Gekauften Kuchen? Bloß nicht. Ich möchte selbstgebackenen Kuchen... Sie wissen gar nicht, wie mir das alles hier gefällt, Mrs. Oates. Vor etwa einer Stunde dachte ich auch daran, nur unter ganz anderen Umständen.«

Sie schaute dankbar um sich, während sie ihren Tee trank. Die Küche war ein riesiger Raum mit unebenem Boden und schattigen Winkeln. Es gab kein weißes Email, keinen Geschirrschrank mit Glastüren, keinen Kühlschrank und kein elektrisches Kaminfeuer, und doch sahen der schäbige Teppich, die zerrissenen Strohstühle und das verblichene rote

Tischtuch im weich glühenden Licht des Herdes heimelig und gemütlich aus.

»Was für eine enorme Höhle das ist«, sagte Helen. »Sie macht Ihnen und Ihrem Mann bestimmt viel Arbeit.«

»Ach, Oates macht das nichts aus.« Mrs. Oates' Stimme klang bitter. »Der hat um so mehr Platz zum Schmutzigmachen, und ich muß dann wieder alles putzen.«

»Es sieht schön aus. Aber Miss Warren würde sich gräßlich aufregen, wenn sie sähe, daß hier die Fensterläden nicht vorgelegt sind.«

Helen schaute zu den kleinen Fenstern hinauf, die hoch über ihr lagen. Sie waren auf der Höhe des Gartens, und durch die schlammbespritzten Scheiben sah sie in der Dunkelheit die schwache Bewegung von Büschen, die sich im Wind regten.

»Es ist eben erst dunkel geworden«, sagte Mrs. Oates. »Die Läden können warten, bis ich mit dem Tee fertig bin.«

»Aber haben Sie keine Angst, ganz allein hier unten?«

»Meinen Sie *ihn*?« Mrs. Oates' Stimme klang verächtlich. »*Nein*, Miss. Ich habe zu viele arbeitsscheue Männer gesehen, um vor irgend etwas, das Hosen trägt, Angst zu haben. Sollte er es bei mir versuchen, bekäme er einen Faustschlag ins Gesicht.«

Sie schob bei dieser Drohung den Unterkiefer vor und nahm mehr denn je das Aussehen einer Bulldogge an.

»Aber es *gibt* einen Mörder«, erinnerte sie Helen.

»Na und? Es ist unwahrscheinlich, daß er uns belästigt. Es ist wie bei der Irischen Lotterie: Jemand gewinnt, aber niemals *Sie* und niemals *ich*. Und das wird immer so sein.«

Diese tröstlichen Worte gaben Helen ein Gefühl der Sicherheit und Geborgenheit, während sie ihren Toast aß und die Füße zum Feuer hin ausstreckte. Die alte Uhr tickte gemütlich, wenn auch ungenau, und die dicke rote Katze schnurrte auf dem besten Teppichflecken. Plötzlich hatte Helen Lust, aus zweiter Hand etwas von der Aufregung mitzubekommen.

»Erzählen Sie mir doch von den Morden«, bat sie.

Mrs. Oates schaute sie überrascht an.

»Das stand doch in allen Zeitungen«, sagte sie. »Können Sie nicht lesen?«

Helen lächelte verstohlen, als sie an ihre sparsamen Zeiten dachte. Sie hatte ihre Nachrichten aus den angeschlagenen Zeitungen und vom Radio im Mädchenheim bezogen.

»Natürlich halte ich mich auf dem laufenden über wichtige Dinge«, erklärte sie, »wie Politik und neue Bücher. Aber Verbrechen haben mich nie interessiert. Außer wenn es in der Umgebung passiert; dann halte ich es für nachlässig, nichts darüber zu wissen.«

»Stimmt«, meinte Mrs. Oates und machte es sich für einen Schwatz bequem. »Nun, das erste Mädchen wurde in der Stadt ermordet. Sie pflegte ohne Kleider in den Nachtclubs zu tanzen, aber sie war gerade arbeitslos. Sie besuchte eine Bar und trank ein bißchen zuviel. Man sah sie aus der Bar gehen, kurz bevor sie schloß. Als die übrigen Gäste herauskamen, lag sie in der Straßenrinne, zwei Meter entfernt, tot. Und – ob Sie es glauben oder nicht – ihr Gesicht war so schwarz wie dieses Stück Kohle.«

Helen erschauerte, obwohl sie Mrs. Oates' Phantasie einiges zuschrieb.

»Der zweite Mord geschah auch in der Stadt, nicht wahr?«

»Ja. Sie war ein Dienstmädchen, die Arme, ein sehr anständiges Mädchen, das mit keinem Fremden gesprochen hätte, nicht einmal mit dem Prinzen von Wales... Es war ihr freier Nachmittag, und als ihr Dienstherr in den Garten kam, um den Hund auszuführen, fand er sie ganz verkrümmt in der Einfahrt, erwürgt wie die andere. Der Kies war völlig unberührt, und niemand hatte den leisesten Hauch gehört, obwohl sie ganz nah bei den Salonfenstern lag. Sie mußte vollkommen überrascht worden sein.«

»Ich weiß«, sagte Helen. »Es standen Büsche auf dem Rasen, und die sahen aus wie Menschen, und plötzlich *sprang* sie ein Busch an.«

Mrs. Oates schaute sie überrascht an und zählte an den Fingern ab.

»Wo war ich stehengeblieben? Also, eins, zwei, drei. Der dritte war in einem Wirtshaus und erschreckte jedermann, weil der Mörder nun auf das Land herausgekommen war. Niemand war besorgt, solange er in der Stadt blieb. Das junge Barmädchen war nur schnell in die Küche geschlüpft, um ein paar Gläser auszuspülen, und dort wurde sie zwei Minuten später gefunden, mit ihrem eigenen Geschirrtuch erwürgt. Es waren Leute in der Bar, aber niemand hatte einen Ton gehört. Er muß durch die Hintertür hereingeschlichen sein und sie rücklings angefallen haben.«

Helen hatte beim Zuhören ein Gefühl der Unwirklichkeit. Sie sagte sich, diese Dinge seien nicht wirklich geschehen. Es mußten erfundene Geschichten sein, die Mrs. Oates in der Sensationspresse gelesen hatte.

Und doch stimmten sie allzu genau mit der düsteren Feuchtigkeit des Tals überein, wo Bäume zu den Fenstern hochkrochen und Büsche über die regennassen Scheiben fegten, so daß man sich einbilden konnte, wirre Gesichter spähten in die Küche hinab. Plötzlich hatte sie genug von den Schreckenserzählungen.

»Sagen Sie mir nichts mehr«, flehte sie.

Aber Mrs. Oates wollte die Sache zu Ende bringen.

»Der letzte passierte acht Kilometer Luftlinie von hier weg. Ein anständiges junges Mädchen, etwa so alt wie Sie. Sie war Kindermädchen in einer großen Familie, war aber gerade zu Hause in den Ferien und wollte tanzen gehen. Sie stand in ihrem Schlafzimmer und zog sich ihr hübsches Tanzkleid über den Kopf, als *er* das für sie zu Ende führte. Zog und drehte das schöne Satinkleid um ihren Hals, so daß ihre Kehle tiefe Einschnitte hatte, und bedeckte ihr Gesicht damit, so daß sie niemals wieder etwas Irdisches sah. Sie hatte sich im Spiegel angeschaut, jawohl, und das war ihr letzter Anblick. Schönheitskonkurrenzen bringen einen eben nicht weit.«

Helen strengte sich an, ihrer lebhaften Phantasie zu widerstehen, indem sie die schwachen Stellen der Geschichte suchte.

»Wenn sie sich im Spiegel anschaute, hätte sie ihn doch sehen und gewarnt sein müssen. Und wenn sie das Kleid über den Kopf gehoben hatte, wie konnte sie sich da sehen? Und ihre Arme hätten außerdem ihren Hals geschützt.«

Aber sie konnte doch nicht anders, als sich die Szene vorzustellen. Vielleicht weil sie selbst so wenig besaß, war Besitz ihr sehr wichtig, und sie empfand ihr Zimmer stets als ihr Eigentum, selbst wenn jemand anders die Miete bezahlte.

Sie stellte sich vor, daß das Kindermädchen ein ähnliches Zimmer hatte wie sie selbst im »Summit« – hell erleuchtet und schön möbliert. Es war voller Schätze, wie Mädchen an der Schwelle zum Erwachsensein sie anhäufen – Überbleibsel aus der Kindheit und Souvenirs aus Restaurants. Hockeystöcke lagen neben langgliedrigen, futuristisch aussehenden Puppen, und Klassenphotos standen neben dem Bild des gegenwärtigen Freundes. Puder und Tagescreme – und dann das verzerrte Gebilde aus Satin auf dem Teppich.

»Wie kam er hinein?« fragte sie, verzweifelt bemüht zu beweisen, daß dieses Schauermärchen nicht wahr sein konnte.

»Ganz einfach«, sagte Mrs. Oates. »Er kletterte am Eingang hinauf bis unter ihr Schlafzimmerfenster.«

»Aber wie konnte er wissen, daß sie allein war?«

»Ach, er ist ein Verrückter, und Verrückte wissen alles. Er hat es auf Mädchen abgesehen. Ob Sie es glauben oder nicht, wenn hier irgendwo ein Mädchen wäre, würde er sie aufspüren.«

Helen blickte angstvoll zum Fenster. Zweige glänzten schwach im dunklen Unterholz, wie Tentakel von Meerespolypen, die sich in unterseeischer Dunkelheit winden.

»Haben Sie die Hintertür abgeschlossen?« fragte sie voller Nervosität.

»Das habe ich schon vor Stunden getan. Ich mache das immer, wenn Oates fort ist.«

»Sollte er nicht schon zurück sein?«

»Das ist nichts Besonderes.« Mrs. Oates schaute auf die Uhr, die wie gewöhnlich falsch ging. »Der Regen verwandelt die steilen Feldwege in Leim, und der Wagen ist so alt – Oates sagt, er müsse jeweils aussteigen und ihn die Steigungen hinauftragen.«

»Wird er auch die neue Pflegerin hinauftragen?«

Aber Mrs. Oates nahm Helens Versuch, dem Gespräch eine fröhlichere Wendung zu geben, übel.

»Da habe ich keine Sorge«, antwortete sie würdevoll. »Ich kann mich auf Oates verlassen, und wäre er mit den Höchsten des Landes allein zusammen.«

»Das glaube ich auch.« Helen schaute wieder auf die atmende Schwärze außerhalb des Fensters. »Wollen wir nicht die Fensterläden zumachen und es uns gemütlich machen?«

»Wozu alles verschließen«, murrte Mrs. Oates, während sie sich zögernd erhob. »Wenn *er* hereinkommen will, wird er einen Weg finden... Aber es muß natürlich gemacht werden. Das Leben besteht nur aus Arbeit.«

Helen dagegen genoß es, die Läden zu versperren. Es war wie ein Sieg über die eindringende Nacht. Als die kurzen roten Vorhänge vor die Scheiben gezogen waren, bot die Küche ein Bild angenehmster Häuslichkeit.

»In der Spülküche ist auch noch ein Fenster«, bemerkte Mrs. Oates und öffnete eine Tür am anderen Ende der Küche.

Dahinter war es schwarz wie in einer Kohlenmine. Dann fand Mrs. Oates den Schalter und machte Licht. Ein kahler, peinlich sauberer Raum mit blaugetünchten Wänden erschien, mit einer Mangel, Kupfergerät und Tellergestellen.

»Ein Glück, daß das Untergeschoß elektrisches Licht hat«, sagte Helen.

»Es ist fast überall stockdunkel, wie in einem Liebesnest. Es gibt nur ein Licht im Korridor und Schalter in den Vorratsräumen und in der Speisekammer. Oates hat zwar gesagt, er wolle eine richtige Installation machen, aber er wird nie so weit kommen. Für ihn arbeitet schließlich nur eine einzige Frau, der arme Mann.«

»Was für ein Labyrinth das ist«, rief Helen aus, als sie die Tür zur Spülküche öffnete und den langen Gang hinunterblickte, der in der Mitte von einer einzigen kleinen, herunterbaumelnden Glühbirne erhellt war. Das Licht zeigte ein Stück mit Steinfliesen belegten Boden, schmutziggelb getünchte Gipswände und ließ dunklere, in der Finsternis versteckte Kammern erahnen.

Auf beiden Seiten befanden sich verschlossene, schäbige, dunkelbraun gestrichene Türen. In Helens Phantasie sahen sie so grimmig und feierlich wie versiegelte Grabmäler aus.

»Finden Sie nicht, daß eine geschlossene Tür immer geheimnisvoll wirkt?« fragte sie. »Man ist neugierig, was auf der anderen Seite ist und welche Geheimnisse sie verbirgt.«

»Ich kann es Ihnen schon verraten«, sagte Mrs. Oates. »Eine Speckseite und ein Zopf spanischer Zwiebeln, und wenn Sie die Tür der Vorratskammer öffnen, werden Sie sehen, daß ich recht hatte. Kommen Sie jetzt, hier gibt es nichts mehr zu sehen.«

Helen schüttelte den Kopf.

»Nein«, erklärte sie. »Nach Ihren schönen kleinen Gutenachtgeschichten werde ich nicht schlafen können, bis ich nicht jede Tür geöffnet und mich vergewissert habe, daß sich dahinter niemand verbirgt.«

»Und was täte so eine halbe Portion wie Sie, wenn Sie den Mörder fänden?«

»Ich würde auf ihn losgehen, bevor ich Zeit zum Überlegen hätte. Wenn man zornig ist, kann man keine Angst haben.«

Trotz Mrs. Oates' Gelächter bestand Helen darauf, aus der Spülküche eine Kerze zu holen und im Untergeschoß auf Entdeckungsfahrt zu gehen. Mrs. Oates folgte ihr zögernd, als sie Speisekammer, Vorratskammer, Schuhputzraum und andere Räume gründlich untersuchte.

Am Ende des Korridors wandte sie sich einem dunkleren

Gang zu, in dem der Kohlenkeller und der Brennholzraum lagen. Ohne Furcht vor Mäusen und Spinnen beleuchtete sie jede Nische, kauerte hinter staubigen Säcken nieder und kroch in spinnwebbedeckte Ecken.

»Was wollen Sie denn finden?« fragte Mrs. Oates. »Einen netten jungen Mann?«

Aber sie lachte nicht mehr, als Helen vor einer verschlossenen Tür stehenblieb.

»Da kommen weder Sie noch sonst jemand hinein«, sagte sie grimmig. »Wenn der Verrückte *da* hineinkommt, dann gnade ihm Gott.«

»Wieso?« fragte Helen. »Was ist das denn?«

»Der Weinkeller, und der Professor hütet den Schlüssel. Sie können es durch das Schlüsselloch riechen. Näher werden Sie nie kommen.«

Helen, wegen ihrer Lebensumstände völlige Abstinentin, fiel plötzlich ein, daß, seit sie im »Summit« arbeitete, noch nie Alkohol zu den Mahlzeiten serviert worden war.

»Leben hier alle abstinent?« fragte sie.

»Nichts hindert den Professor daran, sein Gläschen zu trinken«, sagte Mrs. Oates, »schließlich hat er den Schlüssel. Aber Oates und die jungen Herren müssen in den Ochsen gehen, wenn sie ein Glas trinken wollen. Und Mr. Rice ist der einzige, der mich je gefragt hat, ob ich gerne trinke.«

»Es ist eine Schande, daß Sie kein Bier bekommen, bei Ihrer schweren Arbeit«, sagte Helen voll Mitgefühl.

»Ich bekomme Biergeld«, gab Mrs. Oates zu. »Es ist nicht schlecht hier, und man soll nicht jammern, solange man nichts Besseres hat. Miss Warren hat die fixe Idee, es dürfe im Haus kein Alkohol serviert werden. Aber sie ist wie der Professor; man hat keine Probleme mit ihr, wenn man sie bei ihren Büchern läßt. Diese gescheiten Leute nützen zwar niemandem das Geringste, aber sie sind wenigstens ruhig. Sie meint es nicht böse – man darf bloß nichts tun, was des Tuns wert wäre. So ist sie eben.«

Genau das war Helens Eindruck von Miss Warren gewesen – eine graue, gewissenhafte Verneinung.

Mrs. Oates verschaffte ihren Gefühlen Erleichterung, indem sie der Kellertür einen Fußtritt gab, ehe sie zurückgingen.

»Ich habe mir eines versprochen«, sagte sie feierlich. »Wenn ich je auf den Schlüssel zu diesem Keller stoße, wird eine Flasche fehlen.«

»Und die Elfen haben sie dann ausgetrunken, nehme ich an?« fragte Helen. »Kommen Sie zurück an das Feuer. Ich möchte Ihnen etwas erzählen.«

Aber als sie zurück in der Küche waren, fing Mrs. Oates zu kichern an.

»Sie haben mir etwas zu erzählen. Nun, und ich habe Ihnen etwas zu zeigen. Schauen Sie!«

Sie öffnete eine Tür des Küchenbüfetts und zeigte auf eine Reihe leerer Flaschen.

»Mr. Rice nennt sie Totmänner. Er hat schon manche Flasche Gin aus dem Ochsen mitgebracht.«

»Er ist nett«, gab Helen zu. »Er hat *etwas* an sich. Schade, daß er nicht viel taugt.«

»Er ist nicht halb so schlecht, wie Sie denken«, sagte Mrs. Oates. »Er flog aus seiner Schule in Oxford, weil er sich mit einem Mädchen eingelassen hatte. Aber er sagte mir einmal, daß der Fehler eher bei ihr als bei ihm lag. Er macht sich nicht wirklich etwas aus Mädchen.«

»Aber er flirtet mit Mrs. Newton.«

»Das ist bloß zum Spaß. Wenn sie ›A‹ sagt, sagt er ›B‹. Mehr ist nicht dahinter.«

Helen lachte und schaute in das glühende Herz des Feuers. Ohne daß sie es merkte, waren in den Mauern ihrer Festung neue Risse entstanden. Als sie die rote Katze streichelte, die mit erstaunlich lautem Schnurren antwortete, schien ihr jüngstes Erlebnis in weite Ferne gerückt zu sein.

»Ich wollte Ihnen etwas erzählen«, sagte sie. »Ob Sie es glauben oder nicht, ich bin, als ich durch die Pflanzung heimkam, dem Würger begegnet.«

Sie glaubte ihre eigene Geschichte selbst nicht ganz, obwohl sie die Einzelheiten ausschmückte, um Mrs. Oates zu beeindrucken. Es war eine so dünne Geschichte – ein Mann, der sich hinter einem Baum versteckte – und nichts war nachher passiert, was auf finstere Absichten hätte schließen lassen.

Sie war nicht die einzige Ungläubige. In einem Häuschen auf halber Höhe des Hügels spiegelte sich ein dunkeläugiges Mädchen in einem fleckigen Handspiegel. Ihr Gesicht war von der feuchten Bergluft rosig, und sie sah lebenslustig und rebellisch aus.

Sie war jemand, der das Leben mit beiden Händen willkommen hieß. Sie setzte eine dunkelrote, gestrickte Mütze in einem kühnen Winkel auf ihr kurzes schwarzes Haar, puderte ihre Wangen und strich noch unnötiges Lippenrot auf ihre roten, feuchten Lippen. Dabei summte sie vor sich hin.

Als sie sich in ihrem kleinen Zimmer umschaute, wo die niedrige weiße Gipsdecke sich herabwölbte, die Wände Risse hatten, die Musselinvorhänge schlaff an den mit Läden verschlossenen Fenstern hingen und das Bett fast den ganzen Raum einnahm, wuchs ihr Verlangen. Sie sagte sich, sie habe genug vom Gefangenendasein und von dem käsigen Geruch des Hauses. Sie sehnte sich nach der fröhlichen Bar im Ochsen, nach der Gesellschaft eines jungen Mannes, nach einem Glas Apfelwein und nach dem Zauber der Radiomusik.

Sie knöpfte ihren roten Ledermantel zu, zog ihre Stiefel an und schlich verstohlen die knarrende Stiege hinunter. Als sie durch die Tür des Häuschens schlüpfte, schlug ihr Herz schneller, aber nur vor Erregung. Der schmale, schwarze Pfad, der steil ins Tal hinabführte, war ihr so vertraut wie der Piccadilly dem Londoner. Die Gewöhnung an Einsamkeit hatte ihm seinen Schrecken genommen und das Ausbleiben eines Angriffs ihr Mut gegeben. Ohne Furcht oder Vorahnung eilte sie mit schnellen, sicheren Schritten den steinigen Hügel hinunter.

Als sie zur Pflanzung kam, glaubte sie sich schon fast am Ziel ihrer Wünsche. Nur noch ein Kilometer ebenen Weges trennte sie von der Bar des Ochsen, dem warm glühenden Mittelpunkt ihrer Welt. Da stand das Haus »Summit« als Zeuge der Zivilisation, so nahe, daß sie in der Radiomusik Jack Hyltons Orchester erkennen konnte.

Wie die meisten Waliserinnen war sie musikalisch und hatte eine hübsche Stimme. Sie nahm das Lied auf, brachte zwar die Worte durcheinander, sang aber mit der leidenschaftlichen Hingabe eines Spirituals.

*»Love is the sweetest thing –
No bird upon the wi-ng«*

Der Regen peitschte ihr in gleichmäßigen schrägen Schnüren ins Gesicht, auch wenn die Lärchen einen gewissen Schutz boten, und der harte Boden unter ihren Füßen wurde trotz seines Nadelteppiches rutschig. Windstöße fuhren durch die raschelnden Zweige.

Glücklich, gesund und unvorsichtig eilte sie ihrem Schicksal entgegen, mit nassem, rosigem Gesicht und vor Vorfreude funkelnden Augen. Das Wetter kümmerte sie nicht; sie war eins mit den Elementen, und sie sang ihren Weg durch den Wald, in strahlender Jugend.

Sie hatte so gute Augen, daß sie die Allee sehen konnte, zu der die Pflanzung sich verengte. Aber ihre Vorstellungskraft war stumpfer als die von Helen, und sie bemerkte nicht, daß einer der Bäume anscheinend keine Wurzeln hatte, denn er schlüpfte hinter die Reihen seiner Genossen.

Hätte sie es gesehen, so hätte sie ihren Augen mißtraut. Der gesunde Menschenverstand sagte ihr, daß Bäume ihren Standort erst wechseln, wenn die Holzarbeiter sie fällen. So lief sie weiter und sang noch lauter.

*I only pray that life may bring
Love's sweet story to you.*

Als sie den letzten Baum erreichte, verwandelte er sich plötzlich in einen Mann. Seine Zweige waren Greifarme... Aber sie glaubte es immer noch nicht.

Denn sie wußte, daß solche Dinge gar nicht passieren konnten.

Lichter aus alter Zeit

»Der Baum bewegte sich«, erklärte Helen, als sie in der warmen sicheren Küche ihre Geschichte zu Ende erzählte. »Und zu meinem Entsetzen sah ich, daß es ein Mann war. Er wartete dort versteckt wie ein Tiger, bereit, seine Beute anzuspringen.«

»Ach was.« Mrs. Oates lachte sie offen aus. »Ich habe diesen Baum selbst oft gesehen. Immer, wenn er auf Ceridwen wartete, die früher hier gearbeitet hat. Und kein einziges Mal blieb der Baum der gleiche.«

»Ceridwen?« fragte Helen.

»Ja. Sie wohnt in einem Häuschen weiter oben am Hügel. Ein hübsches Mädchen, aber sie verwechselte immer die Putzlappen. Ich konnte ihr nie abgewöhnen, die Gläser mit dem Topflappen abzutrocknen. Die alte Lady Warren konnte sie nicht ausstehen. Sie sagte, Ceridwen habe Fußgeruch, und wenn sie unter dem Bett Staub wischte, wartete Lady Warren auf sie mit ihrem Stock, bis sie hervorkroch, und schlug ihr dann auf den Kopf.«

Helen lachte laut heraus. Das Leben mochte an ihr vorbeigehen, aber sie behielt sich ihren Blick für alltägliche Komödien.

»Die gute alte Dame wird immer besser«, meinte sie. »Sie müssen mir einmal auftragen, unter ihrem Bett Staub zu wischen. Ich wäre ein bißchen zu schnell für sie.«

»Ceridwen war das auch. Sie köderte die Alte und schoß hervor, wenn sie sie nicht erwartete... Aber am Ende erwischte Lady Warren sie doch. Sie schlug so heftig zu, daß ihr Vater sie heimholte und den Professor wegen Körperverletzung anzeigen wollte.«

»Also wirklich – was ist denn das?«

Helen hielt inne, um zu lauschen. Der Ton wiederholte sich – es wurde beharrlich an eine Fensterscheibe geklopft. Sie hörte zwar nicht genau wo, aber es war nicht weit weg.

»Klopft da jemand?« fragte sie.

Mrs. Oates lauschte auch.

»Das ist wohl das Fenster im Gang«, meinte sie. »Der Riegel ist locker. Oates wollte ihn gelegentlich flicken.«

»Das klingt aber nicht sehr sicher«, wandte Helen ein.

»Ach Miss, keine Bange. Der Fensterladen ist zu. Niemand kommt da herein.«

Aber der Wind wurde stärker, und das eintönige Scheppern und Klopfen ließ sich in unregelmäßigen Abständen weiter hören, als ob ein unsichtbarer Eindringling demnächst die Geduld verlöre und den Fensterladen eindrücken wollte.

Helen wurde immer nervöser und konnte nicht mehr still bei ihrem Tee sitzenbleiben.

»Es ist elend draußen«, sagte sie. »Nichts für Liebespaare. Wenn der Baum auf Ceridwen gewartet hat, beneide ich sie nicht.«

»Jetzt hat er sie schon eingefangen«, kicherte Mrs. Oates. »Das Wetter macht ihr jetzt nichts mehr aus.«

»Nein. Bang, bang, da fängt es wieder an ... Haben Sie einen Schraubenzieher?«

Helens Augen leuchteten auf, als sie das sagte, denn sie liebte kleine mechanische Arbeiten und beschäftigte sich, da sie kein Auto hatte, um daran herumzubasteln, mit rinnenden Wasserhähnen und Dichtungen.

»Sehen Sie, Mrs. Oates, dieser Ton wird Ihnen auf die Nerven gehen«, erklärte sie. »Und dann können Sie nicht gut kochen. Und dann haben wir Verdauungsstörungen. Und dann sind wir schlechter Laune. Und so weiter und so fort ... Ich schaue mal, ob ich das in Ordnung bringen kann.«

»Was Sie sich immer Arbeit machen müssen«, brummte Mrs. Oates, als sie Helen durch die Spülküche folgte.

Das kleine Fenster war am Ende des Ganges, nahe bei der

Spülküchentür. Als Helen den Laden entriegelte, schlug wuchtig ein Windstoß dagegen und warf Regentropfen an die triefende Fensterscheibe.

Zusammen schauten die große Frau und das kleingewachsene Mädchen in den Garten hinaus, der auf der Höhe von Helens Schultern lag. Sie konnten nur einen schwarzen Klumpen von Büschen ausmachen und das Glänzen nasser, regengepeitschter Zweige.

»Sieht das nicht unheimlich aus?« fragte Helen. »Diese Eiben erinnern mich an einen verlassenen Friedhof... Ob ich das mit dem Riegel wohl reparieren kann? Haben Sie kleine Nägel?«

»Ich suche mal welche. Oates sammelt immer Nägel.«

Mrs. Oates ging schwerfällig durch die Spülküche und Helen, alleingelassen, starrte in den nassen Garten hinaus. Auf dieser Seite gab es keine Büsche, die den Eindruck grauer, auf das Haus zuschleichender Bedrohung erweckten; die Nacht schien jetzt undurchdringlich und endgültig zu sein, voller klar umrissener Stücke drohender Schwärze.

In Helen erwachten Trotzgefühle.

»Komm heraus – wenn du es wagst«, schrie sie laut.

Die Antwort auf ihre Herausforderung erfolgte augenblicklich – ein durchdringender Schrei aus der Küche.

Helens Herz setzte bei diesem dünnen, schrillen Klageton aus. In ihrem Gehirn hatte nur ein Gedanke Platz: Der Wahnsinnige hatte in einem Versteck gelauert, und sie hatte die arme, ahnungslose Mrs. Oates in seine Falle geschickt.

»Er hat sie erwischt«, dachte sie, als sie mit dem Riegel in der Hand in die Küche rannte.

Mrs. Oates begrüßte sie mit einem erneuten Schrei, aber obwohl sie am Rande der Hysterie war, war keine Spur von der Ursache ihres Schreckens zu sehen.

»Eine Maus«, gellte sie. »Dort ist sie durchgelaufen.«

Helen starrte sie fassungslos an.

»Also wirklich. Ich dachte, das sei mit den Wespentaillen

ausgestorben. Sie *können* doch nicht vor einer kleinen Maus Angst haben. Das hat heutzutage niemand mehr. Das ist veraltet, wissen Sie.«

»Aber ich bekomme am ganzen Körper Gänsehaut«, jammerte Mrs. Oates.

»In diesem Fall müssen wir halt einen Mord begehen. Schade. Komm hierher, Ginger.«

Helen rief die Katze vergeblich; diese fuhr fort, sich zu putzen, als ob nichts sie etwas anginge. Mrs. Oates entschuldigte sich für sie.

»Sie ist eine prima Katze, aber sie kann Mäuse nicht ausstehen. Oates würde sie erschlagen.«

»Falls das eine Anspielung sein soll: *Ich* erschlage keine Mäuse. Aber ich werde sie verjagen.«

Offen und sensibel, wie sie auf jede Situation reagierte, empfand sie jetzt eine leise Enttäuschung, als sie sich auf die Knie niederließ und mit ihrem Fensterriegel auf den Boden klopfte. Immer wenn das Drama dem Moment höchster Spannung zuzueilen schien, fiel die Krise in sich zusammen und wurde zur Farce.

Erst als die Nacht vorüber war, war sie imstande, den Auswirkungen jenes trivialen Zwischenfalls nachzugehen und zu verstehen, daß die Flut von Angst, die das Haus überschwemmt hatte, einer unbedeutenden Quelle entsprungen war.

Sie sah ihr Opfer – ein kleines und recht hübsches Nagetier – in einiger Entfernung von ihr herumhuschen, selbstbewußt wie ein langjähriger Untermieter.

»Wo hat sie ihr Loch?« flüsterte sie.

»In der Ecke dort drüben«, keuchte Mrs. Oates. »Oates wollte es schon lange zustopfen.«

Helen trieb die Maus mit sanftem Klopfen zu ihrem Heim, als der Ton von Schritten auf der Hintertreppe sie erschreckte.

»Wer ist dort?« schrie sie.

»Nicht er«, lachte Mrs. Oates. »Wenn er kommt, werden Sie keine Schritte hören. Er schleicht. Das klingt wie Mr. Rice.«

Sie sprach noch, als die Tür aufgestoßen wurde und Stephen Rice, mit einem Koffer in der Hand, die Küche betrat. Er staunte über den Anblick der sittsamen Miss Capel auf den Knien, mit feuerroten Wangen und ihren Haaren über den Augen.

»Was macht ihr da?« fragte er. »Spielt ihr Indianer oder kriecht ihr um die Wette? Ich mache mit.«

»Ich jage eine Maus für Mrs. Oates«, erklärte ihm Helen.

»Prima. Ich helfe mit.«

»Nein, ich will sie gar nicht fangen.« Helen erhob sich und legte den Fensterriegel auf den Tisch. »Ich glaube, sie ist jetzt weg, Mrs. Oates.«

Stephen setzte sich und sah sich um.

»Hier fühle ich mich immer zu Hause«, sagte er. »Es ist der einzige Raum in diesem schrecklichen Haus, in dem ich mich wohl fühle. Mrs. Oates und ich führen hier unsere gemeinsamen Gebetsstunden durch.«

»Wo ist Ihr Hund?« fragte Helen.

»In meinem Zimmer. Miss Warren kam leider nicht zum Tee, nun ist der Krach eben verschoben.«

»Warum wollen Sie denn überhaupt Krach?« fragte Helen, der Diplomatie zur zweiten Natur geworden war. »Sie reisen doch morgen ab. Miss Warren wäre es bestimmt lieber, nichts davon zu wissen.«

»Nein.« Stephen reckte sein markiges Kinn. »Ich will lieber alles offenlegen. Edel von mir, denn ich weiß, daß der heldenhafte Newton sie ohnehin aufklären wird.«

»Er würde Sie doch nicht verraten?« rief Helen ungläubig aus.

»Ach nein? Ehrlich gestanden war Otto kein durchschlagender Erfolg. Der arme Bursche ist Teegesellschaften nicht gewohnt. Wie sein Herr ist er glücklicher in der Küche.«

»Aber Mrs. Newton war doch sicher von ihm begeistert«, meinte Helen, die glaubte, daß die Liebe für einen Menschen sich zwangsläufig auch auf seinen Hund ausdehnte.

»Wenn sie es war, so hat sie sich beherrscht. Sie benahm sich wie ein verregnetes Wochenende.« Stephen öffnete seinen leeren Koffer und wandte sich an Mrs. Oates. »Wo sind die leeren Flaschen?« fragte er. »Ich dachte, ich könnte sie heute in den Ochsen hinübertragen, damit Ihr armer, schwacher Mann das nicht tun muß.«

»Und ich nehme an, Sie wollen dort auch Ihrer Freundin ade sagen?«

Mrs. Oates blinzelte Helen zu, die aus früheren Gesprächen wußte, daß die Anspielung der Tochter des Ochsenwirts galt. Diese junge Dame war anscheinend nicht nur der Engel der Bar, sondern ein Magnet, der die spärliche männliche Bevölkerung der Gegend anzog.

Mrs. Oates nützte ihre Vorzugsstellung aus, um eine persönlichere Frage zu stellen.

»Und was wird Ihre andere Dame sagen, wenn Sie an Ihrem letzten Abend ausgehen?«

»Meine andere – was?« fragte Stephen.

»Mrs. Newton.«

»Mrs. Newton Warren ist eine ehrenwerte verheiratete Dame, Sie alte Sünderin. Sie wird wohl den Abend in Gesellschaft ihres angetrauten Gatten verbringen und mit ihm mathematische Probleme lösen ... Hatten Sie eine gemütliche Teestunde?«

Helen überhörte die Frage, denn ihr war etwas Aufregendes eingefallen.

»Ließ sich Miss Warren den Tee im Schlafzimmer servieren?« fragte sie.

»Wahrscheinlich schon«, antwortete Stephen

»Dann ist sie schon seit ewigen Zeiten dort oben. Ob ich ihr wohl anbieten dürfte, sie abzulösen?«

»Wenn ja«, riet ihr Stephen, »dann sorgen Sie dafür, daß sie genügend Kissen zur Verfügung hat. Es sei denn, Sie sind sehr geschickt im Ausweichen.«

»Wirft sie denn immer mit Gegenständen nach den Leuten?« fragte Helen ungläubig.

»Sie kann ihr Temperament nur so zum Ausdruck bringen.«

»Macht nichts. Ich kann es nicht erwarten, sie kennenzulernen. Sie klingt so *lebendig* für eine alte Frau. Ich bewundere das.«

»Sie werden enttäuscht sein«, prophezeite Stephen. »Sie ist kein großartiger Kamerad, sondern eine übellaunige alte Hexe mit schrecklichen Manieren. Als ich Ihrer Majestät vorgestellt wurde, aß sie eben eine Orange, und sie spuckte alle Kerne aus – um mir Eindruck zu machen.«

Er brach bei einem plötzlichen Einfall in Gelächter aus.

»Trotzdem«, sagte er, »ich hätte gerne zugesehen, wie sie dieser mopsgesichtigen Pflegerin die Schüssel an den Kopf warf.«

»Aber das war doch sicher ein Unfall. Sie konnte nicht wissen, daß sie sie treffen würde.«

Mrs. Oates schaute mit tränenden Augen vom Zwiebelschälen auf.

»Nein, Miss«, sagte sie, »Lady Warren trifft nie daneben. Als sie jünger war, zog sie tagelang in Männerstiefeln über die Felder und schoß Kaninchen und Vögel. Man erzählte sich, sie nehme ihr Gewehr mit ins Bett.«

»Dann wohnt sie schon lange hier?« fragte Helen.

Sie hoffte, ihre Neugier würde jetzt einmal richtig befriedigt werden, denn Mrs. Oates schien zu einem Klatsch aufgelegt zu sein. Stephen rollte sich eine Zigarette, die Katze schnurrte auf dem Teppich, und in der Sicherheit ihres Loches putzte die Maus sich das Gesicht. Hier war der Schein des Feuers und Geruhsamkeit – draußen der anschwellende Sturm.

Ein Windstoß schmetterte gegen die Hausecke und bespritzte mit dem Rest seiner Wut den losen Fensterladen vor dem Gangfenster. Langsam, wie von unsichtbaren Fingern aufgestoßen, öffnete sich der Laden in den Garten hinaus. Das Haus stand der Nacht offen.

Sie schaute durch die Bresche hinein und in das Dunkel des Ganges hinab. Am anderen Ende verlor er sich im Schatten. Um die Ecke lagen die Dienstzimmer, eine Ansammlung von Räumen wie von Zellen in einer Bienenwabe, in denen sich ein Mann verstecken konnte.

In der Küche versetzte Mrs. Oates ihren Zuhörern einen Schock.

»Es geht das Gerücht«, sagte sie dramatisch, »daß die alte Lady Warren ihren Mann erschossen haben soll.«

»Nein«, staunten Stephen und Helen einstimmig.

»*Doch*«, sagte Mrs. Oates fest. »Heute wissen nur noch alte Leute davon, aber meine Mutter hat mir das genau erzählt. Der alte Sir Robert war gerade so einer wie der Professor, ruhig und immer über seinen Büchern. Er verdiente mit irgendeiner Erfindung viel Geld, aber im Haus nützte er niemandem. Er baute Haus »Summit«, um keine Nachbarn zu haben. Die alte Lady Warren konnte es nicht ausstehen. Sie beklagte sich andauernd darüber bei ihm, und einmal stritten sie fürchterlich in seinem Studierzimmer. Man hörte, wie sie ihm drohte, sie werde ihn wie Ungeziefer erschießen. Ein paar Minuten danach fand man ihn mit ihrem Krähengewehr erschossen auf.«

»Sieht nicht gut aus«, murmelte Stephen.

»Ja, jedermann dachte, sie müsse vor Gericht«, stimmte Mrs. Oates zu. »Bei der Totenschau wurden ein paar unangenehme Fragen gestellt. Sie sagte, es sei ein Unfall gewesen, und ein geschickter Anwalt bekam sie frei... Aber alle waren so aufgebracht darüber, daß sie ins Ausland ging. Sie wäre ohnehin weggegangen, denn sie haßte das Haus regelrecht.«

»Stand es nachher leer?« fragte Helen.

»Nein, der Professor kam aus Oxford hierher, und er war genau wie sein Vater vor ihm – blieb immer drinnen, verließ nie das Haus. Die alte Lady Warren kam erst zurück, als sie sich krank fühlte.«

»Was fehlt ihr denn?« fragte Helen.

Mrs. Oates schürzte die Lippen und schüttelte den Kopf.

»*Jähzorn*«, sagte sie bestimmt.

»Aber Mrs. Oates, sie muß doch krank sein, mit einer Pflegerin und einem Arzt, der sie im Bett hält.«

»Er findet, da könne sie am wenigsten Schwierigkeiten machen. Für sie ist es ein lustiges Spiel, die Pflegerinnen zu verjagen, damit sie neue terrorisieren kann.«

»Aber Miss Warren sagte mir, der Professor mache sich Sorgen wegen ihres Herzens«, wandte Helen ein.

»Ach, ein Mann vergißt die Mutter nicht, die ihn geboren hat«, sagte Mrs. Oates voller Sentimentalität.

»Aber sie ist nur seine Stiefmutter«, wandte Stephen ein. »Sie hat keine Kinder. Und offenbar glaubt man, sie sterbe bald, denn die Geier versammeln sich schon. Simone sagte mir, das alte Mädchen habe ein Testament gemacht, in dem das Geld gemeinnützigen Organisationen zufallen soll. Sie hat einen seltsam verdrehten Geschmack und kann anscheinend Newton gut leiden. Auf jeden Fall unterstützt sie ihn mit Geld, und das wird mit ihrem Tod aufhören. Deshalb ist er hier.«

»Sein Vater hat ihn hergeholt«, erklärte Mrs. Oates.

Helen dachte an den eisigen Blick des Professors und an Miss Warrens abwesendes Benehmen. Man konnte unmöglich glauben, daß sie von finanziellen Überlegungen beeinflußt wurden.

»Nanu«, sagte Stephen plötzlich, als er sich auf den Tisch schwang. »Was ist denn das?«

Er zog unter sich einen hölzernen Fensterriegel hervor, den Helen schuldbewußt entgegennahm.

»Tut mir leid«, sagte sie. »Ich wollte den Laden am Gangfenster reparieren. Gut, daß Sie mich daran erinnern. Ich mache das jetzt fertig.«

Nach allem, was sie gehört hatte, wollte sie die Reparatur

schnell beenden, um so rasch wie möglich hinauf in das blaue Zimmer zu kommen. Sie improvisierte eine Befestigung mittels Schnur und Keil und ging schnell in die Küche zurück.

Zu ihrer Überraschung schälte Stephen zusammen mit Mrs. Oates Zwiebeln.

»Sie gibt mir immer Arbeit«, klagte er. »So kann sie, wenn Oates zurückkommt, erklären, warum ein Mann in der Küche ist... Übrigens, ist er nicht sehr spät dran? Ich wette fünf Pfund mit Ihnen, daß er mit der hübschen neuen Pflegerin durchgebrannt ist!«

Mrs. Oates schnaubte verächtlich.

»Wenn sie der letzten gleicht, müßte sie seine Nase zuhalten, damit er sie küßt... Wollen Sie wirklich bei Mrs. Warren sitzen, Miss?«

»Ich werde fragen, ob ich darf«, antwortete Helen.

»Dann lassen Sie sich warnen und passen Sie gut auf. Ich bin sicher, daß sie nicht so hilflos ist, wie man vorgibt, bei weitem nicht. Bestimmt kann sie gehen, so gut wie ich. Sie hat etwas zu verbergen. Ich habe es an dem schlauen Glanz ihrer Augen gemerkt, als sie mir heute morgen beim Aufräumen zusah. Ich bin nicht so leicht hinter das Licht zu führen. Haben Sie übrigens schon ihre Stimme gehört, *wenn sie sich vergißt*?«

Helen fiel plötzlich das tiefe Bellen aus dem Krankenzimmer ein. Hier gab es Geheimnisse und Dramen in Fülle. Begierig, im Zentrum zu sein, lief sie beinahe zur Tür.

»Ich habe das Fenster festgemacht«, sagte sie. »Jetzt sind wir für die Nacht sicher eingeschlossen.«

Das blaue Zimmer

Als Helen die Treppe zum blauen Zimmer emporstieg, erfüllte sie ein seltsames Gefühl der Erwartung. Es erinnerte sie an die Tage der Kindheit, als sie manchmal ihr Spielzeug liegen gelassen hatte, um sich ihrem unsichtbaren Spielgefährten Mr. Poke zuzuwenden.

Obschon sie stundenlang in einer Wohnzimmerecke für sich allein spielen konnte, war es ihren Eltern klar, daß sie keinem einsamen Vergnügen nachging. Sie hatte für alles einen Partner. Und in der Dämmerung, wenn der Schein des Kaminfeuers an den Wänden flackerte, führte sie endlose Gespräche mit ihrem Helden.

Zuerst sah ihre Mutter dieses unheimliche Element in der Gesellschaft ihrer Tochter ungern; aber als sie einsah, daß Helen den besten und billigsten aller Spielgefährten entdeckt hatte, nämlich ihre Phantasie, akzeptierte sie den geheimnisvollen Mr. Poke und interessierte sich für seine Heldentaten, die zahllos waren.

Das Treppenhaus wurde von einer hängenden Kugel erleuchtet, die etwa in halber Höhe von einem Balken herunterbaumelte. Das erste Stockwerk lag zwischen dieser Lampe und dem Licht in der Halle, und der Treppenabsatz war daher ziemlich dunkel. Gegenüber der Treppe stand ein enormer, drei Meter hoher Spiegel, in verblichenem Gold gerahmt und auf einer marmornen Konsole ruhend.

Als sich Helen ihm näherte, kam ihr Spiegelbild ihr entgegen. Ein kleines weißes Gesicht stieg aus den dämmerigen Tiefen des Spiegels auf wie ein Leichnam, der am siebten Tag vom Seegrund auftaucht.

Die Erregung, die ihre Adern bei diesem Anblick durchströmte, erschien ihr wie ein Omen. Zum erstenmal seit vielen Jahren spürte sie Mr. Poke wieder in ihrer Nähe.

Sie klopfte, und Miss Warren kam zur Tür. Nach Stunden des Gefangenseins bei ihrer Stiefmutter sah ihr blasses Gesicht abgezehrt und leblos aus.

»Ist die neue Pflegerin angekommen?« fragte sie.

»Nein.« Helen war geradezu unverschämt fröhlich. »Und es wird noch Stunden dauern. Mrs. Oates sagt, der Regen mache die Straßen schwer passierbar für den Wagen.«

»Natürlich«, stimmte Miss Warren müde zu. »Bitte benachrichtigen Sie mich, sobald sie ankommt. Sie sollte mich gleich, nachdem sie gegessen hat, ablösen.«

Das war Helens Chance, und sie ergriff sie.

»Könnte *ich* nicht bei Lady Warren sitzen?« fragte sie.

Miss Warren zögerte mit der Antwort. Sie wußte, daß ihr Bruder dagegen war, Lady Warren einer unerfahrenen Fremden anzuvertrauen. Aber das Mädchen schien verläßlich und gewissenhaft, und sie selbst sehnte sich nach ihrer grünbeleuchteten Einsamkeit und ihren Büchern.

Sie schaute Helen an, die sich wie üblich weit weg, halb auf den Mond versetzt fühlte.

»Danke, Miss Capel«, antwortete sie. »Das wäre sehr freundlich. Lady Warren schläft, und alles, was Sie zu tun haben, ist, sehr still zu sitzen und auf sie aufzupassen.«

Sie überquerte den Gang zu ihrem eigenen Zimmer und drehte sich nochmals um, um weitere Ratschläge zu geben.

»Wenn sie aufwacht und etwas wünscht, was Sie nicht finden können – oder wenn es irgendwelche Schwierigkeiten geben sollte, kommen Sie sofort zu mir.«

Helen versprach es, obwohl ihr bewußt war, daß sie sich nur im äußersten Notfall an Miss Warren wenden würde. Sie beabsichtigte, mit jeder Notlage allein fertig zu werden, und sie hoffte sehr auf eine solche.

Ihre Neugier schlug hohe Wellen, als sie endlich das blaue Zimmer betrat. Es war ein großzügiges, schönes Appartement, das mit massiven Mahagonimöbeln ausgestattet war, und das wegen der vorherrschend dunkelblauen Farbe von Wänden, Teppich und Vorhängen düster wirkte. Stahlstiche von Landseer mit Pferden und Hunden hingen auf der nachtblauen Tapete eines Hauses, aus dem Haustiere verbannt waren. Ein schwaches Feuer glühte rot auf dem Stahlrost. Obwohl die stickige Luft mit Lavendelwasser verbessert worden war, roch es schwach nach faulen Äpfeln.

Lady Warren lag im großen Bett. Sie trug eine dunkelviolette, wattierte Bettjacke aus Seide, und ihr Kopf war auf hohe Kissen gestützt. Ihre Augen waren geschlossen, und sie atmete schwer.

Der erste Blick schon sagte Helen, daß Stephens Beschreibung richtig gewesen war. Bei dieser bettlägerigen alten Frau war kein Hinweis auf einen starken Charakter zu finden. Die Runzeln, die ihr Gesicht wie eine alte Landkarte durchzogen, kamen offensichtlich von Mißmut und Egoismus. Ihre Erscheinung zeugte nicht einmal von der Würde des Alters. Ihr graues Haar war zu einem dicken, unordentlichen Schopf abgeschnitten, und ihre Nase war verdächtig rot.

Helen stahl sich durch das Zimmer und setzte sich in den niedrigen Stuhl beim Feuer. Sie bemerkte, daß jedes Kohlenstück in weißes Seidenpapier gewickelt war, so daß es aussah, als wäre die Kohlenschaufel mit Schneebällen gefüllt. Sie wußte, daß diese Verwandlung dazu beitragen sollte, daß es still blieb, und verhielt sich entsprechend regungslos, wie ein Möbelstück.

Lady Warren atmete weiterhin so laut und regelmäßig wie eine Dampfmaschine. Es war fast allzu hörbar und gleichmäßig. Helen vermutete schon bald, daß hier für sie eine Sondervorstellung gegeben wurde. Sie war auf der Hut.

›Sie schläft nicht wirklich‹, dachte sie. ›Sie tut nur so.‹

Das Atmen ging weiter – aber nichts passierte. Aber Helen spürte, wie ihr Puls schneller ging, wie stets, wenn sich Mr. Poke näherte.

Jemand beobachtete sie.

Sie mußte den Kopf wenden, um das Bett zu sehen. Immer wenn sie das machte, waren Lady Warrens Lider fest geschlossen. In dem frohen Gefühl, ein neues Spiel zu spielen, wartete Helen auf eine Chance, sie zu erwischen.

Nach vielen Scheinangriffen und Niederlagen erwies sie sich doch als zu schnell für Lady Warren. Als sie einmal plötzlich und unerwartet aufschaute, ertappte sie Lady Warren, wie sie sie beobachtete. Ihre Lider wurden von zwei klaren schwarzen Halbmonden durchschnitten, die zu ihr hinüberspähten.

Sie schlossen sich sofort, öffneten sich aber wieder, als die Kranke begriff, daß sie sich nicht weiter verstellen konnte.

»Kommen Sie her«, sagte sie mit schwacher, unsicherer Stimme.

Helen, die sich an Mrs. Oates' Warnung erinnerte, näherte sich vorsichtig. Sie sah klein und unbedeutend aus – ein blasses Mädchen in einem blauen Schürzenkleid, das sie mit dem Hintergrund verschmelzen ließ. Das einzig Bemerkenswerte war ihr langes rotes Kraushaar.

»Treten Sie näher«, befahl Lady Warren.

Helen gehorchte, aber ihre Augen glitten zu den Gegenständen auf dem Nachttisch. Welches Wurfgeschoß würde die sportliche Kranke ihr wohl an den Kopf schleudern? Wie geistesabwesend streckte sie die Hand nach der größten Medizinflasche aus.

»Legen Sie das wieder hin«, fauchte Lady Warren schwach. »Das gehört *mir*.«

»Oh, ich *bitte* um Entschuldigung«, sagte Helen lebhaft. »Ich bin auch so. Ich hasse es, wenn andere meine Sachen anfassen.«

In der Gewißheit, daß dies eine Verbindung zwischen ihnen geschaffen habe, blieb sie kühn am Bett stehen und lächelte auf die Kranke hinunter.

»Sie sind sehr klein«, bemerkte Lady Warren nach längerem Schweigen. »Kein Stil. Sehr unscheinbar. Ich hätte erwartet, daß mein Enkel bei der Wahl seiner Frau besseren Geschmack beweisen würde.«

Bei diesen Worten erinnerte sich Helen, daß Simone sich geweigert hatte, das blaue Zimmer zu betreten, obschon Newton sie eindringlich darum gebeten hatte.

»Er hat ausgezeichneten Geschmack bewiesen«, sagte sie. »Er hat eine wundervolle Frau. Ich bin nicht sie.«

»Wer sind Sie dann?« fragte Lady Warren.

»Die Haushaltshilfe. Miss Capel.«

Eine Andeutung irgendeiner starken Erregung wischte über das Gesicht der alten Frau; die schwarzen halbmondförmigen Augen blickten starr, und die Lippen standen offen.

›Sie sieht aus, als ob sie Angst hätte‹, dachte Helen. ›Aber wovor hat sie Angst? Offensichtlich vor *mir*!‹

Lady Warrens nächste Worte dagegen straften diese neue, aufregende Möglichkeit Lügen. Ihre Stimme wurde tiefer und kräftiger.

»Gehen Sie weg«, schrie sie mit ihrer männlichen Baßstimme.

Erschreckt durch diese Veränderung drehte sich Helen um und lief beinahe von der Kranken weg, in der Befürchtung, jeden Moment könnte eine Flasche an ihrem Kopf zerschmettern. Aber ehe sie bei der Tür war, wurde sie von einem zweiten Ruf angehalten.

»Du kleiner Dummkopf, komm zurück!«

Bebend vor Erwartung wegen dieser neuen Wendung ging Helen zum Bett zurück. Die alte Dame begann mit so leiser, klagender Stimme zu sprechen, daß ihre Worte fast unhörbar waren.

»Verlaß dieses Haus. Zu viele Bäume.«

»*Bäume*?« wiederholte Helen und mußte an den letzten Baum in der Pflanzung denken.

»Bäume«, sagte Lady Warren nochmals. »Ich kenne sie. Sie strecken ihre Zweige aus und klopfen an das Fenster. Sie wollen hereinkommen... Wenn es dunkel ist, bewegen sie sich,

ich habe es gesehen. Sie kriechen zum Haus herauf... Geh fort.«

Beim Zuhören empfand Helen plötzlich eine Verwandtschaft mit der unangenehmen alten Frau. Es war seltsam, daß auch sie in der Dämmerung am Fenster gestanden und das verstohlene Eindringen der nebelumhüllten Büsche beobachtet hatte. Natürlich war das alles Einbildung, aber offenbar hatten sie beide etwas von ›Mr. Poke‹.

Auf jeden Fall wollte sie die Bäume als Verbindungsglied zwischen sich und Lady Warren benutzen. Eine ihrer kleinen Schwächen war, daß sie zwar selbst den Erfolg liebte, aber noch lieber jemand anderem zum Erfolg verhalf.

Sie versuchte, Lady Warren für sich zu gewinnen.

»Wie seltsam«, sagte sie. »Ich hatte genau denselben Gedanken wie Sie.«

Leider faßte Lady Warren dies als Unverschämtheit auf.

»Ich will nichts über *deine* Gedanken wissen«, wimmerte sie. »Nimm dir bloß nichts heraus, nur weil ich hilflos bin. Wie heißt du?«

»Helen Capel«, war die niedergeschlagene Antwort.

»Wie alt bist du?«

»Dreiundzwanzig.«

»Lügnerin! Neunzehn.«

Helen staunte über ihren Scharfblick; ihre Arbeitgeber hatten bisher ihr offizielles Alter stets geglaubt.

»Es ist nicht wirklich eine Lüge«, erklärte sie. »Ich fühle mich berechtigt, mein Alter höher anzugeben, weil ich alt an Erfahrung bin. Ich verdiene mir meinen Lebensunterhalt selbst, seit ich vierzehn bin.«

Lady Warren zeigte kein Anzeichen der Rührung.

»Warum?« fragte sie. »Bist du unehelich?«

»Keineswegs«, antwortete Helen entrüstet. »Meine Eltern waren kirchlich getraut. Aber sie konnten nicht für mich sorgen. Sie hatten Pech.«

»Tot?«

»Ja.«

»Dann hatten sie Glück.«

Trotz ihrer untergeordneten Stellung hatte Helen stets den Mut zum Protest, wenn ein wichtiges Prinzip von ihr angezweifelt wurde.

»Nein«, erwiderte sie. »Das Leben ist herrlich. Bei jedem Aufwachen bin ich froh, daß ich lebe.«

Lady Warren brummte und fuhr in ihrem Fragenkatalog fort.

»Rauchst du?«

»Nein.«

»Trinkst du?«

»Nein.«

»Männer?«

»Keine Gelegenheit, leider.«

Lady Warren lachte nicht mit. Sie starrte Helen so unbeweglich an, daß ihre schwarzen Augenschlitze zu gerinnen schienen. In den Spinnweben ihres Geistes formte sich irgendein Plan. Nur das Ticken der Uhr unterbrach die Stille, und das Feuer fiel mit einem plötzlichen Aufflackern in sich zusammen.

»Soll ich Kohle nachlegen?« fragte Helen, um das Schweigen zu beenden.

»Nein. Gib mir meine Zähne zurück.«

Helen fuhr bei dieser erstaunlichen Bitte vor Überraschung förmlich zusammen. Aber sie begriff schnell, daß Lady Warren ihr künstliches Gebiß meinte, das in einer Emailschale auf dem Nachttisch lag.

Sie schaute taktvoll weg, als die erlauchte Kranke sie mit ihren Fingern aus der Desinfektionslösung fischte und dem Gaumen anpaßte.

»Helen«, flötete sie in einer neuen taubengleichen Stimme, »ich will, daß du heute nacht bei mir schläfst.«

Helen schaute sie entsetzt an, denn sie hatte sich grotesk und schrecklich verändert. Das Gebiß zwang ihre Lippen in einem steifen, künstlichen Grinsen auseinander, das sie so unmenschlich wie eine Wachsfigur aussehen ließ.

»Du hattest Angst vor mir, ohne meine Zähne«, sagte ihr Lady Warren. »Aber jetzt wirst du keine Angst mehr haben. Du bist so ein *kleines* Mädchen. Ich will dich heute nacht beschützen.«

Helen befeuchtete nervös ihre Lippen; sie wollte nicht beleidigend sein.

»Aber – aber«, stammelte sie, »Lady Warren –«

»Nenn mich ›Mylady‹.«

»Aber, Mylady«, wandte Helen ein, »die neue Pflegerin wird doch bei Ihnen schlafen.«

Ein boshafter Glanz trat in die schmalen Augen.

»Ich hatte die neue Pflegerin ganz vergessen. Wieder eine Schlampe. Mit *der* werd ich schon fertig... Aber *du* sollst bei mir schlafen. Weißt du, Liebes, du bist sonst nicht sicher.«

Sie lächelte und erinnerte Helen plötzlich an ein grinsendes Krokodil.

›Ich *kann* nicht eine Nacht lang mit ihr allein bleiben‹, dachte sie und wußte dabei, daß sie diese Furcht nur selbst heraufbeschworen hatte. Es war ganz offensichtlich unsinnig, vor einer alten, herzkranken Frau Angst zu haben.

»Ich fürchte, ich muß da Miss Warrens Anweisungen abwarten«, sagte sie.

»Meine Stieftochter ist ein Dummkopf. Sie weiß nicht, was hier im Haus vor sich geht. Bäume, die immer hereinkommen wollen... Komm her, Helen.«

Als Helen an das Bett trat, fühlte sie ihre Hand in einem festen Griff umklammert.

»Du mußt etwas für mich holen«, flüsterte Lady Warren. »Es ist im Kästchen oberhalb des Kleiderschranks. Steig auf einen Stuhl.«

Helen, die den seltenen Hauch eines Abenteuers genoß, wollte ihr gerne den Gefallen tun.

›Wenn doch nur ein bißchen *wirkliche* Gefahr dabei wäre‹,

dachte sie wehmütig, als sie einen der schweren Stühle erklomm und auf den Zehenspitzen stand, um die Tür des Kästchens zu öffnen.

Ihr Auftrag erschien ihr, als sie mit der Hand in dem dunklen Winkel herumtastete, etwas zweifelhaft. Offensichtlich benützte Lady Warren sie als Werkzeug, um verbotene Früchte zu erreichen. Sie dachte an ihre rote Nase und vermutete eine versteckte Flasche Cognac.

»Was ist es denn?« fragte sie.

»Etwas Kleines, Hartes, in einem Seidenschal«, war die entwaffnende Antwort.

Und da schlossen sich Helens Finger auch schon um etwas, was dieser Beschreibung entsprach.

»Ist es das?« fragte sie und sprang zu Boden.

»Ja.« Lady Warrens Stimme klang eifrig. »Bring es her.«

Auf dem kurzen Weg zum Bett setzte Helens Herz einen Augenblick lang aus und plötzliche Furcht vor dem, was sie da in Händen hielt, erfaßte sie. Selbst in der Verpackung war seine Form unverwechselbar. Es war ein Revolver. Sie erinnerte sich an Lady Warrens tote Kaninchen – und an einen versehentlich erschossenen Gatten.

›Ob der wohl geladen ist?‹ fragte sie sich ängstlich. ›Ich weiß nicht einmal, welches das gefährliche Ende ist... Ich darf ihr den nicht geben. Mrs. Oates hat mich gewarnt.‹

»Bring es her«, befahl Lady Warren.

Sie versuchte überhaupt nicht, ihre Erregung zu verbergen. Ihre Finger zitterten gierig, als sie die Hände ausstreckte.

Helen gab vor, nicht zu hören. Betont sorglos legte sie den Revolver auf einen kleinen Tisch, in sicherer Entfernung der Kranken, ehe sie an das Bett trat.

»Regen Sie sich bloß nicht auf«, sagte sie besänftigend. »Das ist nicht gut für Ihr Herz.«

Glücklicherweise ließ sich Lady Warren von diesen Worten ablenken.

»Was sagt der Doktor über mich?« fragte sie.

»Er bewundert Ihre Lebenskraft.«

»Dann ist er ein Narr. Ich bin eine tote Frau... aber ich werde nicht sterben, bevor ich dazu bereit bin.«

Ihre Lider schlossen sich, so daß ihre Augen nur noch als schwarze Schlitze sichtbar waren. Sie waren fast ganz ausgelöscht; ihr eingefallenes Gesicht glich immer mehr einem abgetragenen Kleidungsstück, und sie sprach mit der schwachen, dünnen Stimme von erschöpfter Kraft.

»Ich muß etwas erledigen. Ich schiebe es immer auf. Wie schwächlich von mir. Aber niemand macht so etwas gerne, nicht wahr?«

Helen erriet augenblicklich, daß sie von ihrem Testament sprach.

»Nein«, sagte sie. »Das schiebt jedermann hinaus.«

Aber dann, weil sie ihrem Interesse für die Anliegen anderer Leute nicht widerstehen konnte, gab sie ihr noch einen kleinen Rat, der angesichts ihrer eigenen Armut eine Andeutung von unbewußtem Mitleid enthielt.

»Aber wir müssen es alle machen. Es *muß* gemacht werden.«

Aber Lady Warren hörte nicht zu. Rasch öffneten sich ihre Augenschlitze, und ihr lebhafter Blick blitzte zu dem kleinen Bündel auf dem Tisch hinüber.

»Bring es mir«, sagte sie.

»Nein«, sagte Helen. »Besser nicht.«

»Närrin. Wovor fürchtest du dich? Es ist nur mein Brillenetui.«

»Ja, das weiß ich. Es tut mir so leid, Mylady, aber ich bin nur eine Maschine. Ich muß Miss Warrens Anordnungen befolgen. Und sie sagte mir, ich dürfe nur dasitzen und wachen.«

Es war klar, daß Lady Warren Widerspruch nicht gewöhnt war. Ihre Augen flammten, und ihre Finger krümmten sich an ihrer Kehle zu Klauen.

»Geh«, keuchte sie. »Hol-Miss-Warren.«

Helen rannte aus dem Zimmer, fast erleichtert über den Anfall, da das Problem des Revolvers dadurch hinausgeschoben war. An der Tür schaute sie zurück und sah, daß Lady Warren in ihren Kissen eingesunken war.

Eine Sekunde später hob die Kranke ihren Kopf, und ihre Augen wuchsen von schmalen Schlitzen zu hellen schwarzen Monden. Das Bettzeug bewegte sich, und zwei Füße in Bettsocken krochen unter der Daunendecke hervor, als Lady Warren aus dem Bett schlüpfte.

Illusion

Helens Herz klopfte, während sie zu Miss Warrens Zimmer eilte. Zum erstenmal in ihrem Leben sah sie sich unbekannten Möglichkeiten gegenüber. Im Gegensatz zu den anderen Häusern, in denen sie gearbeitet hatte, lieferte das Haus »Summit« dafür gute Gründe.

Gewiß, Mrs. Oates hatte herzlos das Geheimnis des letzten Baumes in der Pflanzung zerpflückt, so daß Helen akzeptieren mußte, es sei nur ein Bauernsohn gewesen, der auf sein Landmädchen gewartet hatte; trotzdem gab es noch Stoff für ein düsteres Drama in dieser wilden, verhüllten Landschaft, über der der Schatten von Morden hing.

Auch die alte Frau mit ihren Annäherungsversuchen und ihrem glitzernden künstlichen Lächeln stellte ein Element echten Schreckens dar. Sie mochte zwar nur eine bettlägerige Kranke sein, die mit ihren letzten Lebensfunken versuchte, ein Ärgernis zu sein. Tatsache blieb, daß sie unter dem Verdacht stand, ihren Gatten vorzeitig in den Himmel oder in die Hölle geschickt zu haben.

Auch wenn ihr Stachel gezogen sein mochte, konnte sie immer noch mörderische Gelüste haben. Das zeigte Helen der Zwischenfall mit dem Revolver.

Ihre Gedanken wandten sich aber wieder praktischeren Dingen zu, als sie Miss Warrens Türknopf drehte und er sich immer noch lose in ihrer Hand bewegte.

»Da muß ich wirklich etwas machen, sobald ich einen Moment Zeit habe«, versprach sie sich.

Miss Warren saß an ihrem Schreibtisch unter der grünen Lampe. Ihre Fingerspitzen lagen in ihrem Schläfenhaar, und ihre Augen waren auf ihr Buch geheftet.

»Nun?« fragte sie müde, als Helen eintrat.

»Es tut mir so leid, daß ich Sie störe«, fing Helen an. »Aber Lady War–«

Ehe sie den Satz vollenden konnte, hatte sich Miss Warren aus dem Stuhl erhoben und ging mit dem ungelenken Schritt einer Giraffe durch das Zimmer.

Ganz in ihrem Element, folgte ihr Helen zum blauen Zimmer. Lady Warren lag so da, wie sie sie verlassen hatte – im Koma, mit geschlossenen Augen und schnaubenden Lippen. Der Revolver, in sein seidenes Tuch gewickelt, lag immer noch auf der anderen Seite des Zimmers auf dem Nierentischchen.

Und doch war etwas nicht wie vorher. Helen, die eine gute Beobachterin war, bemerkte das sofort und fand beim zweiten Blick auch heraus, woran es lag. Als sie weggelaufen war, um Miss Warren zu holen, waren die Bettücher zerknüllt gewesen, weil Lady Warren sie in ihrem Wutausbruch zerwühlt hatte. Jetzt aber lag die Bettdecke so brav über der Daunendecke, als hätte eine Krankenschwester das Bett gemacht.

»Miss Capel«, sagte Miss Warren, die sich über die hingestreckte Gestalt ihrer Stiefmutter beugte, »holen Sie den Sauerstoffzylinder.«

Helen war immer bereit, mit unvertrauten Gegenständen zu experimentieren, und zog ihn schnell zum Bett hinüber. Sie schraubte von sich aus den Deckel ab und spürte kurz einen Lufthauch wie einen Bergwind in ihrem Gesicht, ehe sie den Apparat Miss Warren gab.

Bald erholte sich Lady Warren dank ihrer gemeinsamen Anstrengungen. In Helen keimte der Verdacht auf, daß es sich hier um eine schauspielerische Vorführung mit wohlbemessenen Seufzern, Stöhnen und Lidflattern handelte.

Kaum waren ihre Augen offen, schaute sie Helen böse an.

»Schick sie fort«, sagte sie schwach.

Miss Warren blickte Helen an und nickte zur Tür hin.

»Bitte gehen Sie, Miss Capel. Es tut mir leid.«

Die vorgetäuschte Schwachheit vergessend, fiel Lady Warren wie ein Marktweib über ihre Tochter her.

»Idiotin. Schick sie fort. Zum Haus hinaus. Noch heute abend.«

Sie schloß wieder die Augen und murmelte: »Den Doktor. Ich will den Doktor.«

»Er wird gleich hier sein«, beruhigte sie Miss Warren.

»Warum kommt er immer so spät?« klagte die Kranke.

»Weil er immer als letztes sehen will, wie es dir geht«, erklärte Miss Warren ungrammatikalisch.

»Nein, weil er faul ist«, knurrte Lady Warren. »Ich muß den Arzt wechseln... Blanche, dieses Mädchen war nicht Newtons Frau. Warum besucht sie mich nicht?«

»Du bist nicht kräftig genug für Besucher.«

»Daran liegt es nicht. *Ich* weiß es. Sie *fürchtet* mich.«

Diese Vorstellung gefiel Lady Warren offenbar, denn ihr Gesicht verzog sich zu einem Lächeln. Helen, die aus sicherer Entfernung zuschaute, fand, sie sehe regelrecht böse aus. In diesem Moment glaubte sie beinahe an die alte Geschichte vom ermordeten Ehemann.

Ihr Auge fiel auf das schmale Bett der Pflegerin.

›Um alles Geld in der Welt wollte ich nicht diese Pflegerin sein‹, dachte sie erschaudernd.

Plötzlich merkte Miss Warren, daß sie immer noch im Zimmer war, denn sie kam in ihre Ecke hinüber.

»Ich komme schon allein zurecht, Miss Capel.«

Ihr Ton war so kalt, daß Helen sich zu rechtfertigen versuchte.

»Hoffentlich glauben Sie nicht, ich hätte sie geärgert. Sie wurde plötzlich ganz anders. Zuerst gefiel ich ihr; sie fragte mich mehrmals, ob ich heute nacht bei ihr schlafen würde.«

Miss Warren blickte ungläubig, obwohl ihre Worte höflich waren.

»Ich bin sicher, daß Sie freundlich und taktvoll waren.«

Ihr Blick zur Tür bedeutete, daß sie gehen sollte, und Helen wandte sich um; in ihrem Kopf jedoch summte ein wirrer Verdacht, der sich äußern wollte. Zwar hatte die Erfahrung sie gelehrt, daß Einmischung gewöhnlich schlecht aufgenommen wird, aber sie wollte Miss Warren unbedingt warnen.

»Da ist etwas, was Sie wissen sollten«, sagte sie leise. »Lady Warren bat mich, ihr etwas aus dem kleinen Kasten über dem Kleiderschrankspiegel herunterzuholen.«

»Warum finden Sie das wichtig?« fragte Miss Warren.

»Weil es ein Revolver war.«

Helen erzielte die gewünschte Wirkung. Miss Warren schaute sie direkt, mit einem entsetzten Ausdruck an.

»Wo ist er jetzt?« fragte sie.

»Auf diesem Tisch.«

Miss Warren stürzte sich mit der Gier eines Raubvogels auf das kleine Paket. Ihre langen weißen Finger lösten eine Falte der seidenen Umhüllung. Dann hielt sie es hoch, damit Helen es sehen konnte.

Es war ein großes Brillenetui.

Helen fühlte vor Aufregung über eine neue Möglichkeit den Boden unter ihren Füßen schwinden.

»Das hat nicht die gleiche Form«, erklärte sie. »Ich habe das andere gefühlt. Es hatte vorstehende Teile.«

»Sie phantasieren«, sagte Miss Warren ungeduldig. »Worauf wollen Sie eigentlich hinaus?«

»Ich glaube, daß Lady Warren den Revolver versteckte und statt dessen dies hier hinlegte, während ich Sie geholt habe.«

»Wissen Sie denn nicht, daß meine Mutter eine gefährliche Herzkrankheit hat und sich seit Monaten nicht bewegen kann? Selbst wenn sie so etwas hätte tun können, wäre das der reine Selbstmord gewesen.«

Alle Hoffnung, sie überzeugen zu können, erstarb in Helen, als sie in Miss Warrens skeptisches Gesicht blickte. Ihre unbestimmten Züge hatten sich jäh wie durch einen scharfen Frost verhärtet und brachten die Ähnlichkeit mit ihrem Bruder, dem Professor, zum Vorschein.

»Es tut mir leid, wenn ich einen Fehler gemacht habe«, stammelte sie. »Ich dachte nur, ich dürfte nichts für mich behalten.«

»Sie wollten bestimmt nur helfen«, sagte Miss Warren. »Aber es ist nur hinderlich, wenn man dumme Unmöglichkeiten herbeiphantasiert.« Sie fügte mit grimmigem Lächeln hinzu: »Ich nehme an, daß Sie, wie alle Mädchen, gerne ins Kino gehen.«

Unter den gegebenen Umständen war dieser Vorwurf voller schmerzlicher Ironie. Sie schien von Helen nicht nur räumlich, sondern auch zeitlich weit entfernt zu sein.

›Sie ist prähistorisch‹, dachte das Mädchen. Ihre schmale Gestalt wirkte noch dünner, als sie das blaue Zimmer verließ.

Zum einen war sie um verdiente Anerkennung gebracht worden, und zum andern war sie nicht zufrieden mit der Art, wie Miss Warren den Zwischenfall mit dem Revolver aufgenommen hatte.

›Der Kunde hat immer recht‹, sagte sie sich, als sie die Treppe hinunterging. ›Ich darf das nicht in Frage stellen. Aber ein Gutes hat die Sache. Jetzt, wo Lady Warren mich nicht mehr mag, wird sie wenigstens nichts mehr davon sagen, daß ich in ihrem blauen Zimmer schlafen soll.‹

Zum Glück blieb ihr Pflichtgefühl von dem eben erlittenen Rückschlag unbeeinträchtigt. Da Oates noch nicht da war, beschloß sie, an seiner Stelle den Tisch für das Abendessen zu decken. Sie arbeitete gerne, und das Gefühl, wieder eine feste Aufgabe zu haben, wärmte sie innerlich, als sie durch die Halle eilte.

Beim Klang ihrer Schritte öffnete sich die Tür des Salons, und Simone schaute heraus – die purpurroten Lippen geöffnet und die Augen von Sehnsucht versengt. Augenblicklich erhob sich hinter ihrer Schulter wie eine Schlange der Kopf ihres Mannes. Sein Kamm unordentlichen Haares stand in roten Zacken empor, und sein Kinn war angriffslustig vorgestreckt.

Simone ließ sich trotz ihrer Enttäuschung keine Verlegenheit anmerken. »So treu«, murmelte sie und schloß die Tür.

Gestärkt durch diesen Anblick aufeinanderprallender menschlicher Leidenschaften ging Helen in das Eßzimmer. Zum erstenmal verspürte sie ein gewisses Mitgefühl mit Simone.

›So auf Schritt und Tritt verfolgt zu werden, würde mir auf die Nerven gehen‹, dachte sie.

Es war offensichtlich, daß Newtons Eifersucht einem Höhepunkt entgegenging; er würde nach Stephens Abreise wohl wieder normal werden. Aber vorher wollte er seiner Frau sicherlich keine Gelegenheit zu einem letzten Treffen mit dem Studenten geben.

In Helens Augen grenzte seine Besessenheit fast an Wahnsinn, wenn sie daran dachte, mit welch beharrlicher Gleichgültigkeit Stephen auf die Leidenschaft Simones reagierte. Er lief ihr nicht davon, er schob sie einfach beiseite. Eben jetzt war er in der Küche und half Mrs. Oates. Ihm war Liebe angeboten worden – und er hatte Zwiebeln gewählt.

Das Eßzimmer war der schönste Raum im »Summit«, mit einer reichgeschnitzten Decke aus dunklem Holz und einem schweren, schön eingefaßten Kamin. Die großen Fenster waren von dicken, hochroten Vorhängen verhüllt und die Wände mit dunkelroten Tapeten bedeckt.

Helen ging zu einem riesigen Büfett, in dem Gläser und Silberbesteck aufbewahrt wurden, und nahm aus einer Schublade ein übergroßes Tischtuch aus Damast heraus. Tischsets wurden von Miss Warren, deren Haushaltsmethoden konservativ waren, als Zeichen moderner Schlamperei betrachtet.

Nach jahrelanger Übung konnte Helen einen Tisch im Schlaf decken. Während sie mechanisch Löffel und Gabeln aussortierte, summte ihr Kopf mit Spekulationen. Obwohl sie nicht den Vorzug genoß, mit ihrem Arbeitgeber streiten zu dürfen, wußte sie bestimmt, daß ihr im blauen Zimmer ein Streich gespielt worden war.

›Ich bin sicher, daß Mrs. Oates recht hat‹, dachte sie. ›Lady Warren ist nicht ans Bett gefesselt. Sie ist aufgestanden – und hat dann versucht, das zu verbergen, indem sie das Bett in Ordnung brachte. Sie hat es nur zu schön gemacht... Ich würde gerne mit Dr. Parry darüber sprechen.‹

Dr. Parry war gescheit, jung und unkonventionell. Als er Helen zum erstenmal gesehen hatte, hatte er sich lebhaft für ihr Befinden interessiert, was sie als medizinische Anteilnahme aufgefaßt hatte. Er hatte ihr persönliche Fragen gestellt und offenbar befürchtet, die Umgebung könnte einem so jungen Menschen Schaden zufügen.

Was sie am meisten an ihm mochte, war sein ganz berufswidriges Plaudern über seine Patientin.

»Ihr Herz ist in einem schrecklichen Zustand«, sagte er. »Aber Herzen sind zähe Organe. Es wäre möglich, daß sie, ohne Schaden zu nehmen, auf den Snowdon klettern könnte, aber wenn sie das nächste Mal niesen muß, kann es aus sein... Und doch – sie gibt mir Rätsel auf. Sie widersetzt sich einer richtigen Untersuchung. Manchmal frage ich mich, ob sie überhaupt so hilflos ist. Sie steckt voller Überraschungen.«

Helen dachte an seine Worte, als sie zwischen Tisch und Büfett hin- und herging. Ihre Ohren glühten immer noch, wenn ihr die Ironie in Miss Warrens Stimme einfiel. Obwohl diese zu wohlerzogen war, um ihre Verachtung offen zu zeigen, hatte sie doch sichtlich eine schlechte Meinung von der Intelligenz ihrer Haushaltshilfe.

›Nun, ich habe sie gewarnt‹, dachte Helen. ›Jetzt liegt es an ihr. Aber ich würde gerne wissen, wo der Revolver ist. Ich gehe nicht mehr in dieses Zimmer, wenn ich es verhindern kann.‹

Sie achtete auf das Geräusch des Autos, aber der Sturm peitschte so wütend gegen die Fenster, daß sie das Summen des Motors überhörte. Erst als Mrs. Oates ihren Mann begrüßte, wurde ihr klar, daß die neue Pflegerin angekommen war.

Sie rannte durch das Zimmer und öffnete die Tür, doch war sie zu spät, denn sie folgte bereits ihren Führern durch die Eingangshalle zur Küchentreppe. Ihre Rückenansicht jedoch war eindrucksvoll, denn sie war ungewöhnlich groß.

Helen empfand plötzlich Zuversicht.
›Die ist auf jeden Fall kein schwaches Glied‹, beschloß sie.
›*Er* hätte schöne Mühe, mit ihr fertig zu werden.‹

Als sie jetzt in der Halle herumstand, erinnerte sie sich an den losen Knopf an Miss Warrens Tür. Sie hatte beobachtet, wo Oates seine Werkzeuge aufbewahrte, und entdeckt, daß er sie immer da liegen ließ, wo er sie gerade gebraucht hatte. Das half ihr, die Werkzeugkiste versteckt in einer Ecke des Schuhschrankes in der Halle zu finden.

Da dies eigentlich nicht ihre Aufgabe war, schlich sie leise die Treppe zum ersten Stock hoch und kniete vor der Tür nieder. Kaum hatte sie begonnen, die Sache zu untersuchen, als ein plötzliches Geräusch sie aufschauen ließ.

Dabei wurde sie das Opfer einer Täuschung. Sie war sicher, die Tür, die jenseits des Gangs zur Hintertreppe führte, habe sich geöffnet und gleich wieder geschlossen, nachdem sie einen Blick auf ein fremdes Gesicht erhascht hatte.

Der Eindruck entschwand so rasch wie ein Traum, hinterließ aber ein Gefühl des Schreckens, als habe sie das leibhaftige Böse gesehen.

Noch während sie in betäubter Verwirrung auf die Tür starrte, sah sie, daß diese sich wirklich geöffnet hatte und ihr der Professor entgegenkam.

Sie blinzelte ihn an, den Kopf voller ungelöster Fragen.

›Es muß der Professor gewesen sein‹, dachte sie. ›Es *muß*. Er war es sicher. Ein Licht- oder Schattenfleck muß ihn entstellt haben. Es ist so dunkel hier.‹

Obwohl sie sich an diese beruhigende Erklärung klammerte, zweifelte ihre Vernunft sie an. Ihr blieb die Vorstellung der spiralförmigen Wendeltreppe im Gedächtnis haften. Die zwei Treppenhäuser im »Summit« boten jedem, der sich verstecken wollte, besonders gute Gelegenheiten.

Sie sagte sich, daß bei Tageslicht niemand hereinkommen konnte. Und das Haus war auch so voller Leute, daß es keinem möglich war, unbemerkt zu bleiben. Ein Eindringling müßte die Gewohnheiten und den Stundenplan aller Insassen kennen.

Doch jäh fiel ihr ein, was Mrs. Oates über die übernatürliche Schlauheit eines wahnsinnigen Verbrechers gesagt hatte.

Er wußte alles.

Ein Schauer rann ihr den Rücken hinunter, als sie sich fragte, ob sie dem Professor ihre Beobachtung melden sollte. Dies war ihre Pflicht, falls ein Unberechtigter sich im Haus aufhielt. Aber als sie schon die Lippen geöffnet hatte, flößte ihr die Erinnerung an das kürzliche Gespräch mit Miss Warren die Furcht ein, sie würde als zu übereifrig empfunden.

Zwar gaben ihr die Augen des Professors wie immer das Gefühl, sich gerade in Luft aufzulösen, aber der Anblick seiner normalen Abendkleidung gab ihr wieder Auftrieb. Sein Hemd glänzte, seine schwarze Krawatte war feierlich, und sein graues Haar war aus seiner intellektuellen Stirn zurückgestrichen.

Er hielt sich starr, wogegen seine Schwester schwankend wirkte; trotzdem erweckte auch er in ihr die Empfindung, er sei kein wirklicher Mensch. Aber während Miss Warren ihr prähistorisch erschien, war der Professor wie ein Mensch aus der wissenschaftlichen Welt der Zukunft.

Plötzlich dachte sie, er könne glauben, sie habe durch das Schlüsselloch des Schlafzimmers gespäht, und sie erzählte ihm schnell von dem defekten Türknauf.

»Sagen Sie bitte Oates, er solle sich darum kümmern«, sagte er mit geistesabwesendem Nicken.

Durch dieses Zwischenspiel ermuntert, beschloß Helen, ihren Mut auf die Probe zu stellen und die Hintertreppe hinunterzugehen. Als sie die Treppenhaustür öffnete und die Windungen der Treppe hinuntersah, machte sie den Eindruck einer Falle, die sich in tiefe Dunkelheit hinunterschlängelte. Aber ihr Mut verließ sie nicht bis zur letzten Treppenstufe, die sie förmlich übersprang, als plötzlich vor ihrem inneren Auge das Bild eines verdorrten, verzerrten Gesichts auftauchte.

Die neue Pflegerin

Als Helen die Küche betrat, begrüßte sie das Geräusch von brutzelndem Fett. Der Tisch war mit Lebensmitteln verschiedenster Art und in den unterschiedlichsten Stadien der Zubereitung bedeckt; Gemüse dünstete auf dem Herd, und Mrs. Oates briet Fische, hantierte mit den Pfannen und trocknete die nassen Kleider ihres Mannes über dem Heißwasserkessel. Obschon das alles chaotisch aussah, arbeitete sie rasch und ohne den Kopf oder die gute Laune zu verlieren.

Oates trug einen grauen Wollpullover und aß ein gewaltiges Mahl in einer Ecke, die seine Frau für ihn freigeräumt hatte. Er war ein gutmütiger Riese, gebaut wie ein Boxer und mit kurzem, lockigem Haar.

Beim Anblick seiner kleinen, ehrlichen Augen, die unter seinen feuchten Lockenkringeln hervorstrahlten, strahlte Helen mit wirklicher Willkommensfreude zurück. Genau wie seine Frau erschien auch er ihr stets als ein Fels in der Brandung.

»Ich bin so froh, daß Sie zurück sind«, sagte sie zu ihm. »Sie ersetzen drei Männer im Haus.«

Oates lächelte einfältig und versuchte, das Kompliment zurückzugeben.

»Danke fürs Tischdecken, Miss«, sagte er nach langem Überlegen.

»Regnet es immer noch so stark?« fuhr Helen fort.

»Nicht mehr annähernd so stark«, warf Mrs. Oates erbittert ein. »Oates hat fast alle Nässe hereingebracht.«

Oates goß Worcestersauce über seinen Fisch und wechselte das Thema.

»Warte nur, bis du siehst, was ich mitgebracht habe«, kicherte er.

»Meinen Sie etwa die neue Pflegerin?« fragte Helen.

»Ja, die Kleine, die ich im Schwesternheim abgeholt habe. So wie sie aussieht, steht sie ihren Mann.«

»Ist sie nett?«

»Garstiger geht's nicht mehr. Redet vornehm und gespreizt und behandelt mich von oben herab... Wenn *sie* eine Dame ist, bin ich Greta Garbo.«

»Wo ist sie jetzt?« fragte Helen neugierig.

»Ich habe ihr im kleinen Wohnzimmer etwas zu essen gebracht.«

»In *meinem* Zimmer?«

Mrs. Oates wechselte ein Lächeln mit ihrem Mann. Helens Sinn für Besitz amüsierte sie immer wieder, vor allem weil sie so kleingewachsen war.

»Nur heute abend«, sagte sie besänftigend. »Ich dachte, sie wäre froh, nach der nassen Fahrt nicht auf das offizielle Abendessen warten zu müssen.«

»Ich begrüße sie«, entschloß sich Helen, wohl wissend, daß ›anschauen‹ das treffendere Wort gewesen wäre.

Ihr eigenes Heiligtum – ein düsterer Halbkeller auf der anderen Seite der Küche – war ursprünglich als Wohnzimmer für die Dienerschaft gedacht gewesen; in einer Zeit, als noch genügend Personal zu finden war. Wände und Decke waren buttergelb bemalt, um die Düsterkeit aufzuhellen, und es war mit überflüssigen Möbeln aus dem Haus schäbig möbliert.

Weil es Helen zugewiesen worden war, hing sie mit eifersüchtiger Zähigkeit daran. Zwar aß sie mit der Familie – dies in Anerkennung der Tatsache, daß ihr Vater nicht hatte arbeiten müssen – aber da sie selbst arbeiten mußte, genoß sie nicht das Privileg, im Salon sitzen zu dürfen.

Als sie ihre Zuflucht betrat, schaute die Pflegerin von ihrem Tablett auf. Sie war eine große, breitschultrige Frau und trug noch ihre Ausgehuniform im üblichen Dunkelblau. Helen bemerkte, daß sie ein großflächiges, gerötetes Gesicht hatte; ihre Augenbrauen waren buschig und lagen dicht zusammen.

Sie hatte ihre Mahlzeit fast beendet und rauchte schon zwischen den letzten Bissen.

»Sind Sie Schwester Barker?« fragte Helen.

»Guten Tag.« Schwester Barker sprach betont kultiviert und legte ihre Zigarette nieder. »Sind Sie eine der Miss Warrens?«

»Nein, ich bin die Haushaltshilfe, Miss Capel. Haben Sie alles, was Sie brauchen?«

»Ja, danke.« Schwester Barker begann wieder zu rauchen. »Aber ich habe eine Frage. Warum setzt man mich in die Küche?«

»Das ist nicht die Küche«, erklärte Helen. »Das ist mein eigenes Wohnzimmer.«

»Essen Sie auch hier?«

»Nein, ich esse mit der Familie.«

Das plötzliche Aufleuchten in den tiefliegenden Augen der älteren Frau verriet Helen, daß sie eifersüchtig war. Obwohl sie es neu und erfrischend fand, beneidet zu werden, riet ihr Instinkt ihr doch, Schwester Barkers verletzte Gefühle zu besänftigen.

»Die Pflegerin hat ihr eigenes, privates Wohnzimmer im ersten Stock, das dem Keller vorzuziehen ist«, sagte sie. »Ihre Mahlzeiten werden dort serviert. Natürlich das gleiche, was wir essen. Nur heute dachten wir, Sie wären vielleicht froh, nicht warten zu müssen. Ihnen ist sicher kalt und Sie sind müde.«

»Ich bin mehr als das.« Schwester Barker sprach mit geradezu tragischer Intensität. »Ich bin *entsetzt*. Dieser Ort liegt ja auf keiner Landkarte. Es ist am Ende der Welt. Ich habe niemals eine so einsame Lage erwartet.«

»Was haben Sie denn erwartet? Sie wußten doch, daß es auf dem Land liegt.«

»Ich dachte an ein gewöhnliches Landhaus. Man sagte mir, meine Patientin sei eine Lady Warren, und das klang völlig in Ordnung.«

Helen fragte sich, ob sie Schwester Barker davor warnen sollte, was ihr bevorstand.

»Ich vermute, Sie werden sie leider etwas eigensinnig finden«, sagte sie. »Die letzte Pflegerin fürchtete sich vor ihr.«

Schwester Barker verschluckte gekonnt einen Mundvoll Rauch.

»*Mir* wird sie keine Angst machen«, erklärte sie. »Sie wird schon herausfinden, daß ihre Tricks sich nicht lohnen. Ich halte meine Patienten in Ordnung. Nur durch Beeinflussung natürlich. Ich glaube an Güte. Die eiserne Hand im Samthandschuh.«

»Eine eiserne Hand klingt aber nicht sehr gütig«, bemerkte Helen, der das plötzliche Funkeln in Schwester Barkers Augen nicht gefiel. Sie schaute erleichtert auf, als Mrs. Oates eintrat. Sie hatte ihre fettige Küchenschürze beiseite gelegt und freute sich auf Geselligkeit.

»Das Essen ist fertig und kann jetzt warten bis zum Servieren«, verkündete sie. »Ich wollte nur eben fragen, Schwester, ob Sie ein bißchen Pudding möchten. Pflaumenpudding vielleicht, oder ein Stück Stachelbeerkuchen?«

»Sind das eingemachte Stachelbeeren?« fragte Schwester Barker.

»Nein, nein, aus unserer Dezemberernte, frischgepflückt aus dem Garten.«

»Dann keines von beidem, danke«, sagte Schwester Barker.

»Oder eine feine Tasse Tee?«

»Nein, danke.« Schwester Barkers Stimme wurde vornehmer, als sie die nächste Frage stellte. »Gibt es irgendwelche – Anregungsmittel?«

Mrs. Oates Augen leuchteten, und sie leckte die Lippen.

»Massen davon im Keller«, sagte sie. »Aber der Chef hat den Schlüssel. Wenn Sie wollen, rede ich mit ihm darüber.«

»Nein, danke, ich ziehe es vor, selbst mit Miss Warren über meine Wünsche zu sprechen. Seltsam, daß sie noch nicht heruntergekommen ist, um mich zu begrüßen. Wo ist sie?«

»Sie sitzt bei Lady Warren. Ich hätte es nicht so eilig, *da* hinaufzugehen, Schwester. Ist man einmal dort, muß man auch dort bleiben.«

Schwester Barker dachte über Mrs. Oates' Ratschlag nach.

»Mir sagte man, es genüge *eine* Pflegerin«, sagte sie. »Ich komme direkt von der Arbeit, und ich habe nur der Oberschwester zuliebe zugesagt. Ich brauche heute nacht meinen Schlaf.«

Sie wandte sich an Helen.

»Schlafen Sie gut?« fragte sie.

»Von zehn bis sieben«, prahlte Helen unvorsichtig.

»Dann kann eine kürzere Nacht Ihnen nicht schaden. Heute nacht werden *Sie* bei Lady Warren schlafen.«

Helen erschrak heftig.

»O nein«, rief sie aus, »das *kann* ich nicht!«

»Warum nicht?«

»Ich – es klingt absurd, aber ich habe Angst vor ihr.«

Schwester Barker schien über dieses Geständnis erfreut.

»Blödsinn«, sagte sie verächtlich. »Angst vor einer bettlägerigen alten Frau? Ich habe noch nie so einen Unsinn gehört. Ich bespreche das mit Miss Warren.«

Helen erschauerte innerlich vor Ablehnung, als sie an Lady Warrens künstliches Lächeln dachte. Jetzt hatte sie etwas, worüber sie lächeln konnte. Sie allein wußte, wo sie ihren Revolver versteckt hatte.

Plötzlich fragte sie sich, wie das enden würde, wenn die Pflegerin auf ihrer Nachtruhe bestand? Sie mußte schließlich zusehen, daß sie ihre neue Stellung behielt; sie war zu lange arbeitslos gewesen.

Als sie sich beunruhigt umsah, kam ihr der junge Arzt in den Sinn. Wenn sie ihn darum bat, würde er sie gewiß nicht im Stich lassen.

»Nun, wir werden ja sehen, was der Doktor dazu sagt«, meinte sie.

»Ist der Doktor jung?« fragte Schwester Barker.

»Eher jung«, antwortete Helen.

»Verheiratet?«

»Nein.«

Mrs. Oates blinzelte Helen zu, als Schwester Barker ihre Handtasche öffnete und Spiegel und Lippenstift hervorholte. Sie deckte ihre Lippen dick mit fettigem Rot, das Helen vage an frisches Blut erinnerte.

»Damit wir uns richtig verstehen«, sagte sie zu Helen, »*ich* spreche mit dem Arzt. Das ist in unserem Beruf so üblich. Sie dürfen nicht mit ihm über die Patientin sprechen.«

»Aber ich spreche mit ihm nicht über sie«, bemerkte Helen.

»Worüber denn?« fragte Schwester Barker eifersüchtig.

»Ja, worüber reden sie *nicht*?« unterbrach Mrs. Oates. »Nur Frechheiten, da können Sie sicher sein. Miss Capel versteht sich glänzend mit den Herren.«

Auch wenn Helen wußte, daß Mrs. Oates die Pflegerin nur necken wollte, gab ihr die schiere Neuheit dieser Beschreibung ein großartiges Triumphgefühl, und sie fühlte sich zu allem bereit.

»Mrs. Oates scherzt nur«, sagte sie zu Schwester Barker – ein unbestimmtes Gefühl warnte sie davor, sich hier eine Feindin zu schaffen. »Aber der Doktor ist ein netter Kerl. Wir sind Freunde, nicht mehr.«

Schwester Barker schaute sie durchdringend an. Dann zog sie ihr Zigarettenetui hervor und bot es der Reihe nach Helen und Mrs. Oates an.

Helen war froh, abgelehnt zu haben, als sie sah, wie der erste Zug Mrs. Oates husten ließ.

»Sind die aber stark«, keuchte sie. »Sie mögen scharfen Tabak, Schwester.«

»Ja, meine Geschmacksnerven sind schon abgehärtet«, sagte Schwester Barker. »Ich muß viel rauchen, um meine Nerven zu entlasten. *Die Dinge, die ich sehe.* Aber was ist das für ein seltsames Haus. Ich erwartete eine Menge Dienstboten. *Wieso* gibt es hier keine?«

Helen sah voller Vorfreude, daß Mrs. Oates einen zweiten, nun anerkennenden Zug aus ihrer Zigarette nahm, denn sie erriet, daß ein Schwatz bevorstand.

»Komisch«, bemerkte sie, »aber seit dieses Haus steht, ist es schwierig, Mädchen hier zu behalten. Erstens zu einsam. Und dann hat es bei Dienstboten einen schlechten Ruf.«

»Schlechten Ruf?« soufflierte Schwester Barker, und Helen spitzte in Erwartung der Antwort die Ohren.

»Ja. Es liegt jetzt schon lange zurück, aber zu Zeiten Sir Roberts fand man einmal ein Dienstmädchen ertrunken im Brunnen. Ihr Schatz hatte sie verlassen, und so nahm man an, sie sei selbst hineingesprungen. Es war noch dazu der Trinkwasserbrunnen.«

»Ekelhafte Verschmutzung«, murmelte Schwester Barker.

»Gewiß. Und nachher kam ein Mord ... ein Küchenmädchen wurde im Haus gefunden, tot, die Kehle von Ohr zu Ohr durchschnitten. Sie war stets unfreundlich gegenüber Landstreichern gewesen und hatte sie von der Tür gewiesen, und von einem hatte man gehört, wie er drohte, er bringe sie um. Sie haben ihn nie erwischt. Aber das Haus galt seither als Unglückshaus.«

Helen preßte fest die Hände zusammen.

»Mrs. Oates«, fragte sie, »wo genau wurde sie ermordet?«

»Im dunklen Gang bei den Kellern«, war die Antwort. »Ich wollte es Ihnen eben nicht sagen, aber Oates und ich nennen dieses Stück stets ›Mordweg‹.«

Beim Zuhören kam Helen der Gedanke, daß Lady Warrens zielloses Geschwätz über in das Haus einbrechende Bäume auf einer soliden Grundlage beruhte. Als junge Frau hatte diese feuchte Einsamkeit sie bis in das Innerste durchdrungen. Sie hatte an ihrem Fenster gestanden und in die winterliche Dämmerung hinausgestarrt, wo sich der Nebel zu Gestalten verdichtete und Bäume lebendig wurden.

Einer der Bäume – ein Landstreicher, wild und mit blutunterlaufenen Augen – war tatsächlich hereingeschlüpft. Kein

Wunder, daß sie jetzt im Alter die Szene in ihrem spinnwebverstaubten Gehirn wieder nachlebte.

»Wann war das?« fragte sie.

»Kurz vor Sir Roberts Tod. Lady Warren wollte das Haus aufgeben, weil keine Dienstboten zu finden waren, und sie stritten sich die ganze Zeit bis zum Unfall.«

»Und hat der Professor auch Mühe, Personal zu finden?« erkundigte sich Schwester Barker.

»Bis jetzt nicht«, antwortete Mrs. Oates. »Es gibt immer alte und alternde Menschen, die ein ruhiges Heim haben möchten. Die haben den Karren gezogen, bis diese Morde wieder die alten Probleme hochbrachten.«

Schwester Barker leckte die Lippen in düsterem Behagen.

»Einer war ganz nahe beim ›Summit‹, nicht wahr?« fragte sie.

»Ein paar Kilometer entfernt.«

Schwester Barker lachte und zündete sich eine neue Zigarette an.

»Ich brauche mir keine Sorgen zu machen«, sagte sie. »Ich bin in Sicherheit, solange *sie* da ist.«

»Meinen Sie – Miss Capel?« fragte Mrs. Oates.

»Ja.«

Helen gefiel es nicht, daß ihr diese besondere Ehre zuteil wurde. Sie bereute es, mit ihrer angeblichen Anziehungskraft auf Männer in das Rampenlicht geraten zu sein.

»Warum gerade ich?« protestierte sie.

»Weil Sie jung und hübsch sind.«

Helen lachte; sie fühlte sich plötzlich wieder sicher.

»In diesem Fall«, sagte sie, »bin ich auch in Sicherheit. Kein Mann würde mich ansehen, solange die Schwiegertochter des Professors in der Nähe ist. Sie ist auch jung und wunderschön angezogen, und außerdem strahlt sie Sex-Appeal aus.«

Schwester Barker schüttelte den Kopf und lächelte geheimnisvoll.

»Nein«, beharrte sie. »*Sie* ist sicher.«

»Wieso?« fragte Helen.

Statt einer Antwort stellte Schwester Barker eine Frage.

»Haben Sie das nicht selber bemerkt?«

Ihre Andeutungen waren so unbestimmt und bedeutungsvoll, daß sie Helen beunruhigten. Zwar wollte sie sich von dieser Frau keine Angst einjagen lassen, aber sie verlor allmählich die Nerven.

»Sagen Sie es doch bitte klar«, rief sie aus.

»Nun gut«, sagte Schwester Barker. »Haben Sie nicht bemerkt, daß der Mörder stets Mädchen auswählt, die arbeiten müssen, um leben zu können? Vielleicht hegt er einen Groll gegen sie, weil sie Männern die Arbeit wegnehmen. Er mag ein Kriegsverletzter sein, der zurückkam und eine Frau an seinem Arbeitsplatz vorfand. Das Land wimmelt von Frauen wie von Maden, die alle Stellen auffressen. Und die Männer hungern.«

»Aber ich mache keine Männerarbeit«, wandte Helen ein.

»Doch. Männer arbeiten heutzutage auch im Haus. Wir haben hier einen Mann. *Ihren* Mann.« Sie nickte zu Mrs. Oates hinüber. »Statt daheim zu bleiben, sind Sie außer Haus und verdienen Geld. Ihr Lohn würde rechtmäßig jemand anderem gehören. So sieht es ein Mann.«

»Ja, aber – Sie selbst?«

»Krankenpflege war schon immer Frauen vorbehalten.«

Mrs. Oates versuchte, die Spannung zu mildern, indem sie sich von ihrem Stuhl erhob.

»Jetzt muß ich aber nachschauen, ob mein Mann das Abendessen verdorben hat. Wirklich, wenn man Sie reden hört, Schwester, könnte man glauben, Sie seien selbst ein Mann.«

»Ja, ich kann mit den Augen eines Mannes sehen«, sagte Schwester Barker.

Helen merkte jedoch, daß Mrs. Oates einen Volltreffer gelandet hatte, denn Schwester Barker biß sich auf die Lippen, als hätte sie die Bemerkung übelgenommen. Aber sie hielt die Augen unverwandt auf das Mädchen gerichtet, die den Eindruck hatte, unter dem mitleidlosen Blick zu schrumpfen. Er war unangenehm wie ein Scheinwerfer, der die dicken Mauern des »Summit« durchdrang und sie in grelles Licht tauchte.

Ihr gesunder Menschenverstand kehrte zurück, als Mrs. Oates laut lachte.

»Also, wenn irgend jemand unserer kleinen Miss Capel etwas antun will, muß er erst an Oates und mir vorbei.«

Helen schaute ihr treues, häßliches Gesicht und ihre starken Arme an. Sie dachte an Oates und seine ungeheure Kraft. Sie hatte im Notfall zwei würdige Wächter.

»Ich fürchte mich nicht, wenn er mich wählt«, sagte sie.

Mit unheimlichem Instinkt verstand Schwester Barker es aber, ihre Ängste zu schüren.

»Auf jeden Fall«, bemerkte sie, »werden Sie Lady Warren zur Gesellschaft haben. Sie schlafen heute nacht bei ihr.«

Helen hörte dies mit einem schrecklichen Gefühl der Endgültigkeit. Lady Warren wußte, daß Helen kommen mußte. Ihr Lächeln glich dem eines Krokodils, das niemals vergeblich auf Beute wartet.

Die alte Dame würde auf sie warten.

Eifersucht

Während Helen sich fieberhaft überlegte, wie sie dem Doktor ihre Abneigung gegen Nachtdienst verständlich machen konnte – damit er sie mit seiner Autorität unterstützte – wurde das Dreiecksverhältnis allmählich kritisch. Hätte sie davon gewußt, so wären ihr alle Eheschwierigkeiten gleichgültig gewesen. Zum erstenmal in ihrem Leben saß sie nicht mehr in ihrem bequemen Zuschauersitz, sondern fühlte sich auf die Bühne gestoßen.

Je mehr sie sich vorstellte, sie würde im blauen Zimmer schlafen müssen, desto weniger gefiel ihr diese Aussicht. Sie konnte nur sich fügen oder sich offen auflehnen, doch in diesem Fall riskierte sie nicht nur die Entlassung, sondern würde wohl auch keinen Lohn mehr bekommen. Sie war sicher, daß Miss Warren die Partei der Pflegerin ergreifen würde, denn in der kurzen Zeit ihrer Stellvertretung hatte sie Abneigung und Widerstand an den Tag gelegt.

Schwester Barker war ausgebildete Krankenschwester und ihre Stellung im Haushalt deshalb weit höher als die der Haushaltshilfe. Wenn sie ein Ultimatum stellte, würde Helen unweigerlich an die Wand gedrückt. Dazu kam, daß der Doktor, obwohl er sich offensichtlich für sie interessierte, sich, wie sie besorgt vermutete, der guten Umgangsformen wegen wohl auf die Seite der Schwester stellen mußte.

›Wenn er mich im Stich läßt, muß ich eben die Zähne zusammenbeißen und durchhalten‹, dachte Helen. ›Aber vorher versuche ich alles, um an sein besseres Ich zu appellieren.‹

Zwar schien zwischen ihren dramatischen Ängsten und dem Sturm im Wasserglas, der im Salon stattfand, keine Verbindung zu bestehen, aber es sollte sich erweisen, daß die Rückwirkungen jener trivialen Geschichte für Helens Sicherheit von größter Bedeutung waren.

Und doch schienen Salon und Küche Welten voneinander entfernt zu sein. Während Helen Muskatnuß schabte, warf Simone ihre Zigarette in das Feuer und erhob sich mit einem ostentativen Gähnen.

Augenblicklich schoß der Kopf ihres Mannes hinter seinem Buch hervor.

»Wo gehst du hin?« fragte er.

»Mich umziehen. Warum?«

»Einfach der Versuch, ein Gespräch in Gang zu bringen. Dein beharrliches Schweigen ist unkultiviert.«

Simones Augen funkelten unter den gemalten Schmetterlingsbrauen.

»Du stellst nur Fragen«, sagte sie. »Ich bin Kreuzverhöre nicht gewohnt und kann sie auch nicht leiden. Und noch etwas: Ich will nicht, daß du mir ständig folgst.«

Newton schob die Unterlippe vor und warf auch die Zigarette weg.

»Aber zufällig habe ich denselben Weg, meine Liebe«, sagte er. »Ich gehe auch hinauf, um mich umzuziehen.«

Simone wirbelte herum und bot ihm entschlossen die Stirn.

»Hör zu«, sagte sie, »ich will hier keine Szene machen, wegen des Professors. Aber ich warne dich endgültig, *mir reicht es.*«

»Ich warne dich auch«, erwiderte er. »Mir reicht deine Geschichte mit Rice.«

»Ach, sei kein Narr und tisch nicht diese mittelalterlichen Konserven wieder auf. Du kannst nichts dagegen tun. Du hast keine Macht über mich. Ich kann tun, was ich will. Ich kann dich verlassen – und ich werde es auch tun, wenn du dich weiterhin so unmöglich benimmst. Ich habe eigenes Vermögen.«

»Vielleicht, meine Liebe, ist das der Grund, warum ich dich behalten will«, sagte Newton. »Vergiß nicht, wir sind eine intelligente Familie.«

Der Zorn wich aus Simones Gesicht; sie schaute ihren Gatten mit einem Funken echten Interesses an. Von ihren Sinnen und Wünschen gelenkt, hatte sie ihren eigenen Intellekt bewußt vernachlässigt. Sie verachtete kluge Frauen, denn sie glaubte, daß sie für die Erforschung ihres ureigenen Territoriums – des Mannes – außer Instinkt nichts benötigte.

Weil sie für sie eine unbekannte Größe war, respektierte sie männliche Intelligenz. Sie hatte Newton trotz seines häßlichen Gesichts geheiratet, eben wegen dieses unbekannten Bereichs hinter seiner gewölbten Stirn. Sie war so verwöhnt, daß sie stets nur das Unerreichbare besitzen wollte. Eine Reihe von Affären mit verliebten Studenten hatte bei ihr keinen Eindruck hinterlassen; das war zu leicht gewesen. Newton hätte sie halten können, hätte er sich weiterhin so gleichgültig gegeben.

Unglücklicherweise hatte seine Eifersucht auf Stephen Rices gutes Aussehen ihn von der Höhe herunter – und in die Arena geholt. Er und Rice mochten einander nicht wegen einer alten Geschichte, die Rice aus Oxford vertrieben hatte. Deshalb spielte Stephen Simones Spiel mit, wann immer ihr Mann dabei war, um ihn zu ärgern.

An der Salontüre drehte sich Simone um und wandte sich an ihren Mann.

»Ich gehe hinauf. *Allein.*«

Newton starrte sie an und ließ sich dann mißmutig wieder in seinen Sessel fallen. Eine Minute später warf er sein Buch zur Seite und ging leise die Treppe hoch zum ersten Stock, wo er lauschend stehenblieb.

Simone hatte den zweiten Stock erreicht, aber sie ging nicht in das rote Zimmer. Statt dessen klopfte sie leise an Stephens Tür.

»Steve«, rief sie.

Stephen lag ausgestreckt auf dem Bett und rauchte. Sein Schäferhund lag neben ihm, den Kopf auf der Brust seines Herrn. Als Simone klopfte, schnitt Stephen eine Grimasse, um seinem Hund zu bedeuten, er solle still bleiben.

Der Hund stellte die Ohren auf und rollte die Augen, so daß man das Weiße sah. Die Daunendecke war, nach einem zugigen Zwinger, eine angenehme neue Erfahrung, und er wußte, daß Frauen, wenn es um Betten ging, seine natürlichen Feinde waren.

Simone klopfte lauter und rüttelte an der Tür.

»Nicht hereinkommen«, rief Stephen. »Ich ziehe mich eben an.«

»Dann mach schnell. Ich will dich sprechen.«

Simone schlenderte zum roten Zimmer zurück und fand dort bereits ihren Mann.

»Kein Glück gehabt?« fragte er gleichmütig, während er seine Jacke auszog.

Simone starrte ihn wütend an.

»Ich habe dir gesagt, du sollst mir nicht folgen«, sagte sie.

»Ich bin dir nicht gefolgt«, sagte er. »Ich habe mich nur einem Naturgesetz entsprechend fortbewegt. Selbst Gletscher bewegen sich – obschon wir nicht wahrnehmen können, wie sie es tun.«

»Wenn du so langsam wärst wie sie, hätte ich nichts dagegen einzuwenden.« Simone ging zum Kleiderschrank und nahm das Abendkleid aus schwarzem Samt heraus, das sie seit ihrer Ankunft im »Summit« trug; eine Art von vorgezogener Trauerkleidung, während sie auf den Tod der Stiefgroßmutter ihres Mannes wartete.

Dann aber wählte sie statt dessen ein rückenfreies Kleid aus zarter blaßrosa Seide und zog es sich über den Kopf.

»Ausgezeichneter Geschmack, für ein Familiendiner in der Wildnis«, spottete Newton.

»Ich trage es nicht deiner Familie zuliebe«, sagte Simone trotzig.

Sie fühlte seine Augen auf ihr ruhen, die jeder Bewegung, die sie beim Schminken ihres Gesichts machte, folgten.

»Noch ein wenig Parfüm hinter die Ohren«, riet er. »Da kann kein Mann widerstehen.«

»Danke, daß du mich daran erinnerst.«

Simone beendete ihre Toilette mit Augen, die vor Zorn funkelten und zusammengepreßten Lippen. Als sie das Zimmer verließ, warf sie mit Absicht die Tür weit auf, so daß ihr Mann hören konnte, wie sie hinüber zum Junggesellenzimmer ging.

»Steve«, rief sie gebieterisch, »ich will mit dir sprechen.«

»Na, meinetwegen.«

Der Student erschien; er sah zerknittert und schlecht gelaunt aus.

»Dein Haar ist unordentlich«, sagte Simone und hob ihre Hände, um seine schweren Locken zu teilen.

»Laß das.« Er schüttelte ungeduldig den Kopf. »Ich hasse es, wenn man an mir herummacht.«

»Aber ich tue es gern.«

»Dann mache nur weiter, meine Liebe.«

Stephen hatte aufgehört, sich zu wehren, weil er hinter sich Schritte gehört hatte. Er schaute mit boshaftem Grinsen zu Newton hinauf.

»Das wird Ihnen zugute kommen, Warren«, sagte er. »Ihre Frau übt an mir.«

Die Adern schwollen an Newtons Schläfen, als er zusah, wie die bloßen Arme seiner Frau sich vertraut um Stephens Hals schlangen. Lachend und mit einem plötzlichen Rückwärtsruck der Hand brachte sie sein Haar durcheinander, bis es in einem aufrechten Schopf stand.

»So – fertig«, erklärte sie.

Newton johlte vor Vergnügen, als er Stephens Verlegenheit sah.

»Er sieht aus wie Harpo Marx«, sagte er. »Hoffentlich benützt Sie meine Frau weiterhin als Modell und ich bleibe davon verschont.«

Simone blickte höhnisch auf den eigensinnigen Haarkamm ihres Mannes.

»Wo ist da ein Unterschied?« fragte sie. »Stephen, du hast mein neues Kleid noch nicht bewundert.«

Obwohl der junge Mann ihre Eleganz nicht einmal bemerkt hatte, übertrieb er nun seine Bewunderung in Newtons Gegenwart.

»Also, das wirft mich um. Schön – und enthüllend. Ich werde dich nie mehr mit einer Nonne verwechseln.«

Newtons Mund verengte sich, und seine Brillengläser verstärkten den bösen Glanz seiner Augen. Stephen schaute gehemmt und gleichzeitig gehässig drein, als sich Simone langsam umdrehte, um einen Rücken vorzuzeigen, der als vollkommen galt.

Die Szene schien eine Demonstration ganz gewöhnlichen Herdentriebs zu sein, mit etwas verwirrten Eigentumsverhältnissen. Und doch trug jede Strömung losgelassener menschlicher Leidenschaft zum Anschwellen der Flutwelle bei, die Helen später wie einen Strohhalm davonschwemmen sollte.

Newton wandte sich mit einem geheuchelten Achselzucken ab.

»Die Kleider meiner Frau sind natürlich für mich nicht so neu«, sagte er. »Übrigens, Rice, was haben Sie mit diesem Hund gemacht?«

»Er ist in meinem Schlafzimmer«, fuhr Stephen ihn an.

Newton hob die Brauen.

»In einem Schlafzimmer? Ein Hund, der direkt von einem schmutzigen Bauernhof kommt? Das ist nicht fair Ihrer Gastgeberin gegenüber. Nehmen Sie meinen Rat an und sperren Sie ihn nachts in die Garage.«

»Ich nehme nichts von Ihnen an«, knurrte Stephen.

»Nicht einmal meine Frau? Vielen Dank.«

Pfeifend, als ob nichts wäre, schlenderte Newton die Treppe hinunter und wandte sich nicht mehr um.

In Stephen brodelte das Bedürfnis, seinen Hund zu beschützen, obwohl er einsah, daß Newtons Haltung vernünftig war.

»Ich laß mich hängen, ehe ich den armen Kerl in dieses zugige Loch sperre«, sagte er wütend. »Er bleibt hier, oder ich gehe.«

»Um Himmels willen, vergiß doch diesen elenden Hund«, rief Simone ärgerlich. »Sag mir lieber, wie dir mein Kleid gefällt.«

»Gut, das heißt das bißchen, was davon vorhanden ist«, antwortete Stephen, wieder der alte, da Newton fort war. »Ich sehe es gern, wenn ein Boxer, auf den ich gesetzt habe, sich auszieht, aber außerhalb der Arena gebe ich nicht viel auf nackte Rücken.«

Diese Zurückweisung feuerte nur Simones Temperament an.

»Du Biest«, rief sie. »Ich habe es für dich angezogen. Du solltest dich an unseren letzten Abend erinnern. Und an *mich*.«

»Tut mir leid, meine Liebe«, sagte Stephen leichthin. »Aber nach dem Essen gehe ich in den Ochsen.«

Simones Augen leuchteten in jäher Leidenschaft auf.

»Da gehst du wegen dieser flachshaarigen Barmaid hin«, wütete sie.

»Whitey? Ja. Aber auch wegen etwas anderem. Bier, wunderbarem Bier.«

»Bleib statt dessen bei mir... Du bist der einzige Mann, den ich je habe darum bitten müssen.«

Stephen schob wie ein verwöhntes Kind die Unterlippe vor. Er brauchte einen Abend in männlicher Gesellschaft – die Freiheit und alkoholische Kameradschaft der kleinen Landkneipe mit ihrem sägemehlbedeckten Boden, den Spucknäpfen und den Ringen, die nasse Gläser auf der eichenen Bartheke hinterlassen hatten. Die flachshaarige Wirtstochter gehörte zu diesem Vergnügen nur insofern, als sie sein Glas füllte.

Und außerdem wollte er Simone loswerden.

Hätte er es geahnt, so wäre ihm das leicht durch vorgetäuschte Demut gelungen oder durch eine Flut von Aufmerksamkeiten, wie es die vielen unerfahrenen Studenten getan hatten. Aber als er den Kopf schüttelte und sich wegdrehte, zerbrach er ein weiteres Glied der Kette, die Helen mit Sicherheit verband.

Er rannte beinahe in sein Zimmer zurück. Er warf die Tür hinter sich zu und ließ sich auf das Bett fallen.

»Frauen sind teuflisch«, teilte er dem Schäferhund mit. »Heirate bloß nicht, mein Freund.«

In übler Laune hastete Simone die Treppe hinunter. Auf dem Absatz begegnete sie Mrs. Oates, die Schwester Barker den Weg zum Zimmer ihrer Patientin zeigte. Beim Anblick der furchterregenden Frau erhellte sich ihr Gesicht ein wenig, denn ihre Eifersucht war so stark, daß sie eine hübsche Pflegerin nicht ertragen hätte.

»Die junge Mrs. Warren«, flüsterte Mrs. Oates, als sie an die Tür des blauen Zimmers klopfte.

Schwester Barker brummte nur; dieser Typ war ihr bekannt.

»Eine Nymphomanin«, sagte sie.

»Nein, nein, sie ist ganz vernünftig«, erklärte Mrs. Oates. »Nur unbeständig.«

Miss Warren öffnete die Tür und in ihren blassen Augen glomm ein Funke des Willkommens.

»Ich bin froh, daß Sie gekommen sind, Schwester«, sagte sie. »Ich habe einen anstrengenden Tag hinter mir.«

»Ja, ich glaube gern, daß Sie froh sind, mir Ihre Aufgabe zu übertragen«, bemerkte Schwester Barker. »Kann ich die Patientin sehen?«

Sie stolzierte hinter Miss Warren in das blaue Zimmer und stand am Bett, in welchem Lady Warren wie ein zusammengeschrumpftes Häufchen, mit geschlossenen, fahlen Lidern lag.

»Ich hoffe, sie wird Sie mögen«, deutete Miss Warren an.

»Wir werden uns sicher rasch anfreunden«, sagte Schwester Barker selbstsicher. »Ich kann mit alten Leuten gut umgehen. Sie brauchen Güte und Festigkeit. Sie sind wieder wie Kinder.«

Lady Warren öffnete plötzlich ein Auge, das nicht im mindesten kindlich aussah – oder wenn doch, dann wie das eines Kindes, das aus einer Ewigkeit von Sünde stammte.

»Ist das die neue Schwester?« fragte sie mit ihrer schwächsten Stimme.

»Ja, Mutter«, antwortete Miss Warren.

»Schick sie weg.«

Miss Warren schaute hilflos die Pflegerin an.

»O Gott«, murmelte sie, »ich fürchte, sie mag auch Sie nicht.«

»Das hat nichts zu sagen«, meinte Schwester Barker. »Sie ist jetzt bloß ein wenig unartig. Ich gewinne ihre Sympathie sicher bald.«

»Schick sie weg«, wiederholte Lady Warren. »Das Mädchen soll wieder kommen.«

Schwester Barker sah darin eine Gelegenheit, ihre Ablehnung zu überwinden.

»Sie sollen sie heute nacht haben«, versprach sie.

Dann zog sie Miss Warren zur Seite.

»Gibt es in dem Zimmer Brandy?« fragte sie. »Ich brauche auf ärztliche Verordnung etwas Anregendes.«

Miss Warren blickte besorgt.

»Ich dachte, Sie wüßten, daß dieser Haushalt abstinent lebt«, erklärte sie ihr. »Sie wissen ja, Sie bekommen dafür ein höheres Gehalt.«

»Aber es ist unvorsichtig, in einem Krankenzimmer keinen Brandy zu haben«, beharrte Schwester Barker.

»Was meine Mutter braucht, ist Sauerstoff«, erklärte Miss Warren. »Davon hängt ihr Leben ab. Immerhin ... vielleicht ... ich werde mit dem Professor sprechen.«

Vor der hohen Gestalt Schwester Barkers trieb sie über den Korridor dahin wie ein welkes Blatt in einer Ostwindböe.

Der Professor erschien in der Tür seines Zimmers, nachdem seine Schwester angeklopft hatte. Er begrüßte die Pflegerin mit steinerner Höflichkeit und hörte ihrer Bitte zu.

»Gewiß können Sie Brandy haben, wenn sie ihn benötigen«, sagte er. »Ich werde sofort in den Keller gehen und eine Flasche auf Ihr Zimmer bringen lassen.«

Helen, die in der Küche half, warf Mrs. Oates einen neugierigen Blick zu, als der Professor sie um eine Kerze bat.

»Halten Sie sie für mich«, sagte er. »Ich gehe in den Weinkeller.«

Obwohl dies für sie ein grausamer Befehl war, beeilte sich Mrs. Oates, ihm zu folgen. Die Glühbirne beleuchtete den Gang nur bis zur Biegung, um die Ecke war es ganz dunkel. Sie ging vor dem Professor und leuchtete ihm, und als sie die Kellertür erreichte, stand sie still und hielt die Kerze hoch wie eine Pilgerin, die ihr Mekka erreicht hat.

Der Schlüssel drehte sich im Schloß, und Mrs. Oates und der Professor betraten den geheiligten Ort. Die Augen der Frau waren vor Gier ganz verschwommen, als ihr Dienstherr aus einem Behälter eine Flasche wählte.

Während sie sie durstig betrachtete, schaute der Professor auf das Thermometer, das an der Wand hing.

»Diese Temperatur kann nicht stimmen«, sagte er und übergab ihr die Flasche. »Halten Sie das; ich trage es ans Licht.«

Ganz kurz darauf kam er aus dem Gang zurück und verschloß die Kellertür wieder. Diesmal ging er voran, während Mrs. Oates ihm respektvoll folgte. Als sie durch die Spülküche ging, duckte sie sich ganz kurz neben dem Spülbecken.

Der Professor stellte die Brandyflasche auf den Küchentisch und sagte zu Helen: »Bitte bringen Sie das in das blaue Zimmer, sobald Mrs. Oates sie entkorkt hat.«

Als sie wieder allein waren, sagte Helen mitfühlend zu Mrs. Oates: »Wie schade. Behalten Sie doch einfach nur einen Eßlöffel voll da und trinken Sie auf Mrs. Warrens Gesundheit.«

»Das wage ich nicht«, antwortete Mrs. Oates. »Die Pflegerin würde es merken und mich verraten. Und es wäre auch eine Sünde, ein so wunderbares Getränk mit Wasser zu verdünnen. Mild wie Muttermilch.«

Helen bewunderte die Charakterstärke, mit der die Frau die Flasche in ihre Hände legte.

»Schnell hinauf damit«, sagte sie, »und lassen Sie sie ja nicht fallen.«

Kaum war sie allein, wurde die Quelle ihrer Festigkeit sichtbar. Sie tappte in die Spülküche hinüber und tastete nach etwas, das sie unter dem Becken verborgen hatte.

Eine Chance hatte sich ihr gezeigt, und sie hatte rasch reagiert. Sie hatte das Versprechen, das sie sich selbst gegeben hatte, eingelöst. Als sie in die Küche zurückkehrte, lächelte sie triumphierend ihre Beute an und verstaute sie dann zwischen den leeren Flaschen in ihrem Geheimschrank.

Es war eine zweite Brandyflasche.

Die alte Frau erinnert sich

Helen trug den Brandy zum blauen Zimmer hinauf; auf ihr Klopfen hin öffnete Schwester Barker die Tür. In ihrer weißen Uniform, das dunkelrote Gesicht von einem Kopftuch umrahmt, sah sie aus wie eine riesige futuristische Skulptur.

»Danke schön«, sagte sie mit ihrer belegten, gezierten Stimme. »Das wird mich gut schlafen lassen. Ich brauche *eine* gute Nacht, wenn ich diesen Fall allein übernehmen soll.«

Es lag ein unheilvoller Glanz in ihren tiefliegenden Augen, als sie hinzufügte: »Ich habe angeordnet, daß Sie heute nacht hier schlafen. Miss Warren war dabei und ist einverstanden, und das alte Mädchen – Lady Warren –« korrigierte sie sich hastig – »hat keinen Einwand erhoben.«

Helen hielt es für klüger, wenn ein Protest von offizieller Seite erfolgte.

»Ja«, sagte sie. »Aber jetzt muß ich mich umziehen.«

»Ach, *Sie* ziehen sich zum Abendessen um?«

Die Frau sprach mit soviel Spannung und blickte so giftig, daß Helen froh war, wegzukommen.

›Sie ist eifersüchtig‹, dachte sie. ›Und Miss Warren ist feige. Sie sind beide schwache Glieder in der Kette. Was wohl meine spezielle Schwäche ist?‹

Wie die meisten Mitglieder der menschlichen Rasse war sie blind ihren eigenen Fehlern gegenüber und hätte gegen die Beschuldigung, sie sei neugierig, heftig protestiert, obschon Mrs. Oates bereits begriffen hatte, wo die Ursache verschiedener kleiner Mißgeschicke lag.

Als sie ihr Zimmer betrat, schrak sie beim Anblick eines schwarzen Gebildes, das vor ihrem Fenster hin- und herzuschwingen schien, heftig zurück.

Sie machte Licht und sah, daß sie sich von den Zweigen einer hohen, sturmgepeitschten Zeder hatte irreführen lassen. Obwohl er sehr nahe zu sein schien, stand der Baum zu weit weg, als daß von dort ein Athlet hätte in Helens Zimmer springen können – aber jeder Windstoß warf die Zweige auf unangenehm bedrohliche Weise in Richtung ihrer Fensteröffnung.

»Dieser Baum sieht aus, als versuchte er hier einzubrechen«, dachte Helen. »Ich hasse stickige Luft, aber ich werde dieses Fenster schließen müssen.«

Als sie den Laden befestigte, sah sie den Regen wie aus einer Dachrinne die Fensterscheibe hinunterströmen. Der Garten lag unter ihr, eine schwammige Schwärze inmitten des aufgewühlten Landes, über dem heftig die Elemente tobten.

Sie war froh, die Vorhänge ziehen und sich über den Gegensatz zu ihrem prachtvollen Zimmer freuen zu können. Es enthielt das gesamte Mobiliar des Schlafzimmers der ersten Lady Warren. Als sie daraus in das Familiengrab umgezogen war, war es noch neu und kostbar gewesen, und Zeit sowie Mangel an Gebrauch hatten seiner Großartigkeit wenig geschadet.

Miss Warren hatte nach ihrer Rückkehr aus Cambridge den ganzen Besitz ihrer Mutter in einem ungebrauchten Zimmer untergebracht und damit ihrem Sinn für völlige und strikte Nützlichkeit entsprochen. Aber Helen akzeptierte gerne die überreichen Verzierungen und den Farbenkontrast von rotbraun und türkis, solange sie einen dicken Teppich und kostbare Stoffe genießen konnte.

Die Fotografie der ursprünglichen Besitzerin hatte ihren Ehrenplatz auf dem marmornen Kaminsims. Sie stammte aus den Jahren um 1880 und zeigte eine liebenswürdige Lady mit Lockenkranz, zu niedriger Stirn und einem Doppelkinn.

Darüber erhob sich ein Spiegel, der, weil er ihren Geschmack spiegelte, nichts anderes spiegeln konnte. Er war in seinem unteren Teil dick mit Binsen, Wasserrosen und

Störchen bemalt, während blaue Vögel und riesige Schmetterlinge über seine Ecken und die Mitte huschten.

Als Helen an die Nervenprobe dachte, die ihr bevorstand, wünschte sie, Sir Robert wäre der Toten treugeblieben.

›Wäre *sie* am Leben geblieben, so wäre sie eine reizende alte Dame geworden‹, dachte sie. ›Sie hätte Milchpudding gegessen und nicht ein blutiges Steak verlangt... Nun, das habe ich mir selbst zuzuschreiben. Ich wollte um jeden Preis in jenes Zimmer.‹

Ihr Wunsch, Dr. Parry für sich zu gewinnen, wurde so stark, daß sie Simones Taktik anwandte. Normalerweise trug sie zum Abendessen ein ärmelloses weißes Sommerkleid, aber heute abend beschloß sie, ihr einziges Abendkleid anzuziehen.

Es war ein billiges kleines Kleid, das sie in der Oxford Street im Ausverkauf erstanden hatte. Trotzdem, der geschickte – wenn auch oft gesehene – Kontrast seiner blaßgrünen Farbe mit ihrem flammenden Haar ließ sie lächeln, als sie sich im großen Drehspiegel betrachtete.

›Sollte ihm gefallen‹, murmelte sie, als sie in plötzlicher Furcht, er könnte in ihrer Abwesenheit angekommen sein, die Treppe hinunterhastete.

Noch wußte sie nicht, wie sie es anstellen sollte, ihn allein zu sprechen, denn jedermann konnte sie zu jeder Zeit und zu allem möglichen rufen, da ja ihre Pflichten vielfältig waren.

Aber sie hatte gelernt, sich während der Arbeit zu verstekken, und kein Notruf konnte sie erreichen, wenn sie sich vorübergehend taub stellte.

›Die Vorhalle‹, beschloß sie. ›Ich nehme ein feuchtes Tuch mit und wische den Staub von der Palme.‹

Als sie den Treppenabsatz im ersten Stock erreichte, ging die Tür des blauen Zimmers einen Spalt weit auf und zeigte weiß schimmernd ein Auge von Schwester Barker. Sobald die Frau sich bemerkt sah, schloß sie die Tür wieder.

Dieses geheime Beobachten hatte etwas so Verstohlenes, daß sich Helen unbehaglich fühlte.

›Sie hat auf mich gewartet‹, dachte sie. ›Etwas an dieser Frau stimmt nicht. Ich wäre nicht gern allein mit ihr im Haus. *Die* würde einen im Stich lassen.‹

Da ihr Instinkt sie stets leitete, Unbekanntes zu erforschen, wandte sie sich dem blauen Zimmer zu. Schwester Barker sah, daß ihr Hinterhalt entdeckt war und machte die Tür auf.

»Was wollen Sie?« fragte sie unfreundlich.

»Ich möchte Sie warnen«, antwortete Helen.

Sie verstummte, als sie merkte, wie Schwester Barker mit gierigen, schadenfrohen Blicken ihren Hals musterte.

»Wie weiß Ihre Haut ist«, sagte sie.

»Rotes Haar«, erklärte Helen knapp.

Gewöhnlich tat es ihr leid, daß sie die allgemeine Aufmerksamkeit nicht auf sich zog; jetzt, zum erstenmal in ihrem Leben, schrak sie vor dieser Bewunderung zurück.

»Sagten Sie, Sie wollten mich warnen?« fragte Schwester Barker.

»Ja«, flüsterte Helen. »Unterschätzen Sie Lady Warren nicht.«

»Was wollen Sie damit sagen?«

»Sie verbirgt etwas.«

»Was?«

»Wenn Sie so intelligent wie Lady Warren sind, finden Sie es selbst heraus«, antwortete Helen und wandte sich zum Gehen.

»Kommen Sie zurück«, forderte Schwester Barker. »Sie haben entweder zu viel gesagt, oder zu wenig.«

Helen schüttelte lächelnd den Kopf.

»Fragen Sie Miss Warren«, sagte sie. »Ihr habe ich es gesagt, bin aber abgeblitzt. Einmal genügt mir, danke. Aber ich wollte Ihnen einen Wink geben.«

Sie fuhr zusammen, als aus dem Inneren des blauen Zimmers eine grollende Baßstimme erklang.

»Ist dort das Mädchen?«

»Ja, Mylady«, antwortete Schwester Barker. »Wollen Sie sie sehen?«

»Ja.«

»Es tut mir leid«, sagte Helen schnell. »Ich muß jetzt gehen. Ich muß beim Abendessen helfen.«

Schwester Barkers Augen glitzerten vor Machtgefühl.

»Warum haben Sie soviel *Angst* vor ihr?« höhnte sie.

»Sie hätten auch Angst, wenn Sie wüßten, was ich weiß«, antwortete Helen andeutend.

Schwester Barker packte sie am Handgelenk, ihre Nasenflügel bebten.

»Das Abendessen kann warten«, sagte sie. »Miss Warren hat Anweisung gegeben, daß Lady Warrens Wünsche befolgt werden *müssen*. Kommen Sie herein.«

Mit schwerem Herzen und dem Gefühl, einem gräßlichen Schicksal entgegenzugehen, betrat Helen das blaue Zimmer. Lady Warren lag im Bett, auf einen Haufen Kopfkissen gestützt, die von satinbezogenen Kissen verdeckt wurden. Sie trug eine flauschige weiße Bettjacke, die mit rosa Seidenbändern geschmückt war. Ihr grauhaariger Schopf war in der Mitte sauber gescheitelt und von rosa Schleifen zusammengehalten.

Offensichtlich hatte Schwester Barker als erstes ihre Patientin hergerichtet wie ein Opferlamm. Helen wußte, daß sich die alte Lady dieser Demütigung nur mit grimmigem Humor unterzogen hatte. Sie lockte die Pflegerin in ein falsches Sicherheitsgefühl, nur um sie später um so schwerer zu enttäuschen.

»Komm her«, flüsterte sie rauh. »Ich will dir etwas erzählen.«

Helen fühlte sich gepackt und hinuntergezogen, so daß Lady Warrens heißer Atem über ihren bloßen Hals strich.

»Ein Mädchen ist in diesem Haus ermordet worden«, sagte Lady Warren.

»Ja, ich weiß«, sagte Helen beruhigend. »Aber warum denken Sie jetzt daran? Es ist so lange her.«

»Woher weißt du es?« fragte Lady Warren heftig.

»Mrs. Oates hat es mir erzählt.«

»Hat sie dir gesagt, daß das Mädchen in den Brunnen geworfen wurde?«

Helen erinnerte sich, daß Mrs. Oates' Version blutrünstiger gewesen war. Der Brunnen hatte in der Selbstmordgeschichte eine Rolle gespielt. Vielleicht hatte Mrs. Oates die Wahrheit übertrieben, weil ein Mord sensationeller war.

»Vielleicht war es ein Unfall«, sagte sie.

Lady Warren verlor bei diesem Versuch, sie zu beruhigen, die Beherrschung.

»Nein«, bellte sie, »es war ein Mord. Ich habe es gesehen. Aus einem der oberen Fenster. Es war fast dunkel, und ich dachte, im Garten stünde nur ein Baum. Er stand ganz still und wartete. Dann – kam das Mädchen, und er bewegte sich und warf sie hinein ... ich kam zu spät. Ich konnte kein Seil finden. ... Hör zu.«

Sie zog Helens Kopf fast bis auf das Kissen herunter.

»*Du* bist dieses Mädchen«, flüsterte sie.

Helen glaubte, die Vorhersage ihres eigenen Schicksals zu hören, aber gleichzeitig blickte sie Schwester Barker in die Augen und gab vor, der Laune der Kranken nachzugeben, wie eine Pflegerin dies tun mußte.

»Ach wirklich?« fragte sie leichthin. »Dann muß ich aber sehr aufpassen.«

»Kleine Idiotin«, keuchte die alte Frau. »Ich warne dich. Mädchen werden in diesem Haus ermordet. Aber du schläfst bei mir. Ich passe auf dich auf.«

Da fiel Helen plötzlich ein, sie könnte mit einer List das Versteck des Revolvers herausfinden.

»Wie wollen Sie denn das tun?« fragte sie.

»Ich erschieße ihn.«

»Gut. Aber wo ist Ihr Gewehr?«

Aber Lady Warren ließ sich nicht so schnell fangen. Sie schaute Helen mit krokodilschlauen, glänzenden Augen an.

»Ich habe kein Gewehr«, jammerte sie. »Ich hatte einmal

eines, aber man nahm es mir weg. Ich bin nur eine arme alte Frau. Schwester, sie sagt, ich hätte ein Gewehr. Ist das wahr?«

»Natürlich nicht«, sagte Schwester Barker. »Wirklich, Miss Capel, Sie haben kein Recht, die Patientin aufzuregen.«

»Dann gehe ich«, erklärte Helen dankbar. Leise fügte sie hinzu: »Sie haben mir eben eine Frage gestellt. Sie haben jetzt die Antwort. Sie wissen, was Sie suchen müssen.«

An der Tür hielt Lady Warrens tiefes Bellen sie zurück.

»Komm heute nacht zurück.«

»Gut, ich komme«, versprach sie.

Zu ihrer Überraschung bebte sie vor Nervosität, als sie nach diesem Zwischenspiel in die Halle hinunterging.

›Was ist nur los mit mir?‹ fragte sie sich. ›Ich glaube, ich verliere noch den Verstand, wenn mich der Doktor nicht da heraushält.‹

Sie blickte besorgt auf die Standuhr. Dr. Parry wohnte mehrere Kilometer entfernt, weshalb er immer als letztes im »Summit« vorbeikam, um dann zum Abendessen heimzufahren.

Er hatte sich noch nie so stark verspätet. Eine leise Vorahnung beschlich Helen, als sie die Wut des Sturms hörte. Als Miss Warren wie in einem Traum vorbeischwebte, sprach sie sie an.

»Der Doktor hat sich verspätet, Miss Warren.«

Miss Warren schaute auf die Uhr. Sie war bereits umgezogen und trug ihr übliches erdfarbenes Spitzengewand.

»Vielleicht kommt er nicht«, sagte sie gleichgültig.

Helen schnappte vor Bestürzung nach Luft. Mit dem Egoismus eines Arbeitgebers, der einem jungen Mädchen kein eigenes Dasein zugesteht, glaubte Miss Warren, Helens Besorgnis gelte der Familie.

»Der Zustand meiner Mutter ist gleichbleibend«, erklärte sie, »obwohl das Ende unvermeidlich ist. Dr. Parry hat uns instruiert, was im Fall eines plötzlichen Versagens zu tun ist.«

»Aber warum sollte er heute nacht nicht kommen?« beharrte Helen. »Er kommt doch *immer*.«

»Das Wetter«, murmelte Miss Warren.

Ein Windstoß, der gegen eine Hausecke krachte, unterstrich ihre Worte in genau dem richtigen Zeitpunkt. Helens Herz wurde schwer bei diesem Geräusch.

›Er kommt nicht‹, dachte sie. ›Ich werde im blauen Zimmer schlafen müssen.‹

Das Telefon

Helen mußte im blauen Zimmer schlafen. Jeder im »Summit« hatte diese Situation akzeptiert. In dem Gefühl, es sei sinnlos, am Eingang zu lauern, weil Dr. Parry doch nicht mehr kommen würde, ging sie niedergeschlagen zur Küchentreppe.

Da hielt Newton sie auf, der eben aus dem Frühstückszimmer schlenderte und lose eine Zigarette in den Fingern hielt.

»Ich höre, Sie haben meine Großmutter erobert«, sagte er. »Meinen Glückwunsch, Sie sind die einzige. Wie haben Sie das fertiggebracht?«

Ein junger Geist ist so beweglich wie der König im Damespiel; er kann vorstürmen, auch wenn er gerade einen Rückschlag erlitten hat. Das Interesse in Newtons Augen ließ Helen aufleben und gab ihr das Gefühl, eine schwierige Lage zu beherrschen.

»Das brauche ich *Ihnen* nicht zu sagen«, antwortete sie.

»Sie wollen sagen, ich sei ihr Liebling«, sagte Newton. »Das mag wohl sein, aber es nützt mir nicht viel, wenn finanzielle Interessen auf dem Spiel stehen. Ich kann nicht von Zucker leben.«

Bis jetzt hatte Helen vor Newton etwas Scheu empfunden, denn er akzeptierte zwar ihre Gegenwart im Haus, ignorierte sie jedoch vollkommen als menschliches Wesen. Sie war hier, um ihre Arbeit zu tun, und er nahm an, sie würde – wie alle anderen Mädchen – am Monatsende gehen, wenn sie es überhaupt so lange aushielt.

Seine ungewohnte Aufmerksamkeit, die sie ihrem grünen Abendkleid zuschrieb, stärkte ihr Selbstvertrauen.

»Meinen Sie das Testament?« fragte sie kühn.

Er nickte.

»Wird sie – oder wird sie nicht?«

»Wir haben davon gesprochen«, sagte Helen im Hochgefühl ihrer eigenen Wichtigkeit. »Ich riet ihr, es nicht mehr aufzuschieben.«

Newton rief mit aufgeregter Stimme.

»Tante Blanche. Komm hierher.«

Miss Warren schwebte in Beantwortung dieses Rufes ihres Neffen von irgendeinem Windhauch bewegt aus dem Salon in die Halle.

»Was gibt es?« fragte sie.

»Epische Neuigkeiten«, teilte ihr Newton mit. »Miss Capel ist in fünf Minuten weitergekommen als wir alle in fünf Jahren. Sie hat Großmutter dazu gebracht, von ihrem Testament zu sprechen.«

»Nicht ganz«, erklärte Helen. »Aber sie sagte, sie könne nicht sterben, weil sie noch eine Aufgabe zu erfüllen habe, eine unangenehme Aufgabe, die jedermann hinausschiebe.«

»Eindeutig«, nickte Newton. »Es kann nur das heißen. Nun, Miss Capel, ich hoffe, Sie führen Ihr gutes Werk fort, falls sie heute nacht nicht schlafen kann.«

Sogar Miss Warren schien beeindruckt von dieser Wendung der Dinge, denn sie schaute Helen mehr oder weniger direkt an.

»Außerordentlich«, murmelte sie. »Sie scheinen mehr Einfluß auf sie zu haben als jeder andere.«

Helen ging weg in dem Bewußtsein, daß ihre Lust, im Rampenlicht zu stehen, ihr einen Streich gespielt hatte. Jetzt, da die Familie direkt und persönlich an ihrer Beziehung zu Lady Warren interessiert war, konnte sie nur noch taube Ohren erwarten, wenn sie sich gegen den Dienst im blauen Zimmer wehrte.

Aber sie hielt den Kopf hoch, als ob die allgemeine Zustimmung sie auf ihrem Weg zur Hinrichtung stärkte, selbst wenn sie vor dem ersten Anblick des Galgens zurückschreckte. In ihrer letzten Minute würde sie allein sein.

Als sie die Küche betrat, merkte sie sofort, daß Mrs. Oates nicht gesprächig war, denn Mr. Oates ging seiner Frau in auffälliger Weise aus dem Weg. Ohne Rücksicht auf Helens schönes Kleid zeigte Mrs. Oates auf eine dampfende Schüssel auf dem Tisch.

»Blanchieren Sie die schnell für die Rumtorte«, sagte sie. »Ich bin im Verzug mit dem Abendessen bei all dem Kommen und Gehen. Und Oates läuft mir dauernd vor die Füße, bis ich nicht mehr weiß, ob ich hoch in der Luft oder tief in einer Kohlengrube bin.«

Ernüchtert setzte sich Helen und preßte vorsichtig Mandeln aus ihren runzligen braunen Häuten. Sie hatte sich mit der Abwesenheit des Doktors so sehr abgefunden, daß sie das Läuten der Türglocke in der Halle überhörte.

Mrs. Oates blickte schließlich zum Klingelanzeiger hinüber.

»Haustür«, sagte sie kurz angebunden. »Das wird der Doktor sein.«

Helen sprang auf und stürzte zur Tür.

»Ich mache ihm auf«, rief sie.

»Danke, Miss«, sagte Oates dankbar. »Ich habe meine Hosen nicht an.«

»Schämen Sie sich«, lachte Helen, die wußte, daß er seine besten Hosen meinte, die er mit einer Leinenjacke beim Auftragen des Essens trug.

Ihre Hoffnung hob sich wieder, als sie die Treppe hinaufflog und die Haustür öffnete, wo sich strömender, sturzbachähnlicher Regen mit dem Doktor hereindrängte.

Er war kräftig, fast untersetzt gebaut, mit stumpfen, glattrasierten Gesichtszügen und einem entschlossenen Kinn, das abends nochmals rasiert werden mußte. Aber er sah so gescheit und gütig aus, daß Helen, die ihn stets zu einer ungünstigen Tageszeit sah, über seine dunkle Oberlippe und die Öl- und Schmutzspritzer auf seinen Kleidern gerne hinwegsah.

Sie strahlte ihn begrüßend an, und er blickte sie seinerseits beifällig an.

»Ist heute abend eine Gala?« fragte er.

Da sein Blick nicht das unangenehm Saugende der Schwester hatte, freute sich Helen an ihrem neuen Abendkleid. Aber Dr. Parry kümmerte ihr magerer Hals mehr als die Blässe ihrer Haut.

»Seltsam, daß Sie nicht besser entwickelt sind«, sagte er nachdenklich, »bei all der Hausarbeit, die Sie verrichten.«

»Ich habe in letzter Zeit keine verrichtet«, erklärte Helen. »Ich hatte lange Ferien.«

»Ich verstehe«, murmelte Dr. Parry und wunderte sich darüber, daß ihm das freiwillige Hungern einer schlankheitssüchtigen Patientin nichts ausmachte; das Resultat war ja dasselbe.

»Mögen Sie Milch?« fragte er. »Sicher nicht.«

»Meinen Sie? Ich brächte eine Molkerei in Gefahr, wenn ich dort arbeitete.«

»Sie sollten viel Milch trinken. Ich werde mit Mrs. Oates sprechen.«

Der Doktor zog seinen ledernen Automantel aus und warf ihn auf einen Stuhl.

»Scheußliches Wetter«, sagte er. »Es hat mich aufgehalten. Die Straßen sind eine einzige Schlammsuppe. Wie geht es Lady Warren heute?«

»Wie immer. Sie will, daß ich bei ihr schlafe«, sagte Helen.

»Nun, wie ich Sie kenne, tun Sie das gerne«, grinste der Doktor. »Etwas Neues.«

»Aber ich habe *Angst* davor«, heulte Helen fast. »Ich hoffe so sehr, Sie sagen ihnen, daß ich nicht – nicht geeignet bin.«

»Nervös? Hat das Haus Sie auch erwischt? Ist es Ihnen hier zu einsam?«

»Ach, es sind nicht nur meine Nerven. Ich habe *Grund* dazu, Angst zu haben.«

Im Gegensatz zu anderen hörte der Arzt ihr aufmerksam zu, als sie die Geschichte vom Revolver erzählte.

»Das ist eine merkwürdige Geschichte«, sagte er. »Aber ich halte bei dieser alten Wundertüte alles für möglich. Ich will versuchen herauszufinden, wo sie ihn versteckt hat.«

»Und werden Sie sagen, daß ich nicht bei ihr schlafen soll?« wiederholte Helen.

Aber die Dinge lagen nicht so einfach, denn Dr. Parry rieb sich nachdenklich das Kinn.

»Das kann ich nicht versprechen. Zuerst muß ich mit der Pflegerin reden. Vielleicht braucht sie wirklich eine ungestörte Nacht, wenn sie direkt von einem anderen Fall kommt... Ich gehe am besten gleich hinauf.«

Er schob die Türflügel zur Halle auf. Als sie hindurchgingen, sprach er leise.

»Kopf hoch, Mädchen. Sie haben nichts zu fürchten. Er ist sicher nicht geladen. Und überhaupt trifft sie nach all den Jahren nichts mehr.«

»Sie hat die Pflegerin getroffen«, erinnerte ihn Helen.

»Reiner Zufall. Denken Sie daran, sie ist eine *alte* Frau. Sie brauchen nicht mit hinaufzukommen.«

»Aber es wäre besser, wenn ich Sie der Pflegerin offiziell vorstelle«, beharrte Helen, die nicht gegen die Etikette verstoßen wollte.

Der böse Blick Schwester Barkers, die die Tür öffnete, sagte ihr dagegen sofort, daß sie wieder etwas falsch gemacht hatte.

»Hier ist Dr. Parry«, sagte Helen.

Schwester Barker neigte gemessen den Kopf.

»*Wie* lange sind Sie schon hier, Doktor?« fragte sie.

»Etwa fünf Minuten«, sagte der Doktor.

»Würden Sie bitte in Zukunft direkt in das Krankenzimmer kommen, Doktor«, sagte die Schwester in betont kultivierter Sprechweise. »Lady Warren war in Sorge, weil Sie verspätet sind.«

»Gewiß, Schwester, wenn das so ist«, antwortete er.

Helen zog sich verzagt zurück. Die Frau schien dem jungen Arzt an Willenskraft überlegen zu sein, wie sie ihn auch körperlich überragte – auch wenn dies eine durch die weiße Uniform hervorgerufene Täuschung war.

Simone – ganz im Glanz ihres sensationellen Abendkleides – eilte in der Halle an ihr vorbei. Obwohl sie mit ihrem eigenen Problem beschäftigt war, fiel Helen auf, daß sie vor Erregung förmlich überfloß. In ihren Augen glänzten Tränen, ihre Lippen zitterten, und ihre Hände waren zu Fäusten geballt.

Sie war voller enttäuschter Begierde, die sich in einen Sturm der Wut verwandelt hatte. Sie war wütend auf Newton – der ihr im Weg stand; wütend auf Stephen – der ihr nicht entgegenkam; wütend auf sich selbst – weil sie sich nicht beherrschen konnte; wütend auf die Gesellschaft – wegen ihrer Konventionen; wütend auf die Kirche – wegen des Sakraments der Ehe; wütend auf die Natur – daß sie überhaupt geboren worden war.

Und all diese komplexen Leidenschaften richteten sich langsam auf eine Person, von der sie glaubte, sie sei die andere Frau in diesem Fall. Sie war besessen von der Idee, daß Stephen sie wegen des flachshaarigen Mädchens im Ochsen abwies.

Die Haushaltshilfe hätte trotz ihres neuen Kleides ebensogut unsichtbar sein können, denn sie ging an ihr vorbei, ohne sie im mindesten zu bemerken. Und als Helen die Küche erreichte, empfing Mrs. Oates sie ebenfalls in stummem Trübsinn.

Es schien, als sei die seelische Atmosphäre des »Summit« vor lauter Säure geronnen.

»Sie brauchen nicht mehr lange mit dem Abendessen zu warten«, sagte Helen in der Hoffnung, sie aufzuheitern. »Der Doktor wird bald gehen.«

»Das ist es nicht«, bemerkte Mrs. Oates düster.

»Was ist es dann?«

»Oates.«

»Was hat er gemacht?«

»Nichts. Aber er ist immer da, Tag und Nacht, so daß man nie allein ist. Heiraten Sie nie, Miss.«

Helen staunte sie ob dieser neuen Entwicklung überrascht an. Sie hatte stets die Gutmütigkeit bewundert, mit der Mrs. Oates die Faulheit ihres Mannes ertrug und mit der sie ihm half. Obwohl er sich nicht anstrengte, tat sie dies stets mit einem Scherz ab. Eine rauhe, aber echte Zuneigung zwischen den beiden bewirkte, daß ihre Gesellschaft sehr angenehm war.

»Es heißt ›in guten wie in schlechten Zeiten‹«, sagte Helen behutsam. »Ich kann verstehen, daß Oates auf Sie verfiel, denn er hat sofort gesehen, daß er bei Ihnen gute Zeiten haben würde. Ich kann mir keinen Mann vorstellen, der Miss Barker heiraten möchte... Ich frage mich, ob sie trinkt.«

»Wie?« fragte Mrs. Oates geistesabwesend.

»Ach was«, Helen zuckte mit den Schultern, »sie hatte wahrscheinlich recht, als sie auf ihrem Brandy beharrte, auch wenn Miss Warren sagt, lebenswichtig für ihre Mutter sei Sauerstoff.«

Mrs. Oates starrte Helen nur an – die Stirn gerunzelt, als ob sie eine komplizierte Bruchrechnung durchführte. Bald hatte sie ihre Berechnungen jedoch beendet und lachte ihr typisches gemütliches Lachen.

»Sie sehen mich schließlich nicht oft mißmutig, nicht wahr?« fragte sie. »Was Ehemänner angeht, so ist auch der beste schlecht, aber ich habe den besten... Also, passen Sie jetzt auf, wann der Doktor geht. Sobald er weg ist, schlüpfe ich mit einem Teller Pudding für die Schwester hinauf.«

Helen empfand diese freundliche Absicht irgendwie als Treuebruch ihr selbst gegenüber.

»Bringen sie ihr Rumtorte zum Brandy«, riet sie ihr.

»Aha, da ist also jemand dagegen«, Mrs. Oates lachte. »Aber sie muß die ganze Nacht wachen, mit nur einem kleinen Imbiß im Magen. Sie mag aussehen wie ein abgestandenes Fischfilet, aber eine Krankenschwester hat ein hartes Leben.«

Helen schämte sich ihres Grolles, als sie auf der Küchentreppe lauschte. Mrs. Oates' Stimmungswechsel gab ihr immer noch Rätsel auf, denn sie selbst war von Natur aus ausgeglichen. Ohne ersichtlichen Grund hatte sie wie ein Wetterhahn die Richtung gewechselt. Welcher geheimnisvolle Wind hatte dies wohl bewirkt?

›Heute abend stimmt mit diesem Haus irgend etwas nicht‹, beschloß Helen für sich.

Sie hörte von fern Dr. Parrys Stimme, verständigte Mrs. Oates und stürzte in die Halle hinauf.

Sobald er sie sah, kam Dr. Parry ihr entgegen. Sein Gesicht war gerötet, und er bebte vor Zorn.

»Miss Capel«, sagte er mit der förmlichen Stimme eines Fremden, »falls irgend jemand sagen sollte, daß Sie heute nacht bei Lady Warren schlafen, so will ich das *nicht* haben.«

Helen war es sofort klar, daß sich Schwester Barker zu sehr aufgespielt hatte. Ihr Herz sang vor Freude über die Erlösung, aber die Erfahrung hatte sie gelehrt, sich stets an die höchste Autorität zu halten.

»Ja, Doktor«, sagte sie bescheiden. »Aber wenn Schwester Barker an Miss Warren appelliert, setzt sie sich durch.«

Dr. Parrys Gesicht nahm die Farbe alten Portweins an.

»In diesem Fall«, sagte er, »gehe ich direkt zum Professor. Mich beschimpft keine Frau. Wenn meine Anweisungen nicht befolgt werden, soll ein anderer Arzt den Fall übernehmen. Ich habe nur wegen meiner eigenen Mutter so lange durchgehalten – die gute Seele hatte eine Zunge, die Blasen auf einem Schildkrötenpanzer hätte erzeugen können. Ihretwegen mag ich die alte H – Hexe.«

Helen trat zurück, als sie das Zimmer des Professors erreicht hatten.

»Kommen Sie mit mir hinein«, sagte der Arzt.

Trotz ihrer Ehrfurcht vor dem Professor gehorchte Helen gern. Die Neugier, die sie jedes seltsame und wilde Tier in einer Höhle hätte besuchen lassen, beflügelte ihren Wunsch, ihren Arbeitgeber in seiner privaten Umgebung zu sehen.

Ihr fiel die Ähnlichkeit mit Miss Warrens Zimmer auf. Wie dort, dienten auch hier die Möbel lediglich zur Aufnahme von

Büchern und Papieren, im Fall des Professors ergänzt durch Ordner und Gestelle mit Nachschlagewerken. Es gab keine Spur der Bequemlichkeiten, die für das Zimmer eines Mannes normalerweise typisch sind – keinen schäbigen Lehnsessel, keine alten Hausschuhe, keinen Tabaktopf. Die Atmosphäre war antiseptisch und roch vor allem nach Lysol.

Der Professor saß an seinem amerikanischen Rollpult, die Fingerspitzen an die Schläfen gepreßt. Als er aufschaute, wirkte sein Gesicht weiß und angestrengt.

»Kopfweh?« fragte der Doktor.

»Ein wenig«, war die Antwort.

Helen biß sich auf die Lippen, um nicht sofort Aspirin anzubieten; beruflicher Rat, fand sie, habe hier den Vorrang.

»Nehmen Sie etwas?« fragte Dr. Parry ruhig.

»Ja.«

»Gut... Die neue Pflegerin wünscht, daß Miss Capel sie heute nacht ablöst. Ich verbiete es. Lady Warrens Herz ist in schlechtem Zustand, und die Lage ist zu kritisch, als daß man sie einem unausgebildeten Mädchen anvertrauen dürfte. Werden Sie dafür sorgen, daß diese Anweisung befolgt wird?«

»Gewiß«, stimmte er zu. Er hielt die Finger über seine Augen, als ob ihre Anwesenheit ihn störte.

Als sie wieder draußen waren, drehte sich Helen zum Doktor herum, mit Augen voller Dankbarkeit.

»Sie wissen nicht, was mir das bedeutet«, sagte sie. »Sie...«

Sie unterbrach sich, als das Telefon schrillte. Da der Apparat in der Halle stand, rannte sie hin, um abzunehmen.

»Moment bitte«, sagte sie und nickte Dr. Parry zu. »Für Sie«, erklärte sie. »Jemand ruft aus dem Ochsen an. Er fragte, ob Sie hier seien.«

Mit ihrer stets lebendigen Neugier für die Angelegenheiten anderer versuchte sie, den unhörbaren Teil des Gesprächs zu erraten, während sie Dr. Parrys Anteil zuhörte.

»Sind Sie das, Williams?« fragte er. »Was ist los?«

Seine Unbeschwertheit verwandelte sich in dumpfen

Unglauben, während er zuhörte, und dann folgte ein Schrekkenslaut.

»*Was?* ... *Unmöglich* ... Wie gräßlich. Ich komme sofort.«

Als er aufhängte, zeugte seine Miene von dem Schock, den ihm der Telefonanruf versetzt hatte. Helen wartete noch auf seinen Kommentar, als Miss Warren in die Halle trat.

»Hat das Telefon geläutet?« fragte sie geistesabwesend.

»Ja«, antwortete Dr. Parry. »Erinnern Sie sich an das Mädchen Ceridwen Owen, das früher einmal hier gearbeitet hat? Sie ist tot. Ihre Leiche wurde soeben in einem Garten gefunden.«

Ein Glaubensartikel

Als Helen den Namen hörte, erinnerte sie sich an das Gespräch in der Küche. Ceridwen war das hübsche, schlampige Mädchen, das unter Lady Warrens Bett Staub wischte und deren Verehrer vor dem Haus mit der unbeweglichen Beständigkeit von Bäumen gewartet hatten. Sie hatte wohl einmal in der Pflanzung einen von ihnen gesehen, der sicherlich umsonst gewartet hatte.

»Merkwürdige Sache«, sagte Dr. Parry. »Williams sagt, daß Captain Bean, als er vom Markt nach Hause kam, ein Streichholz anzündete, um das Schlüsselloch zu finden. So sah er sie nur zufällig, zusammengesunken in einer dunklen Ecke seines Gartens. Er sauste so schnell wie möglich zum Ochsen hinüber und bat Williams, mich anzurufen. Meine Haushälterin riet ihm, es im ›Summit‹ zu probieren.«

»Scheußlich«, bemerkte Miss Warren. »Sie hat wohl irgendeinen Anfall gehabt. Sie hatte stets ein sehr rotes Gesicht.«

»Das werde ich bald sehen«, verkündete Dr. Parry. »Nur kann ich nicht verstehen, warum der Captain, dessen Haus nur knapp jenseits der Pflanzung liegt, nicht hierherkam, statt mehr als einen Kilometer zum Ochsen zu laufen?«

»Er hat sich mit meinem Bruder zerstritten. Der Professor hatte ihm in einem seiner Artikel einen wissenschaftlichen Irrtum nachgewiesen. Und ich glaube auch, Mrs. Oates hatte Streit mit ihm wegen seiner Eier.«

Dr. Parry nickte verständnisvoll. Captain Bean war ein mürrischer, jähzorniger Einsiedler, der Einsteins Theorie und die Anschuldigung, ein schlechtes Ei geliefert zu haben, mit gleicher Wut verwerfen konnte. Er unterhielt eine kleine Geflügelfarm, verrichtete seine Hausarbeit und schrieb Artikel über die Gebräuche und Religionen entlegener Eingeborenenstämme.

Dr. Parry wußte, daß sein einsames Leben ihm den Sinn für Proportionen raubte und ein triviales Zerwürfnis zur Größe einer Stammesfehde anwachsen ließ. Sicher würde er sich lieber durch Sturm und Regen mühen, als einen Nachbarn zu bitten, bei ihm telefonieren zu dürfen.

»Ich laufe durch die Pflanzung«, sagte er. »Das geht schneller. Ich hole mein Motorrad nachher.«

Der Gong, der zum Abendessen rief, dröhnte in seinen Abschied hinein, aber er hinterließ ein Gefühl von Tragödie. Als die Familie am langen Tisch im Eßzimmer versammelt war, wurde schon bei der Suppe von Ceridwen gesprochen.

Newton und seine Frau interessierten sich nicht für den Tod einer ihnen unbekannten Hausangestellten, aber Stephen erinnerte sich an sie.

»War sie nicht das Mädchen mit den einladenden dunklen Augen und einem feuchten roten Mund?« fragte er. »Diejenige, die Lady Warren auf den Kopf schlug?«

Newton hob die Brauen, um anzudeuten, daß diese Bemerkung wohl taktlos sei.

»Ein animalischer Typ«, bemerkte Miss Warren. Sie fügte schnell und ohne Überzeugung hinzu, »armes Mädchen.«

»Wieso arm?« fragte Newton aggressiv. »Wir sollten sie alle beneiden. Sie ist in das Nichts eingegangen.«

»Von den Wunden des Lebens geheilt, möge sie sanft ruhen«, zitierte seine Tante.

»Nein«, erklärte Newton. »Kein Ruhen. Das ist zu riskant, da könnte man wieder aufwachen. Lieber soll man den Göttern danken, daß kein Leben ewig dauert, daß Tote niemals sich erheben, daß selbst der müdeste Fluß . . .«

»Hören Sie doch mit diesen Schnapsgeschichten auf«, unterbrach ihn Stephen. »Sogar ein Fluß trocknet in der Sonne aus.«

»Aber leider bin ich nicht betrunken«, sagte Newton. »In diesem Haus geht das nicht.«

»Es gibt immerhin den Ochsen«, erinnerte ihn Stephen.

»Und eine verheerend hübsche Barmaid«, sagte Simone anzüglich.

»Oh, Newton kennt Whitey schon«, grinste Stephen. »Aber ich habe ihn bei ihr ausgestochen. Das tue ich doch immer, nicht wahr, Warren?«

Helen war über jede Unterbrechung, selbst wenn sie noch so peinlich war, froh. Sie hatte dem lebensfeindlichen Credo mit Abscheu zugehört, denn jede Zelle ihres Körpers freute sich über das Leben. Was sie aber noch mehr verletzt hatte, war die Andeutung gewesen, es gebe keine Seele.

Das tief verwurzelte Pflichtgefühl einer Gastgeberin weckte Miss Warren aus ihren Träumen. Zwar bemerkte sie weder Stephens herausforderndes Grinsen noch Simones leidenschaftliche Seitenblicke oder Newtons düstere Miene, aber sie spürte eine untergründige, giftige Strömung.

Sie wechselte das Thema, nachdem sie zum Professor hinübergeblickt hatte, der seine Augen mit der Hand bedeckt hielt.

»Hast du wieder Kopfweh, Sebastian?« fragte sie.

Er nickte und schob den Fisch von sich weg, ohne davon gekostet zu haben.

»Letzte Nacht habe ich kaum geschlafen«, sagte er.

»Was nimmst du denn, Chef?« fragte Newton.

»Quadronex.«

»Hm. Nicht ungefährlich. Du mußt die Dosierungen beachten!«

Ein sarkastisches Lächeln umspielte die trockenen Lippen des Professors.

»Mein lieber Newton«, sagte er, »als du klein warst, weintest du so ununterbrochen, daß ich dir, um arbeiten zu können, jede Nacht ein Schlafmittel geben mußte. Daß du überlebt hast, ist der Beweis, daß ich von meinem Sohn keinen Rat brauche.«

Newtons Gesicht färbte sich dunkel, als Stephen ihn auslachte.

»Schon recht, Chef«, murrte er. »Ich hoffe, du hast bei deinen eigenen Geschäften mehr Glück als bei mir.«

Helen biß sich auf die Lippen, als sie die Tischrunde anblickte. Sie sagte sich, diese Leute seien ihr alle überlegen. Sie hatten eine bessere Erziehung genossen und besaßen Geld und Muße. Die Warrens waren kultiviert und intelligent, und Simone war weitgereist und weltgewandt.

Sie schwieg stets während der Mahlzeiten, denn sie hätte moralischen Mut benötigt, um am allgemeinen Gespräch teilzunehmen. Miss Warren versuchte aber gewöhnlich, die Haushaltshilfe mit einzubeziehen.

»Haben Sie in letzter Zeit gute Filme gesehen?« fragte sie, und wählte damit ein Thema, das ihr geeignet schien für ein Mädchen, das nie die *Times* las.

»Nur Dokumentarfilme«, antwortete Helen, die sich in der letzten Zeit auf die Gratisvorstellungen im Australia House hatte beschränken müssen.

»Ich sah *Das Zeichen des Kreuzes*, kurz bevor ich Oxford verließ«, meldete sich Simone. »Ich finde Nero wunderbar.«

Der Professor zeigte schwaches Interesse.

»*Zeichen des Kreuzes*?« wiederholte er. »Hat man diesen Quatsch wieder ausgegraben? Wälzt sich das Proletariat immer noch in einer Orgie von Begeisterung über dieses Symbol des Aberglaubens?«

»Aber sicher«, antwortete Simone. »Der Beifall war geradezu absurd.«

»Amüsant«, höhnte der Professor. »Ich weiß noch, wie ich das Stück – mit Wilson Barrett und Maud Jeffries in den Hauptrollen – zusammen mit einem Kommilitonen sah. Dieser junge Mann liebte Rennen und war völlig unreligiös. Aber er entwickelte ein sportliches Interesse für den Weg des Kreuzes. Er sah es von vornherein als Sieger an, und er schrie und klatschte, als es schließlich sein Ziel erreicht hatte, und Tränen der Begeisterung rannen über sein Gesicht.«

Das allgemeine Gelächter war mehr, als Helen ertragen

konnte. Plötzlich, zu ihrer eigenen großen Überraschung, hörte sie sich mit zitternder Stimme sagen: »Ich finde das – *schrecklich*.«

Alle starrten sie überrascht an. Ihr kleines Gesicht war gerötet und hatte sich wie zum Weinen verzogen.

»Ein modernes Mädchen kann doch sicher einem bloßen Symbol keine Bedeutung mehr abgewinnen?« fragte der Professor.

Helen schrumpfte unter seinem Blick zusammen, aber verleugnen wollte sie sich nicht.

»Doch«, sagte sie. »Als ich das Kloster in Belgien verließ, schenkten mir die Nonnen ein Kruzifix. Es hängt immer über meinem Bett, und ich möchte es um keinen Preis verlieren.«

»Warum nicht?« fragte Newton.

»Weil es so – soviel bedeutet«, stammelte Helen.

»*Was* genau?«

Helen fühlte sich unter ihren prüfenden Blicken unwohl und befangen.

»Alles«, antwortete sie vage. »Und es beschützt mich.«

»Archaisch«, murmelte der Professor. Sein Sohn fuhr in seinem Fragenkatalog fort.

»Wovor beschützt es Sie?« fragte er.

»Vor allem Bösen.«

»Solange es also über Ihrem Bett hängt, könnten Sie dem hiesigen Mörder die Tür öffnen?« lachte Stephen sie aus.

»Natürlich nicht«, erklärte Helen, die vor dem Studenten keine Hemmungen hatte. »Das Kreuz verkörpert die Macht, die mir das Leben gab. Sie gab mir aber auch die Fähigkeit, dieses Leben selbst zu schützen.«

»Jetzt glaubt sie auch noch an die Vorsehung«, sagte Simone. »Gleich sagt sie uns, sie glaube an das Christkind.«

Hart bedrängt, schaute Helen die Tischrunde an. Ihr schien, sie sei von einem Ring aus glänzenden Augen und Zähnen eingekreist, die sie alle auslachten. Dann erblickte sie Oates, in der

Würde seiner Leinenjacke, wie er mit der Ungelenkheit eines dressierten Gorillas Schüsseln herantrug. Trotz seines häßlichen, groben Gesichts las sie darin einen Ausdruck von Sympathie und schöpfte neuen Mut.

»Ich weiß nur eines«, sagte sie mit zitternder Stimme, »wenn ich wäre wie Sie alle, würde ich gar nicht leben wollen.«

Zu ihrer Überraschung kam Hilfe von unerwarteter Seite, denn Stephen applaudierte plötzlich.

»Bravo«, sagte er. »Miss Capel hat mehr Courage als wir alle zusammen. Sie wehrt sich, eine gegen fünf, und dabei ist sie nur ein Fliegengewicht. Zum Kuckuck, wir sollten uns alle schämen.«

»Es geht aber nicht um Courage«, sagte der Professor in dozierendem Tonfall zu Helen, »sondern um ungenaues Denken und konfuse Wertvorstellungen, und das ist eindeutig schädlich. Sie, Miss Capel, glauben, der Mensch sei göttlichen Ursprungs. In Wirklichkeit ist er so vollständig ein Geschöpf aus Begierden und Instinkten, daß – kennt man sein stärkstes Interesse – sein Schicksal so leicht manipuliert werden kann wie eine Marionette an ihren Schnüren. Es gibt keine Führung durch die Vorsehung.«

Newton schob den Kopf vor, seine Augen glitzerten hinter der Brille.

»Interessant, Chef«, sagte er. »Nach dieser Darstellung könnte man das Bild eines Verbrechens entwerfen, in dem keine sich leise öffnenden Türen und keine würgenden Hände vorkämen. Man könnte jemanden etwas tun lassen, was eine Kette von Ereignissen nach sich zöge, bei denen jeder das Natürlichste und Nächstliegende täte.«

»Du hast mich ein Stück weit verstanden«, stimmte der Vater zu. »Der Mensch ist nur Lehm, getrieben von seinen sinnlichen Begierden.«

Plötzlich vergaß Helen ihre untergeordnete Stellung – vergaß, daß sie ihren Arbeitsplatz im Auge behalten mußte –

vergaß alles außer dem Angriff auf das, was ihr am teuersten war. Sie sprang auf die Füße und stieß ihren Stuhl zurück.

»Bitte entschuldigen Sie mich, Miss Warren, aber ich kann nicht hier sitzen und zuhören –«

»Aber, Miss Capel«, mahnte Newton, »wir haben nur diskutiert. Es war nicht persönlich gemeint.«

Ehe er ausgeredet hatte, hatte Helen das Zimmer verlassen und stürzte die Küchentreppe hinunter. Mrs. Oates war in der Spülküche fleißig mit Abspülen beschäftigt.

»Ach, Mrs. Oates«, jammerte sie, »ich habe mich so lächerlich gemacht.«

»Das macht doch nichts, meine Liebe, wenn nur niemand Sie lächerlich macht«, war die tröstliche Antwort. »Oates sollte mir aber jetzt beim Abwasch helfen. Wollen Sie an seiner Stelle den Kaffee servieren?«

Helens Mut hob sich mit der wieder erwachenden Neugier. Sie hätte gern gesehen, welche Wirkung ihr Ausbruch auf ihre Zuhörer gehabt hatte.

»Na ja, ich bringe es besser schnell hinter mich«, seufzte sie.

Aber als sie das Kaffeetablett in den Salon trug, merkte sie, daß die Episode bereits vergessen war. Das junge Paar nahm die Tassen mechanisch entgegen, während sie in eine hitzige Diskussion über die angebliche Anziehungskraft eines berühmten Filmstars vertieft waren. Miss Warren schnitt eine neue wissenschaftliche Zeitschrift auf, und der Professor hatte sich in sein Studierzimmer zurückgezogen.

Plötzlich erschien Mrs. Oates in der Tür.

»Die Pflegerin ist unten und will den Dienstherrn sprechen«, sagte sie.

»Er darf nicht gestört werden«, erwiderte Miss Warren.

»Aber es ist wichtig, Madame. Es geht um Lady Warrens Leben.«

Alle schauten bei diesen dramatischen Worten auf. Der Haushalt hatte so lange darauf gewartet, daß das alte Schreckgespenst im ersten Stock sterben würde, daß man allmählich dachte, sie sei unsterblich. Helens Gedanken galten dem nicht gemachten Testament und der ungeheuren Bedeutung ihrer Unterschrift, ehe sie sich dem Tod ergab.

»Ist sie am Sterben?« fragte Newton mit hoher, vor Angst brechender Stimme.

»Nein, Sir«, antwortete Mrs. Oates. »Aber die Schwester sagt, der Sauerstoff sei ausgegangen.«

Die erste Bresche

Newton brach das entsetzte Schweigen.

»Wer ist verantwortlich für diese unverzeihliche Nachlässigkeit?«

Miss Warren und Helen tauschten halb schuldige, halb anklagende Blicke aus. Keine hatte ein ganz reines Gewissen, aber jede hätte gerne die Verantwortung auf die andere geschoben.

Als Arbeitgeberin hatte Miss Warren das Privileg des ersten Vorstoßes.

»Miss Capel, haben Sie nach Gebrauch den Deckel nicht wieder auf den Sauerstoffzylinder geschraubt?« fragte sie.

»Nein, Sie schickten mich ja aus dem Zimmer.«

»Aber Sie haben doch sicher zugeschraubt, ehe Sie gingen?«

»Ich konnte nicht; Sie hatten den Zylinder.«

Helen sprach mit Festigkeit, weil sie selbst nicht ganz sicher war. Zum Glück war Miss Warren ebenso verwirrt.

»Tatsächlich?« murmelte sie vor sich hin. »Ja, ich glaube, ich gab Lady Warren Sauerstoff. Aber ich habe eine schwache Erinnerung daran, den Deckel aufgeschraubt zu haben.«

»Was nützt diese Streiterei?« unterbrach Newton sie. »Wir müssen so rasch wie möglich einen anderen Zylinder mit Sauerstoff beschaffen.«

Miss Warren akzeptierte den Vorwurf ihres Neffen.

»Ja, das ist das Wichtigste«, sagte sie. »Ich rede mit dem Professor.«

Helen folgte ihr in das Studierzimmer und fand dort bereits Schwester Barker vor. Ihre tiefe Stimme klang nicht mehr so kultiviert, als sie auf den Professor einredete, dessen Gesicht lebloser denn je aussah.

»Es ist selten, daß man zu einem Fall kommt und auf solche Schlamperei stößt«, sagte sie. »Ich will wissen, wer daran schuld ist!«

Ihre tiefliegenden Augen ruhten bei diesen Worten auf Helen.

»Es ist *meine* Schuld«, sagte Miss Warren ruhig.

Sie beachtete Helens dankbaren Blick nicht, sondern wandte sich an den Professor.

»Wir werden wohl sofort einen anderen Sauerstoffzylinder bestellen müssen.«

»Ach, es eilt nicht so«, sagte Schwester Barker. »Sie wird die Nacht mit Brandy ganz gut überstehen. Sie –«

»Gestatten Sie mir ein Wort, bitte, Schwester.« Der Professor hob protestierend die Hand. »Der Doktor sagte mir heute abend, Lady Warrens Zustand sei kritisch.«

»Ein unerfahrener Landarzt?« höhnte Schwester Barker. »Es geht ihr nicht so schlecht. *Ich* weiß, wann ein Patient am Sterben ist, und zwar dann, wenn ich es sage.«

»Was der Arzt sagt, gilt«, sagte der Professor kalt. »Ich telefoniere, damit man uns so rasch wie möglich einen neuen Zylinder liefert.«

»Die Fabrik ist jetzt aber geschlossen«, wandte Miss Warren ein.

»Und sie werden niemals bei einem solchen Sturm und ohne richtige Straße in diese Wildnis hinausfahren wollen«, fügte Schwester Barker hinzu.

»Dann muß jemand ihn holen. Lady Warrens Leben soll nicht aufs Spiel gesetzt werden, um jemandem ein wenig Unannehmlichkeiten zu ersparen.«

Helen hatte etwas schuldbewußt zugehört, denn sie befürchtete, daß der Arzt den Ernst des Zustands um ihretwillen etwas übertrieben hatte. Nun wollte sie aber die Sache durch die Autorität des Professor bestätigt wissen.

»Weiß Lady Warren, daß der Doktor gesagt hat, ich solle heute nicht in ihrem Zimmer schlafen?«

»Das hat er auch gesagt?« fragte Schwester Barker, wobei ihre Augen kampflustig glitzerten.

Der Professor preßte mit einer Gebärde der Ungeduld die Hand gegen die Stirn, und Helen erkannte, daß Schwester Barker, indem sie dem Professor Widerstand entgegensetzte, ihr unbewußt half.

»Der Doktor erwartet eine Krise, oder einen plötzlichen Kollaps«, erklärte er. »Deshalb ist natürlich eine ausgebildete Pflegerin nötig.«

»Warum ist keine zweite Pflegerin da?« fragte Schwester Barker.

»Wir hätten kein Zimmer für sie«, antwortete Miss Warren.

»O doch. *Sie*« – Schwester Barker wies mit dem Kopf auf Helen – »kann im Dachgeschoß schlafen. Und übrigens steht ab morgen das Junggesellenzimmer leer.«

Helen war überrascht über diese Wahrnehmungsgabe, die ihre eigene übertraf. In kürzester Zeit hatte die Pflegerin, ohne offensichtlich das Krankenzimmer zu verlassen, die Möglichkeiten des Hauses erforscht.

»Für zwei Pflegerinnen ist nicht genug Arbeit«, sagte Miss Warren mit ersterbender Stimme. »Die anderen Schwestern haben uns alle versichert, daß Lady Warren die Nacht fast ganz durchschläft, so daß sie nicht übermäßig gestört wurden... Hat Ihnen die Oberschwester nicht erklärt, daß der Lohn den Anforderungen entspricht?«

Schwester Barker wurde plötzlich bescheiden.

»Doch, danke«, sagte sie. »Ich bin mit den Bedingungen sehr zufrieden.«

Der Professor wandte sich an seine Schwester.

»Ich werde selber telefonieren«, sagte er und ging der Halle zu, gefolgt von seiner Schwester. Alleingelassen mit Schwester Barker, brach Helen ein düsteres Schweigen.

»Es tut mir leid. Aber wissen Sie, ich bin nicht ausgebildet.«

»Ich aber wohl.« Schwester Barkers Stimme klang ätzend. »›Ausgebildet‹ sein bedeutet, daß man aus Eisen ist, Reste ißt, ohne Schlaf auskommt und fünfundzwanzig Stunden am Tag arbeitet.«

»Das ist eine Schande. Aber es ist nicht mein Fehler.«

»Klar ist es Ihr Fehler«, schimpfte Schwester Barker heftig los. »Sie standen herum, um den Doktor als erste zu erwischen, mit Ihrem nackten Hals, und Sie haben ihm eingeflüstert, was er sagen soll... Glauben Sie bloß nicht, Sie seien schlauer als *ich*, mein Mädchen. Es gibt wenig, was ich nicht sehe, und den Rest rieche ich... Wir sind noch nicht fertig. Wenn ich meine letzte Karte ausspiele – und ich habe noch eine im Ärmel – müssen Sie heute nacht doch noch im blauen Zimmer schlafen.«

Helen fühlte sich nach dieser Tirade verzweifelt und unbehaglich. Nicht nur erschreckte sie der unheimliche Scharfblick der Pflegerin, sie spürte auch die Grausamkeit, mit der diese auf ihre Furcht vor Lady Warren einhämmerte, wie ein Folterknecht an einem Nerv zerrte.

Um wegzukommen, eilte sie in die Halle, wo der Professor telefonierte. Er hob die Hand, sie möge dableiben. Gleich darauf hängte er ein und sprach mit ihr.

»Sie können nichts bringen vor morgen früh, aber sie haben versprochen, meinem Diener einen Zylinder auszuhändigen, wenn er vor elf Uhr kommt. Miss Capel, sagen Sie Oates bitte, er solle sofort losfahren.«

Helen machte das kein Vergnügen, als sie Oates bequem vor dem Küchenfeuer ausgestreckt fand, seine erste Pfeife nach der Arbeit genießend. Um so mehr bewunderte sie seine Selbstbeherrschung und den Gehorsam, den er bei der Marine gelernt hatte.

Er stand sofort auf und schnürte seine Schuhe.

»Gerade als ich mich darauf gefreut habe, ein bißchen auf dem Bett zu liegen«, sagte er. »Aber so ist nun mal das Leben.«

»Soll ich Mr. Rice fragen, ob er fahren würde?« schlug Helen vor.

»Nein, Miss. Befehl ist Befehl, und der Herr sagte Oates. Ich würde ihm übrigens auch nicht den Wagen anvertrauen. Nur ich weiß, wie man den guten Kerl die Hügel hochkriegt.«

Er wandte sich an seine Frau.

»Denk daran, die Hintertür hinter mir abzuschließen, wenn ich in die Garage gehe. Sei dir darüber im klaren, daß du doppelt so vorsichtig sein mußt, wenn *ich* nicht da bin.«

Helen war einen Moment entsetzt bei dem Gedanken, daß sie Oates so rasch verlor. Allein der Anblick seiner riesigen Gestalt und seines freundlichen, groben Gesichts gab ihr ein Gefühl der Sicherheit.

Es lag auch kein Trost in der Erkenntnis, daß sie zum Teil an ihren Schwierigkeiten selbst schuld war.

›Hätte ich die Zähne zusammengebissen und dem Doktor nichts gesagt, so müßte Oates jetzt nicht fahren‹, dachte sie. ›Der Professor sagt, wir machen unser Schicksal selbst... Aber hat jemand es *bewirkt*, daß ich so gehandelt habe?‹

Plötzlich fiel ihr ein, wie Schwester Barker ihre Angst geschürt hatte – und sie fuhr leicht zusammen.

»Mir wäre lieber, Sie müßten nicht gehen«, sagte sie zu Oates.

»Mir auch, Miss«, erwiderte er. »Aber Ihnen wird nichts passieren mit zwei starken jungen Herren, von der Pflegerin ganz zu schweigen.«

»Wann kommst du zurück?« fragte Mrs. Oates.

»Erwarte mich, wenn du mich siehst, keine Minute früher. Es wird davon abhängen, wie schnell ich die Steigungen schaffe.« Zu Helen sagte er: »Würden Sie unserem Dienstherrn bitte sagen, daß ich hupen und ein wenig in der Auffahrt warten werde, falls er mir noch etwas sagen will.«

Helen brachte die Botschaft dem Professor, der wieder in seinem Studierzimmer saß. Obwohl er seinen Ärger nicht zeigte, war ihr klar, daß die Störung ihn irritierte.

»Danke, Miss Capel«, sagte er. »Aber Oates weiß, was er holen soll und wo.«

Da sie wenigstens im Geist seine Abfahrt beschleunigen

wollte, ging Helen zum Eingang, der der vollen Wut des Sturms ausgesetzt war. Der Wind hämmerte an das dicke Tor wie mit Panzerfäusten, und der Regen gurgelte die Röhren hinunter, so daß Helen noch stärkeres Mitleid mit Oates empfand.

Sie hörte ihn draußen hupen und hätte gerne die Tür geöffnet, um ihm eine gute Fahrt zu wünschen. Aber sie erinnerte sich, wie das Licht geschwankt hatte, als sie den Doktor einließ.

Der Motor der alten Maschine hustete erst heftig und ging dann in ein Röhren über, ehe er langsam in der Ferne erstarb. Mit einem heftigen Gefühl von Einsamkeit schlüpfte Helen durch die Flügeltüren.

›*Einer meiner Beschützer ist weg*‹, dachte sie.

Sie kam gerade zur rechten Zeit, um ein lebhaftes Streitgespräch zwischen Miss Warren und Stephen Rice mitanzuhören.

»Stimmt es«, fragte Miss Warren, »daß Sie einen Hund in Ihrem Schlafzimmer haben?«

»Stimmt genau«, sagte Stephen leichthin. »Einen Hund – nicht eine Dame.«

»Bringen Sie ihn sofort in die Garage hinaus.«

»Tut mir leid. Nicht zu machen.«

Miss Warren verlor ihre gewohnte Ruhe. Ihr Gesicht schien zu schwanken wie Wasserpflanzen in einem Bach.

»Mr. Rice«, sagte sie, »bitte merken Sie sich: Ich *will kein Tier* im Haus.«

»Schon gut«, versicherte ihr Stephen. »Ich ziehe heute nacht noch aus und nehme den Hund mit.«

»Wo gehen Sie hin?« fragte Newton, der, die Hände in der Tasche, faul herumstand und der Szene mit Genugtuung zusah.

»Zum Ochsen, natürlich. Die geben mir schon ein Zimmer und nehmen den Hund noch so gerne auf. Die wissen, was ein Gentleman ist.«

Simone protestierte heftig.

»Sei nicht so kindisch, Steve. In diesem Regen kannst du nicht gehen. Du wirst durch und durch naß werden. Es ist nicht fair dem Hund gegenüber.«

Stephen wurde unsicher, als er durch die offene Tür blickte und andererseits das im Kamin des Salons prasselnde Feuer sah.

»Ich bleibe, wenn der Hund bleibt«, sagte er. »Wenn er geht, gehe *ich* auch.«

»Ich rede mit dem Professor«, rief Simone.

Ihr Gatte faßte sie am Arm.

»Laß den Chef in Ruhe«, sagte er. »Der hat genug gehabt.«

Simone riß sich los und rannte in das Studierzimmer. Im Gegensatz zu den übrigen Hausgenossen fürchtete sie den Professor nicht. Für sie war er einfach ein älterer Herr, dem sie, als ihrem Schwiegervater, einen gewissen Respekt zollte.

Nach einigen Minuten erschien sie wieder mit triumphierender Miene – im Schlepptau den Professor.

»Offenbar«, sprach er Stephen an, »gibt es Schwierigkeiten wegen eines Hundes. Miss Warren ist die Herrin meines Hauses, und ihre Wünsche sind Gesetz. Aber da es sich um eine einzige Nacht handelt, wird sie dieses Mal eine Ausnahme machen.«

Er wandte sich seiner Schwester zu.

»Verstehst du, Blanche?« fragte er.

»Ja, Sebastian«, erwiderte sie leise.

Sie ging hinauf, und der Professor kehrte in sein Studierzimmer zurück.

Helen dachte unvermittelt an ihren Kaffee. Sie trank ihn nie im Salon, weil sie die üblichen Kaffeetassen zu klein fand. Als echte Küchenmaus kochte sie jeweils die Reste in der Kanne auf, goß viel Milch dazu und trank ihn in ihrem Zimmer.

Am Ende der täglichen Dienstzeit war es Brauch, Mr. und Mrs. Oates nicht mehr zu stören; die Küche wurde dann zu ihrem Privatbereich. Helen benutzte deshalb stets ihren eigenen Kochtopf und einen Spirituskocher.

Ihr Zimmer kam ihr heute abend wie ein besonders anziehender Zufluchtsort vor, denn hier im Untergeschoß fühlte sie sich vom ärgsten Sturm abgeschirmt. Das Licht glühte auf den goldenen Wänden und der Zimmerdecke wie künstliches Sonnenlicht.

Ihre Füße schmerzten sie, denn sie war nicht nur bei ihrer Arbeit viel im Haus herumgelaufen, sondern hatte auch einen langen Spaziergang gemacht. Als sie sich in ihrem alten Korbstuhl niedergelassen hatte, wollte sie sich vor Wohlsein kaum mehr bewegen. Zwar erregten verstohlene Schritte die Hintertreppe hinunter, gefolgt von einer Reihe dumpfer Aufpralle ihre Neugier, aber ausnahmsweise siegte die Faulheit.

Gesichter formten sich im roten Herz des Feuers und schauten sie zwischen den Kohlen hindurch an, und sie schaute zurück. Ihre Knie waren angenehm warm, und die Welt war in Ordnung.

Jetzt hörte sie die Schritte wieder, diesmal treppaufwärts. Jetzt überwältigte sie die ihr angeborene Neugier. Sie sprang auf und sah eben noch einen Zipfel von Miss Warrens erdfarbenem Spitzengewand um die Ecke verschwinden.

Mrs. Oates blickte nicht gerade freundlich, als sie auf Helens Klopfen hin die Küchentür öffnete.

»*Sie*?« sagte sie. »Ich erwartete eigentlich Marlene Dietrich. Was jagen Sie mich auf, kaum daß ich mich einmal ein wenig hingesetzt habe?«

»Ich wollte bloß wissen, was Miss Warren hier unten wollte?« fragte Helen.

»Und Sie stören mich wegen *so etwas*? Die Hausherrin kann doch in ihre eigene Küche gehen, ohne *Sie* um Erlaubnis zu fragen.«

»Aber ich habe sie zum erstenmal hier unten gesehen«, warf Helen ein.

»Und seit wann, bitte schön, sind Sie bei uns? Seit Christi Geburt, oder was?« wetterte Mrs. Oates und schlug die Tür zu.

Gedemütigt kehrte Helen in ihr Zimmer und zu ihrem Spirituskocher zurück, um den Kaffee heiß zu machen. Bald duftete die warme Luft davon. Sie schaute gerade zu, wie die braunen Blasen im Kochtopf emporstiegen, als sie die Türglocke hörte.

Sie drehte die Flamme aus und lief schnell, in der Hoffnung, daß sie dem Arzt die Tür öffnen könnte.

Sie mußte heftig kämpfen, um die Tür aufzuzwingen, denn der Wind schien aus allen Richtungen gleichzeitig zu kommen. Dr. Parry zwängte sich, ehe sie richtig öffnen konnte, durch den Spalt und schlug hinter sich die Tür zu.

Ohne ein Wort schob er alle Riegel vor und legte die selten benutzte Kette vor.

An ihm und an seinem Schweigen war etwas Dringliches, das in Helen sofort angstvolle Erwartung weckte.

»Nun?« fragte sie atemlos, »warum sagen Sie nichts?«

»Das ist eine scheußliche Nacht«, sagte er. Er schaute sie ernst an, als er seinen tropfnassen Mantel auszog.

»Nein, nein«, beharrte sie. »Sagen Sie – haben Sie herausgefunden, woran das arme Mädchen gestorben ist?«

»Ja«, antwortete er grimmig. »Sie wurde ermordet.«

Mord

Die Nachricht versetzte Helen einen solch entsetzlichen Schreck, daß sie schwankte und das ganze Haus mit ihr im Wind zu zittern schien. Als sie wieder sicher stand, hatte sich die ganze Familie in der Halle versammelt und hörte angestrengt Dr. Parry zu.

»Sie ist erwürgt worden«, sagte er.

»Wann?« fragte der Professor.

»Man kann es unmöglich auf die Stunde genau sagen. Aber ich würde sagen, etwa um fünf oder sechs Uhr herum.«

»*Erwürgt*«, wiederholte Miss Warren mit einer Stimme so dünn wie ein gestreckter Draht. »Ist es – die gleiche Art von Mord wie die anderen?«

»Eindeutig«, erwiderte der Doktor. »Nur grausamer. Ceridwen war ein kräftiges Mädchen, und sie hat sich gewehrt, was seine Wut steigerte.«

»Dann« – Miss Warrens Gesicht bewegte sich schmerzlich – »war der Verrückte, als er sie in Captain Beans Garten ermordete, ganz nahe bei *uns*.«

»Noch näher«, sagte der Doktor. »Der Mord selbst geschah nämlich in der Pflanzung.«

Miss Warren schnappte entsetzt nach Luft, und Simone klammerte sich an Stephens Arm. Inmitten ihres eigenen Schreckens und ihrer Aufregung bemerkte Helen, daß Simone jede Möglichkeit einer Geste der Verliebtheit wahrnahm, während ihr Mann sie mit verengten Augen beobachtete.

Erinnerungen an den Nachmittag überfluteten sie. Sie hatte schutzlos und ausgesetzt gestanden und die Festung des »Summit« jenseits einer weiten Mulde leeren Landes gesehen, und sogar dort war Mord ihr nahe gewesen. Er kam immer näher –

ungesehen, ungehört. Vielleicht war sie unmittelbar daran vorbeigegangen, während »es« im Bachbett in den Büschen lauerte.

Aber »es« hatte sie zum Ziel erwählt. »Es« wußte, welchen Weg sie nehmen mußte und wartete auf sie in der Pflanzung, in der bösen Verstellung eines Baums.

›Was für ein fabelhaftes Glück ich hatte‹, dachte sie.

Weil die Gefahr vorüber war, freute sie sich beinahe über das Abenteuer, wäre da nicht der Gedanke gewesen, daß der Baum schließlich doch ein Opfer gefunden hatte. Die Vorstellung, wie leichtherzig Ceridwen dem Verderben entgegengegangen war, ließ sie fast ohnmächtig werden.

Als sie wieder klar sah, bemerkte sie erleichtert, daß das Gesicht des Professors unbewegt geblieben war. Seine wie immer pedantischen Worte holten sie aus der dunklen, zitternden Landschaft, in der Blitze ihr Einblick in die Hölle gewährt hatten, zurück und versetzten sie wieder in das komfortable Innere eines englischen Hauses.

»Wie erhärten Sie die Tatsache, daß der Mord in der Pflanzung geschah?« fragte er.

»Sie hatte Tannennadeln in den verkrampften Händen, und ihre Kleidung verrät, daß sie durch eine Hecke gezogen wurde. ... Es ist natürlich nutzlos, die Gedanken eines wahnsinnigen Gehirns verfolgen zu wollen; aber diese unnütze Vorsichtsmaßnahme wirkt merkwürdig. Die Leiche hätte viele Stunden auch in der Pflanzung liegen können.«

»Oder auch nicht«, kommentierte der Professor. »Seien Sie sicher, daß es einen Grund für die anscheinende Sinnlosigkeit gibt.«

Sein Sohn, dem der exzentrische Nachbar auch nicht sympathisch war, kicherte.

»Bean muß ganz schön erschrocken sein, als er heimkam«, sagte er. »Eine Leiche an seine Tür gelehnt, um ihm zu öffnen.«

»Er war etwas außer Fassung.« Dr. Parry sprach kalt. »Es war ein gräßlicher Schock für einen Mann seines Alters. Ein plötzlicher Tod ist nichts zum Lachen – am wenigsten für das Opfer.«

Seine dunklen Augen blitzten zornig über die gleichmütigen Gesichter der jungen Männer und Simones scharlachrote Lippen, die halbgeöffnet waren, als wolle sie die Sensation einsaugen.

»Ich will euch Leute nicht erschrecken«, sagte er. »Nein, das ist eine Lüge. Ich *will* euch erschrecken. Gründlich. Sie müssen sich alle dessen bewußt sein, daß ein wahnsinniger Verbrecher umgeht, der Blut gerochen hat und nach mehr Blut giert... Und er ist irgendwo in der Nähe – ganz nahe bei Ihnen.«

»Wird – wird er versuchen, hier einzubrechen?« bebte Miss Warren.

»Geben Sie ihm keine Chance. Ich verlasse mich darauf, daß der Professor jedes Verlassen des Hauses verbietet. Sie verriegeln selbstverständlich jede Tür und jedes Fenster. Lassen Sie keine Vorsichtsmaßnahme aus – selbst wenn sie lächerlich scheint.«

»Ich habe schon für alles gesorgt. Schon seit dem – Kindermädchen«, versicherte ihm Miss Warren.

»Gut. Sie sind eine kluge Frau, die die Gefahr erkennt und ebenso Ihre Verantwortung Ihren Untergebenen gegenüber. Sie sind in Sicherheit. Oates allein könnte den Burschen mit einer Hand überwältigen, falls er kommt.«

Wieder fiel diese seltsame Verzweiflung Helen an, als sie zuhörte, wie der Professor die Abwesenheit von Oates erklärte. Auch der Gedanke, daß Dr. Parry sie bald verlassen würde, bedrückte sie ganz ungewohnt.

Seine praktische, heitere Persönlichkeit schien sogar Mord in normale Proportionen zu rücken. Mord war ein unnatürliches Übel, gegen das man sich mit natürlichen Mitteln schützen konnte – denn die Verteidigung war um so vieles stärker als der Angriff.

Im Vergleich zu den anderen Männern, die alle in tadelloser

Abendkleidung steckten, wirkte er ungepflegt. Er war voller Öl- und Schlammspritzer, seine Hände waren schmutzig, sein Kinn schon ganz dunkel; aber als er ihren Blick auffing und sie anlächelte, spürte sie instinktiv, daß er Zärtlichkeit und Vertrauen geben konnte.

Eine helle, flüchtige Vision erschien vor ihren Augen und füllte sie mit Glück und Hoffnung. Sie stand auf der Schwelle irgendeiner Entdeckung. Aber ehe sie ihre Gedanken sammeln konnte, nahm der Arzt Abschied.

»Ich muß fort«, sagte er fröhlich. »Professor, ich hoffe, Sie verstehen, wie wichtig es ist, daß alle Männer heute zu Hause bleiben, um diese zwei Frauen zu schützen.«

Sein Blick schloß Simone mit ein, die ihn mit einem verführerischen Lächeln bedachte.

»Peter«, sagte sie und legte das Kinn auf die Schulter des Professors, »du läßt doch den Doktor nicht gehen, ohne ihm einen Drink anzubieten!«

Ehe der Arzt die unausgesprochene Einladung ablehnen konnte, griff Helen ein.

»Ich habe noch Kaffee unten«, sagte sie. »Soll ich welchen hinaufbringen?«

»Genau das richtige«, stimmte der Doktor zu. »Aber kann ich mit hinunterkommen und etwas trocknen, während ich mit ihm aufräume?«

Helen konnte einem Gefühl des Triumphs über Simone nicht widerstehen, als Dr. Parry hinter ihr die Küchentreppe hinunterpolterte. Simones Mann zerrte an der Kette; ihrer hingegen folgte ihr mit Vergnügen.

Ihr Wohnzimmer sah sogar noch fröhlicher und behaglicher aus, als Dr. Parry ihr gegenübersaß und aus einer riesigen Frühstückstasse in großen Schlucken Kaffee trank, während sie mit weniger Geräusch eine ähnliche Tasse benützte.

»Warum strahlen Sie so?« fragte er abrupt.

»Ich sollte nicht«, sagte sie entschuldigend. »Das alles ist so schrecklich. Aber – ich *lebe* so gerne. Und *davon* habe ich noch sehr wenig gehabt.« »Was *haben* Sie denn gemacht?« fragte er.

»Hausarbeit. Manchmal noch dazu mit Kindern.«

»Und dennoch sind Sie guten Mutes?«

»Natürlich. Man weiß nie, was einen hinter der nächsten Ecke erwartet!«

Dr. Parry runzelte die Stirn.

»Haben Sie nie gehört, daß Neugierde in schreckliche Gefahren führen kann?« fragte er. »Ich glaube, wenn Sie eine rauchende Bombe fänden, könnten Sie nicht anders, als die Zündschnur zu untersuchen!«

»Nicht wenn ich wüßte, daß es eine Bombe ist«, erklärte Helen. »Aber ich würde es ja nicht wissen, ehe ich nachgeschaut hätte.«

»Und Sie *müssen* nachschauen?«

»Ja. Ich *bin* so.«

»Ich gebe Sie auf.« Dr. Parry stöhnte. »Haben Sie nicht genügend Verstand, um zu begreifen daß da ein menschlicher Tiger mit verzweifelter Kraft und Schlauheit nur darauf wartet, Sie zu dem zu machen, was – von Ceridwen übriggeblieben ist. Wenn Sie gesehen hätten, was ich eben sah ...«

»Nicht«, bat Helen mit bedrücktem Gesicht.

»Aber ich will Sie erschrecken. Sie wissen nicht, in welcher Gefahr Sie sind. Solche Verrückte sind gewöhnlich zwischen ihren Wahnsinnsanfällen ganz normal. Er könnte im gleichen Haus wie Sie wohnen, und Sie würden ihn akzeptieren, wie Sie den jungen Rice oder den Professor akzeptieren.«

Helen erschauerte.

»Könnte es auch eine Frau sein?« fragte sie.

»Nein, es sei denn, sie wäre ungewöhnlich stark.«

»Das würde ich dann aber sicher merken.«

»Nein, das ist ja das Lähmende daran«, beharrte der Doktor. »Stellen Sie sich nur einmal vor, wie schrecklich es wäre, wenn ein freundliches Gesicht – wie meines – plötzlich zu einer fremden Maske wird, der der Mord aus den Augen starrt!«

Aber inzwischen hatte sich Helen an die Idee gewöhnt.

»Wollen Sie damit sagen, jemand im Haus habe all diese Morde begangen?« fragte sie. »Da wäre ich jedem gewachsen, außer Oates. *Er* wäre schrecklich, wenn er sich in sein Gegenteil verwandelte. Eine Art von King Kong.«

Dr. Parry verlor die Geduld.

»Sie machen einen Scherz daraus«, sagte er. »Aber ich weiß von einem Mädchen, das vor einer armen alten Frau Angst hatte.«

Helen wurde bei dieser Erinnerung sofort ganz klein.

»Ich wollte Ihnen noch danken«, sagte sie. »Sie waren ein echter Freund... Sie ist anders. Sie hat etwas Unnatürliches an sich... Aber ich finde, jeder sollte tun, was er nicht tun sollte, dann tut er es nicht.«

Dr. Parry lachte und erhob sich zögernd aus dem alten, knirschenden Rohrstuhl.

»Da ist ein Arzt notwendig, um das zu entwirren«, sagte er. »Aber ich nehme an, Sie meinen so etwas wie eine moralische Impfung.«

»Ja«, nickte Helen. »Wie man sich gegen Pocken impfen läßt.«

»Und möchten Sie Ihre Impfung selbst ausprobieren?« fragte er. »Sich betrinken? Kokain schnupfen? Ein Wochenende in Brighton erleben?«

»Ach *nein*«, erwiderte Helen. »Ich meinte natürlich nicht mich selbst. Ich bin immer nur am Rand der Dinge.«

Dr. Parry schaute sie an.

»Ich glaube, bald werden Sie sich mittendrin befinden. Vielleicht sind Waliser stürmischer als Engländer. Ich könnte wetten, daß Sie vor Ablauf eines halben Jahres Mrs. Jones oder Hughes oder – Parry sein werden.«

Helen verkehrte mit Absicht die Reihe der Namen, als sie zurücklächelte.

»Ich nehme die Wette an«, sagte sie. »Wenn ich dann nicht Mrs. Parry oder Jones oder das andere bin, bezahlen Sie.«

»Abgemacht!« sagte der Doktor. »Sie werden verlieren. Aber nachdem ich jetzt voll von Ihrem ausgezeichneten Kaffee bin, muß ich gehen.«

»Nein, warten Sie«, sagte Helen, der plötzlich ein Erlebnis einfiel. »Ich möchte Ihnen noch etwas erzählen.«

In wenigen Worten skizzierte sie ihr Abenteuer mit dem Baum. Sie brauchte diesmal keine Einzelheiten auszumalen, um ihre Wirkung zu erzielen. Dr. Parrys Augen blickten wild, und er preßte die Lippen zu einer festen Linie zusammen, um seine Betroffenheit zu verbergen.

»Ich nehme zurück, was ich über die Bombe gesagt habe«, meinte er. »Gott sei Dank haben Sie noch ein wenig kostbaren Sinn für Gefahr.«

»Dann war es also nicht dumm von mir, davonzulaufen?« fragte Helen.

»Es war wahrscheinlich das klügste, was Sie je in Ihrem Leben getan haben.«

Helen wurde nachdenklich.

»Schade, daß ich ihn nicht richtig sah«, sagte sie. »Ich meine, als er sich in einen Mann verwandelte. Glauben Sie, es ist jemand von hier, da er doch in der Pflanzung wartete?«

Dr. Parry schüttelte den Kopf.

»Nein. Das ist offensichtlich der fünfte Mord in einer zusammenhängenden Serie von Verbrechen. Da die zwei ersten in der Stadt begangen wurden, wohnt der Verbrecher wohl dort. Im Augenblick ist er möglicherweise wieder im Schoß seiner Familie und gut aufgehoben ... Was die Polizei tun sollte, ist, den Tagesablauf eines harmlosen und geachteten Bürgers nachzuzeichnen und herauszufinden, ob an seinem weißen Seidenschal eine Anzahl von Fransen fehlt.«

»Es gibt also einen Anhaltspunkt?« fragte Helen.

Ihr wurde übel, als sie die Erklärung hörte.

»Ja. Ich fand ein Büschel davon in Ceridwens Mund. Sie muß mit den Zähnen daran gerissen haben, während sie kämpften. Sie machte es ihm nicht leicht – und er nicht ihr ...

Es ist grausam von mir, Ihnen das zu erzählen, aber ich will Ihnen die Gefahr völlig bewußt machen. Kommen Sie jetzt mit mir, öffnen Sie mir die Tür und sorgen Sie dafür, daß alle Riegel vorgeschoben sind.«

Helen gehorchte, obwohl sie ihn ungern in der strömenden Finsternis verschwinden sah. Die tropfenden Lorbeerbüsche an der Auffahrt und die Sträucher im Rasen schüttelten sich in den Sturmböen, als wollten sie sich von ihren Wurzeln losreißen.

Die Bäume waren lebendig – bewegten sich – wollten hereinkommen.

Sie warf die Tür zu; das Klicken des Federschlosses vermittelte ihr eindeutig ein Gefühl der Sicherheit. Die Halle schien so ruhig wie ein Mühlenteich nach dem Heulen des Windes. Sanft erleuchtet, wirkte sie heiter; sie bot Komfort und Wärme mit dem dicken Flor des pfauenblauen Teppichs. Der Luxus des »Summit« stellte sich der phantastischen Vorstellung eines Mordes entgegen.

Die Halle war leer, und Helen lief in ihr Zimmer, in dem noch ein Hauch von Dr. Parrys Gegenwart geblieben war. Aber sie hatte sich kaum vor das Feuer gesetzt, als Mrs. Oates' Gesicht in der Tür erschien.

»Ich warne Sie«, sagte sie mit heiserem Flüstern. »Passen Sie auf. Mit dieser neuen Pflegerin stimmt etwas nicht.«

Vorsicht!

Helen starrte Mrs. Oates mit leichter Besorgnis an. Etwas an der Erscheinung der Frau, sie wußte nicht was, war ihr unvertraut. Ihr Gesicht, rot von der Wärme des Feuers, trug den üblichen Ausdruck gutmütiger Verdrießlichkeit, und Helen konnte die Veränderung nicht festmachen.

»Die Pflegerin?« wiederholte sie. »Sie ist zwar ein Biest, aber was soll nicht mit ihr stimmen?«

»*Dinge*«, nickte Mrs. Oates geheimnisvoll. »Sie fielen mir auf, aber ich beachtete sie nicht. Sie kamen mir wieder in den Sinn und mich wundert, was sie bedeuten.«

»Was für Dinge?« wollte Helen wissen.

»Kleine Dinge«, war die unbestimmte Antwort. »Ich möchte mit Oates darüber reden. Er könnte es mir sagen.«

Ihre Stimme war undeutlich geworden, und plötzlich begriff Helen, was an ihr verändert war. Etwas war aus ihrem Gesicht verschwunden; ihre Lippen hingen lose herunter, so daß ihr Kinn nicht mehr dem einer Bulldogge glich.

Sie fühlte sich etwas unbehaglich. Einer ihrer Leibwächter war fort – und der andere war nicht mehr der gleiche. Sie hatte nicht mehr die warme Sicherheit von Mrs. Oates' Schutz.

Aber ihr unzusammenhängendes Gerede ergab doch einen Sinn, so daß Helen aufmerksam zuhörte.

»Ich will mit Oates reden«, erklärte die Frau, »und ihn fragen, *wo* genau er diese Pflegerin abgeholt hat. Ein Baby könnte Oates hinters Licht führen. Wenn jemand seinen Kopf abschneiden und einen Kohlkopf an die Stelle setzen würde, käme das aufs gleiche hinaus.«

»Aber ich weiß, daß er sie aus dem Schwesternheim geholt hat«, erinnerte Helen sie.

»Ja, und wie? Ich kenne Oates. Der fährt einfach vor, und weil ich nicht dabei bin und aussteige, um zu läuten, hupt er und wartet ab. Die erste Person in Mantel und Schleier, die in den Wagen steigt, ist ihm recht.«

»Hm«, überlegte Helen. »Aber selbst wenn sie eine Betrügerin wäre, könnte sie den Mord nicht begangen haben, denn sie fuhr mit ihm im Auto, als das geschah.«

»Welchen Mord?« fragte Mrs. Oates.

Helen war menschlich genug, die Verkündigung tragischer Neuigkeiten zu genießen, die sie persönlich nicht berührten. Aber Mrs. Oates' Reaktion auf Ceridwens Tod war enttäuschend. Anstatt vor Schrecken zu erschauern, nahm sie ihn entgegen, als gehörte er zur wöchentlichen Routine; sie ging darüber hinweg, um eine düstere Zukunft zu prophezeien.

»Was Sie nicht sagen«, bemerkte sie gleichmütig. »Passen Sie auf, es wird noch ein Mord passieren, ehe wir eine Nacht älter sind, falls wir bis dann überhaupt verschont bleiben.«

»Sie haben aber ein sonniges Gemüt!« rief Helen aus.

»Ich traue eben dieser Pflegerin nicht. Man sagt, der Verrückte müsse eine Frau bei sich haben, die mit den Mädchen spreche und sie ablenke, damit er zupacken kann.«

»Sie meinen – einen Lockvogel?« fragte Helen. »Eines kann ich Ihnen versprechen. Wenn die Pflegerin mich heute nacht zu einem Spaziergang im Garten einlädt, gehe ich nicht.«

»Aber sie ist nicht dazu da«, sagte Mrs. Oates. »Sie hat die Aufgabe, *ihm* die Tür zu öffnen.«

Dies war eine äußerst ungemütliche Vorstellung, gleich nach Dr. Parrys Enthüllungen. Helen wurde die Einsamkeit des sturmumtobten Hauses erneut bewußt. Selbst im Kellergeschoß konnte sie die Wut der Windstöße hören, die wie Flutwellen gegen die Fensterläden donnerten.

»Ich gehe wohl besser hinauf und schaue nach, was die anderen tun«, sagte sie; sie fand einen Wechsel der Gesellschaft angezeigt.

Der erste Mensch, den sie in der Halle traf, war Stephen Rice.

Er hatte die Tür des Garderobenschrankes geöffnet und nahm eben seinen uralten Regenmantel vom Haken.

»Sie gehen doch nicht aus, in diesem Sturm«, rief sie.

Sein Grinsen erhellte ihre Stimmung. Er legte den Finger an die Lippen.

»Pst. Ich schleiche in den Ochsen. Ich brauche die Gesellschaft meiner arbeitenden Kameraden, um den Geschmack dieser scheußlichen Geschichte loszuwerden. Vielleicht experimentiere ich sogar mit einem Glas Bier. Ich gehöre zu den hoffnungslosen Burschen, die alles wenigstens einmal ausprobieren müssen.«

»Ich weiß aber etwas, das Sie nie probieren würden«, sagte Helen, bis zur Unvorsichtigkeit erregt.

»Und das wäre?«

»Mit der Frau eines anderen davonzulaufen.«

Stephen folgte Helens Blick zum Salon.

»Wie recht Sie haben«, meinte er. »Mit Frauen kann ich nichts anfangen.« Dann streckte er seine Hand aus. »Schwester, hast du einen Fünfer für mich?«

Helen konnte nicht fassen, daß er von ihr Geld borgen wollte, bis er es ihr erklärte: »Ich will meine Rechnung im Ochsen begleichen. Ich habe alles, was ich hatte, für den Hund ausgegeben.«

»Wo ist er?« fragte Helen, um das Thema zu wechseln.

»Oben in meinem Zimmer, schlafend auf dem Bett... Schwester, wie wär's nun mit dem Fünfer?«

»Ich habe kein Geld«, stammelte Helen. »Ich bekomme meinen Lohn erst am Ende des Monats.«

»Pech. Schon wieder ein Land ohne Goldstandard... Entschuldigen Sie meine Anfrage. Jetzt bleibt mir nur noch, Simone anzupumpen. Sie hat genug Geld.«

Eben schlenderte Simone durch die Halle.

»Wo gehst du hin?« fragte sie.

»Als erstes zu dir, meine Liebe, um dich anzupumpen. Dann zum Ochsen, um das Geld dort wieder loszuwerden.«

Simone zog die gemalten Brauen zusammen.

»Du brauchst keinen Grund zu erfinden, um in den Ochsen zu gehen«, sagte sie zu ihm. »Ich weiß, was dich da anzieht.«

»Whitey?« stöhnte Stephen. »Hör um Gottes willen auf, auf ihr herumzuhacken. Sie ist ein nettes kleines Mädchen. Wir sind Freunde, mehr nicht.«

Er verstummte, als Newton aus dem Studierzimmer kam.

»Bitte kommt alle in das Studierzimmer«, sagte er. »Der Chef will uns etwas sagen.«

Der Professor saß an seinem Schreibtisch und sprach leise mit seiner Schwester. Helen fiel auf, wie erschöpft er aussah. Sie bemerkte auch das Glas Wasser und die kleine Flasche mit weißen Tabletten, die neben seinem Ellbogen standen.

»Ich sage jetzt etwas«, verkündete er, »das jeden einzelnen von euch angeht. Niemand darf heute abend das Haus verlassen.«

Simone warf einen triumphierenden Blick zu Stephen hinüber, der zu stammeln begann. »Aber, Sir, ich muß eine wichtige Verabredung einhalten.«

»Dann werden Sie sie nicht einhalten«, informierte ihn der Professor.

»Aber ich bin kein Baby.«

»Beweisen Sie es. Wenn Sie ein Mann sind, sehen Sie ein, daß wir in akuter Gefahr sind und daß es die Pflicht jedes Mannes ist, zu Hause zu bleiben.«

Stephen protestierte weiter.

»Ich würde sofort hierbleiben, wenn das sinnvoll wäre. Aber es ist so verflixt unsinnig. Natürlich sollte keine Frau hinausgehen. Aber zu Hause ist sie sicher. Der Kerl kommt doch nicht in das Haus.«

»Haben Sie das Mädchen vergessen, das in seinem Schlafzimmer ermordet wurde«, mahnte Miss Warren mit erstorbener Stimme.

»Sie hatte das Fenster offengelassen«, wandte Stephen ein.

»Aber Sie haben gehört, was der Doktor sagte?« beharrte Miss Warren.

»Und Sie haben gehört, was *ich* gesagt habe«, bemerkte der Professor streng. »Ich bin hier der Hausherr, und ich wünsche nicht, daß irgend jemandes Sicherheit durch Ungehorsam beeinträchtigt wird.«

Helen fühlte einen Augenblick lang seinen Blick auf sich ruhen, und ihr Herz war heiß vor Dankbarkeit.

»Eine weitere Vorsichtsmaßnahme, die ich beachtet sehen will«, sagte der Professor. »*Niemand* wird in dieses Haus hereingelassen heute nacht. Wer auch immer klopft oder läutet, bleibt draußen. Ich verbiete, daß ein Riegel, gleich unter welchem Vorwand, geöffnet wird.«

Diesmal kam der Protest von Newton.

»Das ist aber drastisch, Chef«, sagte er. »Da könnte doch irgendwer kommen. Die Polizei, oder jemand mit einer wichtigen Nachricht.«

»Oder ein armer, im Sturm verirrter Wanderer«, fügte Stephen hinzu.

Der Professor nahm eine Zeitung auf, als habe ihn die Diskussion ermüdet.

»Das sind meine Befehle«, sagte er. »Mein einziges Anliegen heute nacht gilt der Sicherheit aller Menschen unter meinem Dach. Ich warne Sie alle: Wer aus dem Haus hinausgeht, und sei es nur für eine Minute, *kommt nicht wieder hinein*. Die Tür bleibt verschlossen und wird nicht wieder aufgemacht.«

Ein Schwarm beunruhigender Möglichkeiten jagte durch Helens Kopf. Vor allem stellte sie sich Dr. Parry vor, wie er – mit irgendeinem besonderen Auftrag für sie – draußen im Regen stand.

»Aber, wenn wir die Stimme erkennen, ist es dann nicht anders?« fragte sie schüchtern.

»Gewiß nicht«, sagte der Professor. »Stimmen lassen sich nachahmen. Ich wiederhole: Sie dürfen niemandem öffnen, ob Mann, Frau oder Kind.«

»Aber Professor, Sie *können* doch nicht ein Kind meinen?« rief Helen aus. »Wenn ich draußen ein Baby schreien hörte, könnte ich nicht anders, als es hereinzuholen.«

Der Professor lächelte bleich und wechselte einen Blick mit seiner Schwester, die die Haltung des Mädchens offensichtlich nicht billigte.

»Wahrscheinlich würde Ihr Baby nur darauf warten, Ihnen die Kehle zuzudrücken«, antwortete er. »Sicher haben Sie schon am Radio perfekte Imitatoren von Kinderstimmen gehört.«

»Von mir aus könnte es sich heiser schreien, mir wäre das gleichgültig«, sagte Stephen brutal. »Ich hätte ein Vermögen erben können, wenn in meiner Familie nicht ein sogenanntes ›glückliches Ereignis‹ eingetreten wäre ... Und eines kann ich versprechen: Ich würde für keine Frau der Welt das Zimmer durchqueren.«

Der Blick, den ihm Simone zuwarf, kam einer Herausforderung gleich, und Newton bemerkte ihn. Er lachte leise und höhnisch.

»Haben Sie je von Shakespeare gehört, Rice?« fragte er ätzend. »Und vom Zitat ›Die Dame, wie mich dünkt, gelobt zu viel‹? Wir hören so oft, Sie seien ein Frauenverächter, und sehen so wenig davon.«

Der Professor klopfte auf den Tisch, als wolle er eine lärmende Versammlung zur Ruhe bringen.

»Das ist alles«, sagte er. »Miss Capel, überbringen Sie bitte sofort meine Befehle an Mrs. Oates und an Schwester Barker.«

»Ja, Professor«, sagte Helen.

Plötzlich fiel ihr eine neue Komplikation ein.

»Und Oates?« fragte sie.

»Er bleibt draußen«, war die unerbittliche Antwort. »Er kann den Wagen in die Garage stellen und dort bis zum Morgengrauen bleiben.«

»Aber Lady Warren könnte ihren Sauerstoff brauchen.«

»Dieses Risiko muß sie auf sich nehmen wie alle anderen.

Jetzt müssen wir völlige Vorsicht walten lassen. Vielleicht verstehe ich die Lage besser als Sie alle... Als ich als junger Mann in Indien war, gab es einen Tiger, der dem Viehzaun entlang lauerte. Er durchbrach ihn immer wieder, trotz aller Vorsichtsmaßnahmen.«

Er senkte die Stimme, als er hinzufügte: »Ein Tiger lauert *jetzt* vor dem Haus.«

Noch während er sprach, erklang lautes Klopfen von der Haustür her.

Geheime Nachrichten

Das Klopfen verstummte, und die Glocke schlug an; Helen erhob sich instinktiv.

»Ich gehe öffnen«, sagte sie.

Sie gelangte bis an das Ende des Zimmers, ehe ihr bewußt wurde, was sie tat. Niemand sonst hatte sich geregt, aber alle schauten sie an – unbewegt, höhnisch oder belustigt, je nach Temperament.

Der Professor nickte seiner Schwester zu, seine Augen glänzten sardonisch.

»Das schwache Glied«, bemerkte er leise.

Der Ausdruck war Helen so vertraut, daß sie seine Bedeutung sofort erfaßte. Sie errötete bis zu den Haarwurzeln.

»Es tut mir leid«, sagte sie mit zitternder Stimme, »aber ich reagiere inzwischen automatisch auf jede Türglocke.«

»Das haben Sie uns eben bewiesen«, sagte der Professor schneidend. »Ich will nicht streng sein, aber denken Sie daran, in diesem Fall ist Vergeßlichkeit so schlimm wie Ungehorsam.«

Wieder klopfte es, und wieder wurde die Glocke geläutet. Obwohl sie auf der Hut war und beobachtet wurde, fand Helen, es sei eine Prüfung, dazustehen und nichts zu tun.

›Es ist, als schaute man zu, wie die Milch überkocht‹, dachte sie, ›oder wie ein Kind mit Feuer spielt. Jemand *sollte* etwas unternehmen. Ich bin sicher, das ist nicht richtig so.‹

Sie sah, wie in Miss Warrens Gesicht bei jedem Ton die Muskeln bebten, und ihre eigenen Nerven zitterten vor Mitgefühl.

Ein drittes Mal wurde an die Tür gehämmert. Nun ergriff die Spannung Stephen. Er reckte das Kinn, als er zu seinem Lehrer sprach.

»Sir, bei aller schuldigen Verehrung etcetera – gehen Sie nicht ein bißchen zu weit? Indem Sie alle Drähte durchschneiden, meine ich. Das könnte der Briefträger sein, mit einem unfrankierten Brief für mich, in dem steht, meine Tante Fanny sei gestorben und ich sei ihr Erbe.«

Der Professor antwortete mit der trostlosen Geduld, mit der er die Unwissenheit eines Schülers aufklärte.

»Ich habe soeben einen Befehl erteilt, Rice. Ich wäre reaktionär, wenn ich denselben Fehler beginge, den ich eben Miss Capel vorgeworfen habe. Wenn wir anfangen, eine Vorsichtsmaßnahme zu durchlöchern, die der allgemeinen Sicherheit dient, hat sie bald keinen Wert mehr.«

»Ja, Sir.« Stephen zog eine Grimasse, als Klopfer und Glocke zum vierten Mal, und noch lauter, betätigt wurden. »Aber es ärgert mich, nicht zu wissen, wer draußen ist.«

»Ach, mein lieber Rice, warum haben Sie das nicht gleich gesagt?« Ein Lächeln des Professors flackerte auf und erlosch sofort wieder. »Es ist natürlich die Polizei.«

Diese Bemerkung erregte eine kleine Sensation.

»Polizei?« wiederholte Newton. »Warum kommt sie hierher?«

»Eine bloße Formalität; das ›Summit‹ liegt schließlich im Bereich dieser – dieser Sache. Sie werden Auskünfte von uns haben wollen. Wenn sie unsere verneinende Antwort annähmen und wieder gingen, würde ich meinen Befehl zu ihren Gunsten durchbrechen. Die Polizei ist eine würdige Abteilung der öffentlichen Dienste... Leider hat sie aber dem Verbrechen Vorschub geleistet, indem sie über unwichtigen Einzelheiten Zeit verlor und ihren Mann entkommen ließ.«

»Aber du kannst sie nicht aussperren, Sebastian«, rief Miss Warren.

»Ich denke nicht daran, sie auszusperren. Wenn sie morgen früh kommen, werden sie eingelassen. Ich bin der Herr meines Hauses, und ich habe heute abend schon zuviel Zeit verloren.«

Durch seine Brillengläser blickten seine Augen hungrig auf die Papiere, die seinen Schreibtisch bedeckten.

›Das Schlimme an diesen gescheiten Menschen ist‹, dachte Helen, ›daß sie so eigensinnig sind!‹

Sie hoffte innig, Mrs. Oates würde die Tür öffnen, denn die Polizei schien ihr eine direkte Antwort auf ihr Gebet zu sein. Vor ihrem geistigen Auge sah sie eine kompakte Truppe fester, uniformierter Männer, die den Schutz des Gesetzes mit sich brachten.

Plötzlich glaubte sie, den Professor umstimmen zu können.

»Aber *ich* könnte ihnen etwas erzählen«, sagte sie begierig.

Der Professor legte seine Füllfeder nieder und drehte sich in seinem Stuhl zu ihr herum.

»Miss Capel«, sagte er gemessen, »haben Sie irgendwelche klaren, präzisen Informationen, die der Polizei wirklich nützen könnten? Zum Beispiel, haben Sie den Verbrecher gesehen und könnten ihn beschreiben oder identifizieren?«

»Nein«, antwortete Helen.

»Haben Sie eine Idee, wer es sein könnte oder wo er ist?«

»Nein«, antwortete Helen und wäre am liebsten im Erdboden versunken.

»Nun dann, haben Sie eine plausible Theorie?«

»Nein, aber – ich glaube, er versteckt sich hinter Bäumen.«

Simone führte das allgemeine unterdrückte Gelächter an, in das selbst Miss Warren einstimmte.

»Danke, Miss Capel«, sagte der Professor. »Ich glaube, die Polizei kann bis morgen früh auf Ihre Hilfe warten.«

Helens Herz wurde schwer. Stets hieß es »morgen«, und sie fürchtete die Nacht, die sie noch vom Morgengrauen trennte.

Der Professor schien jedoch etwas Mitleid mit ihrer Verwirrung zu empfinden, denn er wandte sich im Ton eines rücksichtsvollen Arbeitgebers an sie.

»Jetzt, Miss Capel, wären Sie bitte so freundlich, meine Beschlüsse zuerst Mrs. Oates und dann Schwester Barker mitzuteilen?«

»Gewiß«, versicherte ihm Helen.

»Ich nehme an, Großmutter weiß nichts von dem Mord?« fragte Newton.

»Nein«, erwiderte Miss Warren. »Weder sie noch die Pflegerin können etwas erfahren haben. Ich war als einzige oben, seitdem Dr. Parry uns benachrichtigt hat. Und ich denke nicht im Traum daran, sie in Angst zu versetzen.«

»Sie *darf* es nicht erfahren«, befahl der Professor.

»*Ich* sage ihr nichts«, erklärte Helen im Bestreben, ihren Ruf als umsichtige Person wieder herzustellen.

Die Halle war völlig still, als sie hindurchging. Der Professor hatte die Geduld der Polizei, die allerdings nur in einer einzigen Person erschienen war, erschöpft. Nachdem er praktisch einem Wasserspeier ausgesetzt gewesen war, zog er aus den verriegelten Fenstern seine eigenen Schlüsse und beschloß, am Tag wiederzukommen. Offenbar hatte sich die Furcht vor dem Wahnsinnigen von den Bauernhäusern auf die großen Häuser der Gegend ausgedehnt.

Als Helen zur Küche kam, konnte sie zu ihrer Überraschung nicht eintreten. Zuerst antwortete Mrs. Oates nicht auf ihr Klopfen, dann aber glitt ein gewaltiger, verzerrter Schatten über das Milchglas der Tür, und ein Schloß klickte.

Mrs. Oates türmte sich vor ihr auf, mit verwirrtem rotem Gesicht und schläfrigen Augen.

»Ich muß eingedöst sein«, erklärte sie.

»Aber ist es klug, bei geschlossener Tür zu schlafen?« fragte Helen, die ungern etwas verpaßte. »Wenn nun Ihre Kleider Feuer fingen und wir nicht zu Ihnen kommen könnten?«

»Sie könnten schon. Hier dient ein- und derselbe Schlüssel für fast alle Schlösser; man kann ihn bloß nicht drehen, weil er nie benutzt wird.«

»Natürlich«, sagte Helen. »Türen verschließt man nur in unsicheren Häusern und in Hotels. Ich kenne bloß normale Situationen, und ich habe in meinem Leben noch nie meine Tür verschlossen.«

»Nun, wenn ich Sie wäre, würde ich heute nacht meinen Schlüssel ölen und die Tür verschließen«, sagte Mrs. Oates.

»Sehr nützlich«, lachte Helen, »wenn ein anderer Schlüssel genau so gut paßt.«

»Aber andere Schlüssel wären rostig«, erklärte Mrs. Oates.

Als Helen den Befehl des Professors ausrichtete, warf sie trotzig den Kopf hoch.

»Seine Lordschaft kann mich gern haben. Nach dem Abendessen bin ich so leicht und frei wie die Luft. Die Tür zu öffnen hat noch nie zu meinen Pflichten gehört.«

Als sie in die Küche zurücktrat, hielt Helen sie am Ärmel fest.

»Bitte, liebe Mrs. Oates, verschließen Sie die Tür nicht«, flehte sie. »Ich finde das Gefühl, nicht zu Ihnen kommen zu können, ganz schrecklich. Ich bin heute abend eine solche Idiotin. Aber ich verlasse mich auf Sie, mehr als auf irgendjemand sonst im Haus.«

»Da haben Sie recht.« Mrs. Oates schob in ihrer gewohnten angriffslustigen Art das Kinn vor. »Wenn einer hereinkommt, schlage ich ihm den Kopf ab.«

Mit dieser beruhigenden Versicherung im Ohr ging Helen die Treppe hinauf zum blauen Zimmer, das etwas von seiner früheren Faszination zurückgewonnen hatte. Als hätte man auf ihre Schritte gewartet, öffnete sich die Tür einen Spalt weit und enthüllte Schwester Barker.

Helen bedeutete ihr, auf den Treppenabsatz herauszukommen.

»Ich muß Ihnen etwas sagen«, flüsterte sie. »Heute nacht ist wieder ein Mord passiert.«

Schwester Barker sog jede Einzelheit mit eingezogenen Lippen und sensationslüsternen Augen ein. Sie stellte Fragen über Ceridwens Charakter, ihre Arbeit im Haus, ihre Liebhaber Am Ende der Geschichte lachte sie kurz auf.

»Schadet nichts, die ist kein großer Verlust. Solche Leute sind selber schuld.«

»Was soll das heißen, ›solche Leute‹?« fragte Helen, entsetzt über die herzlosen Worte.

»Ach, ich kenne diese Sorte. Sie brauchen mir nichts zu erzählen... Schlampig. Hals mit Schmutzring, aber eine Perlenkette. Kleine dunkle Augen, die zu jedem Mann sagen ›komm mit mir in eine dunkle Ecke‹. Ein sabbernder roter Mund, der ›küß mich‹ sagt. Nichts als Lust.«

Helen staunte über Schwester Barkers zungenfertige Beschreibung, denn sie hatte nichts von Ceridwens Aussehen gesagt.

»Haben Sie schon früher von Ceridwen gehört?« fragte sie.

»Natürlich nicht.«

»Wie wußten Sie dann, wie sie aussah?«

»Waliserin.«

»Aber nicht alle Waliserinnen sind so.«

Schwester Barker warf nur den Kopf hoch und wechselte das Thema.

»Was den Befehl des Professors wegen der Tür angeht, so ist er unnötig. Merkwürdigerweise gehört es nicht zu den Pflichten einer ausgebildeten Krankenschwester, Türen zu öffnen. Und ich würde auch bestimmt nicht mein wertvolles Leben aufs Spiel setzen, indem ich in diesen Sturm hinausginge. Er beleidigt meine Intelligenz.«

Helen fühlte sich wohler, wenn Schwester Barker sich wichtig machte. Sie war dann ein Menschentyp, der zwar unangenehm, in ihrer Erfahrung aber nur allzu häufig war. Er hatte nichts zu tun mit dem Pestgespenst, das Mrs. Oates heraufbeschworen hatte – die Mitternachtshexe, die, wenn alles schlief, die Treppe hinunterschlich, um den Mord hereinzulassen.

»Schwester!«

Als die vertraute Baßstimme erklang, wandte sich Schwester Barker an Helen.

»Ich muß in der Küche schnell etwas erledigen«, sagte sie. »Könnten Sie bei ihr bleiben?«

»Aber sicher«, antwortete Helen.

»Keine Angst mehr?« höhnte Schwester Barker. »Was hat denn diese Wendung bewirkt?«

»Ich war eben albern«, erklärte Helen. »Ich bin ein bißchen mit den Nerven herunter. Aber jetzt bekämpfen wir etwas *Wirkliches*, und da ist kein Raum mehr für Schreckensphantasien.«

Mit ihrem alten Selbstvertrauen betrat sie das blaue Zimmer in der Erwartung, begrüßt zu werden. Aber Lady Warren schien ihr früheres Interesse vergessen zu haben.

»Was sollte diese lange Klopferei?« fragte sie.

»Sie haben ein scharfes Gehör«, sagte Helen und versuchte, sich eine Erklärung auszudenken.

»Ich kann sehen – hören – riechen – fühlen – schmecken«, bellte Lady Warren, »und besser als Sie. Können Sie ein halbgebratenes von einem nur angebratenen Steak unterscheiden?«

»Nein«, antwortete Helen.

Die nächste Frage war weniger angenehm.

»Können Sie auf das Augenweiß eines Menschen zielen – und treffen?... Was sollte dieses Klopfen bedeuten?«

»Es war der Briefträger«, erklärte Helen; sie log, um dem Befehl des Professors nachzukommen. »Oates ist nach frischem Sauerstoff geschickt worden, wie Sie wissen, und ich war irgendwo anders, und so hörte ihn zuerst niemand.«

»Schändliche Organisation in *meinem* Haus«, tobte Lady Warren. »Schauen Sie mich nicht so an. Es ist immer noch *mein* Haus. Aber ich hatte livrierte Diener... Sie sind alle fortgegangen... Zuviele Bäume...«

Das Wimmern in ihrer Stimme war echt, und Helen verstand, daß die Vergangenheit sie wieder quälte.

Aber während Helen noch dieses Überbleibsel aus einer vergangenen Zeit bemitleidete, wurde Lady Warren zusehends lebendiger, denn sie hörte Schritte auf der Treppe, die zu leise für Helen waren, und ihre Augen leuchteten voller Vorfreude auf.

Die Tür ging auf, und der Professor trat in das Schlafzimmer.

Helen bemerkte mit Interesse, daß der sexuelle Instinkt noch am Rand des Grabes eine Rolle spielt, denn Lady Warren empfing ihren Stiefsohn ganz anders als jede Frau.

»So läßt du dich endlich herab, mich zu besuchen?« rief sie aus. »Du bist spät dran heute abend, Sebastian.«

»Es tut mir leid, Madre«, entschuldigte sich der Professor. Er stand – eine große, förmliche Gestalt – am Fuß des Bettes im Schatten des blauen Baldachins.

»Bleiben Sie«, flüsterte er Helen zu. »Ich gehe bald wieder.«

»Aber die Post war auch verspätet«, sagte Lady Warren beiläufig.

Helens Respekt vor der Intelligenz des Professors stieg, als er ihre Ausrede sofort erriet.

»Er wurde durch den Sturm aufgehalten«, erklärte er.

»Warum warf er die Briefe nicht durch den Türschlitz, statt einen so infernalischen Krach zu machen?«

»Es war ein eingeschriebener Brief dabei.«

»Hm... Ich möchte eine Zigarette, Sebastian.«

»Aber dein Herz?« Der Professor zögerte. »Ist das klug?«

»Mein Herz ist nicht schlechter als gestern, und da hast du auch kein Trauerlied gesungen. Zigarette.«

Der Professor öffnete sein Etui. Helen beobachtete die beiden, wie er sich über das Bett beugte, in den Fingern ein angezündetes Streichholz. Die Flamme erleuchtete das Innere seiner knochigen Hand und Lady Warrens Gesicht. Sie bot einen merkwürdigen Anblick mit ihrem Schopf grauer Haare, mit rosa Bändern geschmückt, und einer Zigarette im Mund.

Helen sah aus der Art, wie sie den Geschmack des Rauches genoß, ehe sie ihn in Kringeln entließ, daß sie eine sachkundige Raucherin war.

»Nachrichten«, befahl sie.

Mit seiner trockenen Stimme gab der Professor eine Zusammenfassung zum besten, die Helen an einen zu Hackfleisch reduzierten Leitartikel der *Times* erinnerte.

»Politiker sind alle Narren«, bemerkte Lady Warren. »Gibt es Morde?«

»Da muß ich dich an Mrs. Oates verweisen. Sie weiß darüber mehr als ich«, sagte der Professor und wandte sich zum Gehen. »Entschuldige mich, Madre, aber ich muß wieder an meine Arbeit.«

»Übertreibe es nicht«, riet sie ihm. »Du siehst um die Augen herum sehr abgespannt aus.«

»Ich habe schlecht geschlafen.« Der Professor lächelte blaß. »Wenn ich nicht wüßte, wie leicht man sich da täuscht, würde ich sagen, ich hätte die ganze Nacht keine Minute lang geschlafen. Aber ich muß jeweils für Minuten eingedämmert sein, denn ich habe nicht alle Stundenschläge der Uhr gehört.«

»Ach, du bist eben gescheit, Sebastian. Diese dummen Pflegerinnen behaupten, sie würden aufwachen, wenn ein Haar von meinem Kopf fällt – aber sie schlafen wie die Schweine. Ich könnte auf Rädern herumrollen, sie würden sich nicht rühren. Auch Blanche. Sie ist in ihrem Stuhl eingeschlummert, als es dämmerig wurde, aber das gäbe sie nie zu.«

»Dann könnte *sie* dir kein Alibi geben«, sagte der Professor scherzhaft.

Helen fragte sich, warum das für sie so unangenehm klang. Immer wenn sie im blauen Zimmer war, schien die Atmosphäre Giftzellen in ihrem Gehirn zu produzieren.

»Wo ist Newton?« fragte die alte Dame.

»Er kommt bald herauf und besucht dich.«

»Das möchte ich ihm auch raten. Sag ihm, das Leben sei kurz, und er solle nicht zu spät zur Bescherung kommen.«

Der Professor schüttelte ihr förmlich die Hand und wünschte ihr eine geruhsame Nacht. Einem Blick von ihm folgend, ging Helen ihm vor die Tür nach.

»Prägen Sie der Pflegerin, wenn sie zurückkommt, ein, daß sie Lady Warren nichts darüber sagen soll, was heute nacht passiert ist. Sie soll auf der Hut sein. Ein Schock könnte tödlich wirken.«

»Ja, ich verstehe«, nickte Helen, während ihre Gedanken um das nicht gemachte Testament kreisten.

Als sie zurückkam, schaute Lady Warren sie aus ihren schmalen, schwarzen Augenschlitzen gespannt an.

»Komm her«, sagte sie. »Es ist gerade wieder ein Mord geschehen. Hat man die Leiche gefunden?«

Die zweite Bresche

Als Helen das hörte, galoppierte eine ganze Herde von unbestimmten Verdächtigungen und Ängsten durch ihren Kopf. Lady Warren sprach mit Gewißheit. Sie hatte nicht nur blind geraten; sie wußte etwas, wenn auch nicht genug.

Gerade dieses halbe Wissen entsetzte Helen. Hätte ihr einer von Dr. Parrys Zuhörern von dem Mord erzählt, so hätte sie auch von der Entdeckung der Leiche in Captain Beans Garten gehört.

Schwester Barker war als einzige nicht unter den Zuhörern gewesen. Das mußte nicht unbedingt das Schlimmste bedeuten. Wie der Professor gesagt hätte, hatte sie ein Alibi. Als Ceridwen umgebracht wurde, rumpelte sie in Oates' Gesellschaft im alten Wagen dem »Summit« entgegen.

Aber – falls sie die Kranke ins Bild gesetzt hatte – mußte sie ein schrecklich genaues Wissen über die Bewegungen oder Absichten des Wahnsinnigen haben, ohne selbst den Mord begangen zu haben.

Lady Warren umklammerte Helens Handgelenk, und Helen sah ein, daß lügen nutzlos war. Ihr Schweigen und ihr Gesichtsausdruck sagten genug aus.

»Wieso wissen Sie das?« fragte sie.

Die alte Frau gab keine Antwort; ein rauher Seufzer entfuhr ihr.

»*Ah*! Sie wurde also gefunden. Das Klopfen kam von der Polizei. Ich weiß es ... Sag mir *alles*.«

Ihre Finger gruben sich so schmerzhaft in das Handgelenk des Mädchens, daß Helen es für besser hielt, es schnell hinter sich zu bringen und sich dadurch eine lange Ausfragerei zu ersparen.

»Es war Ceridwen«, sagte sie. »Erinnern Sie sich? Sie pflegte unter Ihrem Bett zu wischen, und Sie mochten ihre Füße nicht. Sie wurde ungefähr zur Teezeit in der Pflanzung erwürgt und dann in Captain Beans Garten getragen. Er fand sie.«

»Irgendein Indiz?«

»Eines. Sie hat vom weißseidenen Halstuch des Mörders eine Handvoll Fransen abgerissen.«

»Das genügt... Geh weg«, befahl Lady Warren.

Sie zog die Bettdecke hoch und bedeckte ganz ihr Gesicht, als sei sie schon tot.

Auf der Hut vor einer List saß Helen am Feuer, von wo aus sie das Bett beobachten konnte. Obschon eine Angst die andere verschlungen hatte – wie wenn zwei große Schlangen dasselbe Beutetier angreifen – fürchtete sie sich instinktiv davor, Lady Warren den Rücken zuzudrehen.

Um sich zu beruhigen, faßte sie im Geist die Situation zusammen.

›Da ist die Familie Warren – vier; dann Mrs. Oates, Schwester Barker, Mr. Rice und ich. Acht Leute. Wir sollten es doch mit einem einzigen Mann aufnehmen können, selbst wenn er so gescheit und durchtrieben ist, wie der Professor sagt. Wenn er an uns vorbeikommen kann, ist das geradezu bewundernswert!‹

Dann dachte sie daran, daß sie früher einmal Kindermädchen im Haus eines Finanziers gewesen war. Ihr wörtliches Gedächtnis für Sprache förderte eine Bemerkung zutage, die er zu seiner Frau gemacht hatte.

»Wir müssen fusionieren. Separatinteressen sind schädlich.«

Ihr Gesicht wurde ernster, als sie daran dachte, wie hier heiße Leidenschaft kochte und welch würgende Komplikationen das Dreiecksverhältnis hervorbrachte. Hätte sie gewußt, was sich eben im Salon abspielte, so hätte sie sich noch mehr gesorgt.

Stephen ertrug die Gefangenschaft und die Einschränkungen ausgesprochen schlecht. Nicht nur lehnte er sich gegen verschlossene Fenster auf, auch Simone machte ihn nervös. Ihre glühenden Blicke und ihr Mangel an Selbstbeherrschung verursachten ihm akutes Unbehagen. Er erinnerte sich an sein unseliges Erlebnis in Oxford, als er bei der Liebesgeschichte eines seiner Kommilitonen zum Sündenbock gemacht worden war.

Er erinnerte sich, daß, als das unselige Mädchen zu schreien begonnen hatte, Newton ihr als erster ›zu Hilfe‹ geeilt war, daß er Stephen stets verurteilt und sich geweigert hatte, an seine Unschuld zu glauben. Schon damals war der Samen der Eifersucht gesät worden, auch wenn Simone nur unbestimmte Bewunderung für ein regelmäßiges Profil ausgedrückt hatte.

Aus reinem Trotz hatte er den Professor zu seinem Ausbilder erwählt, damit dessen Sohn sich irgendwie verpflichtet fühlte. Diesen Impuls hatte er bereut, seitdem das junge Paar zum »Summit« gekommen war.

Er hielt in seiner pausenlosen Überquerung des Teppichs inne, um Newton anzusprechen.

»Bei allem Respekt und so weiter Ihrem ehrenwerten Vater gegenüber, Warren, er versteht uns nicht. Unsere Generation fürchtet nichts – tot, lebendig oder in Bewegung. Aber zusammengepfercht zu sein wie Ratten im Rohr, *das* macht mich fertig.«

»Aber mir gefällt es«, sagte Simone entzückt. »Es ist, als wären mehrere Ehepaare in einer Berghütte eingeschneit. Wenn sie befreit werden, dann paßt genau auf, wer mit wem geht.«

Ganz offensichtlich hatten die geschlossenen Türen und Fenster das »Summit« in ein Treibhaus der Leidenschaft verwandelt.

Simone schien sämtliche guten Manieren vergessen zu haben; sie schaute Stephen mit so konzentrierter Begierde an, als seien sie allein auf einer einsamen Insel.

Völlig unbefangen, wurde ihr die Gegenwart anderer gar nicht bewußt. Sie war eine verwöhnte Göre, die ganze Spielzeugläden hatte plündern dürfen, und konnte nicht verstehen, warum ihr Wunsch nach einem bestimmten Spielzeug nicht sofort erfüllt werden sollte.

»Was hast du für Pläne, Stephen?« fragte sie.

»Als erstes«, sagte er, »falle ich durch das Examen.«

»Feine Reklame für den Chef«, bemerkte Newton.

»Dann«, fuhr Stephen fort, »gehe ich wahrscheinlich nach Kanada als Holzfäller.«

»Dann muß aber der Hund in Quarantäne«, erinnerte ihn Newton boshaft.

»Dann bleibe ich in England, nur um *Sie* zu ärgern, Warren. Und komme jeden Sonntag nachmittag, wenn Sie Ihr Mittagsschläfchen halten, und trinke mit Simone Tee.«

Newton zuckte zusammen und schaute auf die Uhr.

»Ich muß zu Großmutter. Nützt es etwas, wenn ich dich bitte, mitzukommen, Simone? Nur zum ›gute Nacht‹ sagen? Sie würde sich freuen.«

»Nichts.«

Newton hob seine hohen Schultern und ging ungelenk aus dem Zimmer.

Als er draußen war, strebte Stephen instinktiv der Türe zu. Aber bevor er sie erreichte, versperrte Simone ihm den Weg.

»Nein«, rief sie. »Geh nicht. Bleib hier und rede mit mir. Du hast mir deine Pläne erzählt; sie sind jämmerlich. Wenn du Geld hättest, was würdest du tun?«

»Wenn?« Stephen lachte. »Das Übliche. Sport. Reisen. Spielen in Monte.«

»Das lockt dich?«

»Klar. Aber es ist nutzlos, darüber zu reden.«

»Aber *ich* habe Geld.«

Stephen spürte den Anfang eines inneren Aufruhrs.

»Wie schön für dich«, sagte er.

»Ja. Ich kann machen, was ich will. Es macht mich sicher.«

»Keine Frau sollte sich allzu sicher fühlen.« Stephen versuchte verzweifelt, das Gespräch auf scherzhafter Ebene zu halten. »Es läßt sie das Schicksal verachten und ihr Vertrauen auf Gummibänder setzen.«

Simone schien ihn nicht zu hören, denn sie kam näher und legte die Hände auf seine Schultern.

»Steve«, sagte sie, »wenn du morgen fortgehst, komme ich mit dir.«

»O nein, meine Liebe, das machst du nicht«, sagte er schnell.

»Doch«, beharrte sie. »Du verstehst mich nicht. Ich bin verrückt nach dir.«

Stephen befeuchtete sich verzweifelt die Lippen.

»Schau mal«, sagte er. »Du bist zappelig und ganz nervös. Es ist dir überhaupt nicht ernst. Erstens – da ist doch Newton.«

»Er kann sich von mir scheiden lassen. Das ist mir egal. Und wenn er es nicht tut, ist mir das auch egal. Ich hätte dich. Wir hätten eine Menge Spaß zusammen.«

Stephen sah mit dem Blick eines gehetzten Wildes zur Tür. Das war genau wie die Oxford-Geschichte, nur schlimmer – denn mit seiner speziellen Erfahrung wußte er, wie es weitergehen würde.

Die Angst ließ ihn brutal werden.

»Ich mag dich nicht«, sagte er. »Du ziehst mich nicht an.«

Die Abweisung schürte nur ihre Leidenschaft.

»Ich gewinne dich schon für mich«, sagte sie selbstsicher. »Du bist nur ein dummer kleiner Junge mit zu vielen Hemmungen.«

Selig hob sie ihr Gesicht dem seinen entgegen; ihre Lippen erwarteten seinen Kuß. Als er sie abschüttelte, verdüsterte der erste Schatten eines Zweifels ihre Augen.

»Es gibt eine andere Frau«, sagte sie. »*Darum.*«

Die Verzweiflung ließ ihn lügen.

»Natürlich«, sagte er. »Das ist immer so. Verstehst du *jetzt*?«

Er war gleichzeitig bestürzt und erleichtert über die Art, wie sie seine Worte aufnahm. Ihr Gesicht verlor seine künstliche und perfekte Vollkommenheit und verkrampfte sich in elementarer Wut.

»Ich hasse dich«, schrie sie zornig. »Ich hoffe, du gehst vor die Hunde und stirbst in der Gosse.«

Sie rannte aus dem Zimmer und schlug die Tür hinter sich zu.

Stephen atmete tief ein und schlug sich auf die Brust.

»Dem Himmel sei Dank«, sagte er fromm.

Aber der Vorfall ließ ihn nicht los. Ob Simone vielleicht, einem biblischen Vorbild folgend, an irgendeine gemeine Rache dachte, zum Beispiel ihrem Mann erzählte, er habe sie beleidigt?

Er versicherte sich selbst, es nütze nichts, sich im voraus Sorgen zu machen. Morgen würde er endgültig abreisen. Er versuchte, sich mit der Lektüre eines spannenden Romans von seinem Problem abzulenken.

Bald merkte er, daß er ohne Aufmerksamkeit las. Er hob immer wieder die Augen von der Seite, um zu lauschen. Durch das Heulen des Windes und das Trommeln des Regens gegen die Glasscheiben drang ein schwaches Winseln.

Es klang, als ob ein Hund in Not wäre.

Er preßte die Lippen zusammen und runzelte unschlüssig die Stirn. Trotz seiner Einwände hatte er begriffen, daß die Maßnahmen des Professors wahrscheinlich sinnvoll waren, und war bereit, sie vollständig einzuhalten.

Aber der Professor hatte von ›Mann, Frau oder Kind‹ gesprochen; Tiere hatte er in seiner Aufzählung vergessen.

Stephens Miene verfinsterte sich, als er erkannte, daß er hier einer harten Prüfung ausgesetzt war. Wenn dies eine

Falle war, so hatte ein unbekanntes Gehirn seinen blinden Fleck entdeckt und wußte sich den zunutze zu machen.

›Jemand hält mich zum besten‹, dachte er. ›Es ist Newton. Er versucht mich hinauszulocken, damit ich ausgesperrt werde. Der arme Narr glaubt, er müsse seine Frau vor mir schützen.‹

Wieder ertönte ein schwaches Geheul im Wind, und er sprang auf die Füße. Aber wieder setzte er sich.

»Zum Kuckuck«, murmelte er vor sich hin, »ich gehe nicht. Die erwischen mich nicht. Es wäre unfair den Frauen gegenüber.«

Er nahm seinen Roman wieder auf und versuchte, sich auf seine Lektüre zu konzentrieren. Aber die gedruckten Zeilen blieben ein sinnloses Getümmel von Worten, weil er die Wiederholung des Winselns erwartete – und fürchtete.

Schließlich erklang es wieder – mitleiderregend und verzweifelt, als ob das Tier schwächer würde. Stephen zuckte zusammen beim Bild eines armen, verirrten Hundes, naß bis auf die Knochen und wohl auch hungrig, verzweifelt um Hilfe flehend, die nicht kam.

Er konnte nicht sitzenbleiben und nichts tun. Er schlich zum Eingang und entriegelte vorsichtig die Tür. Als er den Kopf hinausstreckte, riß ihm der Wind schier die Ohren ab, aber er trug auch das Bellen eines Hundes heran.

Es konnte eine gute Nachahmung sein, aber der Ton klang irgendwie vertraut. Ein plötzlicher Verdacht stieg in Stephen auf. Er schob sorgfältig den Riegel wieder vor und lief in sein Zimmer hinauf, immer zwei Treppenstufen auf einmal nehmend.

»Otto«, rief er, als er die Tür aufstieß.

Aber kein Hund sprang ihm entgegen oder antwortete auf seinen Pfiff. Das Bett war gemacht und der Raum eilig aufgeräumt worden.

Er knirschte mit den Zähnen vor Zorn.

»Die Dreckskerle«, sagte er. »Sie haben ihn hinausgeworfen. Sie haben mich belogen ... Jetzt ist Schluß. Ich setze mich auch ab.«

Leise fluchend zog er seine alten Tweedsachen an und schnürte schwere Schuhe. Mit der Tasche in der Hand trampelte er die Hintertreppe hinab. Niemand sah ihn, als er die Halle durchquerte, aber Helen hörte den Knall der zuschlagenden Tür.

Newtons Besuch hatte sie von ihrer Wache erlöst, denn die alte Lady hatte sie gebeten, das Zimmer zu verlassen. Eigentlich wäre sie um diese Zeit schlafen gegangen, aber sie beschloß, ihre Gewohnheiten für einmal zu durchbrechen.

Der ganze Haushalt war in Aufruhr. Gewöhnlich trieb die Langeweile die Familie früh in ihre Zimmer, aber heute fand niemand Ruhe.

Mrs. Oates würde sicherlich aufbleiben, um ihren Mann hereinzulassen. Helen wollte lieber mit ihr wachen für den Fall, daß sie wieder einschlief und deshalb die Türglocke nicht hörte.

Sie flog zur Haustür und erkannte eben noch Stephen, wie er durch schräg peitschende Regenvorhänge hindurch davonging.

Als der Schein der Lampe auf die Einfahrt fiel, drehte er sich um und rief trotzig: »Schließen Sie ab ... Ich komme nie mehr zurück.«

Helen schlug eilig die Tür zu und schob die Riegel vor.

»*Na*,« sagte sie. »So ein Lausbub.«

Sie lachte noch über den Zwischenfall, als Schwester Barker aus der Küche heraufkam.

»Was war das für ein Geräusch?« fragte sie mißtrauisch.

»Mr. Rice ist fortgegangen«, erklärte Helen.

»Wohin?«

»Er hat es nicht gesagt, aber es läßt sich leicht erraten. Er hatte unbedingt in den Ochsen gehen wollen, um seine Rechnung zu begleichen und sich zu verabschieden.«

Schwester Barkers tiefliegende Augen funkelten zornig.

»Er hat den Befehl des Professors mißachtet und unsere Sicherheit aufs Spiel gesetzt«, stürmte sie. »Es ist verbrecherisch.«

»Nein, es ist alles in Ordnung«, versicherte ihr Helen. »Ich habe sofort hinter ihm wieder abgeschlossen. Und er kommt nicht zurück.«

Schwester Barker lachte bitter.

»In Ordnung, sagen Sie?« fragte sie. »Begreifen Sie denn nicht, daß wir jetzt *unsere beiden besten Männer* verloren haben?«

Wenn Ladies streiten

Helen starrte Schwester Barker an und war über den Ausdruck ihrer Augen entsetzt. Sie waren nicht mehr zornig, sondern von trüber Befriedigung erfüllt, als genieße sie die Schwächung der Verteidigung. Helen, die wußte, daß sie als spezieller Köder ausersehen war, empfand Trotz.

»Wir haben immer noch zwei Männer«, sagte sie. »Und fünf Frauen – alle gesund und stark.«

»Sind *Sie* stark?« fragte Schwester Barker, die aus ihrer Höhe höhnisch auf Helen hinunterblickte.

»Ich bin jung.«

Schwester Barker preßte bei diesem Wink die Lippen zusammen.

»Ja, Sie sind jung«, sagte sie. »Vielleicht erinnern Sie sich bald einmal daran. Und vielleicht tut es Ihnen dann leid, daß Sie jung sind.«

Helen warf ihre rote Haarmähne ungeduldig zurück.

»Ich glaube, man sollte den Professor wegen Mr. Rice informieren«, sagte sie.

»Und natürlich werden *Sie* es ihm sagen.«

»Warum ich?« fragte Helen.

»Er ist ein *Mann*.«

Helen öffnete die Lippen zu einer scharfen Antwort, besiegte dann aber ihre angeborene Kampflust.

»Hören Sie, Schwester«, sagte sie mit ihrer sanftesten Stimme. »Zankereien sind jetzt albern und sogar geradezu gefährlich. Wir müssen alle am selben Strick ziehen. Wir sollten uns nicht dauernd über Männer streiten. Und ich bin sicher, Sie wollen nicht, daß ich das nächste Opfer bin. Dafür sind Sie zu fair.«

»Ich will Ihnen sicher nichts Böses«, versicherte ihr Schwester Barker mit ihrer kultiviertesten Stimme.

»Gut«, sagte Helen. »Wenn Sie zu Lady Warren zurückkehren, erzählen Sie doch Mr. Newton, was passiert ist, und bitten Sie ihn, seinen Vater zu informieren.«

Schwester Barker neigte würdevoll den Kopf und schickte sich an, die Treppe hochzusteigen. Helen stand in der Halle und schaute zu, wie die große weiße Gestalt plattfüßig hinaufstapfte und sich immer höher über ihr auftürmte.

›Man kann hohe Absätze tragen, wenn man klein ist‹, dachte sie und schaute zufrieden ihre eigenen Füße an. ›Ihr Gang ist wie der eines Mannes.‹

Als Schwester Barker am Entschwinden war, schien sie nur noch ein schwacher Schimmer auf dem trüb erleuchteten Treppenabsatz zu sein, wie ein Gespenst, das sich aus seinem Friedhofsgrab erhob. Diese Sinnestäuschung erinnerte sie an ihr Erlebnis vor dem Abendessen, als der kurze Anblick des Bösen sie mit Grauen erfüllt hatte.

›Es *muß* der Professor gewesen sein‹, versicherte sie sich selbst. ›Das übrige war meine Phantasie.‹

Aber plötzlich fiel ihr eine weitere Einzelheit ein. Der Professor war aus seinem Schlafzimmer gekommen; sie aber hatte eine andere Tür sich öffnen und sofort wieder schließen sehen.

›Seltsam‹, dachte sie. ›Der Professor würde doch nicht seine Tür öffnen, dann zuschlagen, dann wieder öffnen. Das ergibt keinen Sinn.‹

Sie schaute zum Treppenabsatz hinauf, und dabei fiel ihr auf, daß die Tür des Schlafzimmers direkt neben der Tür zur Hintertreppe lag. Jemand hätte aus der einen hinausblicken können eben als, durch einen glücklichen Zufall, die andere aufging

Die Vorstellung war nicht nur absurd, sondern so beunruhigend, daß Helen sie verdrängte.

›Niemand hat in das Haus kommen können‹, sagte sie sich. ›Es war rundherum verschlossen, als Ceridwen erwürgt wurde... Aber wenn es nun einen geheimen Weg gäbe, könnte natürlich der Mörder aus der Pflanzung gekommen sein und auf der Hintertreppe gelauert haben, wo ich ihn sah... Nur, es war ja der Professor.‹

Obwohl es unmöglich schien, daß jemand in die Festung hatte eindringen können, begann sie sich zu fragen, ob – nur eine oder zwei Minuten lang – irgendeine Ritze in der Verteidigung bestanden hatte. Da nagte etwas im Hintergrund... etwas Vergessenes oder Übersehenes.

Den ganzen Abend über war sie unmethodisch gewesen, hatte mitten in einer Arbeit aufgehört, um eine andere anzufangen. Sie hatte zum Beispiel noch nicht einmal damit begonnen, den Türgriff an Miss Warrens Schlafzimmertür zu schrauben, da war sie auch schon vom Professor unterbrochen worden und hatte ihr Werkzeug auf dem Treppenabsatz liegenlassen.

›Wie wenn ich unordentlich wäre‹, dachte sie. ›Ich gehe hinauf und probiere ein bißchen daran herum.‹

Kaum war der Entschluß gefaßt, wurde er wieder beim Anblick Newtons beiseite geschoben, der die Treppe heruntergestürzt kam. Sein blasses Gesicht war vor Aufregung gerötet.

»Der edle Rice hat uns also im Stich gelassen?«

»Ja«, sagte Helen. »Ich war da, als er ging – und ich schloß hinter ihm ab.«

»Gut... Ich nehme an, er war allein?«

»Ich sah nur ihn in der Auffahrt. Aber es war sehr dunkel, man sah schlecht im Regen.«

»Natürlich.« Newtons Augen flackerten hinter den Brillengläsern. »Könnten Sie hier eine Minute warten?«

Helen wußte, was in ihm vorging, als er die Treppe zum zweiten Stock hinaufgaloppierte. Sie lächelte über seine grundlose Angst, denn sie hätte ihm, wäre sie weniger taktvoll gewesen, den Weg ersparen können.

Nach einer Minute klapperte er wieder herunter.

»Meine Frau ist etwas aufgeregt«, sagte er beiläufig. »Kopfweh und überhaupt. Vielleicht könnten Sie etwas für sie tun, wenn Sie Zeit haben?«

»Gewiß«, versprach Helen.

»Danke. Sie müssen vielleicht Festigkeit zeigen. Können Sie das?«

»Ja. Ich bin klein. Aber Briefbeschwerer sind auch klein.«

Newtons Lächeln war so unerwartet jungenhaft, daß Helen verstand, warum Frauen ihn mochten.

»Was wir Warrens für unser Geld alles erwarten«, sagte er. »Ich hoffe, Sie bekommen einen guten Lohn. Sie verdienen es. ... Jetzt müssen wir es aber dem Chef sagen, wegen Rice.«

Nochmals fühlte sich Helen durch seine Bitte um Hilfe geschmeichelt. Obwohl sie Stephen lieber hatte, empfand sie unendlich mehr Respekt für Newton. Heute abend schienen alle Männer ihren Beistand zu brauchen; statt im Hintergrund bewegte sie sich dauernd auf der Bühne.

Natürlich unterstützte sie da nur die Stars; das Rampenlicht fiel nicht auf sie. Aber unter den gegebenen Umständen war es sicherer, keine Aufmerksamkeit auf sich zu lenken. Sie beglückwünschte sich sogar dazu, daß Schwester Barker ihren Eintritt in das Studierzimmer nicht beobachten konnte. Ein persönlicher Triumph war keine weiteren Reibungen wert.

Der Professor lag zurückgelehnt in seinem Sessel, die Augen wie in Konzentration geschlossen. Er schaute nicht auf, bis Newton seinen Namen rief. Dabei fand Helen seine Augen merkwürdig starr und gläsern.

Newton hatte offenbar denselben Eindruck.

»Hast du das Quadronex ganz aufgebraucht?« fragte er beiläufig.

Der Blick des Professors warf ihm Unverschämtheit vor.

»Ich bin der Finanzchef dieses Hauses«, bemerkte er, »Ich muß meine Kraft schonen, zugunsten meiner – Untergebenen. Ich muß sicher sein, daß ich heute nacht einmal schlafen kann ... Wolltest du mir etwas sagen?«

Seine Lippen wurden schmal, als er Newtons Bericht hörte, aber sein Ausdruck blieb undurchdringbar.

»Rice hat also meine Anweisungen mißachtet?« sagte er. »Der junge Mann wird vielleicht einmal ein nützliches Glied der Gesellschaft, doch jetzt, fürchte ich, ist er noch ein Barbar.«

»Ich würde sagen, ein böser Rückfall«, sagte Newton.

»Immerhin war er aber ein kräftiger Barbar«, erinnerte ihn sein Vater. »Da er jetzt fehlt, haben du und ich mehr zu tun.«

»Das heißt ich, Chef. Du kannst keinen Wahnsinnigen mehr angehen.«

Helen erriet, daß diese Bemerkung den Professor ärgerte.

»Mein Gehirn steht immer zu deinen Diensten«, sagte er. »Leider konnte ich nur einen Bruchteil davon an meinen Sohn weitergeben.«

»Danke, Chef, für das Kompliment und die Hilfe. Ich fürchte nur, eine Giftgasformel hilft uns hier nicht weiter. Wir brauchen brutale Kraft.«

Der Professor lächelte bleich.

»Mein verachtetes Gehirn könnte sich noch als Trumpfkarte erweisen«, sagte er. »Weiß Simone, daß Rice fort ist?«

»Ja.« Newton stellte bei dieser Anspielung die Stacheln auf. »Na und?«

»Das überlasse ich dir.«

»Sie hat Kopfweh«, sagte Helen in die verlegene Stille hinein. »Mr. Warren hat mich gebeten, nach ihr zu sehen.«

Der Professor schielte leicht einwärts, als wollte er in die beleuchteten Winkel seines Gehirns spähen.

»Eine ausgezeichnete Idee«, sagte er. »Denken Sie daran, meine Schwiegertochter ist launisch. Sie müssen wahrscheinlich versuchen, sie zu beeinflussen, aber reizen Sie sie nicht.«

Er flüsterte mit seinem Sohn, der nickte und die Anweisung weitergab.

»Miss Capel, es wäre vielleicht klüger, sie nicht allein zu lassen.«

Helen fühlte sich ziemlich wichtig, als sie zum roten Zimmer hinaufging, obwohl sie nicht sicher war, ob sie ihren Auftrag mit Erfolg erfüllen konnte. Als sie vor der Tür stand, hörte sie ersticktes Schluchzen. Ihr Klopfen wurde nicht beachtet, und so trat sie ohne Einladung ein. Sie fand Simone mit dem Gesicht nach unten auf dem Bett liegend.

»Oh, Ihr schönes Kleid«, rief sie. »Sie machen es kaputt.«

Simone hob den Kopf, ihr Gesicht war tränenüberströmt.

»Ich hasse es«, fauchte sie.

»Dann ziehen Sie es aus. Es wird Ihnen auch wohler sein in einem Morgenrock.«

Es war für Simone völlig selbstverständlich, sich bedienen zu lassen, und sie protestierte nicht, als Helen ihr das enganliegende Gewand über den Kopf schälte.

Das junge Mädchen brauchte ziemlich lange, um Ersatz in der Garderobe zu finden. Der Anblick so vieler schöner Kleider erfüllte sie mit sehnsüchtigem Neid.

»Was für wunderschöne Sachen Sie haben«, sagte sie, als sie wieder zum Bett ging, ein zartes Kleid aus Georgette und Spitze über dem Arm, das leichter als das abgestreifte Abendkleid war.

»Was nützen sie?« fragte Simone bitter. »Es ist kein Mann da, der sie sehen könnte.«

»Aber doch Ihr Gatte«, sagte Helen pflichtgetreu.

»Ich sagte ›*Mann*‹.«

»Soll ich Aspirin holen gegen Ihr Kopfweh?« fragte Helen, die entschlossen war, nur auf Simones körperliche Beschwerden einzugehen.

»Nein«, antwortete Simone. »Ich fühle mich zwar furchtbar. Aber das ist es nicht. Ich bin so schrecklich unglücklich.«

»Aber Sie haben doch alles«, rief Helen aus.

»Alles. Und nichts, was ich haben möchte... Mein Leben ist ein einziges Opfer. Immer, wenn ich etwas möchte, wird es mir weggenommen.«

Sie setzte sich auf, um vertraulich zu werden. Ihr Make-up

war ruiniert, aber der Sturm war nur leicht über ihre Frisur hinweggefegt, denn ihr Haar glänzte wie makelloser schwarzer Emaillack.

»Hat Stephen Rice je mit *Ihnen* geflirtet?« fragte sie.

»Nein«, antwortete Helen, »und wenn, so würde ich es Ihnen nicht sagen. Liebesgeschichten sollen privat bleiben.«

»Ach, meine Gute, das geht doch gar nicht. Man geht aus – auf Bälle, in Restaurants und so weiter. Und da ist unvermeidlich ein Mann dabei.«

»Ich habe nicht an Sie gedacht«, sagte Helen. »Ich kann nur für mich sprechen.«

»*Sie?* Haben Sie denn einen Geliebten?«

»Natürlich«, sagte Helen unbedacht; sie erinnerte sich an Dr. Parrys Prophezeiung. »Es tut mir leid, aber ich interessiere mich mehr für mich selbst als für Sie. Natürlich weiß ich, daß Ihr Bild in den Zeitungen erscheint und die Leute von Ihnen reden. Aber für mich sind Sie ein Typ. Solche wie Sie sehe ich überall.«

Simone starrte Helen ungläubig an. Bis jetzt hatte sie sie nur als jemanden wahrgenommen, der eine Schürze trug und dauernd mit dem Staubwedel unterwegs war. Obschon sie äußerst überrascht war, daß diese Unperson eine Persönlichkeit sein sollte, konnte sie nicht von ihrem speziellen Thema lassen.

»Was halten Sie von Stephen?« fragte sie.

»Ich mag ihn«, antwortete Helen, »aber er ist ein Mistkerl. Er hätte uns nicht im Stich lassen dürfen.«

»*Im Stich?*« wiederholte Simone und sprang auf die Füße.

»Ja, er ist endgültig fortgegangen. Wußten Sie das nicht?«

Helen war bestürzt über die Wirkung, die die Nachricht auf Simone hatte. Sie saß da wie betäubt, die Finger fest auf die Lippen gepreßt.

»Wo ist er hingegangen?« fragte sie dann leise.

Helen beschloß, Simone nun gleich ganz aufzuklären.

»In den Ochsen«, antwortete sie.

»Zu dieser Frau, meinen Sie.«

Simone nahm diese Medizin so ruhig entgegen, daß Helen es für gute Taktik hielt, sie an die Existenz einer Rivalin glauben zu lassen.

»Wenn Sie die Wirtstochter meinen«, sagte sie, »so hat er sie tatsächlich in der Küche erwähnt. Er sagte, er könne nicht abreisen, ohne sich von ihr zu verabschieden.«

In der nächsten Sekunde begriff sie ihren Fehler, denn Simone brach in einen Strom von Tränen aus.

»Er ist weg«, weinte sie. »Diese Frau hat ihn ... Ich will ihn so sehr haben. Sie verstehen das nicht. Ich brenne inwendig... Ich muß etwas *tun*.«

»Trauern Sie ihm doch nicht nach«, bat Helen. »Er ist es nicht wert. Sie machen sich nur billig. Wenn ein Mann mich nicht wollte, wollte ich ihn auch nicht.«

»Halten Sie den Mund. Und gehen Sie aus dem Zimmer.«

Helen blieb beharrlich stehen, obwohl sie sich so leer fühlte wie eine ausgepreßte Orange.

»Ich bleibe nicht gern, wo ich unerwünscht bin«, sagte sie fest. »Aber man hat mir aufgetragen, Sie nicht allein zu lassen.«

Diese Worte weckten in Simone weißglühende Wut.

»So ist das?« schrie sie. »Man hat Sie geschickt, um mich zu bespitzeln? Das war schlau. *Danken* Sie ihnen dafür, in meinem Namen. Warum habe ich nicht selber daran gedacht?«

»Was meinen Sie?« fragte Helen nervös.

»Sie werden schon sehen. Oh, Sie werden sehen.«

Helen schaute in stummer Verzweiflung zu, wie Simone durch das Zimmer wirbelte, Kleider herausriß und sich in rasender Hast ankleidete. Sie wußte, daß sie machtlos dagegen war. Sie konnte die herannahende Katastrophe ebensowenig aufhalten wie ein führerlos dahinrasendes Auto.

Dennoch entfuhr ihr ein Protest, als Simone sich den Pelzmantel umwarf.

»Wo gehen Sie hin?«

»Aus diesem Haus. Ich bleibe nicht, wo man mich bewacht und beleidigt.« Simone griff nach einer Handvoll Schmuck, warf sie in ihre Handtasche und drehte sich zu Helen um. »Ich gehe zu meinem Geliebten. Sagen Sie dem Professor, daß ich nicht zurückkomme – heute nacht.«

»Nein, Sie sollten nicht gehen«, rief Helen und versuchte, Simones Handgelenke zu umklammern. »Er will Sie nicht. Wo bleibt Ihr Stolz?«

Der Kampf war kurz und heftig, aber Simone war stärker und noch dazu außer Rand und Band. Ohne an die Folgen zu denken, stieß sie Helen mit solcher Gewalt weg, daß das Mädchen mit einem dumpfen Knall rücklings auf den Teppich fiel.

Sie war zwar nicht verletzt, verlor aber doch Zeit damit, sich dessen zu vergewissern. Während sie ihren schmerzenden Kopf rieb, hörte sie das Klicken eines Schlüssels im Schloß und begriff, daß sie eingesperrt war.

Die Verteidigung wird schwächer

Dieser Ton brachte Helen schnell auf die Füße und zur Tür, aber sie wußte, daß sie zu spät kam. Sie rüttelte an der Klinke und trommelte gegen die Türfüllung, mehr um sich Luft zu machen als in der Hoffnung auf Befreiung. Es war eine demütigende Situation, und sie war vor allem entrüstet. Sie war behandelt worden wie eine Statistin in einem Film. Ihrem neuen Kleid hatte der Kampf auch nicht gut getan. Und am schlimmsten war, daß sie wieder bei einem Vertrauensauftrag versagt hatte.

Dieser Gedanke verstärkte ihr Verantwortungsbewußtsein; sie zerbrach sich den Kopf, um eine Möglichkeit zu finden, wie sie die Aufmerksamkeit des Haushalts auf sich lenken könnte – aber es blieb nur das hoffnungslose Mittel der Zimmerglocke. Sie drückte auf den Knopf, wußte aber, daß niemand kommen würde. Die Glocke läutete im Kellergeschoß, wo Mrs. Oates sie nur als Begleitung ihres Schnarchens hörte. Auch wenn sie wach wäre, würde sie das Läuten grundsätzlich unbeachtet lassen.

Glocken gingen sie nichts an. Sie leistete während ihrer Arbeitszeit so viel, daß sie für ihre kostbaren Mußestunden selbst sorgen mußte. Helen dachte daran, wie sie jeweils, wenn ein Glockenzeichen unbeantwortet blieb, auf sie oder auf ihren Mann zeigte und sang »Hört ihr die Glöcklein läuten...«.

Es wurde bald klar, daß sie auch heute keine Ausnahme machen würde. Helen ließ den Knopf los und bereitete sich auf eine Wartezeit von unbestimmter Dauer vor.

Zuerst war sie sehr damit beschäftigt, ihre Neugier auf Simones Garderobe und Schönheitsmittel zu befriedigen; aber sie war nicht so recht mit dem Herzen dabei. Jeder Seidenstrumpf und jedes Rougetöpfchen erinnerte sie an Simone.

Sie war draußen in Sturm und Finsternis – getrieben von einem Flämmchen Sehnsucht, das sie zu einer Fackel der Leidenschaft entfacht hatte. Sie setzte alles aufs Spiel – ihren Ruf, sogar ihr Leben, für etwas, was nur in ihrer Einbildung existierte.

Helen stellte sie sich vor – ein Luxusprodukt, verwöhnt, neurotisch und nutzlos. Von Kindesbeinen an war ihr jeder Wunsch erfüllt und jede ihrer Launen berücksichtigt worden. Ein Glaskasten hatte sie beschützt, damit das Leben sie nicht zu rauh anfaßte.

Und trotzdem konnte das Grauen sie überwältigen – das Glas konnte bersten, so daß sie der Wirklichkeit schutzlos ins Gesicht blicken mußte. Statt schützender Arme konnten sich ihr drohende Hände entgegenstrecken. Ihre Welt würde ihr unter den Füßen zerfallen. Sie würde um Hilfe rufen, und – zum erstenmal in ihrem Leben – umsonst rufen.

Solche Bilder gingen Helen durch den Kopf, wenn sie an die Gefahr dachte, in der Simone schwebte. Sie hatte ihr Bestes getan, fühlte sich aber dennoch irgendwie schuldig. Um ihre Verteidigungsrede vorzubereiten, ging sie den Zwischenfall nochmals durch.

Dabei beunruhigte sie eine flüchtige Erinnerung. Diesmal ging es um eine Täuschung des Gehörs.

Sie war sicher, daß sie das Klicken des Schlüssels im Schloß zur gleichen Zeit gehört hatte wie Simones rasende Flucht treppabwärts.

»Jemand anders hat mich eingesperrt«, flüsterte sie. »Wer? Und warum?«

Sie konnte nur vermuten, daß Schwester Barker auf dem Treppenabsatz gestanden hatte, vielleicht durch die Geräusche des Kampfes angezogen. Falls sie die Situation erfaßt hatte, mochte ihre Eifersucht sie bewegt haben, Helen einzuschließen, um sie als inkompetent hinzustellen.

Plötzlich hatte Helen, mit etwas Verspätung, eine glänzende Idee. Mrs. Oates hatte ihr gesagt, alle Türen des »Summit« hätten das gleiche Schloß. In diesem Fall sollte der Schüssel zu Newtons Ankleideraum auch für das Schloß des Schlafzimmers passen.

Sie hatte Probleme, ihn herauszubekommen, denn er war nie gebraucht worden und rostig. Sie hatte beim Herumstöbern Newtons Haarpomade gesehen, aber ehe sie mit dem Einschmieren begann, wollte sie sehen, ob der Schlüssel überhaupt in das Schloß paßte.

Als sie die Klinke der Schlafzimmertür anfaßte, rutschte diese in ihren Fingern, und die Tür öffnete sich. Auch Helens Mund ging auf, als sie den verlassenen Treppenabsatz vor sich sah.

»Nein«, schnappte sie nach Luft.

Im Bewußtsein, daß sie in Ungnade fallen würde, rannte sie die Treppe hinunter, um Alarm zu schlagen. Eindeutig war sie das Opfer eines Streichs oder Tricks geworden, aber wie sollte sie das ihren Arbeitgebern beweisen?

Es war am klügsten, den Tadel schweigend hinzunehmen, doch es erwies sich, daß gar keine Erklärung nötig war. Als sie die Nachricht von Simones Flucht hervorsprudelte, vereinte sich die Familie Warren zu einer festen Front, um die Lage zu retten.

Als der Professor, Miss Warren und Newton einander ansahen, zeigte sich ihre Ähnlichkeit deutlich. Die Muskeln ihrer schmalen, hochgezüchteten Gesichter arbeiteten so krampfhaft wie die Stahlkiefer einer Falle und verrieten die Heftigkeit ihrer Gemütsbewegungen wie auch ihre Selbstbeherrschung.

Obwohl Newtons hohe Stimme manchmal plötzlich umkippte, benahm er sich so gemäßigt, als ob man über das Wetter sprechen würde.

»Sie sagen, Miss Capel, daß sie zum Ochsen ging, um dort Rice zu treffen?« fragte der Professor.

»Ja«, sagte Helen und vermied es, Newton anzusehen. »Ich versuchte sie festzuhalten, aber –«

»Schon gut. Die Frage ist, wer geht ihr nach, Newton. Du oder ich?«

»Ich gehe«, antwortete Newton.

»Nein, Lieber«, drängte Miss Warren. »Du bist der jüngere Mann. Dein Vater hat mehr Autorität. Dein Platz ist hier.«

»Du bist nicht in Gefahr«, erwiderte Newton. »Aber sie ist furchtbar bedroht.«

Der Professor legte seine Hand auf die Schulter des Sohnes, um ihn zu beruhigen, und Helen bemerkte, daß seine dünnen, knotigen Finger leicht zitterten.

»Ich verstehe deine Gefühle, Newton«, sagte er. »Aber die Wahrscheinlichkeit, daß der Wahnsinnige in diesem Sturm draußen ist, ist klein. Er wäre doch jetzt gänzlich durchnäßt. Wenn er nicht bei sich zu Hause ist, hat er in irgendeiner Scheune Zuflucht gefunden. Ich bin sicher, Simone kommt unbehelligt zum Ochsen.«

»Schöne Aussichten.« Newton nagte an den Lippen. »Desto eher sollte auch ihr Mann dort sein.«

»Vielleicht hast du recht. Aber ehe du gehst, sollten wir über das weitere Vorgehen sprechen. Wir wollen keinen Skandal.«

»Ich will mich nicht von Simone scheiden lassen.« Newtons Stimme war brüchig. »Ich will sie bloß von diesem – von Rice wegbekommen.«

»Ich persönlich glaube, Rice ist keine Gefahr für sie«, bemerkte der Professor. »Ich kenne junge Leute, und er ist nicht der Typ für Liebschaften.«

»Er hat jenes arme Mädchen in seinem Zimmer in Oxford eingeschlossen«, erklärte Newton hitzig.

»Du vergißt, daß auch ich einmal Student war. Solche Zwischenfälle kann man inszenieren. Ich habe mir mein Urteil über diese Beschuldigung immer vorbehalten. Vergiß Rice ... Die Frage ist, wie können wir erklären, daß Simone bei diesem Wetter in ein kleines Wirtshaus gelaufen ist?«

»Die Nerven sind mit ihr durchgegangen«, schlug Miss Warren vor. »Nur schon der Mord würde ihren Zustand erklären.«

Der Professor nickte zustimmend.

»Ich glaube, ihr werdet heute nacht beide im Ochsen schlafen müssen«, sagte er. »Sie haben dort keinen Wagen, und Simone könnte nicht durch den Sturm zurücklaufen.«

»Könntest du nicht zurückkommen, Newton, wenn du alles erklärt und für Simone gesorgt hast?« fragte Miss Warren.

Newton lachte, während er seinen Regenmantel zuknöpfte.

»Fabelhaft. Ich kann sie der Obhut von Rice anempfehlen... Sorge dich nicht, Tante. Morgen früh sind wir zurück.«

Erneut empfand Helen Verlassenheit, als nach diesem Auszug die Kette wieder vorgelegt wurde. Als Newton aus dem Haus ging – mit vorgerecktem Kopf, als böte er dem Sturm die Stirn – zeigte die halboffene Tür einen Ausschnitt aus einem Chaos, verschlungen mit Schleiern aus schräg fallendem Regen, die im Strahl des elektrischen Lichts herumwirbelten.

Nach diesem Schauspiel kreiselnden und wäßrigen Aufruhrs schien die Atmosphäre in der Halle träge und mit Weiblichkeit getränkt. Alle Männlichkeit war ihr entzogen worden. Zwar war noch der Professor da, aber er sah erschöpft und von seiner Verantwortung erdrückt aus.

»Mr. Rice wird zurückkommen müssen, um seinen Hund zu holen«, sagte Miss Warren.

Helens Gesicht leuchtete auf; sie hatte den Schäferhund vergessen.

»Wollen wir ihn frei im Haus herumlaufen lassen?«

Miss Warrens Gesicht verriet Unschlüssigkeit.

»Ich fürchte und verabscheue Hunde«, sagte sie. »Aber immerhin könnte er zusätzlichen Schutz bedeuten.«

»Ich bin Hunde gewohnt«, sagte Helen. »Darf ich ihn füttern und dann mit mir herunterbringen?«

»Mrs. Oates hat ihn gefüttert, bevor ich ihn in die Garage brachte.« Miss Warren schaute ihren Bruder trotzig an. »Vielleicht bringst du ihn herein, Sebastian?«

Helen hatte die Ohren gespitzt, als sich ihr die seltsamen Geräusche auf der Hintertreppe erklärten. Mrs. Oates'

Zurückhaltung bewies wieder einmal, wie sehr sie ihren Arbeitgebern ergeben war.

Der Professor blickte seine Schwester an, ein schwaches Lächeln auf den Lippen.

»Typisch, meine liebe Blanche«, murmelte er. »Ist die Tür der Garage verschlossen?«

»Ja. Ich habe den Schlüssel oben.«

Als sie auf Miss Warrens Rückkehr warteten, versuchte Helen, ihre Angst vor dem Professor zu besiegen. Wie ein Kätzchen, das einen verdächtigen Gegenstand mit den Pfoten antupft und dann schnell zur Seite springt, konnte sie dem Versuch, sich seinem Denken zu nähern, nicht widerstehen.

»Ich bewundere Miss Warrens Charakterstärke«, sagte sie. »Natürlich *kann* sie nichts dafür, daß sie Angst vor Hunden hat.« Sie beeilte sich, die klassische Entschuldigung vorzubringen, indem sie einen ähnlichen Fall anführte. »Lord Roberts hatte vor Katzen Angst.«

»Aber meine Schwester hat nicht Angst in Ihrem Sinn«, erklärte der Professor. »Sie fürchtet nicht, von einem Hund belästigt oder gebissen zu werden. Sie kennt die Gefahr bakteriologischer Infektionen, die in den Parasiten von – Tieren lauert.«

Helen tat ihr Bestes, ebenso intelligent zu antworten.

»Ich weiß«, sagte sie. »Es gibt Millionen von Krankheitskeimen überall. Genug, um alle Menschen auf der Welt zu töten. Aber es soll doch auch gute Keime geben, die die schlechten bekämpfen.«

Das blasse Lächeln des Professors verbarg seinen Spott nicht.

»So wie Ihre guten Engel mit Teufeln kämpfen?« fragte er. »Es mag eine Art von Kampf stattfinden, aber im Reich der Tiere triumphiert nicht das Gute wie in Ihrem hübschen Märchenglauben.«

Obgleich Nervosität ihr fast den Hals zuschnürte, setzte Helen ihr Argument fort.

»Wenn die schädlichen Keime mächtiger wären«, sagte sie, »wären wir alle tot.«

»Wir werden bald tot sein. Langlebigkeit ist nur relativ; viele sterben jung. Denken Sie an die Kindersterblichkeit, die die Antwort der Natur auf die Überbevölkerung darstellt. Leider hat sich die Medizin mit ihren guten Absichten eingeschaltet und einiges erreicht. Aber der Tod gewinnt.«

Helen fürchtete den zynischen Glanz in den Augen des Gelehrten zu sehr, um noch weitere Widerrede zu wagen. Sie wußte, sie war ihm nicht gewachsen. Aber ihr Herz protestierte gegen diese traurige materialistische Betrachtungsweise.

»Was ist Miss Warrens spezielles Gebiet?« fragte sie schüchtern.

»Sie forscht frei. Sie sieht die Dinge deshalb anders als Sie. Sie sehen mit den Augen, aber meine Schwester sieht durch ein Mikroskop. Schrecken, von denen Sie nichts ahnen, enthüllen sich ihr.«

Helen gefiel die Art, in der der Professor die Schwächen seiner Schwester zu bemänteln versuchte. Sie glaubte, daß auch Kleinigkeiten den Charakter verraten können, so wie Schatten auf dem Wasser die Gegenwart von Felsen anzeigen. Wie stark auch sein theologischer Unglaube sein mochte, der Professor war zuverlässig.

»Wie interessant«, bemerkte sie höflich.

»Meine Schwester ist zu sensibel, um sich in der Welt draußen zu bewegen«, fuhr der Professor fort. »Und doch hat sie eiserne Nerven. Während des Krieges hat sie wertvolle Arbeit an der Front geleistet und sich dabei sehr angestrengt. Aber sie zeigte nie Müdigkeit, und ihre Leistung wurde als ausgezeichnet anerkannt. Das ist einer der Gründe, warum sie einen abstinenten Haushalt wünscht – so groß ist ihr Schrecken vor jeder Art von Bestialität.«

»Das finde ich bewundernswert«, sagte Helen mit echter Bewunderung.

»Das war es auch. Besonders, da sie, wie Sie schon bemerkt haben, an einer Schwäche der Hypophyse leidet.«

Helen verstand seine Anspielung nicht. Aber sie schaute mit vermehrtem Respekt Miss Warren an, als sie die Treppe herunterkam. Schweigend übergab sie dem Professor einen Schlüssel und ging dann in die Bibliothek.

»Verriegeln Sie die Tür hinter mir, bitte«, sagte der Professor, »und bleiben Sie hier, um mich wieder hereinzulassen. Wir müssen unsere Vorsichtsmaßnahmen beibehalten. Wenn ich zurückkomme, gebe ich dieses Klopfzeichen.«

Er demonstrierte es am Garderobenständer und ging dann in den Sturm hinaus.

Das Warten in der Halle, die jetzt so stumm und leer war, war trostlos. Keine jungen Stimmen, keine Radiomusik klang mehr aus dem Salon herüber. Die Jugend hatte das »Summit« verlassen.

Helens Gesellschaft bestand jetzt aus einer furchterregenden Kranken, einer feindseligen Pflegerin, einer unzugänglichen älteren Haushälterin und zwei zurückgezogenen Gelehrten.

»Gott sei Dank habe ich bald den Hund«, dachte sie.

Aber auch dieser Trost sollte ihr versagt sein. Als der Professor wenig später, auf sein Klopfzeichen hin, zum Eingang hereingeweht wurde, war er allein.

»Rice hat seine Drohung wahrgemacht«, sagte er ihr. »Das Schnappschloß an der Garagentür ist aufgebrochen und der Hund ist weg.«

Er entledigte sich seines tropfenden Mantels und ging in sein Studierzimmer.

Verloren und den Tränen nahe wagte es Helen, Mrs. Oates zu stören. Sie klopfte mehrmals erfolglos an die Küchentür, durch deren Milchglasscheiben ein Lichtschein drang. Als sie eben gehen wollte, erschrak sie über eine unvertraut lallende Stimme.

»Kommen Sie herein, meine Liebe.«

Trotz der freundlichen Einladung betrat Helen die Küche mit schwerem Herzen – ohne zu wissen, was sie fürchtete.

Mrs. Oates saß zurückgesunken in ihrem Stuhl, wie ein Sack Kartoffeln und mit einem dummen Lächeln auf ihrem roten Gesicht. Ihr Haar fiel ihr in unordentlichen Strähnen über die Augen, als hätte sie sich eben gebückt, um ihre Zehen zu berühren.

Trotz ihrer Unerfahrenheit begriff Helen, daß ihr nun das größte Unglück zugestoßen war.

Ihr zweiter Wächter fiel aus. Mrs. Oates war betrunken.

Ein Gläschen zuviel

Helen glaubte an einen bösen Traum, als sie Mrs. Oates ansah. Alles war innerhalb weniger Stunden anders geworden. Sie konnte nicht glauben, daß die Küche der gleiche frohe Raum war, wo sie Tee getrunken und unwahrscheinlichen Geschichten zugehört hatte.

Sie war nicht nur ungemütlich und unordentlich, sondern auch dunkler, da kein flackerndes Feuer sie mehr erleuchtete. Der Ofen erstickte in sterbender Asche, und der Herd war mit ausgeglühten Kohlestückchen übersät. Brotkrumen und Eierschalen lagen auf dem nackten Tisch. Sogar die rote Katze hatte ihren Teppichflecken verlassen und den Frieden des leeren Salons aufgesucht.

Aber die Veränderung von Mrs. Oates war das Schlimmste an der Verwandlung. Sie war im besten Fall eine häßliche Frau, aber jetzt war der Gesichtsausdruck, der dies vergessen ließ, nicht mehr vorhanden. Die Treue war aus ihren Augen gewichen, und die charakteristischen Züge ihres Gesichts waren zu einem idiotischen Grinsen zusammengeschmolzen.

Sie erinnerte Helen an ein Wesen aus einem Alptraum, als sie so nickte und über einen geheimen Scherz kicherte. Als Helen ihr die neuesten Nachrichten übermittelte, nahm sie sie so gleichgültig entgegen, daß sich das Mädchen fragte, ob ihr die Tatsache des Auszugs so vieler Hausbewohner überhaupt bewußt geworden war.

›Frauen können sich nicht anständig betrinken‹, dachte sie.

In dieser Sparte, fiel ihr auf, blieben Männer weit überlegen. Auf anderen Gebieten taten Frauen es ihnen gleich; aber ein beschwipster Mann konnte amüsant, sogar brillant sein, während eine betrunkene Frau nur tierisch wirkte.

Doch obwohl Mrs. Oates' grobes, rotes Gesicht sie abstieß, merkte sie, daß sie nur teilweise betrunken war. Da die Katastrophe nun ihren Höhepunkt erreicht hatte, war es vielleicht möglich, an ihr Vertrauen zu appellieren und sie zu ernüchtern.

»Haben Sie auf mein Wohl getrunken?« fragte sie fröhlich.

Mrs. Oates merkte diese übertriebene Unschuld.

»Sie wollen wohl lustig sein? Bier – Geld, das ich dafür bekomme – das gebe ich zu. Fair ist fair. Aber nie einen Tropfen Schnaps.«

»Seltsam«, lächelte Helen. »Ich dachte, es riecht nach Brandy.«

»Muß diese Schwester gewesen sein; ihr Atem roch danach. Sie hat hier herumgeschnüffelt.«

Helen wollte es mit List versuchen.

»Pech«, seufzte sie. »Ich könnte selber einen Schluck gebrauchen. Würde mir guttun, nach all der Aufregung.«

Sie sah, wie in Mrs. Oates glühendem Gesicht Güte mit Geiz und Vorsicht kämpften. Am Schluß gewann ihre Großzügigkeit.

»Das sollen Sie auch bekommen, Sie arme Kleine«, erklärte sie.

Sie bückte sich und wühlte unter ihrem Rock; dann zog sie eine Flasche Brandy hervor, die sie triumphierend auf den Tisch stellte.

»Bedienen Sie sich«, sagte sie gastfreundlich. »Es gibt noch viel mehr.«

»Wo haben Sie das gefunden?« fragte Helen.

»Im Keller. Der Herr ging das Thermomomm...«

Mrs. Oates kämpfte weiter mit dem Wort, mit einer Andeutung ihrer alten, bulldoggenhaften Zähigkeit. Helen streckte die Hand nach der Flasche aus.

»Sie haben schon die Hälfte getrunken«, sagte sie. »Wollen Sie den Rest nicht für morgen behalten?«

»Nein«, erklärte Mrs. Oates feierlich. »Kleine Schlückchen

haben keinen Geschmack für mich. Ich brauche große Schlucke. Ich trinke eine Flasche immer aus.«

»Aber Sie werden völlig betrunken, und Miss Warren wird Sie entlassen.«

Mrs. Oates blinzelte ihr zu und schüttelte den Kopf.

»Nein, das wird sie nicht. Es ist nicht das erste Mal. Der Herr sagt bloß, sie solle aufpassen, daß ich nicht in Versuchung komme und mir keine Chance geben. Hier bekommen sie kein Personal. Das wissen sie.«

Helen hörte das mit der Entmutigung eines Kartenspielers, der eine Karte fälschlicherweise für einen Trumpf gehalten hat. Ein guter Trick – die Furcht vor den Folgen – zog nicht.

Offensichtlich konnte Mrs. Oates der Zukunft mit Gleichmut entgegensehen. Die Familie Warren wog einen gelegentlichen Ausrutscher mit dem Wert ihrer Arbeit auf.

»Trotzdem, sparen Sie sich doch noch ein wenig für einen schlechten Tag auf«, drängte sie, als sich Mrs. Oates Finger um die Flasche schlossen.

»Damit Oates es findet? Ich denke nicht daran. Er wird merken, daß ich ein Gläschen zuviel gehabt habe, und er versucht immer, das zu verhindern. *Nein.* Ich verstecke das am einzig sicheren Platz.«

»Was für ein Pech, daß Ihr Mann fortfahren mußte«, jammerte Helen taktlos. »Warum mußte das ausgerechnet heute passieren?«

Mrs. Oates fing schrill zu lachen an.

»Das habe ich verursacht«, krähte sie. »Ich brachte einen Pudding hinauf, als ich wußte, die Pflegerin würde mit dem Waschen von Lady Warren beschäftigt sein. Ich drehte nur schnell den Zylinderdeckel, als ich den Teller abstellte.«

»Wie kamen Sie denn darauf?« japste Helen.

»*Sie.* Sie sagten, Sauerstoff sei ihr Leben. Aber wenn das nicht funktioniert hätte, wäre mir etwas anderes eingefallen, um Oates loszuwerden.«

Helen fühlte sich immer mehr wie in einem Alptraum, als sie

Mrs. Oates gegenübersaß und zusah, wie diese ihr Glas leerte. Ihr schien, eine Verschwörung sei gegen sie im Gang, aber wenn sie Ursache und Wirkung miteinander verknüpfte, fand sie dennoch keine Spur menschlicher Tücke.

Es war nichts Außerordentliches daran, daß Mrs. Oates trank; es war nur natürlich, daß ihr Mann sie davon abzuhalten suchte; es war wiederum nur natürlich, daß sie eine List angewandt hatte, um ihn aus dem Weg zu schaffen.

Die gleiche Logik galt für die Ereignisse, die zum Auszug der jungen Leute geführt hatten. Stephen Rice liebte seinen Hund und hatte sich gegen dessen Verbannung gewehrt, und Simone hatte sich normal benommen für ein neurotisches und verwöhntes Mädchen, das nicht bekam, was es wollte. Auch der Professor hatte nicht umhinkönnen, Newton zu erlauben, seiner Frau zu folgen.

Natürlich hatte es unselige Kleinigkeiten gegeben, die die Maschinerie in Gang gesetzt hatten, aber die Verantwortung dafür war gleichmäßig auf die Mitglieder des Haushalts verteilt.

Es war schon Pech genug, daß Stephen einen Hund mit nach Hause gebracht hatte, und doppeltes Pech, daß eine Konfrontation mit Miss Warrens Vorurteilen allen Tieren gegenüber erfolgt war. Auch daß der Professor nicht aufgepaßt hatte, war beklagenswert, obschon man kaum erwarten konnte, daß er Mrs. Oates einen Diebstahl direkt vor seiner Nase zutraute.

Helen gab zu, daß auch sie an diesem außerordentlichen Netz von Umständen und Konsequenzen mitgewebt hatte. Sie hatte Dr. Parry dazu bewogen, den Ernst von Lady Warrens Zustand zu übertreiben, und ihre unbedachte Bemerkung über den Sauerstoff hatte Mrs. Oates ihren Plan eingegeben.

Aber während sie sich das alles zurechtlegte, wuchs ihre Furcht wieder. Etwas kam auf sie zu – eine große, langsame Maschinerie, die abzuwenden sie nicht imstande war. Sie hatte plötzlich das Bild eines ganzen Berghangs vor Augen, der sich loslöste und abrutschte, und ihr fiel ein, daß ein Riß im weichen Schnee der Ursprung einer Lawine sein kann.

Blinder Zufall allein konnte nicht am Grund dieses Stromes von Ereignissen liegen. Es geschahen natürliche Dinge – aber mit künstlicher Lenkung. Der ganze Vorgang war zu glatt und gleichmäßig, die Zwischenfälle griffen zu perfekt ineinander über, wie wenn ein höheres Gehirn ihr Zusammenspiel bestimmte.

Der Anblick von Mrs. Oates, die allmählich aus einer scharfsinnigen Frau zu einer Idiotin wurde, bewog Helen zu einem verzweifelten Versuch.

»Geben Sie mir das«, schrie sie und packte die Flasche. »Sie sollten sich schämen.«

Sie erkannte ihren Fehler, als Mrs. Oates sie wütend angriff.

»Hände weg!« schrie sie.

Helen versuchte, ihrem Verhalten einen scherzhaften Anstrich zu geben, indem sie durch die Küche flitzte, verfolgt von Mrs. Oates.

»Seien Sie doch nicht so albern«, drängte sie und preßte die Flasche an die Brust. »Seien Sie fair und nehmen Sie sich zusammen.«

Rotäugig und keuchend trieb Mrs. Oates sie in eine Ecke, entriß ihr die Flasche und verpaßte ihr eine Ohrfeige.

»Ich will Sie das Lachen noch lehren«, schrie sie.

Als das Mädchen unter der Kraft des Schlages zurücktaumelte, packte Mrs. Oates sie an den Schultern und stieß sie aus der Küche.

»Fort mit Ihnen«, murrte sie und warf die Tür zu. »Kommen Sie nicht wieder.«

Helen war froh, daß sie entkommen war, denn sie brauchte neue Hilfe. Zu schüchtern, um sich an den Professor zu wenden, ging sie in die Bibliothek. Miss Warren, die zusammengekrümmt in einem Sessel saß und in ein Buch vertieft war, ließ sich nur ungern unterbrechen.

»Ich hoffe, Miss Capel, Sie stören mich nicht wegen einer Nichtigkeit«, sagte sie.

»Nein«, sagte Helen, »es ist wichtig. Mrs. Oates ist betrunken.«

Miss Warren gab einen kleinen Laut des Ekels von sich und schaute dann auf die Uhr.

»Das ist kein Grund zur Sorge«, sagte sie ruhig. »Sie schläft das wieder aus. Sie mag morgen schlechter Laune sein, aber sie wird arbeiten wie immer.«

»Aber sie ist noch nicht besinnungslos«, beharrte Helen. »Wenn Sie jetzt mit ihr sprächen, brächten Sie sie vielleicht noch zur Vernunft.«

»Ich werde mich bestimmt nicht mit einer halbbetrunkenen Frau herumstreiten«, sagte Miss Warren. »Und die Arbeit meines Bruders ist viel zu wichtig, als daß man sie unterbrechen dürfte. Wenn Sie klug sind, mischen Sie sich nicht ein ... Das ist auch schon früher vorgekommen.« Miss Warren nahm ihr Buch wieder auf, um anzudeuten, daß die Audienz vorbei sei.

Helen fühlte sich elend, als sie ziellos in die Halle schlenderte. Beim Anblick des Telefons aber faßte sie wieder Mut. Es erinnerte sie daran, daß sie sich zwar so einsam fühlte wie auf einer verlassenen Insel, daß das »Summit« aber noch immer Verbindung zur Zivilisation hatte.

»Ich rufe im Ochsen an«, beschloß sie. »Wir müssen doch wissen, ob Simone wohlbehalten angekommen ist. Und dann rufe ich Dr. Parry an.«

Große Spannung ergriff sie, als sie den Hörer vom Haken nahm. In diesem Sturm mußten im ganzen Land jede Menge von Telefonmasten umgestürzt sein. Soviele Mißgeschicke hatten sich schon aufgetürmt, daß sie fast erwartete, auch noch von der Welt abgeschnitten zu sein.

Aber zu ihrer Freude hörte sie ein Summen, und das Fräulein von der Vermittlung fragte nach der Nummer. Gleich darauf erklärte eine andere, mit stark walisischem Akzent sprechende Stimme, hier spreche Mr. Williams, der Ochsenwirt.

Auf ihre Frage hin antwortete er, daß Mr. und Mrs. Newton Warren im Gasthaus angekommen seien und über Nacht blieben. Er fügte hinzu, Mr. Rice und sein Hund seien sofort nachher ausgezogen, wahrscheinlich, um Mrs. Warren Platz zu machen.

»Wo ist er hingegangen?« fragte Helen.

»Ins Pfarrhaus. Er sagte, er wisse, daß der Pfarrer ihn unterbringen würde; er habe Hunde auch gern.«

Im Bewußtsein, daß sie, falls man sie am Telefon ertappte, Familienneuigkeiten zu bieten habe, suchte Helen im Telefonbuch Dr. Parrys Nummer. Dann hörte sie seine Stimme am anderen Ende der Leitung. Er klang müde und wenig begeistert.

»Erzählen Sie mir nicht, die alte Dame habe einen Anfall. Haben Sie Mitleid. Ich habe eben erst zu essen begonnen.«

»Ich brauche Rat«, sagte Helen. »Ich weiß niemand außer Ihnen, den ich fragen könnte.«

Als sie fertig erzählt hatte, hatte sie sich nicht selber vom Ernst der Lage überzeugen können. Alles klang so unbedeutend und übertrieben; sie war sicher, Dr. Parry kam es auch so vor.

»Ein kleiner Erdrutsch«, sagte er, »aber da können Sie nichts machen. Legen Sie sich nicht wieder mit Mrs. Oates an. Einem Löwen einen Knochen wegzunehmen wäre harmlos dagegen.«

»Aber ich *will*, daß sie nüchtern wird«, plädierte Helen. »Ich bin so allein.«

Es gab eine kleine Pause vor Dr. Parrys nächster Frage.

»Haben Sie Angst?«

»N-nein«, antwortete Helen.

»Wenn Sie Angst haben, komme ich sofort.«

Wie er erwartet hatte, verlieh sein Angebot Helen Kraft genug, um darauf zu verzichten. Er war hungrig, naß und hundemüde, und obschon ihm Helen gefiel, lockten ihn im Augenblick ein Kaminfeuer und seine Pfeife mehr als die glänzendsten Augen.

»Ich weiß, daß dieser Wachtturm von einem Haus wohl kaum gemütlich in einem Sturm ist«, sagte er. »Aber beten Sie, dann fällt er nicht um. Natürlich hatten Sie heute abend einen bösen Schock, und Sie fühlen sich alleingelassen, nachdem diese Leute ausgezogen sind. Aber es ist immer noch eine beträchtliche Anzahl da. Schließen Sie die Tür ab, und Sie haben nichts zu befürchten.«

»Ja«, stimmte Helen zu und fuhr zusammen, als ein Windstoß gegen eines der mit Läden verschlossenen Fenster krachte.

»Wenn Sie jetzt zu Bett gingen und Ihre Tür verschlössen, könnten Sie in diesem Sturm wohl schlafen?« fragte Dr. Parry.

»Ich glaube nicht. Mein Zimmer ist hoch oben und schwankt wie eine Wiege.«

»Dann schüren Sie das Kaminfeuer im Salon und machen Sie sich dort ein Notlager. Sie werden den Sturm kaum hören. Ehe Sie es merken, ist es dann morgen früh.«

»Und am Morgen sieht alles anders aus«, sagte Helen.

Es war leicht, tapfer zu sein, solange Dr. Parrys fröhliche Stimme in ihren Ohren klang.

»Denken Sie daran«, sagte er. »Wenn Sie Angst haben, rufen Sie mich an, und ich komme hinüber.«

Aufgemuntert durch dieses Versprechen hängte Helen auf. Aber als sie sich in der Halle umschaute, schwand ihre Zuversicht wieder. Das Haus schien im Sturm zu schwanken und die Nacht war voller Geräusche. Der Wind, die peitschenden Bäume und das Rauschen des Regens, alles vereinte sich, um Schritte auf dem Kies, Klopfen an den Fenstern und Flüstern durch Schlüssellöcher vorzugaukeln. Eine mächtige Stimme röhrte den Kamin herunter und Helen glaubte, sie werde demnächst verstehen, was sie sagte.

Im Gefühl, jede Art von Empfang sei besser als das Alleinsein, ging Helen wieder in die Küche hinunter. In ihrer Lebenserfahrung gab es zwar keinen betrunkenen Arbeitgeber, aber sie meinte, es müsse eine Phase geben, in der Mrs. Oates ansprechbar wäre.

Ihre gefährliche Neugier trieb sie jedenfalls dazu, das Experiment zu wagen. Sie streckte vorsichtig den Kopf durch die Tür, in der halben Erwartung, einen Teller ihr entgegenfliegen zu sehen.

Zu ihrer Erleichterung jedoch strahlte ihr Mrs. Oates entgegen. Ihre Gesichtsfarbe war noch etwas dunkler geworden und der Brandy in der Flasche noch etwas weniger, aber im übrigen war sie jetzt eine milde, gemütliche Gesellschafterin.

›Ich darf sie nicht reizen‹, dachte Helen, als sie sich setzte und Mrs. Oates einen freundschaftlichen Klaps auf das Knie gab.

»Wir sind Freunde, liebe Mrs. Oates«, sagte sie. »Nicht wahr?«

»Ja«, nickte Mrs. Oates. »Oates hat mir gesagt: ›Paß auf unsere kleine Miss auf.‹ Das waren seine letzten Worte, ehe er gehen mußte. Seine allerletzten Worte. Paß auf die kleine Miss auf.«

»Reden Sie doch nicht von ihm, als ob er tot wäre«, rief Helen.

Sie streichelte Mrs. Oates Hand und begann, ihr gut zuzureden.

»Wie können Sie denn auf mich aufpassen, wenn Sie betrunken sind?«

»Ich bin nicht betrunken«, widersprach Mrs. Oates. »Nur ein wenig angeheitert. Ich kann ohne Schwanken einem Strich nachgehen. Ich kann ›frische Fische‹ sagen. Und ich kann jeden niederschlagen, der es wagen sollte, Hand an unsere kleine Miss zu legen.«

Sie erhob sich, nur im ersten Moment ein wenig unsicher, und marschierte durch die Küche, wobei sie auf Scheingegner mit einer Kraft losboxte, daß Helen sich beruhigt fühlte.

›Wenn ich sie bloß so behalten kann‹, dachte sie, ›taugt sie ebensoviel wie ein Mann.‹

Mrs. Oates hielt an, blasend wie ein Delphin, und nahm Helens Beifall entgegen.

»Ich habe hier gesessen und nachgedacht«, sagte sie. »Über alles nachgedacht. Der Brandy hat mich zum Nachdenken gebracht. Mir macht diese Pflegerin Sorgen. Ich möchte wissen, warum sie so arrogant spricht, als ob ihr Mund voll Brotkrumen wäre. Warum, können Sie mir das sagen?«

»Ich weiß es nicht«, antwortete Helen.

»Aber ich«, meinte Mrs. Oates. »Sie verstellt ihre Stimme. Bestimmt hat sie eine andere, eigene Stimme, wie die alte Lady oben. Und sie verstellt ihren Gang. Sie bemüht sich dauernd, nicht zu trampeln, als ob sie Ungeziefer zerträte. Nun, was halten Sie davon?«

»Was glauben *Sie*?« fragte Helen beunruhigt.

»Ah. Vielleicht ist sie keine Frau wie Sie und ich, Miss. Vielleicht ist sie –«

Mrs. Oates brach überrascht ab. Helen wandte sich um und sah Schwester Barker in der offenen Tür stehen.

Kosmetik

Helen schrak vor Schwester Barkers Blick zurück. Noch nie hatte sie so viel nackten, gnadenlosen Haß in Menschenaugen brennen sehen.

Es war nur allzu deutlich, daß Mrs. Oates' Bemerkungen gehört worden waren; dennoch machte Helen einen schwachen Versuch, sie umzudeuten.

»Wir sprachen gerade von der alten Lady Warren«, sagte sie. »Ist sie nicht eine ungewöhnliche Frau?«

Schwester Barker ging über den Erklärungsversuch hinweg. In unheilvollem Schweigen trat sie an den Herd und ergriff den Wasserkessel.

»Kein heißes Wasser«, sagte sie.

»Es tut mir so leid, aber das Feuer ist ausgegangen«, entschuldigte sich Helen für Mrs. Oates. »Wenn Sie ein paar Minuten Zeit haben, mache ich welches auf meinem Spirituskocher heiß.«

»Ich brauche keine Hilfe«, sagte Schwester Barker. »Ich mache meine Arbeit selbst. *Und* beende sie selbst.«

Die Worte waren harmlos, aber es lag grimmige Absicht und fester Wille darin. Mit ebenso unheilvoller Bedeutung schaute sie erst die Flasche auf dem Tisch, dann Mrs. Oates an, die wie ein Sack Mehl in ihrem Sessel lag.

»Brandy«, bemerkte sie, »in einem abstinenten Haus.«

Augenblicklich erhob Mrs. Oates voller Trotz ihr Glas.

»Gesundheit, Schwester«, sagte sie mit belegter Stimme. »Gesundheit und viel Glück!«

Schwester Barker ließ ein kurzes Lachen hören.

»Aha«, sagte sie. »Bald werde ich mich um *Sie* kümmern müssen. Nun, ich werde genau wissen, was ich zu tun habe.«

Ehe Mrs. Oates noch etwas sagen konnte, war sie aus der Küche verschwunden.

»Puuh«, sagte Mrs. Oates und zog die Luft laut ein, »wie eklig. Die probiert besser keine Tricks bei mir oder nennt mich anders als bei meinem Namen oder ich haue ihr eine runter. Ich laß mich nicht schikanieren – von so etwas.«

»›So etwas‹«, wiederholte Helen.

»Nun, wer kann sagen, ob es eine Frau ist oder ein Mann?«

Wieder überfiel Helen der alptraumhafte Schrecken ihrer Lage. Mrs. Oates' Stimme war zu einem heiseren Flüstern herabgesunken. Sie hatte ihr Glas in gierigen Zügen aufs neue geleert. Es war nur allzu klar, daß ihre Wächterin ihr wieder entglitt und sie allein mit dem Rätsel der Pflegerin fertigwerden mußte.

Natürlich waren der Professor und seine Schwester auf ihrer Seite, aber nennenswerte Hilfe war von ihnen nicht zu erwarten. Sie schienen sich stets zu ihren fernen Horizonten zurückzuziehen – distanziert und unverwundbar wie Schatten.

Als Kind hatte sie den Ruf gehabt, nie zu weinen, aber in dieser Krise brach sie plötzlich zusammen.

»Hören Sie doch auf«, weinte sie mitleiderregend. »Ich kann nicht mehr.«

Beim Anblick ihrer Tränen schaute Mrs. Oates sie verstört an, während Mitleid ihr benebeltes Gehirn zu durchdringen versuchte.

»Was ist los, meine Liebe?« fragte sie.

»Ich habe so schreckliche Angst«, gestand Helen. »Sie trinken und trinken. Bald sind Sie nur noch wie ein Klotz und völlig in ihrer Gewalt. Sie sind selber schuld. Ich werde natürlich mein Bestes tun – aber sie reißt mich in drei Stücke und läßt noch Abfall übrig. Und im oberen Stock glaubt man mir kein Wort, bis es zu spät ist.«

Helen sprach wild, aber ihre Übertreibung hatte die gewünschte Wirkung: Mrs. Oates wurde nüchterner. Sie steuerte ihrerseits ein paar grelle Farben zum Schreckensbild bei.

»Sie hat es auf Sie abgesehen«, sagte sie. »Sie will mich um die Ecke bringen, um Sie zu erwischen. Der werden wir's zeigen.«

Schluckend vor Bewegung schob sie die Brandyflasche über den Tisch.

»Tun Sie sie irgendwo hin, wo ich sie nicht erreichen kann«, drängte sie. »Einschließen nützt nichts, ich bekäme den Schrank schon irgendwie auf. Räumen Sie die Versuchung weg.«

Helen musterte schnell die Küche, wobei Mrs. Oates ihr mit schmerzlichem Interesse zusah. Sie hatte ihren edlen Entschluß bereut, ehe noch das Mädchen sich anschickte, auf das hohe Küchenbüfett zu steigen. Sie mußte sich zum zweiten Gestell emporziehen, bevor sie die Flasche auf das oberste hieven konnte. Aber kaum war diese außer Mrs. Oates' Reichweite, empfand sie wieder Mut.

Als sie von ihrer gefährlichen Höhe herunterkletterte, versuchte sie, mit Mrs. Oates eine Abmachung zu treffen.

»Das haben Sie fabelhaft gemacht«, lobte sie. »Wenn Sie nur fest bleiben, verspreche ich Ihnen, daß Sie diese Flasche fertigtrinken können, morgen abend in meinem Wohnzimmer. Ich sorge dafür, daß Oates draußen bleibt und nehme alle Folgen auf mich.«

»Ehrenwort?« fragte Mrs. Oates.

»Ehrenwort. Und nun sind Sie dran. Versprechen Sie mir, daß Sie nicht versuchen, an die Flasche heranzukommen. Sie könnten sich das Genick brechen, und die Flasche ginge kaputt.«

Auch Mrs. Oates gab ihr feierliches Ehrenwort.

»So, jetzt mache ich einen starken Kaffee, der wird Ihnen helfen.«

»Kaffee«, stöhnte Mrs. Oates. »Wenn Sie jemals einen Mann haben sollten, der gern ein Gläschen trinkt, dann helf ihm der Himmel, dem armen Kerl.«

Helen pfiff sogar in ihrem Wohnzimmer vor sich hin, denn der Spirituskocher weckte Erinnerungen an Dr. Parry. Seit er gegangen war, hatte sie so einen Sturm von Gefühlen erlebt, daß keine Zeit geblieben war, viel an ihn zu denken. Aber wenn sie jetzt an seinen Besuch dachte, erglühte eine Hoffnung auf Glück in ihr. Sie dachte daran, wie seine Augen ausgesehen hatten, als er ihre baldige Heirat prophezeit hatte, und an sein kürzlich abgegebenes Versprechen, zu ihr zu kommen, wenn sie ihn brauchte. Und sie dachte daran, wie sie früher am Tag gestanden und über ein dunkles Stück Land hinweg zum »Summit« hinübergeschaut hatte.

Jetzt, dachte sie, schaute sie durch einen pechschwarzen Tunnel und sah am anderen Ende ein goldenes Glänzen. Aber zwischen ihr und dem neuen Tag ringelte sich die schwarze Schlange der Nacht.

Sie blickte auf die billige Uhr, die laut auf dem Kaminsims tickte. Sie ging trotz ihres Preises genau, wußte ihr aber auch keinen besseren Trost zu bieten als »fünfundzwanzig nach zehn«.

Das Wasser kochte und sie goß Kaffee auf. Sie füllte eine Tasse mit der starken schwarzen Brühe und brachte sie Mrs. Oates. Diese schaute mit leicht blutunterlaufenen Augen zum Küchenbüfett hinauf. Sie sah so schmerzlich verwaist aus, daß Helen sich wie ein Biest vorkam.

»Hier«, sagte sie, »schwarz wie die Nacht und heiß wie die Hölle.«

»Hölle«, wiederholte Mrs. Oates, dann hielt sie sich die Nase zu und trank die Tasse in einem Zug leer.

»Mrs. Oates«, fragte Helen unvermittelt, »ist Dr. Parry eigentlich verlobt?«

»Noch nicht, aber vielleicht bald«, antwortete Mrs. Oates. »Ich frage ihn jedesmal, wann er heiraten wird, und er sagt immer, er warte auf eine junge Dame, die er aufheben und über den Mond werfen könne.«

Obwohl Mrs. Oates' Bemerkung möglicherweise von ihrer Zuhörerin beeinflußt war, lächelte Helen und glaubte, etwas von ihrem Glück abgeben zu müssen.

»Ich bringe der Pflegerin auch eine Tasse Kaffee hinauf«, sagte sie. »Ich fürchte, wir haben sie eben verletzt.«

Als sie zum blauen Zimmer kam, klopfte sie mehrmals, aber Schwester Barker kam nicht. Nach kurzem Zögern öffnete sie die Tür einen Spalt weit und guckte ins Zimmer.

Es lag im Halbdunkeln; das Licht war ausgeschaltet, und es kam nur schwaches bläuliches Licht von einer abgeschirmten Lampe und unbeständiges Flackern vom Feuer.

Sie schlich über den dicken Teppich, bis sie zwischen den dunkelblauen Bettvorhängen die Umrisse von Lady Warrens wollener Bettjacke erkennen konnte. Offenbar schlief die alte Dame, denn sie schnarchte die Tonleiter hinauf und hinab.

Helen fürchtete, sie zu wecken, und konnte sich deshalb Schwester Barker nicht ankündigen. Das Licht, das durch die halbgeöffnete Tür des Ankleideraums drang, verriet, daß die Pflegerin sich dort aufhielt. Sie mußte zwar bei der Patientin schlafen, durfte aber das kleine Seitenzimmer benutzen.

Helen schlich näher zu ihr hin und überraschte sie völlig. Offenbar machte sie eben Toilette, denn sie stand vor dem Spiegel und war in die Betrachtung ihrer selbst vertieft. Als sie mit einem Finger über ihr Kinn fuhr, sah Helen, daß sie etwas Schmales, Glänzendes in der geschlossenen Faust hatte.

Sie fuhr heftig zusammen, als Helen leise an der Tür kratzte, und schaute das Mädchen mißtrauisch an.

»Na«, sagte sie bitter, »ich hätte geglaubt, wenigstens an diesem Ort könnte ich allein sein.«

»Ja, das ist grauenhaft schlecht organisiert«, stimmte Helen zu. »Ich dachte, Sie möchten vielleicht etwas Kaffee.«

»Danke.«

Schwester Barker begann, mit künstlicher Eleganz zu trinken; sie erinnerte Helen an ein Theaterstück, das sie einmal gesehen hatte.

›Aber der Mann, den ich gesehen habe, ahmte Frauen natürlicher nach‹, dachte sie. Sie war so fasziniert, daß sie einen Vorwand suchte, um länger bleiben zu können.

»Wie Sie gesehen haben, betrinkt sich Mrs. Oates«, sagte sie. »Wissen Sie vielleicht ein Mittel, wie ich sie nüchtern bekomme?«

»Trinken lassen, bis sie nicht mehr kann, und dann mir überlassen«, schnappte Schwester Barker.

»Nein, danke. Ich bin für sie verantwortlich.«

»Dann schlagen Sie ein Ei in Worcestersauce mit einem Schuß Brandy«, riet Schwester Barker. »Wann gehen Sie zu Bett?«

»Meist etwa um zehn. Aber heute nacht gehe ich nicht zu Bett.«

»Warum?«

»Jemand muß doch aufbleiben, um Oates hereinzulassen.«

Schwester Barker zog ihre buschigen Brauen eng zusammen, und Helen fragte sich, warum sie sie so seltsam ansah.

Plötzlich stürzte sie sich auf das junge Mädchen.

»Haben Sie den Befehl des Professors also schon vergessen? Er sagte, es dürfe *niemand* hereingelassen werden.«

Helen sah aus wie das leibhaftige Schuldbewußtsein, als sie an Dr. Parrys Versprechen dachte. Wenn er kam, würde sie ihn bestimmt nicht draußen stehenlassen.

»Ich habe das tatsächlich vergessen«, gestand sie. »Bitte sagen Sie dem Professor und Miss Warren nichts.«

»Ich verspreche nichts«, erklärte Schwester Barker. »Wenn man Sie nicht dauernd überwacht, gefährden Sie die Sicherheit eines jeden im Haus ... Es ist schlimm genug, daß Sie überhaupt da sind – und ihn auf uns lenken. Denn er ist hinter *Ihnen* her.«

Bei diesem Hinweis zog sich Helens Kopfhaut zusammen, und sie hatte das Gefühl, ihre Haut passe ihr nicht mehr.

»Warum versuchen Sie immer wieder, mir Angst zu machen?« fragte sie.

»Weil Sie vergeßlich sind.« Schwester Barker stellte ihre leere Tasse ab und näherte sich Helen. »Da ist noch etwas, das ich Ihnen sagen wollte. Ich bin im Ungewissen über diesen walisischen Doktor.«

»Dr. Parry?« fragte Helen ungläubig.

»Ja. Er ist ein merkwürdiger, leicht erregbarer Mensch – unausgeglichen und neurotisch. Seine Augen blitzen, und er wird zornig wegen nichts und wieder nichts... Er könnte ein mörderischer Irrer sein.«

Helen erstickte ihr Lachen rasch, denn ihr fiel die im anliegenden Raum schlafende Kranke ein.

»Ach, reden Sie doch keinen Unsinn«, sagte sie.

»Sie wissen nichts über ihn«, fuhr Schwester Barker fort. »Solche Verbrechen werden von Männern begangen, die vertrauenswürdig erscheinen und sich schnell von Ort zu Ort fortbewegen können... Denken sie daran, wie er auf seinem Motorrad durch das ganze Land saust – jetzt hier, eine Minute später eine Meile weiter fort. Und jedermann traut dem Arzt.«

»Natürlich«, erklärte Helen leidenschaftlich. »Ich traue ihm auch. Ich würde Dr. Parry mein Leben anvertrauen. Er ist ein lieber Kerl. Er hat versprochen, in diesem schrecklichen Sturm hierher zu kommen, wenn ich Angst habe.«

Schwester Barker nahm eine Zigarette aus ihrem Etui und steckte sie unangezündet in den Mundwinkel.

»Sie brauchen nicht nach ihm zu schicken«, höhnte sie. »Er kommt vielleicht auch ohne Einladung.«

Helen wandte sich zur Tür.

»Ich will Sie nicht länger stören«, sagte sie. »Außerdem glaube ich, Sie haben eine Schraube los.«

Schwester Barker machte einen Schritt und packte sie am Arm.

»Sie haben Angst vor mir«, sagte sie.

»Nein.«

»Was denken Sie über mich?«

Helen wählte blitzartig ein paar schmeichelhafte Eigenschaftswörter. »Ich denke, Sie sind sehr zuverlässig – und gescheit und – tüchtig.«

»Dumm?«

»Ganz und gar nicht.«

»Dann«, sagte Schwester Barker und bückte sich, um ihr Streichholz an der Schuhsohle zu entfachen, »hören Sie vielleicht auf mich ... sonst sind Sie selber dumm ... Der Mann, der diese Verbrechen begeht, ist außerhalb seiner Anfälle normal. Es gibt also nichts, was einen warnen würde. Sie treffen ihn vielleicht heute nacht. Sie werden dann die größte Überraschung Ihres Lebens erleben. Und die letzte.«

Als sie zuhörte, spürte Helen ihre Schwäche wiederkommen. Ihr Herz tat einen heftigen Extraschlag, und ihr Kopf schwamm, während Schwester Barker zu wachsen schien, bis sie sich wie eine weiße Säule über ihr türmte.

Sie fühlte, wie sie ihren Wirklichkeitssinn verlor. Alles wandelte sich gräßlich vor ihren Augen. Sie wußte nicht mehr, wem sie trauen, was sie glauben konnte. In diesem Wirrwarr erschienen Freunde als Feinde – Menschen waren nicht mehr Menschen.

Was ihr wirklich Kummer machte, war, daß Dr. Parry mit ihr in derselben schrecklichen Sprache gesprochen hatte. Sie sah im Geist, wie sich sein Gesicht vor ihr veränderte – sich sein Lächeln zu einer Grimasse versteifte – die rote Fackel des Mordes hinter seinen Augen glühte.

Warum warnten sie alle vor einer furchtbaren Überraschung, bis das Gift der Verdächtigungen sich in ihr ansammelte und allmählich ihr Denkvermögen lähmte?

Ihre Augen wurden wieder klar, als Schwester Barker ihre Zigarette anzündete. All ihre ungesunde Angst verbrannte und schrumpfte zusammen, als eine Furcht durch eine neue überwältigt wurde.

Denn die Flamme, die Schwester Barkers Gesicht rötete, zeigte die rasierte Oberlippe eines Mannes.

Aus dem Weg...

Der Schock festigte Helens Nerven. Sie konnte nun etwas Bestimmtes bekämpfen, anstatt in den wallenden Schreckensnebeln eines Alptraums herumzutasten. Der Wirbel in ihrem Kopf legte sich, und jede vertraute Figur kehrte an ihren Platz zurück, wo sie hingehörte. Nun würde sie, bevor sie sich zum Handeln entschloß, in ihrem Gehirn eine Rechenaufgabe lösen müssen. Sie schlüpfte durch das dämmerige blaue Zimmer – wo Lady Warrens Nasenkonzert immer noch laut erschallte – und ging in die Halle hinunter.

Obwohl dort das einzige, hochgelegene Fenster sie scheppernd an den Sturm erinnerte, war die Halle dem Unwetter weniger ausgesetzt als die Wohnzimmer; die Vorhalle hielt das ärgste von ihr ab. Sie war auch ein guter Beobachtungsposten, von dem aus sie die Treppe und das übrige Haus beobachten konnte. Und schließlich war es beruhigend zu wissen, daß der Professor und Miss Warren in Rufweite waren.

Sie setzte sich auf die unterste Stufe, stützte das Kinn in die Hände und überdachte die Situation. Erstens einmal konnte Schwester Barker nicht der Irre sein, denn ihr Alibi zur Mordzeit stand fest. Schlimmstenfalls war sie eine Betrügerin, die sich mit dem Verbrecher verbündet hatte.

In diesem Fall mußte sie unter Beobachtung bleiben, bis sie genügend Verdachtsmomente gesammelt hatten, um die Polizei zu rufen. Helen glaubte, vier gesunde Menschen könnten es mit ihr – oder ihm – aufnehmen. Die wahre Schwierigkeit bestand darin, die Warrens davon zu überzeugen.

Bevor sie das jedoch versuchte, mußte sie ihren Verdacht beweisen können. Sie erkannte aber, daß sie selber auch skeptisch war.

Es war Mrs. Oates gewesen, die Schwester Barkers Geschlecht in Zweifel gezogen hatte. Wahrscheinlich entsprang die Idee dem Alkohol; Helen glaubte eher, daß sie eine rauhe, eifersüchtige Frau war, die noch dazu von der Natur mit einer ungünstigen Erscheinung bedacht worden war. Daß sie sich rasierte, hatte nichts zu bedeuten; viele Frauen hatten Flaum auf den Lippen, wenn sie ihn vielleicht auch nicht mit einer so radikalen Methode wie Schwester Barker entfernten.

Andererseits, wenn Mrs. Oates' Verdacht begründet war, ergab sich eine Reihe sehr häßlicher Möglichkeiten. Ein regelrechter Plan mußte dann vorliegen, denn die echte Pflegerin hatte ja beseitigt werden müssen. Wenn der Verrückte in einer kranken Zelle seines Gehirns sie, Helen, als nächstes Opfer ausersehen hatte, würde nichts ihn hindern können, sein Ziel zu erreichen.

Warum er gerade sie gewählt hatte, war so unerklärlich wie die ganze Geschichte seiner Verbrechen. Es gab Dutzende von Mädchen in der Stadt, an denen er seinen Wahnsinn ausleben konnte, aber er hatte den gefährlichen Weg bis hinauf zu Helens Schlafzimmer vorgezogen.

Bei den Morden auf dem Land hatte er vielleicht die Mädchen in einem plötzlichen mörderischen Impuls angegriffen. Aber dies hier war anders. Es war grauenhafter, weil hier eine geduldige, kaltblütige Verfolgung vor sich ging. Sie stellte sich vor, wie er Erkundigungen einzog, ihre Adresse herausfand, ihre Spur aufnahm, sie aus dunklen Ecken heraus beobachtete oder hinter Bäumen auf sie wartete.

Was sie am tiefsten entsetzte, war die Art, in der sein Weg erleichtert wurde. Niemand hätte eine solche Folge von unglücklichen Zufällen voraussehen können. Er konnte sie nicht geplant haben, und doch hingen sie miteinander zusammen, denn ein jeder war die logische Folge des vorher gehenden.

Sie runzelte die Stirn vor Anstrengung, diesen Nebel von Geheimnissen zu durchdringen.

›Warum ich? Ich bin niemand. Ich sehe nicht aus wie ein Filmstar.‹

Nochmals ging sie in Gedanken Vergangenes durch, und eine Erinnerung tauchte auf. Nach ihrer Ankunft auf dem Weg zum »Summit« war sie etwa eine Stunde lang am Bahnhof geblieben und hatte auf Oates in seinem alten Auto gewartet. Da ihr Kopf nach der Reise aus London schmerzte, nahm sie den Hut ab.

Die Bank, auf der sie saß, stand unter einer Lampe, die ihr Haar hell beleuchtete, so daß es wie eine blasse Flamme glühte. Sie erinnerte sich, daß ein Mann sich umgedreht und sie angestarrt hatte, aber er hatte seine Kappe so tief über die Augen gezogen, daß sie sein Gesicht nicht sehen konnte.

›Es war mein Haar‹, dachte sie. ›Aber ich bin eine Idiotin. Es ist nur Schwester Barkers Idee. Er stellt nicht mir nach. Sie will mir bloß Angst machen.‹

Es lief wieder auf dieselbe alte Frage hinaus – wer war Schwester Barker? Sie schloß die Augen und wiegte ihren Oberkörper hin und her. Der Sturm hatte sich etwas gelegt, und sie fühlte sich ruhiger. Es war lange nach ihrer Schlafenszeit, und sie hatte einen anstrengenden Tag hinter sich. Mit der Erschöpfung kam Schläfrigkeit. Dr. Parrys Stimme erklang in ihren Ohren, wie er sagte, sie habe nichts zu befürchten.

›Nichts zu befürchten – nichts zu befürchten.‹ Der Rhythmus der Worte war wie ein Wiegenlied, das sie in den Schlaf lullte ... Sie begann auf der Oberfläche eines ruhigen, flachen, kristallklaren Flusses dahinzugleiten.

Plötzlich aber fiel sie in ein bodenloses Loch. Ihr Herz übersprang einen Schlag, und sie öffnete in heftigem Entsetzen die Augen.

Zu ihrer Überraschung war sie nicht allein. Während sie döste, war der Professor aus seinem Zimmer gekommen und beugte sich nun über sie.

»Schlafen Sie auf der Treppe, Miss Capel?« fragte er. »Warum gehen Sie nicht zu Bett?«

Seine förmliche Stimme und Erscheinung beruhigten sie. Verbrechen geschehen nicht in gutgeführten Häusern, in denen sich die Leute jeden Abend zum Essen umkleiden.

»Sehr unklug«, bemerkte er, als sie ihm anvertraute, sie wolle die Nacht durchwachen. Er ging an ihr vorbei die Treppe hinauf und hielt sich dabei am Geländer fest. Einem plötzlichen Impuls folgend, rief sie ihm nach: »Professor, darf ich etwas sagen? ... Ich kann es nicht laut rufen.«

Er wartete, bis sie zum Treppenabsatz hinaufgelaufen war.

»Mrs. Oates möchte vertrauliche Auskünfte über die neue Pflegerin«, sagte sie. »Ich meine – sie möchte wissen, ob sie wirklich vom Schwesternheim kommt.«

»Warum erkundigen Sie sich nicht?« fragte der Professor mit seiner üblichen trostlosen Geduld. »Da ist das Telefon.«

Trotz seines distanzierten Wesens hatte Helen beim Professor nicht das hoffnungslose Gefühl, mit Luft zu kämpfen. Sie erinnerte sich, daß er, als der Donnerschlag des Mordes sie traf, als einziger keine Bewegung gezeigt hatte. Aber trotz seiner unverwundbaren Ruhe hatte er die Gefahr nicht unterschätzt.

›Wenn es darauf ankommt, verlasse ich mich lieber auf Köpfchen als auf Muskeln‹, dachte sie. ›Gott sei Dank haben wir noch den Professor.‹

Angeregt durch den Kontakt mit ihm, wollte sie diesen noch nicht abbrechen.

»Gehen Sie schlafen?« fragte sie kühn.

»Ja«, sagte er, »es ist bald elf.«

»Dann hoffe ich, daß Sie gut schlafen. Aber wenn etwas passieren sollte, was ich nicht allein bewältigen kann – darf ich dann bei Ihnen klopfen?«

Er zögerte, ehe er antwortete.

»Nur, wenn es dringend ist.«

Ermutigt durch diese halbherzige Erlaubnis, lief Helen in die Halle und suchte im Telefonbuch. Ihre Gewohnheit, Gesprächsfetzen aufzuschnappen, hatte ihr die Adresse des Schwesternheims verschafft – ein Glück, denn es gab eine ganze Anzahl davon. Die Vermittlung verband sie mit der Sekretärin.

Die Verbindung war schlecht, und die Dame am anderen Ende der Leitung war nicht nur fast unhörbar, sondern auch über die Störung verärgert.

»Können Sie mir sagen, ob Schwester Barker im Heim ist?« fragte Helen.

»Nein«, sagte die Sekretärin. »Wer ist dort?«

»Summit.«

»Aber sie ist doch im ›Summit‹.«

»Ich weiß. Würden Sie sie bitte beschreiben?«

Es gab eine Pause, als ob die Sekretärin sich fragte, ob sie wohl mit einer Schwachsinnigen sprach.

»Ich verstehe Ihre Frage nicht. Sie ist groß und dunkelhaarig und eine unserer besten Pflegerinnen. Haben Sie etwas auszusetzen?«

»Nein. Spricht sie sehr vornehm?«

»Natürlich. Unsere Schwestern sind alle Damen.«

»Gewiß. Haben sie gesehen, wie sie in den Wagen von ›Summit‹ einstieg?«

»Nein«, antwortete die Sekretärin nach einer Pause. »Es war spät, und sie hat in der Halle gewartet. Als draußen gehupt wurde, ging sie hinaus, den Koffer in der Hand.«

Helen legte auf im Gefühl, die Auskunft genüge im großen ganzen.

»Jetzt muß ich wohl nach Mrs. Oates sehen«, beschloß sie dann.

Die Küche war kälter geworden und sah so trostlos und ungemütlich aus, daß Helen überlegte, ob sie nicht wieder Feuer machen sollte.

Mrs. Oates war noch tiefer in ihrem Korbstuhl hinuntergerutscht. Sie bot ein Bild des Elends, wie sie die Brandyflasche auf dem Küchenbüfett anstarrte.

»Sie haben mich fertiggemacht«, sagte sie vorwurfsvoll. »Sie und Ihr Kaffee. Ich bin nicht einmal lustig geworden.«

»Sie Arme«, sagte Helen und tätschelte ihre breite Schulter.
»Bloßes Mitleid hilft mir nichts«, bemerkte Mrs. Oates.
»Morgen«, versprach Helen. »Ich habe im Schwesternheim angerufen. Schwester Barker mag ein gräßliches Mannweib sein, aber ich glaube, sie ist in Ordnung.«
Mrs. Oates gab ihre Idee nicht so schnell auf.
»Bestimmt nicht«, grunzte sie. »Ich habe eine Büchse mit einem verklemmten Deckel. Oates kriegt sie nicht auf. Ich werde sie bitten, sie aufzumachen, vielleicht geht sie in die Falle.«
»Das würde nur beweisen, daß sie Kraft in den Händen hat«, sagte Helen. »Deswegen braucht sie noch kein Mann zu sein. Wie spät ist es?« Sie schaute die ungenaue Uhr an. »Fünf vor elf. Das stimmt ungefähr. Wann wird ihr Mann zurück sein?«
Mrs. Oates zählte die Stunden an ihren Fingern ab.
»Sagen wir, anderthalb Stunden hin und zwei zurück. Der alte Wagen wird bei den Steigungen gelegentlich anhalten müssen. Und Oates wird daran herumbasteln müssen. Sagen wir, höchstens fünf Stunden, vielleicht schneller.«
Helen fühlte sich von neuer Hoffnung beflügelt.
»Er ist etwa um halb neun abgefahren«, sagte sie. »Wir müssen also nur noch etwa zwei Stunden warten.«
»Und ich habe ihn für nichts und wieder nichts in diesen verflixten Sturm hinausgeschickt«, seufzte Mrs. Oates. »Ich hätte das nicht tun sollen. Oates ist ein feiner Kerl. Er ist ein natürlicher Gentleman. Ein Gentleman spuckt, aber schaut erst, wohin er spuckt.«
Helen mußte lachen, war aber in Wahrheit sehr froh bei dem Gedanken an Oates' Rückkehr.
»Ich werde himmlisch schlafen, sobald ich ihn hier weiß«, erklärte sie. »Würden Sie im Zimmer nebenan schlafen, so daß ich weiß, daß Sie nur durch eine Wand von mir getrennt sind?«
»Das kann ich gern machen«, versprach Mrs. Oates. »Es ist dort sicherer als im Dachgeschoß mit all den Kaminen.«
Plötzlich stöhnte Helen.

»Ich hab's vergessen. Der Professor hat gesagt, wir dürften Ihren Mann nicht hereinlassen.«

»Das macht nichts«, sagte Mrs. Oates. »Der Herr hat Ihnen Befehle erteilt, aber nicht sich selbst. Hat er nicht Newton seiner Frau nachgeschickt? Selbstverständlich wird er Oates einlassen.«

Helen staunte über den Scharfblick der Frau.

»Sie meinen, das war eine Pose – er wollte zeigen, daß er Herr im Haus sei?« fragte sie. »Wenn er so dringend den Sauerstoff haben wollte, würde er den nicht die ganze Nacht in der Garage liegenlassen. Sobald wir ein Klopfen hören, renne ich hinauf und sage es dem Professor.«

»Bis dann ist Oates schon drinnen«, prophezeite Mrs. Oates. »Glauben Sie denn, ich lasse meinen Alten draußen auf der Türschwelle stehen?«

Helen sprang mit eifrigem Gesicht auf.

»Ich bin gleich zurück«, sagte sie. »Ich ziehe meinen Morgenrock an. Dann kochen wir uns Tee und machen es uns bequem.«

In der Halle des Untergeschosses hielt sie unschlüssig an. Auf der Hintertreppe wäre sie schneller oben. Aber als sie in die Windungen von engen, düster beleuchteten Stufen hinaufsah, schreckte sie zurück; nichts konnte sie dazu bewegen, da hinaufzugehen.

Es gab da zu viele Biegungen, zu viele Ecken. Irgendetwas, irgendjemand konnte hinter einer Windung warten, um sie anzuspringen.

Obwohl sie wußte, daß ihre Angst absurd war, wählte sie die Haupttreppe. Auf dem ersten Absatz hielt sie an, denn sie erhaschte einen Blick in das Schlafzimmer des Professors, dessen Tür halb geöffnet war. Er hatte sich noch nicht ausgezogen, sondern saß in einem tiefen Sessel vor dem kalten Kamin.

Während sie noch dastand, wurde sie durch einen erstickten Ruf aus dem blauen Zimmer erschreckt. Sie wartete ab, ob er sich wiederholte, hörte aber nichts mehr. Weitergehen mochte sie nicht; so stand sie da und preßte ihren Zeigefinger gegen die Zähne.

›Wenn ich nur wüßte, was tun‹, dachte sie.

Das Geräusch erregte ihre Phantasie – es klang erstickt, als ob eine schwere Hand auf jemandes Lippen gelegt worden wäre.

Dann kam sie aber zu dem Schluß, daß sie ein Opfer ihrer Einbildung geworden war. Lady Warren hatte im Traum aufgeschrien, oder die Pflegerin hatte versucht, ihr Schnarchen zu dämpfen.

Aber als sie die nächste Treppenflucht in Angriff nahm, entdeckte sie zu ihrem Entsetzen, daß sie sich vor dem zweiten Stock fürchtete. Alle Schlafzimmer dort – mit Ausnahme ihres eigenen – waren jetzt leer. Es gab zu viele Verstecke für jemand, der vielleicht die Hintertreppe erklommen hatte, während sie die Haupttreppe hinaufgestiegen war.

Als sie ihre Tür öffnen wollte, glaubte sie zuerst, es sei jemand drin und wolle sie am Eintreten hindern, so stark war der Druck des Windes. Aber als sie Licht machte, sah sie lediglich den Teppich sich wölben und senken wie eine Meereswelle.

Sie schaute das reich möblierte Zimmer an, den bemalten Spiegel, den Behälter für den aus rotem Plüsch und einem Palmenblattfächer gemachten Staubwedel, das Bild der ersten Lady Warren, die vielen kleinen Regale des Toilettentisches, jedes mit seinem Spitzendeckchen.

Der Anblick verlieh ihr wieder Mut. Dieser muffige Luxus gehörte zu einem Zeitalter des Komforts und der Sicherheit. Die erste Lady Warren mochte befürchtet haben, ein Mann könnte sie mit Lockenwicklern sehen, aber Helen war sicher, daß sie nie unter das Bett schaute.

›Wahrscheinlich sah das Zimmer jenes Kindermädchens etwa so aus wie meines‹, dachte sie.

Eine Atmosphäre von Fäulnis schien Schwester Barker zu umgeben, die Angst machen konnte. Sie war nur wenige Minuten vor dem blauen Zimmer gestanden, aber ihre Heiterkeit war erloschen. Es nützte nichts, sich zu sagen, daß Oates jetzt wohl auf dem Heimweg war; er konnte bereits am Eingangstor und trotzdem zu spät sein.

Helen dachte an die Stummfilme ihrer Kindheit, in denen man Momentaufnahmen der kämpfenden, schwer bedrängten Heldin zwischen Bildfolgen, in denen ihr Geliebter ihr zu Hilfe eilte, sah. Obwohl sie damals noch klein war, störte sich ihre Vernunft schon damals daran, wie läppisch diese Rettungsszenen waren. Autos und Pferde rasten unentwegt vorwärts und kamen nie näher, während die Heldin ständig am Rand einer schmerzvollen Krise war.

Im zweiten Stock war die volle Kraft des Sturms fühlbar. Ein Knall am Fenster, und Helen wirbelte nervös herum. Es klang, als wolle sich jemand einen Weg hinein erzwingen.

Sie wußte, daß das unmöglich war, aber sie ging hin und zog den Vorhang beiseite. Augenblicklich schwang sich die schwarze Gestalt vorbei, die Helen schon einmal erschreckt hatte. Sie schien das Fenster zu berühren.

Es war eine beunruhigende Täuschung, als ob der Baum von einem festen Willen beseelt wäre. Die Stimme eines Riesen rief unverständliche Drohungen durch den Kamin. Helen zog die Vorhänge wieder zu und lief in die Mitte des Raums, wo sie in momentaner Panik um sich blickte.

Sie erwartete, jeden Augenblick angegriffen zu werden – wie das andere Mädchen. In jeder Sekunde konnte das Fenster aufspringen oder ein Vorhang sich wölben.

Obschon sie es nicht wußte, öffnete sich ein Stockwerk tiefer verstohlen eine Tür. Ein Kopf reckte sich zum Treppenabsatz, Augen spähten nach links und rechts. Jemand schlich über den Absatz zur Treppe, die zum zweiten Stock führte.

Plötzlich fiel Helens Blick auf das Kreuz über ihrem Bett. Obwohl es beim Abendessen lächerlich gemacht worden war, hatte es die Kraft, ihren Schrecken zu heilen. Sie sagte sich, seine Macht sei zu beständig, als daß es eine Fabel oder ein Mythos sein könnte. Jahrhundertelang hatte es beschützt und gesegnet – es würde sie nicht verlassen in ihrer Not.

Ohne noch an das unglückselige Kindermädchen zu denken, zog sie sich ihr grünes Abendkleid über den Kopf. Sie schüttelte es aus und bot dann dem drohenden Kleiderschrank die Stirn. Niemand war hinter den aufgehängten Kleidern versteckt. Obwohl der Wind noch immer an den Fenstern rüttelte und der Regen die Scheiben hinunterströmte, war alles wieder sicher und normal.

Sie fühlte sich bequemer, als sie ihren kurzen blauen Hausrock aus Wolle und ihre flachen Hausschuhe aus wattiertem Satin angezogen hatte, die sie kleiner denn je erscheinen ließen. Lautlos schlich sie die Treppe hinunter und horchte nochmals an der Tür des blauen Zimmers.

Plötzlich wurde die Stille durch das Wimmern einer alten Frau durchbrochen.

»Schwester, bitte *nicht*.«

Helen erkannte die rauhe Stimme nicht, die antwortete: »Halten Sie den Mund, sonst werd ich's Ihnen zeigen.«

Helens Finger verkrampften sich zu Fäusten, und ihr Gesicht wurde rot vor Wut. Nichts brachte sie so gründlich in Harnisch wie Grausamkeit. Lady Warren mochte die Geißel des Haushalts sein, aber sie war alt – und in der Gewalt einer übellaunigen Frau.

Aber sie hatte gelernt, was persönliche Einmischung sie kostete.

Dieses Mal, beschloß sie, würde sie sich an den Professor wenden.

›Ich glaube, das würde er als dringend anerkennen‹, dachte sie, als sie über den Treppenabsatz schlich.

Die Tür seines Zimmers stand noch immer offen, und er saß noch so wie vorhin. Sein Kopf war von ihr abgewandt, aber sie sah seine Hand auf der Stuhllehne.

Es kam ihr doch seltsam vor, daß er sich während ihrer

Abwesenheit nicht bewegt haben sollte, und sie fühlte sich unbehaglich.

›Falls er eingeschlafen ist‹, fragte sie sich, ›sollte ich ihn dann wecken?‹

Geräuschlos ging sie über den Teppich, aber als sie dem Stuhl näher kam, erfaßte sie namenloser Schrecken. Das Gesicht des Professors sah aus wie eine gelbwächserne Maske, und die Lider über seinen geschlossenen Augen waren lehmfarben.

Auf dem Tisch neben ihm standen eine kleine Flasche und ein leeres Glas. Von Panik erfaßt, schüttelte sie ihn am Arm.

»Professor«, schrie sie. »*Professor.*«

Sie fürchtete nicht mehr, ihn zu stören. Sie fürchtete mehr, ihn nicht mehr wecken zu können.

Der letzte Mann

Immer wieder rief sie ihn an, aber der Professor bewegte sich nicht. Sie wurde kühner, packte seine Schultern und schüttelte ihn heftig. Aber er fiel nur schlaff gegen die Lehne des Stuhls, wie ein Leichnam, der vorübergehend von elektrischem Strom belebt worden ist.

In Panik stürzte Helen aus dem Zimmer und raste nach unten in die Bibliothek. Als sie hineinplatzte, hob Miss Warren die Augen von ihrem Buch und starrte sie mit blinden Regenwasseraugen an. Sie erweckte den Eindruck, als schwimme sie nach einer langen Tauchfahrt an die Oberfläche.

»Der Professor«, keuchte Helen. »Kommen Sie zu ihm. Schnell.«

»Was fehlt ihm?« fragte Miss Warren und erhob sich.

»Ich weiß es nicht. Aber ich glaube, er ist – tot.«

Diese Worte brachten Miss Warren auf die Beine. Sie ging voran und mit langen Schritten die Treppe hinauf. Als Helen ihr atemlos in das Schlafzimmer folgte, beugte sie sich über die leblose Gestalt im Stuhl.

»Wirklich, Miss Capel.« Ihre Stimme klang ärgerlich. »Sie sollten es sich zweimal überlegen, ehe Sie mich so unnötig erschrecken.«

»Aber ist er nicht furchtbar krank?« fragte Helen und sah ängstlich die leichenhafte Gestalt an.

»Natürlich nicht. Er hat nur etwas zuviel von dem Schlafmittel genommen.«

Sie nahm das Fläschchen Quadronex in die Hand und betrachtete es.

»Ich glaube nicht, daß mein Bruder so töricht wäre, eine Überdosis einzunehmen. Einen so hirnlosen Fehler würde er nicht machen. Wahrscheinlich hat er nicht bedacht, wie stark die Wirkung bei seinem erschöpften Zustand sein würde.«

Sie fühlte seinen Puls und wandte sich dann ab.

»Es ist alles in Ordnung«, sagte sie. »Wir können nichts weiter tun, als ihn vollkommen in Ruhe zu lassen.«

Helen blieb wie angewurzelt auf dem Teppich stehen und schaute die bewegungslose Gestalt an. Ihr schien es die höchste Ironie des Schicksals zu sein, daß sich der Professor ihnen entzogen hatte, als sie gerade seine Hilfe am meisten geschätzt hätte. Er war ein Weisheitsbrunnen gewesen, aus dem sie hatte schöpfen können, und sein kühler Verstand hatte sie wiederhergestellt wie eine kalte Dusche.

Jetzt aber war das Gehirn, auf das sie gebaut hatte, im eigenen Eis erstarrt.

Miss Warren ging zum Bett, nahm eine Daunendecke und legte sie über die Knie ihres Bruders.

»Kommen sie, Miss Capel«, sagte sie.

»Nein«, sagte Helen. »Ich – ich habe Angst.«

»Angst wovor?«

»Ich weiß es nicht. Aber unser letzter Mann ist ausgefallen.«

Miss Warren war überrascht über diese Bemerkung.

»Es sieht aus, als wäre gründlich aufgeräumt worden«, sagte sie. »Aber ich sehe nicht, warum Sie sich fürchten.«

»Es ist ein Mord geschehen«, flüsterte Helen. »Irgendwo ist ein Irrer. Und einer um den anderen verschwindet. Das hört jetzt nicht auf. Vielleicht bleibe ich allein übrig. Oder Sie.«

Miss Warren legte ihre Hand nicht unfreundlich auf die Schulter des Mädchens.

»Wenn Sie nervös sind, gehen Sie doch zu Schwester Barker.«

Helen schrak zurück, als sie an den Zwischenfall von vorhin dachte.

»Ich habe auch vor ihr Angst«, gestand sie. »Sie tyrannisiert Lady Warren. Ich habe es eben gehört.«

Miss Warren öffnete unschlüssig die Lippen. Es gehörte

nicht zu ihren Gewohnheiten, Angestellten Aufschlüsse oder Erklärungen zu geben. Ein Impuls ließ sie jedoch diese Regel brechen.

»Ich diskutiere gewöhnlich Familienangelegenheiten nicht mit Außenseitern«, sagte sie steif. »Aber ich nehme an, Sie wissen, was der letzten Pflegerin zugestoßen ist?«

»Ja. Lady Warren warf ihr etwas an den Kopf.«

»Genau. Das war nicht das erste Mal. Lady Warrens Alter und ihr Temperament sind schuld daran, daß sie ihrer selbst nicht Herr ist. Rein körperlich, Sie verstehen.«

Helen nickte, um zu zeigen, daß sie verstand, wie die Bosheit einer adligen Dame erklärt werden konnte.

»Leider«, fuhr Miss Warren fort, »hat mir die Oberschwester des Heims gesagt, ihre Mitarbeiterinnen seien nicht mehr bereit, in das ›Summit‹ zu kommen. Ich mußte sie also bitten, eine Pflegerin zu schicken, die gewohnt ist, ihre Patienten in den Schranken zu halten. Gütig, aber *fest*.«

»Für mich ist sie nicht gütig«, erklärte Helen. »Wollen Sie nicht hineingehen und selbst nachsehen, wie es Lady Warren geht?«

Wieder schien sich Miss Warrens herbes Gesicht in flüssige Linien aufzulösen. Es sah für Helen aus wie die vergrößerte Fotografie eines Fingerabdrucks.

»Schön«, sagte sie. »Wir wollen hier das Licht brennen lassen.«

Helen, die das Zimmer als letzte verließ, warf die Tür mit Absicht heftig zu. Dann öffnete sie sie einen Spalt weit und spähte in schwacher Hoffnung hinein.

Zu ihrer Bestürzung hatte sich der Professor nicht gerührt. Die Tür zu seinen Sinnen war verschlossen; sein Geist war in eine nebelhafte Ferne entschwunden, in die sie ihm nicht folgen konnte.

Als sie über den Treppenabsatz zum blauen Zimmer gingen, bemerkte Miss Warren mit Stirnrunzeln einen Gegenstand auf dem Teppich.

»Was ist das?« fragte sie, kurzsichtig hinschauend.

»Ein Schraubenzieher«, antwortete Helen aufleuchtend. »Ich wußte nicht mehr, wo er war. Ich wollte Ihren Türgriff festschrauben und vergaß es dann.«

Sie bückte sich, um ihn aufzuheben, aber Miss Warren nahm ihn ihr aus der Hand und legte ihn auf einen Stuhl in ihrem Zimmer.

»Das sah sehr unordentlich aus«, sagte sie. »Kennen Sie den Vers: ›Säe eine Tat, ernte eine Gewohnheit.

Säe eine Gewohnheit, ernte Charakter.

Säe Charakter, ernte Schicksal‹?«

Helen antwortete nicht, denn sie wußte, daß die Frage ein versteckter Tadel war. Sie folgte Miss Warren in das blaue Zimmer, das immer noch im Halbdunkel lag; ein Lichtstreifen verriet, daß sich die Pflegerin im Ankleideraum aufhielt.

Da von dem weißen flauschigen Hügel auf dem Bett kein Schnarchen zu hören war, schloß Helen daraus, Lady Warren schlafe wirklich.

»Ich hoffe, sie ist nicht betäubt worden«, dachte sie besorgt.

Die Luft roch etwas saurer nach faulen Äpfeln und Teppichen. Miss Warren schauderte angeekelt.

»Eine widerliche Atmosphäre für jemand, der nicht in diesem Beruf ausgebildet ist«, sagte sie. »Ich habe sie einen ganzen Tag lang ertragen müssen. Ich habe Kopfweh davon bekommen. Deswegen schätze *ich* Schwester Barkers Dienste, wenn auch Sie es nicht tun.«

Helen verstand die Anspielung.

›Sie will sagen, sie stehe auf seiten der Pflegerin, und ich ziehe den kürzeren‹, entschied sie bei sich.

Ihr fiel auf, mit welcher Sanftheit Miss Warren an die Tür des Ankleideraums klopfte.

»Dürfen wir hereinkommen?« fragte sie.

Schwester Barker erlaubte es. Sie saß, die Beine über einen Stuhl gelegt, und rauchte eine Zigarette, die sie in einen

Aschenbecher legte. Sie erhob sich in zögerndem Respekt vor ihrer Arbeitgeberin.

»Entschuldigen Sie die Störung«, sagte Miss Warren. »Ich wollte mich nur erkundigen, ob Sie Schwierigkeiten mit Lady Warren hatten.«

»Sie hat sich ziemlich unartig gegen das Beruhigungsmittel gewehrt«, antwortete Schwester Barker, »aber ich habe sie rasch dazu gebracht, es zu nehmen.«

»Dann hoffe ich, Sie werden eine gute Nacht haben.«

»Bei diesem Sturm? Kaum. Ich bleibe wach wie alle anderen.«

»Was meinen Sie damit?« fragte Miss Warren. »Ich gehe schlafen. Und der Professor wird bestimmt bis zum Morgen schlafen. Er hat etwas zuviel Schlafmittel eingenommen.«

Schwester Barker schnalzte verächtlich mit der Zunge.

»Warum hat er nicht mich gebeten, die richtige Menge abzumessen?«

»Der Professor würde kaum eine Frau bitten, das zu tun, was er besser selbst tun kann«, sagte Miss Warren steif. »Er wird schon gewußt haben, was er tat, als er für einen guten Schlaf sorgte. Er weiß, wie wichtig es ist, daß er seine Kräfte behält, nachdem er für so viele Menschen verantwortlich ist.«

Miss Barker hörte der Quelle ihres eigenen Lohns nicht zu. Ein phosphoreszierender Glanz – halb Furcht, halb Befriedigung – trat in ihre tiefliegenden Augen.

»Merkwürdig«, sagte sie hämisch, »es sieht so aus, als bahne sich jemand einen Weg.«

Helen sah, wie in Miss Warrens blassen Augen Angst aufsprang. Sie selbst war unfähig, ihre Herrin zu beeinflussen, aber Schwester Barker sprach mit Autorität.

»Wie ist das möglich?« fragte Miss Warren. »Für alles, was geschehen ist, sind gute Gründe vorhanden. Mr. Rice, mein Neffe und seine Frau sind alle aus dem Haus gegangen, weil ich diesen Hund hinausgeschafft hatte.«

»Nein, Sie müssen ein bißchen weiter zurück suchen«,

erklärte Schwester Barker. »Wußte der junge Rice, daß Sie Hunde hassen?«

»Ja.«

»*Aha*. In diesem Fall, wissen Sie, wer ihm zuerst sagte, es sei ein Hund zu verkaufen?«

Helen hörte mit erschauerndem Herzen zu. Sah die Abfolge der Ereignisse harmlos aus, weil sie nur die trivialen Verknüpfungen wahrnahm? Wie weit zurück reichte die Kette wirklich? Zu welchem düsteren Gehirn führte sie?

Es war eine Erleichterung, Ungeduld in Miss Warrens Stimme zu hören.

»Natürlich können Sie endlose Vermutungen anstellen, aber das ist völlig nutzlos. Welche dunklen Mächte haben *mich* vergessen lassen, den Sauerstoffzylinder zuzuschrauben?«

Beinahe hätte Helen diesen Vorfall erklärt, aber ihr fiel rechtzeitig ein, daß sie Mrs. Oates' Vertrauen nicht enttäuschen durfte. Sie hörte unglücklich zu, wie Schwester Barker das Messer nochmals umdrehte. Offensichtlich genoß sie ihre Fähigkeit, Angst einzujagen.

»Jetzt sind nur noch wir drei Frauen im Haus«, sagte sie.

»Vier«, berichtigte Helen sie stolz. »Mrs. Oates war nur etwas durcheinander. Ich habe ihr helfen können. Sie ist jetzt nüchtern.«

Miss Warren und die Pflegerin starrten Helen an. Beides große Frauen, standen sie wie Türme über ihr. In ihren Hausschuhen und dem kurzen Morgenrock sah sie kaum älter als ein dreizehnjähriges Mädchen aus, mit ihrem roten Haarschopf über dem blassen Gesicht und den schlafschweren Augen.

»Mir scheint«, sagte Miss Warren nachdenklich, »daß Sie für sich selbst gut sorgen können.«

»Das habe ich mein ganzes Leben lang getan«, versicherte ihr Helen.

Miss Warrens Augen zeigten einen Schimmer von Neid, wie wenn die selbstsichere Herrin des Hauses ihre kleine Angestellte tatsächlich beneidete.

»Ich bin sicher, Sie wissen sich im Notfall zu helfen, Miss Capel«, sagte sie. »Trotzdem, wenn Sie nicht schlafen gehen wollen, wäre ich beruhigter, wenn ich Sie bei Mrs. Oates wüßte. Sie können auf Mrs. Oates aufpassen, und Mrs. Oates kann für Sie sorgen.«

Helen, die vor Aufregung und Strapazen aus den Fugen zu geraten begann, schluckte bei diesem unerwarteten Zeichen der Rücksicht.

›Da sieht man es wieder einmal‹, dachte sie. ›Erst die Not zeigt, wie die Menschen wirklich sind.‹

Mrs. Oates lag immer noch zusammengesunken in ihrem Stuhl, als Helen in die Küche zurückkam, aber sie hatte sich etwas aus ihrer Depression befreit. Ein wenig von ihrem alten jovialen Humor strahlte aus ihren Augen, als sie den Finger hob.

»Schleichen Sie auf Gummisohlen herum?« fragte sie. »Dachten Sie, Sie könnten mich überlisten? Aber ich bin ein zu alter Hase, um mich auf diese Weise fangen zu lassen.«

Sie blinzelte so verdächtig lustig, daß Helen schnell zum Küchenbüffet hinaufschaute. Zu ihrer Erleichterung stand die Flasche immer noch dort.

»Es wird ernst«, sagte sie dramatisch. »Exit der Professor.«

Mrs. Oates hörte Helens Bericht über das Mißgeschick des Professors ohne Besorgnis zu.

»Das ist kein schwerer Verlust«, sagte sie. »Er tut nichts, als in seinem Studierzimmer zu sitzen und nachzudenken.«

»Das meine ich ja gerade«, erklärte Helen. »Ohne ihn sind wir wie ein Körper ohne Kopf.«

Offenbar dachte Schwester Barker dasselbe, denn ein wenig später kam sie in die Küche mit der Würde einer Königin, die momentan ihr Zepter niedergelegt hat.

»Ich finde, wir sollten uns einigen«, sagte sie. »Wer soll in der Abwesenheit des Professors die Autorität besitzen?«

»Die Hausherrin natürlich«, antwortete Mrs. Oates.

»Sie ist unfähig«, erklärte Schwester Barker. »Sie ist eindeutig neurotisch. Sie müssen zugeben, daß ich mich da auskenne.«

»*Ich* werde meine Befehle von ihr entgegennehmen«, sagte Helen. »Sie hat mich angestellt, und sie zahlt mein Gehalt.«

»Hört, hört.« Mrs. Oates schlug die Hände zusammen. »Hören Sie, wie Ihnen die junge Dame des Doktors Bescheid sagt.«

Diese schmeichelhafte Bezeichnung füllte Helen mit süßem, zu Kopf steigendem Triumph.

»Ich wußte nicht, daß Sie mit Dr. Parry verlobt sind«, sagte Schwester Barker.

Ihre dünnen Lippen waren eng zusammengepreßt, und ihre tiefliegenden Augen funkelten vor Eifersucht.

»Ich bin es auch nicht«, sagte Helen hastig.

Obwohl das Thema offensichtlich delikat war, konnte Schwester Barker es nicht fallenlassen. Sie setzte sich und schlug die Beine übereinander, dann streckte sie die Hand aus und nahm, ohne zu fragen, eine von Mrs. Oates' Zigaretten.

»Ich nehme an, das kommt davon, weil Sie so klein sind«, sagte sie. »Komisch, wie Männer immer kleine Frauen wählen. Es ist ein Zeichen dafür, daß sie sich geistig minderwertig fühlen. Sie wissen, daß ihr Gehirn ihrer Körpergröße entspricht, und sie fühlen sich nicht imstande, es mit intellektuell Gleichwertigen aufzunehmen.«

Helen sah rot, denn ihre mangelhafte Bildung war einer ihrer empfindlichen Punkte. Selbst ihr Vater, der schuld daran war, hatte sie immer ›kleiner Dummkopf‹ genannt.

»Vielleicht finden sie uns anziehender«, sagte sie.

Schwester Barker zündete ihre Zigarette mit Fingern an, die vor Wut zitterten.

»Sie wollen mich bewußt beleidigen«, sagte sie heiser. »Ist das nicht unklug? Bald werden Sie mit mir allein sein.«

»Mrs. Oates wird auch da sein«, rief ihr Helen ins Gedächtnis zurück.

»Wirklich?« Schwester Barker lachte bedeutungsvoll. »Wenn ich Sie wäre, würde ich mich nicht darauf verlassen.«

Heftig an ihrer Zigarette ziehend, stapfte sie in die Halle hinaus.

»Was hat sie gemeint?« fragte Helen ängstlich.

»Quatsch«, meinte Mrs. Oates und wischte eine eingebildete Fliege weg. »Trotzdem«, sagte sie düster, »Wir hätten das nicht tun sollen. Sie kam herunter, um zu plaudern, und wir haben sie verstimmt – ich fing an, und Sie besorgten den Rest.«

»Sie sollte die arme, alte Lady Warren nicht so lang allein lassen«, sagte Helen, um sich zu verteidigen.

»Ach, machen Sie sich keine Sorgen um sie«, riet ihr Mrs. Oates. »Sie hilft sich schon selbst. Diese zwei im selben Raum, das ist, wie wenn man einen Löwen und einen Tiger zusammen einsperrte. Man fragt sich, wer am Morgen herauskommen wird.«

Helen dachte an den dunklen, schlecht riechenden Raum im ersten Stock mit einem seltsamen Zittern, als sie sich fragte, ob er wohl in Wirklichkeit eine Arena war – von zwei leidenschaftlich miteinander kämpfenden Frauen?

»Wenn ich nur sicher wäre, daß Lady Warren sich verteidigen kann«, sagte sie. »Diese Pflegerin fürchte ich wirklich.«

»Zeigen Sie es ihr nicht«, riet Mrs. Oates.

»Nein.« Helen blickte auf die Uhr. »Ich würde so gerne genau wissen, wo auf der Straße Oates jetzt gerade ist«, sagte sie. »Die Zeit kriecht so dahin. Aber jede Minute bringt uns näher zusammen. Wenn ich nur durchhalte, bis er kommt.«

»Wieso denn nicht?«

»Ich fürchte eine bestimmte Sache, die mir passieren könnte«, gestand Helen.

»Sagen sie es mir nicht«, bat Mrs. Oates. »Man weiß nie, wer einem zuhört.«

Helen öffnete die Küchentür und schaute in die verlassene Halle des Untergeschosses hinaus.

»Das ist es, was ich fürchte«, sagte sie. »Nehmen wir an, ich hörte draußen ein Kind weinen. Ich glaube, ich *müßte* hinausgehen. Nur im Fall, wissen Sie.«

»Nun seien Sie doch nicht so töricht«, flehte Mrs. Oates sie an. »Seitdem ich hier bin, wurde noch nie ein Baby auf die Türschwelle gelegt. Miss Warren gehört nicht zu der Sorte Frauen, die mit einem Bündel im Arm heimkommen.«

Helen lachte, als sie auf die Füße sprang.

»Ich fühle mich ganz schuldbewußt«, sagte sie. »Sie wird bald zu Bett gehen wollen, und der Griff an ihrer Türe ist immer noch lose.«

Dankbar für eine Aufgabe rannte sie in den ersten Stock hinauf. Alles erschien besonders normal und sicher, als sie die Halle durchquerte. Der pfauenblaue Teppich widerstand dem Luftzug, und der Präsentierteller auf der Kommode erinnerte an die Visitenkarten einer kultivierten Gesellschaft.

Als sie den ersten Stock erreichte, bemerkte sie Licht durch die Öffnung oberhalb von Miss Warrens Schlafzimmer.

›Hoffentlich geht sie nicht gerade jetzt zu Bett‹, dachte sie, als sie an die Türe klopfte.

»Ja«, rief Miss Warrens Stimme.

»Oh, Miss Warren«, sagte Helen, »es tut mir schrecklich leid, Sie stören zu müssen. Aber könnten Sie mir das Werkzeug herausgeben, das Sie auf ihren Stuhl gelegt haben?«

»Gewiß, Miss Capel, aber lassen Sie es nicht wieder draußen liegen.«

Helen hörte, wie Miss Warren über den blankgebohnerten Boden ging, und dann drehte sich der Türgriff in einem ohnmächtigen Kreis.

Sie schaute etwas überrascht zu.

»Können Sie die Tür nicht öffnen?« fragte sie.

»Nein«, war die Antwort. »Der Griff dreht sich in meiner Hand.«

Wenn Matrosen trinken

Obwohl ein wenig bestürzt, fühlte sich Helen durchaus als Herr der Lage.

»Keine Sorge«, rief sie. »Ich öffne auf meiner Seite. Es ist ein Trick dabei, wie man drückt.«

Selbstsicher packte sie den Türgriff, spürte ihn aber nur ihren Fingern entschlüpfen, als ob er geölt wäre.

»Er ist offenbar ganz kaputt«, rief sie. »Sie haben das Werkzeug. Glauben Sie, Sie könnten ihn flicken?«

»Nein, die Schraube fehlt«, war die ruhige Antwort. »Es spielt keine Rolle. Oates kann ihn morgen früh reparieren.«

»Aber Miss Warren«, beharrte Helen, »es ist nicht gut, daß Sie eingesperrt sind. Wenn nun – wenn es nun brennen würde?«

»Warum sollten wir das annehmen? Bitte gehen Sie, Miss Capel, ich muß eine wichtige Arbeit fertigmachen.«

Es lag etwas Endgültiges in ihrem Ton, so daß Helen nicht darauf zu bestehen wagte, aber sie hatte auch etwas von Mrs. Oates' zähem Durchhaltewillen.

»Ist der Schlüssel auf Ihrer Seite?« fragte sie.

»Nein. Das Schloß war defekt, und ich habe es durch einen Riegel ersetzen lassen ... Jetzt lassen Sie mich bitte in Ruhe.«

»Ja, Miss Warren. Aber – wenn ich Sie nun brauche, kann ich nicht zu Ihnen kommen.«

»Sie werden mich kaum brauchen. Gute Nacht, Miss Capel.«

Mit einem Gefühl der Verlorenheit wandte sich Helen ab. Ihre neue Stelle stand auf dem Spiel; sie konnte keine Kündigung riskieren. Sie sagte sich, daß zwar heute eine gräßliche Nacht sei, aber morgen würde alles wieder normal sein.

Als sie am blauen Zimmer vorbeikam, streckte Schwester Barker, neugierig gemacht durch den Lärm, den Kopf heraus.

»Was ist denn jetzt wieder los?« fragte sie.

Als Helen die Lage darlegte, lachte sie boshaft.

»Was habe ich Ihnen gesagt? Sie hat sich absichtlich eingeschlossen.«

»Das kann ich nicht glauben«, erklärte Helen. »Warum denn?«

»Angst. Oh, *ich* habe das kommen sehen... *Und* ich habe noch etwas gesehen, was bald passieren wird. Ihre Schwierigkeiten sind noch nicht vorbei, meine Liebe.«

Helen war unangenehm beeindruckt vom Scharfblick dieser Frau.

›Sie weiß viel mehr als wir‹, dachte sie. ›Kein Wunder, daß sie den Chef spielen wollte.‹

»Schwester«, rief sie impulsiv, »ich möchte mich bei Ihnen entschuldigen. Wenn ich Sie verletzt habe, so war es nicht absichtlich.«

»Sie kommen ein bißchen spät«, höhnte Schwester Barker. »Der Schaden ist schon passiert.«

»Aber kann ich nichts tun, ihn wieder gutzumachen?«

Helen sah, wie sich die Nasenflügel der Frau blähten, als ob sie huldvoll Weihrauchduft einzöge.

»Sie können absoluten Gehorsam geloben«, sagte sie.

Helen zögerte, dieses Versprechen abzugeben. Sie dachte an Dr. Parry und wußte, Schwester Barker würde alles in ihrer Macht Stehende tun, um ihn fernzuhalten. Anderseits war es nicht wahrscheinlich, daß er zum »Summit« herüberkommen würde; die Frau aber würde jeden Schachzug des Irren wirkungsvoll zu blockieren wissen. Sie war außerordentlich kräftig und hatte ein wieselflinkes Gehirn.

Sie grüßte wie ein Soldat.

»Ich verspreche es, Sergeant«, sagte sie.

»Das ist kein Scherz«, runzelte Schwester Barker die Stirn. »Ich weiß nicht, ob ich Ihnen trauen kann. In meinem ganzen

Leben bin ich noch nie so schwer beleidigt worden wie von einer betrunkenen Putzfrau und einem ungehobelten Mädchen.«

Das heftige Erröten, das zu Helens rotem Haar gehörte, brannte auf ihren Wangen.

»Aber Schwester«, sagte sie, »ich habe das nie geglaubt.«

Schwester Barker rief sich in Erinnerung, was sie gehört hatte.

»Ja, *sie* sagte es«, bestätigte sie. »Aber *Sie* haben ihre Worte geradezu aufgesogen.«

»Nein, ich mußte nur so tun, weil sie ein wenig beschwipst war. Ich habe ihr nie geglaubt.«

Blitzschnell zwang Schwester Barker sie, Genaueres zu sagen.

»*Was* hat sie geglaubt?« fragte sie.

Helen verstand plötzlich die Behauptung, Schlangen könnten ihre Opfer hypnotisieren, als Schwester Barkers glitzernde Augen sie festhielten.

»Sie dachte, Sie seien ein Mann«, gab sie zu.

Schwester Barker schluckte krampfhaft.

»Das soll sie mir büßen«, murmelte sie, als sie in das blaue Zimmer zurückging.

Helen ging die Geschehnisse, soweit sie sich daran erinnern konnte, auf ihrem Weg nach unten nochmals durch. Gerne hätte sie, was Schwester Barker anging, ein besseres Gewissen gehabt; sie haßte es, sich wie ein Heuchler fühlen zu müssen.

Insgesamt aber war sie einigermaßen zufrieden. Der Geschichte mit dem Rasiermesser maß sie nur geringen Wert bei und hatte sie niemandem erzählt. Als Mrs. Oates Helens Erfolge bei den Männern rühmte, hatte sie sie bestritten. Ihre Abneigung gegenüber Schwester Barker war ihre eigene Angelegenheit.

Der Anblick des Telefons rief ihr die jüngsten Zwischenfälle ins Gedächtnis zurück; sie hatte sie schon beinahe vergessen. Eine Furcht hatte wiederum die andere vertrieben, und im

Augenblick war es hauptsächlich Schwester Barker, vor der sie Angst hatte.

›Ich glaube, ich rufe Dr. Parry an‹, dachte sie, ›und erzähle ihm, was passiert ist. Die Ansicht eines Mannes zu hören, wird mir gut tun.‹

Es dauerte lange, bis sie durchkam, und als sie endlich Dr. Parrys Stimme hörte, klang sie unfreundlich und schläfrig.

»Ach, habe ich Sie aufgeweckt?« fragte Helen, die vergessen hatte, daß nicht die ganze Welt mit ihr Nachtwache hielt.

Dr. Parry schwieg dazu.

»Was ist los?« fragte er.

»Der Professor ist von Schlafmitteln betäubt«, antwortete Helen, »und Miss Warren ist in ihrem Schlafzimmer eingeschlossen.«

Da Dr. Parry auch darauf nichts sagte, beeilte sich Helen, ihren Schritt zu entschuldigen.

»Ich hätte Sie wohl nicht belästigen sollen. Aber es ist schon seltsam, wie einer nach dem anderen ausfällt... Was halten *Sie* davon?«

»Ich weiß es verdammt nicht«, war die Antwort. »Es *scheint* in Ordnung zu sein. Ich glaube, Miss Warren ist die klügste. Warum folgen Sie nicht ihrem guten Beispiel?«

»Weil – Sie werden es zwar nicht glauben, nach all den Geschichten, die ich gemacht habe, um nicht in ihrem Zimmer schlafen zu müssen – aber ich lasse die alte Lady Warren ungern mit dieser Schwester allein.«

»Glauben Sie, daß die Schwester sie mißhandelt?«

»Ich weiß es nicht. Ich weiß nur, daß sie schrecklich jähzornig ist.«

»Dann gebe ich Ihnen einen Insidertip. Sollten die zwei aneinandergeraten, setzen Sie auf die alte Frau.«

Obwohl Mrs. Oates ihr etwas Ähnliches gesagt hatte, war Helen nicht ganz überzeugt.

»Danke für Ihren Rat«, sagte sie. »Es tut mir leid, Sie belästigt zu haben, aber Sie haben mich dazu ermutigt.«

»Halt – legen Sie nicht auf«, drängte der Arzt. »Ich frage mich, was man wegen des Professors tun sollte. Sollte ich hinüberkommen?«

»Er sieht *gräßlich* aus«, sagte Helen, ihre Chance ausnützend.

»Natürlich. Was hat Miss Warren gemacht?«

»Seinen Puls gefühlt und ihn zugedeckt.«

»Gut.« Helen hörte seinen Erleichterungsseufzer. »Das ist gut so. Sie ist eine intelligente Frau. Verbleiben wir so: Falls ich die Lage doch noch anders beurteilen sollte, fahre ich sofort hinüber. Tatsache ist, Sie brauchen nur ein Wort zu sagen, und ich komme sofort.«

»Sie würden meinetwegen kommen?« fragte Helen.

»Nur Ihretwegen.«

Trotz des Sturms, der um das einsame Haus dröhnte, trotz ihrer Erschöpfung und Einsamkeit, trotz der Bedrohung durch die Nacht durchströmte Helen plötzlich ein herrliches Lebensgefühl. Sie hörte das Donnern der hereinkommenden Flut, sie sah die Sonne im Osten emporsteigen – sie fühlte sich wie von starken Schwingen emporgetragen.

»Jetzt, wo ich das weiß«, sagte sie, »brauchen Sie nicht zu kommen. Ich fühle mich großartig. Ich –«

Sie legte auf, als oben Schritte ertönten. Schwester Barker lehnte sich über das Geländer und schaute auf sie herab. Im Schatten sah ihr Gesicht wie ein geschnitzter Wasserspeier aus.

»Wer war das?« fragte sie

»Der Doktor«, antwortete Helen. »Ich rief ihn an, um ihm zu sagen, was mit dem Professor passiert ist. Aber er fand, es sei nicht nötig für ihn, herzukommen.«

»Er macht lieber einen Überraschungsangriff«, prophezeite Schwester Barker. »Ich traue diesem jungen Mann nicht... Und wäre es nicht besser, Sie sähen nach Ihrer alkoholisierten Patientin? Ich würde sie nicht so lange allein lassen. Aber *ich* bin ja bloß eine ausgebildete Krankenschwester.«

Von plötzlichen bösen Vorahnungen erfüllt, lief Helen

durch die Halle. Als sie die Tür zum Untergeschoß aufstieß, traf sie damit etwas Hartes, das mit ohrenbetäubendem Gescheppe von Stufe zu Stufe hinunterfiel.

Sie lief ihm nach und las vom unteren Treppenvorleger eine kleine Milchkanne auf.

»Mrs. Oates«, rief sie laut, als sie die Küche betrat, »wer hat das so zuvorkommend auf die oberste Treppenstufe gestellt?«

»Ich weiß es nicht«, antwortete Mrs. Oates.

»Aber es ist nicht selber dort hinaufgestiegen.«

»Ich weiß es nicht.«

Mit plötzlichem Verdacht schaute Helen zum Küchenbüfett hinauf. Zu ihrer Erleichterung stand die Flasche noch oben, und anscheinend unberührt.

Trotz dieses Unschuldsbeweises hatte Helen den Eindruck, es gehe Mrs. Oates schlechter. Das weinerliche Grinsen, das ihr Gesicht seiner starkkiefrigen Verläßlichkeit beraubte, umspielte ihre Lippen und verlieh ihr einen verwirrten Ausdruck. Helen kam ein Vers aus einem Seemannslied in den Sinn: »Was machen wir mit dem trunk'nen Matrosen?«

›Nach heute abend könnte ich ein Buch über dieses Thema schreiben‹, dachte sie in dem leichtfertigen Selbstvertrauen eines Menschen, der es schon als Strafe empfindet, einen Brief schreiben zu müssen.

Ihr schoß der Gedanke durch den Kopf, daß sie auf diesem Gebiet eigentlich hätte Expertin sein müssen, denn ihr Vater – ein schwacher, aber charmanter Mann – hatte hin und wieder versucht, eine Sorge in Schnaps zu ertränken. Natürlich hatte ihre Mutter sich bemüht, seine Fehltritte vor dem Kind zu verbergen.

›Mehr darüber zu wissen wäre heute abend nützlich gewesen‹, dachte Helen. ›Armer Kerl – es wäre nützlicher gewesen als die Bildung, die ich nie bekam.‹

Es war deutlich, daß Mrs. Oates sich gewaltig anstrengen

mußte, um sich auf Helens Bericht über Miss Warrens Türgriff zu konzentrieren, denn sie wiederholte jeden Satz in Form einer Frage.

»Oates wird sein Abendessen haben wollen«, war ihr einziger Kommentar dazu.

Helen verstand und nahm ein Tablett in die Hand.

»Ich helfe Ihnen, es vorzubereiten«, sagte sie. »Stehen Sie auf.«

Sie schob ihre Hände unter Mrs. Oates' Achseln und versuchte sie auf die Füße zu ziehen. Aber die Frau rutschte nur zurück.

»Sie müssen mir noch etwas Zeit lassen«, sagte sie. »Denken Sie daran, daß ich eine halbe Flasche intus habe. Es wir mir bald besser gehen.«

»Also gut«, sagte Helen. »Dann mache ich es allein.«

Es fiel ihr ein, daß es eine wertvolle Prüfung ihrer Willenskraft wäre, wenn sie allein in die Speisekammer ginge. Sie hatte einmal eine Theorie gehört, daß Furcht vor Schlangen Ameisensäure erzeugt, welche dann die Reptilien anzieht und angriffslustig macht.

Also, schloß sie daraus, hing ihre Sicherheit davon ab, ob sie ihre Angstgefühle im Zaum halten konnte.

Als sie die Tür zur Spülküche öffnete und das Licht einschaltete, war auch die hinterste Ecke hell und sauber beleuchtet. Raschelnd rannte eine Maus zu ihrem Loch, und draußen im Gang hörte sie das lose Fenster gegen seinen Laden schlagen.

Dieses Geräusch machte sie zunehmend nervös, denn es klang, als wollte sich jemand den Eintritt erzwingen. Der Gang selbst sah aus wie ein düsterer Tunnel in seiner schwachen Beleuchtung. Es gab zu viele Türen für ihr Sicherheitsgefühl, und um die Ecke erstreckte sich das dunkle Labyrinth der ›Mordgasse‹.

Helen wußte, daß sie ihre Phantasie eisern unter Kontrolle halten mußte. Sie durfte nicht an das Grauenhafte denken, das innerhalb dieser Mauern passiert war, oder sich vorstellen, daß das Mädchen immer noch irgendwo in der Atmosphäre, im Staub oder in den Steinen schwebte. Sie mußte ihre Gedanken auf kalten Braten und Pickles richten.

Sie rief sich ins Gedächtnis, daß sie diese Strecke selbst untersucht und jedes mögliche Versteck angeschaut hatte und betrat die Speisekammer.

Außer einer Speckseite und einem Zopf Zwiebeln standen auf den Regalen so viele Büchsen und Flaschen, daß Helens Neugier die Oberhand gewann. Im »Summit« wurden große Vorräte an Konserven angelegt, und die Wahl fiel deshalb schwer, besonders weil die Etiketten leuchtend grüne Gemüse und strahlend rote Früchte zeigten.

Ihre Augen waren gieriger als ihr Magen, als sie Zunge, gefüllte Sülze, Sardinen und würzigen Brotaufstrich auf ihr Tablett stellte. Ohne daran zu denken, daß jemand hinter ihr sich entlangschleichen könnte, trug sie es vorsichtig durch den Gang.

Sie stützte es gegen ihre Hüfte, um mit einer Hand das Licht zu löschen und gleichzeitig die Tür der Spülküche aufzutreten. Im gleichen Moment ertönte ein lautes Scheppern, und ein Blechtablett rasselte auf die Steinplatten hinunter.

Helen runzelte die Stirn; die Wiederholung dieses Tricks gefiel ihr nicht. Ein beunruhigender Verdacht stieg in ihr auf. Mrs. Oates konnte sie nicht hören, wenn sie geräuschlos in ihren Hausschuhen ging, und hatte deshalb diese Blechbüchsen hingestellt, um vor ihrem Kommen gewarnt zu sein.

Wenn das stimmte, hatte sie etwas zu verbergen. Sie spielte nicht fair. Trotz ihrer Last stürmte Helen rasch in die Küche.

Mrs. Oates saß immer noch in ihrem Sessel, mit dem Rücken zu Helen. Schwester Barker stand mit verschränkten Armen vor ihr.

»Wo waren Sie?« fragte sie.

»Speisekammer«, erklärte Helen. »Abendessen holen für Mr. Oates. Wir fanden, wir könnten alle einen Happen vertragen, nur zum Zeitvertreib. Sie auch?«

Schwester Barker nickte. Ein seltsames Lächeln umspielte ihre Lippen und ließ Helen in nervöse Erklärungen ausbrechen.

»Ich dachte, Mrs. Oates und ich könnten hier herunten essen, und ich würde Ihnen ein Tablett in den Ankleideraum bringen. Wäre Ihnen das recht? Was für Sandwiches mögen Sie?«

»Fragen Sie Mrs. Oates, was sie möchte«, sagte Schwester Barker. »Ich dachte, Sie hätten die Verantwortlichkeit für sie übernommen.«

Voller böser Vorahnungen knallte Helen ihr Tablett auf den Tisch und rannte zu Mrs. Oates. Aber noch ehe sie bei ihr war, streckte die Frau die Arme auf dem Tisch aus und legte ihren Kopf darauf, wie eine regenschwere Dahlie.

»Was fehlt Ihnen?« rief Helen. »Sind Sie krank?«

Mrs. Oates öffnete mit Mühe ein Auge. »Ich bin so schläfrig«, sagte sie. »Ich – ich –«

Als ihre Stimme erstarb, rüttelte Helen an ihrer Schulter.

»Wachen Sie auf«, schrie sie in einem verzweifelten Appell an die Loyalität der Frau. »Verlassen Sie mich nicht. Sie haben es *versprochen*.«

Ein schwacher Funke der Erinnerung kämpfte in Mrs. Oates' Augen mit Schuldbewußtsein, ehe er erlosch.

»Jemand – hat mich – erwischt«, murmelte sie undeutlich. »Ich bin betäubt.«

Sie legte den Kopf wieder auf ihre Arme, schloß die Lider und atmete schwer.

Mit einem grauenhaften Gefühl der Hilflosigkeit, als wäre sie bei dem Versuch, sie aufzuhalten, von einer Dampfwalze zur Seite gedrückt worden, sah Helen zu, wie Mrs. Oates in einen betäubten Schlaf versank. Schwester Barker stand daneben und leckte ihre Lippen, als genieße sie die Komik der Situation. Die Uhr tickte weiter, laut und betrunken, und jedes Tikken brachte Oates näher.

Dann brach Helen das Schweigen.

»Können wir etwas tun?«

»Warum bieten Sie ihr keinen Drink an?« fragte Schwester Barker höhnisch. »Alkohol täte ihr vielleicht gut.«

Helen wußte, daß dieser Rat spöttisch gemeint war. Sie hegte keinen Zweifel über die Ursache der Katastrophe. So wie Einbrecher einen Wachhund betäuben, ehe sie das Haus ausräumen, so hatte jemand ihre Abwesenheit benutzt, um sich an Mrs. Oates heranzumachen.

Da sie nicht den Mut hatte, Schwester Barker zu beschuldigen – obwohl sie von deren Schuld überzeugt war – versuchte sie, Gesicht und Stimme von ihrem Verdacht freizuhalten.

»Was fehlt ihr denn?«

Schwester Barker bellte höhnisch.

»Seien Sie nicht so blöd«, sagte sie. »Man sieht es doch. Sie ist stockbetrunken.«

Nächtliches Picknick

Trotz des Schocks empfand Helen Schwester Barkers Worte fast als Erleichterung. Als wären sie in ihrem Kopf explodiert, vertrieben sie das häßliche Spinnennetz des Verdachts.

Keine bösen Absichten waren im Spiel gewesen. Nur Mrs. Oates' gute Absichten waren dem Druck der Versuchung gewichen.

»Wie kam sie denn an den Brandy heran?« fragte sie. »Ich weiß, daß sie nicht in der Lage war, auf das Büffet zu steigen.«

Schwester Barker schob mit dem Fuß einen starken Schemel heran, erstieg ihn, streckte den Arm aus und nahm die Flasche vom obersten Gestell.

»Sie vergessen, daß nicht jedermann ein Zwerg ist wie Sie«, sagte sie. »Mrs. Oates ist nicht so groß wie ich, aber sie hat Arme wie ein Gorilla.«

Helen biß sich auf die Lippen, als sie einsah, wie leicht sie hintergangen worden war.

»Sie finden wohl, ich sei einfältig«, sagte sie. »Aber ich verließ mich auf ihr Versprechen. Und sie hat ja den Brandy nicht angerührt. Die Flasche ist immer noch halbvoll.«

Höhnisch schnüffelnd entkorkte Schwester Barker die Flasche, roch am Korken und schüttete ein paar Tropfen auf ihren Handrücken.

»Wasser«, bemerkte sie.

Helen schaute vorwurfsvoll auf Mrs. Oates hinunter, die tief in heißen, feuchten Schlaf versunken war und an deren Lippen sich kleine Blasen formten.

»Was sollen wir mit ihr machen?« fragte sie hilflos.

Bevor sie antwortete, riß Schwester Barker mit einer brutalen Geste, die Helen entsetzte, Mrs. Oates' Kiefer auseinander.

»Keine falschen Zähne«, sagte sie. »Sie wird nicht ersticken, wenn sie erbrechen muß. Lassen Sie sie, wo sie ist.«

»Aber soll ich nicht einen Essigumschlag um ihren Kopf legen?« beharrte Helen. »Sie wirkt, als wäre es ihr heiß und unbequem.«

»Sie werden nichts dergleichen tun«, schnappte Schwester Barker. »Sie hat uns im Stich gelassen, und wir haben keine Zeit für sie. Sie ist nur ein Klotz am Bein. Holen Sie etwas zu essen. Ich habe kein Abendessen gehabt und mir wird schwach vor Hunger. Bringen Sie ein Tablett in mein Zimmer. Wir essen dort.«

Obschon die Worte eine neue Partnerschaft versprachen, fühlte sich Helen wie ein Anfänger neben einem alten Hasen.

»Was möchten Sie?« fragte sie eifrig.

»Kaltes Fleisch, Kartoffeln, Pickles, Käse. Richten Sie nicht erst Sandwiches her. Machen Sie eine Kanne starken Tee. Denken Sie daran, wir müssen wach bleiben.«

»Sie glauben doch nicht wirklich an eine Gefahr?« fragte Helen angsterfüllt.

Schwester Barker schaute sie fest an, ehe sie sprach.

»So ein Glück, mit *Ihnen* belastet zu sein. Sie sind eine Närrin – und eine Närrin ist doppelt so gefährlich wie ein Bösewicht. Können Sie rechnen?«

»Natürlich.«

»Also, beim Abendessen waren neun Personen in diesem Haus. Jetzt sind es nur noch zwei. Wie viele sind ausgefallen?«

»Sieben«, japste Helen, entsetzt über diesen Rückgang.

Schwester Barker leckte ihre Lippen in finsterem Behagen.

»Und ist Ihnen klar, was das heißt?« fragte sie. »Es heißt, er ist *Ihnen* schon ganz nahe.«

Obwohl Helen sicher war, daß Schwester Barker ihr nur Angst einjagen wollte, sank ihr Herz, als die Frau aus dem Zimmer ging. Trotz ihrer Bosheit war sie für Helen doch Gesellschaft.

Diese Serie von Katastrophen hatte ihre Widerstandskraft

so gelähmt, daß es ihr Schrecken einjagte, allein im Untergeschoß zu sein. Jeder Schlag des Gangfensters traf sie ins Herz. Zwar war hier unten das Brüllen des Sturms gedämpfter, dafür aber war der Garten näher. Er preßte sich an das Haus hin und an den Mauern hoch. Sie sah in Gedanken wieder, wie die Büsche sich wanden wie knotige Finger, die an das Fenster klopfen, und wie die Tentakel des Unterholzes schwankten, als wären sie Unterwasserpflanzen.

›Es versucht hereinzukommen‹, dachte sie. ›Wenn es nun irgendeinen Geheimgang gibt, den ich übersehen habe? Es wäre ein leichtes, sich zwischen den beiden Treppenhäusern und in all den leeren Zimmern zu verstecken.‹

Sie wollte so rasch wie möglich nach oben kommen. Sie hätte sogar Zeit gehabt, Sandwiches zu machen, während sie auf das Kochen des Wassers wartete, aber sie hatte keinen Appetit.

Hastig stellte sie alles auf das Tablett und ging dann in ihr Wohnzimmer zurück, um den Wasserkessel zu beobachten. Die Gedanken durchzuckten ihren Kopf in Fetzen, wie die hinkende Musik einer alten Drehorgel.

›Ich glaube, Miss Warren war froh, eingesperrt zu sein... das wäre nicht passiert, wenn ich nicht so unvorsichtig gewesen wäre. Sie hat mir diesen Spruch über Handlungen und Charakter vorgesagt, nur um mir zu zeigen, daß es mein Fehler war... Also sind wir beide verantwortlich für diesen Teil des Geschehens... und *niemand* anders.‹

Diese Logik beruhigte sie zwar, aber sie fürchtete sich vor der nächstliegenden Frage. Gab es in der Kette ein geheimes Glied, das dieses Spiel der verschiedenen Charaktere verursacht oder beeinflußt hatte?

Sie, impulsiv und unvorsichtig – Miss Warren, ichbezogen – Mrs. Oates, süchtig – jede hatte für sich selbst, gemäß ihrem eigenen Charakter, gehandelt. Aber das Spielbrett sah aus, als wären sie alle nur Figuren im Spiel eines Unbekannten; gleich, wie sie sich bewegt hatten, standen sie jetzt so, wie es der unsichtbare Spieler vorgesehen hatte.

Der Kessel entließ hustend eine Dampfwolke, und sein Deckel hob sich über dem kochenden Wasser. Helen goß rasch den Tee auf und ging vorsichtig die Treppe hinauf, nervös über die Schulter zurückblickend. Oben trat sie die Tür hinter sich zu.

Es ertönte kein Schnarchen aus dem Bett, als sie das abgedunkelte blaue Zimmer durchquerte, sehr vorsichtig, damit die Tassen nicht klapperten. Im Ankleidezimmer zündete sich Schwester Barker am Stummel ihrer alten Zigarette eine neue an. Sie beschwerte sich, als Helen das Tablett absetzte.

»Ich habe mir beinahe den Finger abgebrochen bei dem Versuch, diesen Schlüssel zu drehen.« Sie nickte in Richtung der zweiten Tür. »Ekelhaft, mir ein Zimmer neben dem Schlafzimmer eines Mannes zu geben, mit einer Verbindungstür. Zeigt, welche Art von Pflegerin sie erwarteten.«

»Das war einmal ein Ankleideraum«, erklärte Helen. »Außerdem gehört der Professor nicht zu dieser Sorte von Männern. Er hätte Angst vor Ihnen. Und ohnehin kann er Sie heute nacht nicht besuchen.«

Sie wandte sich ab, um ihr Lächeln zu verbergen. Die Szene hatte sie nicht nur amüsiert, sie hatte auch Mrs. Oates' Verdacht total entkräftet. Und ein Rest von Argwohn schwand dahin, als ihr klar wurde, daß Schwester Barkers Finger nicht kräftig genug für einen Würger waren.

»Wollen wir die Tür öffnen, damit Sie es hören, wenn Lady Warren nach Ihnen ruft?« fragte sie.

»Die ruft nicht«, brummte Schwester Barker. »Dafür habe ich gesorgt.«

»Wollen Sie damit sagen, sie haben sie eingeschläfert wie ein Baby?« fragte Helen bestürzt.

»Warum denn nicht? Sie ist doch nur ein altes Baby.«

»Aber es erscheint mir trotzdem recht drastisch.«

Schwester Barker brummte nur, als sie sich Tee eingoß, dem sie einige Tropfen Brandy hinzufügte. Helen sah ihr erstaunt zu, wie sie auf ihren Teller kalte Kartoffeln und dicke Scheiben kaltes Fleisch häufte und reichlich Pickles darübergoß.

›Genug für einen Mann‹, dachte sie. Mit lebhaftem Interesse verfolgte sie das Verschwinden dieser Mahlzeit.

Der Brandy verbesserte Schwester Barkers Laune, denn sie reichte ihr einladend die Flasche.

»Wollen Sie ein wenig davon in Ihren Tee?«

»Nein, danke.«

»Sie werden ihn aber bald brauchen. Der Kerl hat Blut gerochen. Sie haben gesehen, wie Mrs. Oates von der Flasche nicht mehr lassen konnte, nachdem sie einmal angefangen hatte. Sie mußte sie fertigtrinken. Er ist auch so – nur ist er ein ausgehungerter Tiger mit triefenden Lefzen.«

Helen legte das Stück Käse weg, an dem sie geknabbert hatte.

»Schwester«, fragte sie, »warum mögen Sie mich nicht?«

»Weil Sie mich an jemand erinnern, den ich hasse«, antwortete Schwester Barker. »Sie sah genauso aus wie Sie – klein, mager, nur Beine und Gekicher, mit Kraushaar wie eine Puppe. Nur war sie blond.«

»Sie beschreiben mich wie ein billiges Mädchen«, bemerkte Helen ruhig.

»Und Sie, wie alle Zwerge, halten sich für äußerst wertvoll. Wenn ich Sie zu meinem Preis kaufen und zu Ihrem Preis verkaufen könnte, würde das Geld für mein ganzes Leben reichen.«

Helen merkte, daß Körpergröße für dieses Schlachtschiff von einer Frau ein empfindlicher Punkt war.

»Warum haben Sie diese schreckliche kleine Blondine gehaßt?« fragte sie mit ihrer angeborenen Neugier.

Schwester Barker goß noch mehr Brandy in ihre Tasse und rührte gedankenverloren im Tee.

»Wegen eines Mannes«, antwortete sie. »Ich war damals Hilfsschwester. Er war Arzt und sehr gescheit. Aber er war so klein, ich hätte ihn übers Knie legen und prügeln können.«

»Gegensätze ziehen sich an«, sagte Helen. »Waren Sie verlobt?«

Ihr Interesse war nicht geheuchelt, denn Schwester Barkers seltsame Vertraulichkeit hatte in ihr die Süße ihrer eigenen Liebesgeschichten wieder wachgerufen, so wie der Duft des Juni emporsteigt, wenn man getrocknete Rosenblätter aufwühlt. Sie hörte umso aufmerksamer zu, als sie fühlte, daß diese Geschichte das Vorspiel zu ihrer eigenen war.

›Seltsam‹, dachte sie mit ihrem stets gegenwärtigen Sinn für Drama. ›Da sitzen wir beide zusammen bei einer Tasse Tee, weil wir beide verliebt sind.‹

»Nicht verlobt«, antwortete Schwester Barker. »Nur beinahe. Es wäre bald passiert. Aber die verfluchte Blondine nahm ihn mir weg.«

»Wie schade«, sagte Helen mit echtem Mitgefühl.

»Schade?« Schwester Barker lachte bitter. »Mehr als das. Das war mein Leben. Das war mein einziger Mann. Es kam keiner mehr und wird auch nie mehr einer kommen. Sie hat mir alles genommen.«

»Haben sie geheiratet?« fragte Helen in die schwer lastende Stille hinein.

»Nein, sie verließ ihn. Sie hatte ihn mir bloß wegnehmen wollen. Aber es war nur mehr die Hülle von ihm geblieben. Nichts für mich ... Deshalb hasse ich Frauen wie sie. Sie nützen niemandem etwas. Leicht, leer und verdorben, nur gut für den Abfallhaufen. Jedem Mann, der ihnen den Hals umdrehen will, wünsche ich Glück.«

Schwester Barker schaute Helen mit glühenden Augen an, und das Mädchen zog sich in seine Schale zurück. Ihr Wunsch, über ihre eigenen Hoffnungen zu sprechen, war erstorben; sie suchte jetzt lediglich einen Weg, der Strafe für eine unglückliche Ähnlichkeit zu entkommen.

»Wissen Sie«, sagte sie, »Sie und ich haben vieles gemeinsam. Wir sitzen im selben Boot. Männer haben mich immer ignoriert – weil ich *klein* bin.«

Das gierige Glitzern in den Augen Schwester Barkers verriet ihr, daß sie diesen Köder geschluckt hatte.

»Sind Sie nicht in den Doktor verliebt?« fragte sie.

»Natürlich nicht. Das war nur ein Märchen von Mrs. Oates. Ich habe noch nie eine richtige Affäre gehabt. Ich habe mir immer mein Geld verdienen müssen und hatte nie genug für Kleider. Man kann keinen Mann erobern ohne Dekoration.«

»Sagen Sie die Wahrheit?« beharrte Schwester Barker.

Helen nickte; sie erinnerte sich an die Demütigungen und die Vernachlässigung, die sie als junges Mädchen erlebt hatte. Und Schwester Barker glaubte ihr, obschon sie jener Blondine glich, und starrte sie durchdringend an.

In diesem Augenblick erschien Helen als Stück Mensch – überflüssig, ohne Ausbildung – niemandes Frau. Vor ihr lag nichts als ein schmaler Pfad zum Grab. Wenn sie ermordet würde, würde niemand sie vermissen, niemand sie betrauern.

Obwohl sie nur Verachtung für diesen Schwächling empfand, war Schwester Barkers Eifersucht erloschen. Sie war dem Mädchen nicht mehr böse.

Als sie die Brandyflasche erneut zur Hand nahm, rief Helen protestierend: »Bitte nicht!«

»Glauben Sie, ein Schlückchen Brandy wirft mich um?« höhnte Schwester Barker, deren vorgegebene gute Manieren sie verlassen hatten.

»Nicht deswegen. Aber nach allem, was passiert ist, habe ich furchtbare Angst. Wenn nun dieser Brandy mit einem Betäubungsmittel versetzt wäre...«

»In dem Fall wären Sie ganz allein. Das riskiere ich.« Sie hob die Tasse an ihre Lippen und leerte sie. »Es wäre vielleicht das beste für mich«, fuhr sie fort. »Wenn er kommt, geht er auf Sie los. Wenn ich mich einmische, greift er mich auch an. Mein Leben ist nützlich. Warum sollte ich mich für *Sie* opfern?«

»Aber ich würde Ihnen beistehen«, rief Helen. »Es sind nur wir zwei übrig. Wenn Ihnen etwas passieren würde – ich glaube, ich würde vor Schrecken den Verstand verlieren.«

»Es hängt alles von Ihnen ab«, sagte Schwester Barker gehässig. »Sie sind die schwache Stelle. Ich traue Ihnen nicht. Sie würden mich hintergehen, um Ihre eigene Haut zu retten.«

Es schien nutzlos, das Gespräch fortzusetzen. Ohne selbst essen zu können, saß Helen da und schaute zu, wie Schwester Barker ihre Mahlzeit beendete.

Das war ein lange dauernder Vorgang, denn sie rauchte nach jedem Bissen. Wieder packte Helen eine alptraumhafte Bedrückung, als sie versuchte, die Augen offenzuhalten.

Das kleine Zimmer war so voller Rauch, daß Schwester Barkers gigantische weiße Gestalt durch eine Dunstwolke aufragte. Manchmal täuschten sie ihre Augen, und sie schien sich wie eine Wolke auszudehnen. Die Luft war stickig und dschungelheiß.

›Ich muß wachbleiben‹, dachte sie verzweifelt. ›Wenn ich meine Augen von ihr abwende, löst sie sich in Luft auf.‹

Dennoch, während sie noch mühsam versuchte, sich auf ihre Umgebung zu konzentrieren, war zuhinterst in ihrem Kopf die verzweifelte Überzeugung, daß sie etwas zu erfassen versuchte, was ihr immer wieder durch die Finger schlüpfte. Mrs. Oates hatte sie im Stich gelassen, und Schwester Barker würde sie auch im Stich lassen.

Aber wenigstens schritt die Nacht voran. Offenbar hatte Schwester Barker denselben Gedanken, denn sie blickte auf ihren kleinen Reisewecker auf dem Kaminsims.

»Er kann jetzt jeden Moment kommen«, sagte sie. »Mich wundert, was er als erstes machen wird.«

Helen verbot sich zusammenzuzucken, denn ihr war klar, daß der alte Hase nur den Anfänger quälte, um ihm einen Schmerzenslaut zu entlocken. Mit einem Rest ihres alten Mutes wagte sie einen Gegenangriff.

»Vergessen Sie eines nicht«, sagte sie. »Niemand scheint sich meinetwegen viele Gedanken zu machen, solange ich lebe – aber ich könnte sehr wichtig werden, wenn ich tot bin. Falls mir hier und heute etwas passiert, wird es eine gerichtliche

Untersuchung geben und Berichte in den Zeitungen. Und man wird *Sie* verantwortlich machen.«

Schwester Barkers Augen verengten sich, denn sie hatte diesen Aspekt nicht bedacht. Sie mußte ihren Beruf ausüben, um leben zu können, und ihr Ruf könnte leiden, wenn sie bei einer Gerichtsverhandlung aussagen müßte und den Vorwurf der Feigheit nicht entkräften könnte.

»Seien Sie nicht so dumm«, sagte sie. »Wir hängen zusammen in dieser Sache – Was ist das für ein Lärm?«

Helen hörte ihn auch – tiefe, gedämpfte Schläge irgendwo unten.

»Es klingt, als klopfe jemand«, sagte sie.

»Gehen Sie nicht hin, um nachzusehen«, warnte Schwester Barker. »Das kann ein Trick sein.«

»Aber ich *muß*. Es könnte doch Oates sein.«

Ehe Schwester Barker sie aufhalten konnte, hatte sie die Tür geöffnet und lief lautlos durch das blaue Zimmer.

Als sie den Treppenabsatz erreichte, hörte sie ein klares und gebieterisches Klopfen an der Haupttüre, gefolgt vom Läuten der Glocke.

Helen hielt plötzlich an und packte das Geländer – ihr Hirn gelähmt vom Gift der Warnung, die Schwester Barker ausgesprochen hatte. Da draußen *konnte* Oates sein, der schneller zurückgekommen war, als sie zu hoffen gewagt hatte. Aber gerade deshalb wagte sie sich nicht zu bewegen.

Sie *erwartete*, Oates zu sehen. Und jede List, um in das Haus zu kommen, mußte so einfach wie möglich sein.

Plötzlich hatte Helen eine neue Idee. Instinktiv wußte sie, daß es Dr. Parry war, der da klopfte. Trotz seiner beruhigenden Worte war er nicht zufrieden mit dem Stand der Dinge im »Summit« und war herübergefahren, um zu sehen, ob sie in Gefahr war.

Ihre Augen glänzten in freudiger Erwartung, als sie die Treppe hinunterlief, gerade als Schwester Barker den Treppenabsatz erreichte.

»Stop«, rief sie. »Öffnen Sie nicht.«

»Ich muß«, keuchte Helen über die Schulter. »Es ist der Doktor. Er hat versprochen zu kommen. Ich *muß*.«

Sie hörte, wie Schwester Barkers schwere Schritte sie verfolgten und versuchte, schneller zu laufen. Doch trotz ihrer Anstrengung wurde sie, als sie die Tür zur Vorhalle erreichte, von starken Armen umklammert.

»Sch ... Sie kleiner Dummkopf«, flüsterte Schwester Barker heiser, als sie die Hand auf Helens Lippen legte. »Er ist draußen.«

Der Wächter

Trotz der Überzeugung, die aus Schwester Barkers Stimme sprach, zappelte Helen weiter. Sie war sicher, daß Dr. Parry vor der Tür stand. Es war qualvoll, ihn so nahe zu wissen und trotzdem nicht zu ihm kommen zu können.

Von Anfang an wußte sie aber, daß sie geschlagen war, denn Schwester Barker hielt sie mit einem Arm umklammert und preßte die andere Hand schwer auf ihr Gesicht. Ihre Arme waren erstaunlich kräftig, und Helen konnte nur – schwach, aber wie in Raserei – mit weichen Filzsohlen um sich treten.

Das Klopfen und Läuten schien sich endlos hinzuziehen. Als es still wurde, ließ Schwester Barker sie nicht los, sondern wartete, bis sie wie ein Echo ein fernes Hämmern hörte, das aus einem anderen Teil des Hauses erklang.

»Er ist zur Hintertür gegangen«, sagte sie grimmig. »Er ist beharrlich. Aber ich auch.«

Helen konnte sich nur schwach winden; sie litt jetzt nicht mehr nur seelisch, sondern auch körperlich. Sie glaubte, unter dem eisernen Druck auf ihre Rippen und ihren Mund ersticken zu müssen. Als nach einer weiteren Pause der Angriff auf die Haupttür erneuert wurde, hatte sie die Grenzen ihrer Kraft erreicht.

›Geh weg, mein Lieber. Es nützt nichts. Um meinetwillen, geh. Es nützt nichts.‹

Als hörte er ihr lautloses Flehen, das in ihrem Gehirn rasend kreiste, folgte dem Klopfen eine so lange Stille, daß Schwester Barker sie losließ.

»Au«, japste Helen und streichelte vorsichtig ihren Hals. »Sie haben mich fast erstickt.«

Schwester Barker gab ein kurzes rauhes Lachen von sich.

»Ist das Ihr Dank? Schade, daß ich ihn nicht hereingelassen habe. Dann hätten Sie jetzt auf lange Zeit keine Halsschmerzen mehr... Sie sind es nicht wert, gerettet zu werden.«

Helen schüttelte sich eine rote Locke aus den Augen und schaute Schwester Barker traurig an.

»Sie haben mich nicht gerettet«, sagte sie. »Das war Dr. Parry.«

»Woher wissen Sie das?«

»Weil er versprochen hat, zu mir zu kommen.«

Schwester Barker zog ihre buschigen Brauen zusammen und stürzte sich dann auf Helen.

»Sie sagten mir, er sei nicht Ihr Liebhaber.«

Helen war zu niedergeschlagen, um zu protestieren.

»Was macht es denn jetzt noch aus?« fragte sie müde. »Sie haben ihn weggeschickt.«

»Es macht etwas aus. Es heißt, daß Sie mich eben belogen haben. Sie wollten mein Mitleid erregen. Und dabei haben Sie mich heimlich die ganze Zeit ausgelacht.«

Helen sah in ihr wutverzerrtes Gesicht und erinnerte sich dabei an Stephen Rices Bemerkung, ihre Sicherheit hänge größtenteils vom Charakter der anderen ab.

Sie schloß aus dem blutleeren Gesicht der Pflegerin, das um die Nüstern herum weiße Flecken hatte, daß diese in eine Hölle der Eifersucht gestürzt war. Plötzlich tat ihr diese bösartige, abstoßende Person so leid, daß sie ihre Abneigung gegen sie vergaß.

»Ich sagte die Wahrheit«, sagte sie sanft. »Es ist erst heute nacht passiert.«

»*Was* ist passiert?«

»Nichts.« Helen lachte leise, als sie das Gefühl für ihre Gefährdung unter dem Ansturm glücklicher Erinnerungen vergaß. »Aber auch – alles, trotzdem. Es ist etwas an ihm, das etwas in mir herauszieht. Er muß es ähnlich fühlen, sonst könnte er mich nicht ansprechen. *Sie* verstehen das doch, oder nicht? Es ist Ihnen auch schon passiert.«

Eifrig eine Verbindung zu ihr suchend, nahm sie Schwester Barkers Hand. Aber die Frau stieß sie mit solcher Kraft weg, daß sie auf die Knie fiel.

»Ja«, sagte sie. »Ich weiß genau, wie es anfängt. Wie es aufhört, auch. Eine hohle Betrügerin mit Kraushaar, wie Sie.«

»Aber es ist nicht fair, mich für etwas zu strafen, was jemand anders begangen hat«, wandte Helen ein. »Ich habe Ihnen nichts zuleide getan.«

»Und Sie haben mir auch nichts genützt. Sie haben sich spöttisch und unverschämt über mein Äußeres lustiggemacht. Weil ich groß bin und mein Gesicht Persönlichkeit zeigt, haben Sie gewagt, mich mit einem Mann zu vergleichen.«

»Das habe ich nicht. Bitte, seien Sie doch freundlich, und wenn es nur für diese Nacht ist. Wir sollten uns nicht streiten. Das schwächt die Abwehr.«

»Ich verstehe schon, was Sie meinen. Männer fühlen sich von kleinen Frauen mehr angezogen, nicht wahr? Aber kleine Frauen brauchen Schutz. Sie werden mich vermissen, wenn ich nicht mehr da bin und Sie allein sind.«

Eisige Kälte ergriff Helens Herz.

»Wenn das geschähe«, sagte sie, »würde ich vor Angst sterben. Aber das wird nicht passieren.«

»Es könnte wohl.« Die Frau schaute an ihrer Nase herunter; ein verstohlenes Lächeln spielte um ihre Lippen. »Wir haben angenommen, der Professor sei von Drogen betäubt und die Köchin sei betrunken. Aber wie wissen wir, ob man ihnen nicht etwas eingegeben hat?«

Es war eine gräßliche Möglichkeit, die Helen mit Schrecken erfüllte; ihr kam Mrs. Oates' gestammelte Entschuldigung in den Sinn.

»Wer hätte das denn tun können?« rief sie.

»Jemand hätte sich vom Keller her einschleichen können«, deutete Schwester Barker an. »Heute nacht war alles höchst seltsam, als ob jemand hier herinnen arbeitete.«

Sie fügte unheilvoll hinzu: »Wir werden es wissen, wenn *ich* das Bewußtsein verliere. Ich habe Brandy mit meinem Tee getrunken. Vielleicht ist mir deshalb so schwindlig?«

Dabei schwankte sie ein wenig und fuhr mit der Hand über ihre Stirn. Helen starrte sie sprachlos vor Grauen an. Trotz der Gehässigkeit dieser Frau klammerte sie sich an sie wie eine Ertrinkende an ihre Retterin.

Zwar sagte ihr die Vernunft, daß Schwester Barker sie mit ihren Schreckensmeldungen nur weiter terrorisieren wollte; und doch schienen Ereignisse, die sie nicht beeinflussen konnte, auf eine unterirdische Lenkung des allgemeinen Rückzugs hinzudeuten.

Alle Hausgenossen hatten sie nacheinander verlassen. Sie schliefen, und Helen mußte wachen. Am Schluß würde sie allein sein.

Entschlossen, daß Schwester Barker nicht merken sollte, wie tief sie sie getroffen hatte, hielt sie den Kopf hoch und die Lippen unbewegt. Aber Schwester Barker schaute in ihre Augen und sah, daß die Pupille die Iris überschwemmt hatte.

Helen sah sie lächeln und wurde plötzlich von einem Vergeltungswunsch befeuert.

»Ich kann nicht verstehen, warum Sie mir meine erste Chance, glücklich zu sein, mißgönnen«, sagte sie. »Das ist niederträchtig. Als ich hungrig war, half mir das Wissen, daß andere auch hungrig sind, nichts. Es machte die Sache sogar noch schlimmer, denn ich hatte immer Brot und konnte mir vorstellen, wie es denen zumute war, die keines hatten.«

»Sie haben also gehungert?« fragte Schwester Barker neugierig.

»Nicht regelrecht. Aber zwischen den verschiedenen Arbeitsstellen war ich oft sehr knapp dran.«

»Das zeigt nur, daß Sie ein unnützer Mensch sind. Ungelernte gibt es viele. Sie würden niemandem fehlen.«

»Aber jemand könnte mich haben wollen.«

Wieder sah Helen am Ende des Tunnels den blauen Stern des Tageslichts leuchten.

»Wenn es nur schon morgen wäre«, seufzte sie. »Bitte, Schwester, seien Sie doch ein Mensch. Helfen Sie mir, sicher durch die Nacht zu kommen.«

»Warum? Sie würden sich für mich auch nicht anstrengen.«

Helen schwieg, als sie ihr Herz erforschte und merkte, daß Einsamkeit und Schrecken es von unwürdigen Gefühlen gereinigt hatten. Statt Spott und Abneigung empfand sie unbestimmtes Mitgefühl mit Schwester Barker, gemischt mit Respekt vor einigen ihrer Qualitäten, die Dankbarkeit in Treue verwandeln könnte.

»Ich würde so gerne beweisen können, daß ich ehrlich bin«, sagte sie eifrig. »Ich habe schlecht angefangen. Ich war ein scheußliches kleines Biest. Aber wissen Sie, Schwester, ich habe Sie liebgewonnen. Ich verstehe jetzt, was ihr Arzt empfunden hat.«

Schwester Barker hörte schweigend und mit rätselhaftem Ausdruck zu. In die Stille hinein erklang die Telefonglocke, heftig und schrill.

Der Klang war Musik für Helens Ohren, denn er bewies, daß das »Summit« der Hollywood-Tradition durchschnittener Telefonleitungen widerstanden hatte.

Sie lief durch die Halle; ihr blasses Gesicht war plötzlich von Farbe und Freude neu belebt.

»Sie hatten recht wie immer«, keuchte sie. »Es war nicht Dr. Parry vor der Tür, denn er ruft mich jetzt an.«

Sie war so sicher, seine Stimme zu hören, daß ihre Enttäuschung um so heftiger war, als sie gezierte weibliche Töne vernahm.

»Ist dort das ›Summit‹?«

»Summit am Apparat«, antwortete Helen dumpf.

Dann rief sie Schwester Barker.

»Der Anruf ist für Sie.«

Schwester Barker erhob sich gewichtig.

»Wer ist es?« fragte sie.

»Ich weiß es nicht.«

Ohne zu ahnen, welch ein Unheil auf sie zukam, achtete Helen nicht sehr auf Schwester Barker, obwohl sie bemerkte, daß diese plötzlich wieder in ihrem feinsten Ton sprach.

»Schwester Barker am Apparat. Wer ist dort?... Sie, meine Liebe?«

Die Sekretärin des Schwesternheimes erklärte ihren Anruf.

»Wie schön, Ihre Stimme zu hören, meine Liebe. Ich bin immer noch im Dienst. Wir haben eine Notoperation, und ich versuche Blake aufzutreiben. Er ist in Urlaub, und ich suche ihn in ganz England. Sie wissen ja, wie man bei Ferngesprächen oft unterbrochen wird. Also dachte ich, ich rufe Sie an, während ich warte, falls Sie noch nicht schlafen gegangen sind.«

»Wenig Aussichten auf Schlaf«, sagte Schwester Barker bitter.

»Das klingt nicht sehr fröhlich. Ist es ein unbequemer Fall?«

»Äußerst unbequem. Sogar widerlich und sehr merkwürdig.«

»Merkwürdig? Das überrascht mich nicht. Ich muß Ihnen sagen, daß mich jemand angerufen und die merkwürdigsten Fragen über *Sie* gestellt hat.«

»Über mich?«

Helen wurde auf den Ton von Schwester Barkers Stimme aufmerksam. Mit schwerem Herzen hörte sie der Hälfte des Gespräches zu.

»Sagen Sie das nochmals... Tatsächlich. Sonst noch was?... *Was?* So eine Unverschämtheit... *Wer* hat Sie angerufen?... Sind Sie sicher, daß es eine Mädchenstimme war?... Wann? Bitte versuchen Sie sich zu erinnern, denn ich will herausfinden, wer das war... Sind sie sicher, daß es dann war?... Dann weiß ich, *welches* Mädchen es war, denn die andere war nicht mehr im Haus... Schon gut. Sie haben gut daran getan, mich zu informieren. Ich weiß gerne, wo ich genau stehe. Auf Wiedersehen.«

Schwester Barker legte auf und schaute Helen mit funkelnden Augen an.

»Sie wollten mir beweisen, wie Sie wirklich sind?« fragte sie. »Nun, das haben Sie jetzt getan. Voll und ganz. Sie sind eine Lügnerin und eine Duckmäuserin. Ganz und gar verachtenswert. Wenn ich Sie mit dem kleinen Finger retten könnte, täte ich es nicht.«

Helen öffnete stumm die Lippen, um zu erklären. Aber in ihrem Kopf nahm nichts Form an, alles blieb flüssig wie ein rohes Ei. Flüchtige und sich auflösende Erinnerungen vermengten sich, die Helen vergeblich miteinander in Verbindung zu bringen versuchte.

Sie verstand lediglich, daß sie ihre Verteidigung geschwächt hatte und daß draußen ein Mann in der strömenden Finsternis herumschlich.

Der Mann war immer noch da, er kreiste um das Haus, zwängte sich durch tropfenden Lorbeer und wuchernde Büsche. Sturmgepeitschte Zweige schlugen ihm ins Gesicht, als er sich auf dem nassen Boden bückte, um jedes kleine Kellerfenster zu inspizieren.

Einmal glaubte er einen wunden Punkt gefunden zu haben, denn ein Laden gab unter seinem Druck nach. Er schob sein Taschenmesser dahinter und hackte auf einer Behelfsbefestigung aus Schnur und Nagel herum, aber dann stellte sich ihm ein zweiter, innerer Laden entgegen.

Das Haus war bis an die Zähne bewaffnet. Es war so abgeschottet und unangreifbar wie ein Panzerwagen. Es hatte taube Ohren für das lauteste Türklopfen und das längste Klingeln.

Dr. Parry hätte zufrieden sein sollen, wie genau man seinen Anweisungen nachgekommen war. Er hatte äußerste Vorsicht empfohlen. Aber als er die blanken Mauern emporsah und keinen Lichtschimmer in einem der oberen Fenster entdecken konnte, überlief es ihn kalt.

Er hatte die baumerstickte Einsamkeit des »Summit« nie gemocht, obwohl er sonst Einsamkeit liebte. Aber sein eigenes Haus stand in einer Waldlichtung und war allen Winden offen, wie ein kleines Schiff, das im klaren Wasser eines Hafens schwimmt – das »Summit« dagegen erhob sich in einer unkrautbewachsenen, vergessenen Lagune.

Mit rascher Intuition begabt – heftige Vorlieben und Abneigungen fassend – erkannte und bekämpfte er eine gewisse Neigung zum Aberglauben in seinem Wesen. Er mißtraute jetzt dem Äußeren eines viktorianischen Hauses, dessen hohe Kamine sich in die zerfetzten Wolken zu bohren schienen.

Der Mond, der sich zwischen den Wolken hindurchstahl, war vom strömenden Regen verhüllt. Das »Summit« reckte sich inmitten einer schwankenden, wechselnden Landschaft, und ihm schien, als berge es ein Geheimnis.

Es erinnerte ihn irgendwie an eine reiche und hochgeachtete Witwe in schwärzesten Trauerkleidern, die einen Scheck für die Kirchengemeinde unterzeichnet, nachdem sie ihrem verstorbenen Gatten Arsenik in die Suppe gerührt hat.

Beinahe entfuhr ihm ein Fluch über seine eigene Dummheit, als ihm ein einfacher Weg einfiel, mit Helen in Verbindung zu treten. Er zündete sein Feuerzeug an und suchte in seinen Taschen nach einem Stück Papier. Er fand einen alten Briefumschlag, und es gelang ihm unter Schwierigkeiten, eine Botschaft daraufzukritzeln.

Im Vertrauen auf ein Ergebnis schob er ihn in den Briefkasten und klopfte zweimal kurz hintereinander wie ein Briefträger.

›Das holt sie schneller herunter als eine Ladung Dynamit‹, dachte er, als er wieder auf die gekieste Auffahrt zurückkehrte, um das ganze Haus beobachten zu können.

Als die Minuten jedoch vergingen und in keinem der oberen Fenster Licht aufleuchtete, fühlte er Furcht in sich aufsteigen. Das Ausbleiben einer Reaktion war untypisch für Helens Neugier. Mit was für sensationeller Geschwindigkeit sie die Treppe hinaufjagen konnte, hatte er gesehen und wußte deshalb, daß sie nicht viel Zeit brauchen würde, um den zweiten Stock zu erreichen, selbst wenn sie seinem Rat gefolgt war und im Untergeschoß geschlafen hatte.

Allmählich wurde er es müde, im Regen zu stehen, als wäre er neben den Bäumen eingepflanzt. Offensichtlich war das »Summit« – seinem Charakter als hochgeachtete Witwe entsprechend – für gelegentliche Klopfer nach Einbruch der Nacht nicht zu sprechen. In Anbetracht der Umstände konnte er die Übervorsicht nur billigen.

Er wollte soeben gehen, als das Unerwartete geschah. Ein Licht erglühte in einem der Schlafzimmer im zweiten Stock. Das Fenster war geschlossen, nicht aber die Fensterläden. Das Licht drang durch einen dünnen türkisblauen Vorhang.

Sein Gesicht leuchtete freudig auf. Erst als er glaubte, gleich ihre Stimme zu hören, erkannte er die Kraft seiner Gefühle für Helen. Die Glut in seinem Herzen stieg bis in seine Lippen und entfachte dort ein Lächeln. Seine Liebesseligkeit machte die nun folgende Enttäuschung umso heftiger. Mit jähem Entsetzen sah er auf die erleuchteten Vorhänge einen schleichenden, kauernden Schatten geworfen.

Es waren Kopf und Schultern eines Mannes.

Eines Seefahrers Rat

Rund um das »Summit« tobten die Elemente und im Haus die Leidenschaften. Entsetzt über Schwester Barkers dunkel angeschwollenes Gesicht, verlor Helen beim Versuch, sie zu versöhnen, fast den Verstand.

»Verstehen Sie das denn nicht?« flehte sie. »Es war kurz nach dem Mord. Wir waren alle aufgeregt und nervös. Wir fürchteten unseren eigenen Schatten und wußten nicht, wen wir verdächtigen sollten. Ehrlich, ich fand, es trage zur Klärung bei, wenn ich mich vergewisserte, daß wir die richtige Pflegerin hatten. Mrs. Oates dachte nämlich, Sie seien eine Betrügerin.«

Ihre Erklärung ließ jedoch Schwester Barkers Zorn nur noch größer werden. Im Körper dieser Riesin war eine zwergenhafte Natur gefangen, die sie krankhaft empfindlich dafür machte, wie sie auf Fremde wirkte. Sie glaubte sich stets lächerlich gemacht und bevölkerte die Welt mit ihren eingebildeten Feinden.

»Sie wollten sich mein Vertrauen erschleichen«, erklärte sie heftig. »Sie haben mich dazu gebracht, von Dingen zu sprechen die mir – heilig sind. Und gleich darauf riefen Sie das Heim an. Ein schmutziger Trick.«

»Nein«, wandte Helen ein. »Das war vor unserem Gespräch. Ich bin seit meinem Versprechen Ihnen gegenüber loyal geblieben.«

»Das ist eine Lüge. Ich habe Sie am Telefon ertappt.«

»Ja, ich weiß. Aber ich rief Dr. Parry an.«

Schwester Barker preßte nur ihre Lippen schief zusammen. Sie wußte, Schweigen war die wirksamste Strafe, die sie anwenden konnte, denn das hielt das junge Mädchen ständig in Spannung.

Helen wartete angstvoll auf den nächsten Angriff und fuhr zusammen, als sie das dumpfe Geräusch eines Falles hörte. Man hörte es trotz des Sturmes, weil es ungewöhnlich war.

Ihre Gedanken flogen zum Professor. In ihrer Unwissenheit über die Wirkung von Drogen klammerte sie sich immer noch an die Hoffnung, daß er rechtzeitig erwachen würde, um die Situation wieder in den Griff zu bekommen.

Aber Schwester Barker zerstörte diese Illusion, indem sie ihr Schweigen brach und einen Befehl bellte.

»Sehen Sie nach, ob die alte Frau aus dem Bett gefallen ist.«

Froh darüber, sich nützlich machen zu können, gehorchte Helen; sie schoß die Treppen hoch wie ein Planet in das Weltall. Als sie den Treppenabsatz erreichte, verlangsamte sie ihren rasenden Lauf und schlich vorsichtig in das blaue Zimmer.

Lady Warren lag zusammengekauert im großen Bett und schlief tief. Ihr Mund war offen und ihr Schnarchen echt. Eine ihrer rosafarbenen Schleifen war ihr aus dem Haar gerutscht und lag auf dem Kissen wie eine Rose.

Helen schaute sich um und bemerkte, daß die Spuren von Lady Warrens Abendtoilette nicht entfernt worden waren und daß das Feuer heruntergebrannt war. Sorgfältig legte sie ein paar der schneeballförmigen Kohlen nach, zu vertieft in ihre Arbeit, um Dr. Parrys zweimaliges Klopfen an der Tür zu hören.

Aber Schwester Barker fuhr bei dem Ton zusammen. Vorsichtig nach links und nach rechts spähend, stieß sie die Flügeltüre auf und ging in die Vorhalle.

Ihr erster Blick erfaßte etwas Weißes, das durch das Glas des Briefkastens schimmerte. Sie nahm es heraus und untersuchte die Notiz mit verengten Augen. Sie war hinten auf einen Umschlag gekritzelt, der an Dr. Parry gerichtet war. Unterzeichnet war sie mit ›D. P.‹.

Ihr Herz krampfte sich voller Eifersucht über diesen Beweis zusammen, daß Helens Ahnung doch richtig gewesen war. Während sie miteinander rangen, war Dr. Parry tatsächlich draußen vor der Tür gewesen, beharrlich und tatendurstig.

»Sie wußte es«, murmelte sie. »Wie?«

Die Vertrautheit des Mädchens mit den gewundenen Pfaden des Labyrinths der Liebe war ein Rätsel für die unbefriedigte Frau, die ihr ganzes Leben nach einem Anhaltspunkt gesucht hatte, der ihr helfen sollte, die Wirrnis zu durchdringen. Einmal nur hatte sie sich ein kurzes Stück weit in den Irrgarten hineingewagt, hatte aber nie seine Mitte gefunden. Sie war verraten worden und wanderte nun allein herum – einsam und verloren.

Aber Helen wußte, wie man das Herz eines Mannes gewann und wie man ihn rief, so daß er – am Ende eines harten Tages – ihretwegen nicht schlafen konnte.

Schwester Barker konnte einschätzen, wie groß das Opfer für einen Allgemeinpraktiker war. Ihre Augen sahen wie Kieselsteine aus, als sie die Notiz las, die offensichtlich an Helen gerichtet war.

›Bin mit dem Motorrad gekommen, um selbst zu sehen, wie die Dinge liegen. Wenn Sie dies bekommen, öffnen Sie Ihr Schlafzimmerfenster, und ich rufe hinauf, damit Sie wissen, daß wirklich ich es bin und kein Trick gespielt wird. Aber um Himmels willen, lassen Sie mich hinein. Ich werde später dem Professor alles erklären.‹

›Ratterte meilenweit durch den Sturm, nur um seinen Schatz zu sehen‹, dachte Schwester Barker. ›Wenn es Krach gibt und sie entlassen wird, bringt er das in Ordnung. Heiratet das arme Mädchen. Sie kann überhaupt nicht verlieren.‹

Von dem Augenblick an, da sie Helen zum erstenmal gesehen hatte, war Schwester Barker von wilder Eifersucht gepackt worden, weil sie der siegreichen Blondine glich. Sie war genau der Typ, der sie selbst gerne gewesen wäre – schnell wie ein Wiesel und geschickt wie ein Eichhörnchen. Sie konnte zwar auf sich selbst aufpassen, erweckte aber den Eindruck feenhafter Zerbrechlichkeit, was bei den Männern Beschützerinstinkte wachrief.

Sie schluckte krampfhaft, als sie das Papier in winzige Stückchen zerriß und sie in den Schirmständer warf.

»Büro für unzustellbare Briefe«, murmelte sie grimmig vor sich hin.

Unterdessen war Helen im blauen Zimmer geschäftig, ohne zu ahnen, daß ein für sie lebenswichtiger Brief vernichtet wurde. Sie war erleichtert, nach der Spannung endlosen Wartens etwas zu tun zu haben.

Sie rückte Möbel zurecht, schüttelte Kissen auf und räumte Kleidungsstücke weg; dann trat sie auf den Treppenabsatz hinaus, beladen mit einem großen Becken voller Seifenwasser und einem Armvoll zerknautschter Handtücher.

Ihr schien irgendwie, eben habe sich die Luft bewegt, als sei gerade vor ein paar Sekunden jemand vorbeigekommen. Die Tür zur Hintertreppe bebte leicht, als ob sie sich bei bloßer Berührung öffnen wollte.

Ihr kleines weißes Gesicht schwamm wie immer aus den düsteren Tiefen des Spiegels herauf, aber als sie näherkam, bemerkte sie etwas Geheimnisvolles und Erschreckendes.

Ein feiner Schleier lag über dem Spiegel, etwa auf der Höhe eines Männermundes.

›Jemand hat hier vor ein paar Sekunden gestanden‹, dachte sie angsterfüllt, als sie zuschaute, wie der Spiegel wieder klar wurde.

Sie umklammerte ihre Schüssel mit steifen Fingern und starrte die geschlossenen Türen an. Sie wagte nicht, den Blick davon abzuwenden, damit keine davon aufging – sie wagte nicht, sich zu bewegen, um keinen Angriff zu provozieren. Sie hörte das Ticken der Uhr in der Halle und fühlte das schnelle Schlagen ihres Herzens.

Plötzlich gingen ihre Nerven mit ihr durch. Sie stellte die Schüssel auf den Teppich, wobei sie einen Teil des Wassers verschüttete, und stürzte praktisch die Treppe hinunter.

Schwester Barker sah sie an, wie sie sich keuchend auf die unterste Stufe sinken ließ.

»Nun?« fragte sie kühl und unbeteiligt.

Beschämt über ihre grundlosen Ängste, hatte sich Helen bald wieder in der Gewalt.

»Lady Warren schläft«, sagte sie. »*Sie* war es nicht.«

»Wo waren Sie dann die ganze Zeit?«

»Ich habe das Zimmer aufgeräumt.«

Schwester Barker ging über die versteckte Kritik an ihrer Arbeit hinweg.

»Sie waren nicht in Ihrem eigenen Zimmer?« fragte sie.

»Nein.«

»Da würde ich an Ihrer Stelle auch nicht hingehen. Es ist ein ziemlich langer Weg hinauf, falls Sie dort überhaupt jemandem begegnen.«

Wieder hörten sie weit weg einen dumpfen Aufschlag.

»Da ist es wieder«, sagte Schwester Barker. »Wenn das nur aufhörte. Es geht mir auf die Nerven.«

Als sie hinhörte, war Helen plötzlich klar, woher der Ton kam.

»Das ist im Kellergang. Es muß das Fenster sein, das ich zugebunden habe. Es hat sich losgerissen.«

Sie fügte hastig hinzu: »Das macht nichts. Der Fensterladen ist geschlossen, niemand kann hereinkommen.«

»Es ist trotzdem strafbar nachlässig«, erklärte Schwester Barker und gähnte ausgiebig.

»Sind Sie müde?« fragte Helen scharf.

»Meine Augen fallen einfach zu«, erklärte Schwester Barker und gähnte nochmals. »Ich kann sie fast nicht offen halten. Ich bin direkt von einem Nachtdienst gekommen. Es ist wirklich ein Skandal. Ich hätte zwischen den Fällen eine Nacht im Bett gebraucht. Aber ich mußte sofort hierherkommen. Und ich kann eher auf Essen verzichten als auf Schlaf.«

Helens Herz wurde zu Eis, als sie die allzu vertrauten Zeichen einer Katastrophe erkannte. Sie hatte gefürchtet, Schwester Barker könnte einer verbrecherisch zugeführten Droge erliegen, aber in Wirklichkeit überwältigte sie beinahe ihr natürliches Schlafbedürfnis.

Helen, die sie beobachtete, war es klar, daß sie nicht würde wachbleiben können. Sie kannte die Anzeichen gut; oft hatte sie schlaftrunkene Dienstmädchen wecken müssen, die auf kein mechanisches Schrillen reagierten.

Außerdem brauchte Schwester Barker wirklich eine ruhige Nacht. Sie hatte den Weg in einem offenen Wagen zurückgelegt; dann hatte sie viel gegessen und geraucht und eine beträchtliche Menge Brandy getrunken. Außerdem war die Luft in dem rundum verschlossenen Haus stickig, während die Nacht draußen die ungewohnte Wärme einer typischen wilden Dezembernacht hatte.

Es schien keine Verbindung zu bestehen zwischen diesem letzten Beispiel von Ursache und Wirkung und der geheimnisvollen Verschwörung, die Helens Sicherheit bedrohte. Aber ihre Furcht, alleingelassen wachen zu müssen, war wirklich, weil der Zwischenfall zeitlich so grauenhaft genau eingeplant schien.

Helen versuchte herauszufinden, wer an dieser Katastrophe schuld war.

›Die Oberschwester im Heim. Sie hätte uns eine ausgeruhte Pflegerin schicken sollen ... Aber, halt. Sie mußte uns ja sofort jemand schicken. Eigentlich lag es an Lady Warren, als sie der anderen Pflegerin die Schüssel an den Kopf warf.‹

Schwester Barkers Kopf fiel plötzlich auf ihre Brust. Sie erwachte und schwankte, als sie langsam aufstand.

»Wo gehen Sie hin?«

»Ins Bett.«

»Wo?«

»Im Krankenzimmer.«

Schwester Barker strengte sich an, die Augen offenzuhalten, und schaute Helen verständnislos an.

»Das Haus ist verschlossen«, sagte sie. »Sie sind in Sicherheit, solange Sie die Tür nicht öffnen. Wenn Sie das wieder vergessen, sind Sie selber schuld.«

»Aber es ist viel schlimmer«, jammerte Helen. »Ich habe es Ihnen bis jetzt nicht gesagt, weil ich nicht sicher war.«

»Sicher *worüber*?« wiederholte Schwester Barker, etwas wacher.

Helen senkte ihre Stimme zu einem Flüstern.

»Ich habe furchtbare Angst, daß jemand im Haus mit uns eingeschlossen ist.«

Schwester Barker hörte die Geschichte vom Rascheln auf der Hintertreppe und dem atemfeuchten Spiegel mit Skepsis.

»Der Wind«, sagte sie, »oder Mäuse. Ich gehe zu Bett. Sie können ja auch hinaufkommen, wenn Sie einen Angstanfall bekommen.«

Helen zögerte; die Einladung lockte sie. Wenn sie die Tür des Professors und das blaue Zimmer abschlossen, wären sie sicher in einer inneren Festung untergebracht, zusammen mit den hilflosen Familienmitgliedern. Schwester Barker konnte da ungefährdet schlafen, und Helen würde wachen.

Aber dann wäre Mrs. Oates draußen in den Schützengräben. Obschon angeblich eine besondere Vorsehung für sie sorgen sollte, fand Helen, man könne sie nicht in ihrem verwundbaren Zustand dort lassen.

»Könnten wir vielleicht Mrs. Oates in das blaue Zimmer hinaufbekommen?« fragte sie.

»Einen stockbetrunkenen Baumstamm zwei Treppen hoch schleppen?« Schwester Barker schüttelte den Kopf. »Ohne mich.«

»Aber wir können sie nicht einfach dort lassen. Bedenken Sie, *uns* wird man zur Rechenschaft ziehen, morgen früh.«

Zum Glück hatte Helen die richtigen Worte gefunden, denn Schwester Barker war diesem Argument zugänglich. Sie gab widerwillig nach.

»Ach, dann gebe ich mich eben mit einem Behelfslager im Salon zufrieden.«

Helen folgte ihr in den großen, geschmacklosen Raum, in dem immer noch die elektrischen Lampen strahlten. Er zeigte noch Spuren seiner letzten Bewohner – der sorglosen, gelangweilten jungen Leute – deren moderne, gleichgültige Haltung so verhängnisvoll durch den Atomzertrümmerer ›Leidenschaft‹ zerstört worden war. Ohne zu ahnen, daß sie ein Opfer der Folgen war, rief sich Helen wehmütig die Szene zurück, wie sie sich dargeboten hatte, als sie den Kaffee auftrug.

Damals war nichts auf der Welt wichtiger gewesen als die Frage, ob Greta Garbo oder Marlene Dietrich die bessere Schauspielerin sei.

Kaffeetassen, die durchfeuchtete Zigarettenstummel enthielten, standen überall herum; daneben lagen Zeitungsseiten, offene Zeitschriften und überfüllte Aschenbecher. Schwester Barker nahm ein paar satinbezogene Kissen auf, die auf dem Teppich lagen, legte sie sich unter den Kopf und streckte sich auf dem riesigen blauen Sofa aus.

Sie schloß die Augen und schlief sofort ein.

›Jetzt bin ich allein‹, dachte Helen. ›Aber ich kann sie aufwecken, wenn etwas passiert.‹

Sie schaute sich angespannt um, mit Augen, die zu schwarzen Teichen verschwommen waren. Es bestand keine Gefahr, daß sie von Schwester Barkers regelmäßigen Atemzügen unmerklich beruhigt und eingelullt würde. Ihr Gehirn war so aufgeregt, daß es nur noch ein Lagerhaus verwirrter Eindrücke war. Es raste vor Vermutungen – scheute vor Möglichkeiten zurück – ließ Erlebnisse der Nacht wiederaufleben.

Aber sie wußte, daß sie durch Chaos und Wirrnis eine bestimmte Erinnerung suchte.

Plötzlich wußte sie, was es war. Das Fenster im Kellergang.

Es war ein paar Minuten lang offengelassen worden, während der Riegel nutzlos auf dem Küchentisch lag und sie und Stephen sich genüßlich an Mrs. Oates' alter Geschichte geweidet hatten.

Ihr Herz schnellte empor, aber sie versuchte, sich ruhig

zuzureden. Es gab nur eine hundertstel Chance, daß der Verbrecher, der sich in weiten Flächen unbebauten Landes verbergen konnte, sich in ein Haus voller Leute flüchten würde – und eine noch geringere Chance, daß er den einzigen Zugang fände.

›Aber *wenn* er ihn fand‹, dachte Helen, ›konnte er sich in einem der dunklen Keller verstecken. Und als die Luft rein war, konnte er durch die Abwaschküche und die Küche in das hintere Treppenhaus gelangt sein.‹

Es gab nur einen Weg, Mrs. Oates vor Unheil zu bewahren. Sie mußte den Keller gründlich durchsuchen. Wenn sie sicher war, daß er leer war, mußte sie die Küchentür abschließen und den Schlüssel mitnehmen.

Schwester Barker hörte sie nicht, als sie aus dem Zimmer ging, ihr kleines weißes Gesicht zu einer Maske der Schicksalsergebenheit erstarrt. Die Frau schlief zu fest, um den tosenden Sturm zu hören, der die hohen Fenster wütend schüttelte. Tief in traumlosem Schlaf lag sie da, ohne Verbindung zur Außenwelt.

Als sie plötzlich erwachte, setzte sie sich auf und rieb sich die Augen. Erfrischt und munter schaute sie sich nach Helen um, die bei ihr gewacht hatte.

Aber das Mädchen war verschwunden.

Dr. Parry, seinerseits, stand auch nicht mehr Wache im Garten. Kaum hatten sich der Kopf und die Schultern auf den Vorhängen abgezeichnet, ging das Licht in Helens Schlafzimmer aus.

Er wartete ab, ob noch etwas passierte, und bemühte sich dabei, seinem Unbehagen Herr zu werden. Er wußte zwar, daß Helens Haarschopf nicht den klaren Umriß eines Mannes annehmen konnte, aber Miss Warren, oder die Pflegerin ohne ihren Schleier, konnten vor dem Vorhang vorbeigegangen sein. Verzerrungen und Lichttäuschungen lagen durchaus im Bereich des Möglichen.

Dann drehte er sich um. Im Bewußtsein, daß sein persönliches Gefühl für ein Mädchen in ihm eine unvernünftige Panik hervorgerufen hatte, hätte er gerne die Meinung eines Unbeteiligten gehört.

Er eilte durch die Pflanzung und erreichte bald Captain Beans weißgestrichenes Häuschen.

Die Vorhänge waren nicht geschlossen, man sah direkt in den erleuchteten Wohnraum. Captain Bean saß im Hemd an einem mit Papieren übersäten Tisch, eine Teekanne neben sich. Offensichtlich arbeitete er noch an einem seiner Reiseberichte.

Obwohl er seine Arbeit unterbrechen mußte, kam er zur Tür, sobald Dr. Parrys Klopfen ertönte. Sein glattrasiertes Gesicht war ein Gemisch von kleinen, unbestimmten Zügen, und seine einst blonden Haare waren von der Sonne der Tropen gebleicht. Aber die blauen Augen, die durch rotgeränderte, wimpernlose Lider hindurchschauten, waren klug und durchdringend.

»Sie wundern sich sicher, warum ich Sie um diese nachtschlafene Zeit störe«, sagte Dr. Parry. »Aber ich weiß nicht recht, was im ›Summit‹ vorgeht.«

»Kommen Sie herein«, lud Captain Bean ihn ein.

Dr. Parry war verblüfft über den Ernst, mit dem er seiner Geschichte zuhörte.

»Wissen Sie«, gab er zu, »da ist ein Mädchen im Haus, um das ich mir Sorgen mache. Sie ist so ein kleines Persönchen. Und sie hat große Angst.«

»Daran tut sie recht«, schnappte der Captain, »nach dem Mädchen, das ich heute abend in meinem Garten gefunden habe.«

Dr. Parry, der auf Beruhigung durch Skepsis gehofft hatte, schaute ihn besorgt an. Er sah abgehärmt und ungepflegt aus; sein unrasiertes Kinn wirkte schmutzig.

Aber im nächsten Satz verriet der Captain zum Glück, daß er persönliche Vorurteile hegte.

»Ich habe dieses Haus nie gemocht. Und ich habe die Familie nie gemocht. Ich laufe mit Ihnen hinüber und wir schauen zusammen nach.«

»Fehlanzeige«, sagte Dr. Parry hoffnungslos. »Das Haus ist wie eine Festung. Und man kann die Türglocke läuten, bis der Draht reißt.«

»Polizei?«

»Ich habe auch daran gedacht. Ich weiß nicht, was für Gründe ich vorbringen kann, damit sie die Tür aufbrechen. Es ist alles in Ordnung. Und das ist, verdammt nochmal, hauptsächlich meine Schuld.«

Dr. Parry erhob sich von seinem Stuhl und ging aufgeregt im Zimmer auf und ab.

»Dieser Schatten beunruhigt mich besonders«, sagte er. »In ihrem Zimmer. Er sah nicht aus, als wäre er der einer Frau.«

»Immerhin sind junge Männer im Haus«, bemerkte der Captain.

»Nein, sie sind alle ausgezogen. Nur der Professor ist dort – falls er das Quadronex ausgeschlafen hat. Und das ist sehr unwahrscheinlich.«

Captain Bean grunzte, als er frischen Tabak in seine Pfeife stopfte.

»Ich brauche das ganze Logbuch«, sagte er. »Ich bin in der ganzen Welt gewesen und habe die scheußlichsten Dinge gesehen. Aber die Leiche dieses Mädchens, in meinem eigenen Garten, hat mich erschreckt. Ich habe seither an alles mögliche gedacht. Ein bißchen hier, ein wenig dort. Nichts Endgültiges, aber ein Strohhalm kann die Windrichtung anzeigen.«

Er hörte dem Bericht mit großer Aufmerksamkeit zu, gab aber keinen Kommentar ab. Am Ende stand er auf und zog seine Regenstiefel an.

»Wo gehen Sie hin?« fragte Dr. Parry.

»Zum Ochsen. Der Polizei telefonieren.«

»Warum?«

»Manche Dinge kann man nicht sagen. Man muß sie mit dem Kompaß orten ... aber es ist immer schlimm, wenn Ratten ein Schiff verlassen.«

Vor Aufregung und Angst explodierte Dr. Parry.

»Verflucht. Hören Sie mit den Anspielungen auf. Sagen Sie mir klar, was Sie meinen.«

Der Captain schüttelte den Kopf.

»Man kann das Kind nicht beim rechten Namen nennen, wenn es sich vielleicht herausstellt, daß es gar kein Kind ist«, sagte er. »Aber ich sage Ihnen eines: nicht für eine Million Pfund möchte ich meine Tochter heute in diesem Haus wissen.«

Des Menschen Erbfeind

Zuerst konnte Schwester Barker nicht fassen, daß Helen weg war. Sie schaute um sich, vergeblich nach einer kleinen blauen Gestalt inmitten der verstreuten Sofas und Stühle suchend. Nur die rote Katze – von ihrem geräuschvollen Herumtappen geweckt – sprang von einem alten, mit Plüsch bezogenen Diwan und stolzierte deutlich mißvergnügt aus dem Zimmer.

Völlig aufgeregt folgte sie ihr in die Halle und schrie: »Miss Capel!«

Es kam keine Antwort – kein sanftes Schlurfen von Filzschuhen. Sie zog zornig die Brauen zusammen und ihre Augen leuchteten grün vor Eifersucht.

»Kleine Ratte«, sagte sie böse.

Sie fürchtete kein Unglück für Helen. Ihrer Ansicht nach war das »Summit« unangreifbar. Sie hatte mit der Furcht des Mädchens aus zwei Gründen gespielt – um ihr Vorsicht einzubläuen, und auch aus Rache für eingebildete Beleidigungen.

Sie sagte sich, Dr. Parry habe sich trotz des abgefangenen Briefleins mit Helen in Verbindung setzen können.

»Sie hat ihn hereingelassen«, dachte sie. »Nun, es geht mich ja nichts an.«

Mit berufsbedingter Vorsicht ging sie jedem Skandal aus dem Weg. Ging in einem der Häuser, in denen sie pflegte, etwas Ungehöriges vor, so wußte sie nie etwas davon.

Falls der Professor oder Miss Warren sie über die Gegenwart Dr. Parrys im »Summit« befragten, würde sie ihnen sagen, sie sei da gewesen, wo sie hingehöre – im Krankenzimmer.

Mit einem schiefen tugendhaften Lächeln ging sie in das blaue Zimmer hinauf. Als sie eintrat, rührte sich Lady Warren im Bett.

»Mädchen«, rief sie.

»So redet man seine Krankenschwester nicht an«, bemerkte Schwester Barker.

Lady Warren setzte sich mühsam auf und rieb sich die Augen.

»Gehen Sie fort«, sagte sie. »Ich will nicht Sie. Ich will das Mädchen.«

»Schließen Sie die Augen und schlafen Sie. Es ist sehr spät.«

Lady Warren sah jedoch wach wie eine Eule aus und starrte Schwester Barker mit schwarzen Vollmondaugen an.

»Es ist so ruhig«, sagte sie. »Wo sind sie alle?«

Schwester Barker hielt nichts davon, Patientenfragen zu beantworten.

»Alle sind im Bett und schlafen«, sagte sie.

»Sagen Sie dem Professor, er solle zu mir kommen. Sie können durch den Ankleideraum gehen.«

Das erinnerte Schwester Barker daran, daß sie eine Beschwerde vorzubringen hatte.

»Wissen Sie, daß man die Verbindungstür nicht abschließen kann?« fragte sie.

»Kein Grund zur Sorge.« Die alte Frau kicherte. »Er kommt Sie nicht besuchen. Ihre Blütezeit ist vorbei.«

Schwester Barker ging verächtlich über die Beleidigung hinweg. Nichts warnte sie vor der Gefahr, die sich durch eben diese Tür stehlen würde, vor dem Schock des unerwarteten Angriffs – der Umklammerung ihres Halses durch würgende Finger – dem Rauschen des Meeres in ihren Ohren – der heranstürmenden Finsternis...

Sie fühlte sich sicher und hatte nur noch den Wunsch, sich für die Nacht hinzulegen. Der Schlaf stahl sich wieder heran. Sobald sie ihre mühsame alte Patientin beruhigt hatte, gedachte sie unter die Daunendecke auf dem kleinen Bett in der Ecke zu schlüpfen.

Sie hatte nicht die Absicht, Lady Warren über das Schlafmittelfiasko aufzuklären und gab vor, den Professor zu wekken. Sie ging durch den Ankleideraum in sein Schlafzimmer.

Sein Stuhl stand direkt unter dem Deckenlicht, so daß sein Gesicht in einem Teich von Schatten lag. Es sah so unnatürlich aus, als wäre es aus gelbem Wachs geformt. Die Ähnlichkeit wurde dadurch noch verstärkt, daß die sitzende Gestalt so starr aussah wie eine mechanische Schachfigur.

Schwester Barker ging automatisch auf ihn zu, um seinen Puls zu fühlen; dann aber fiel ihr ein, daß der Professor nicht ihr offizieller Patient war, und ein Mann dazu, und daß es schon Mitternacht war.

»Kommt der Professor?« fragte Lady Warren eifrig, als sie in das blaue Zimmer zurückkam.

»Nein, er schläft tief.«

Lady Warren beobachtete, wie sie durch das Zimmer ging und die Tür abschloß.

›So muß sie draußen bleiben‹, dachte sie mit einem Lächeln grimmiger Befriedigung.

»Warum tun Sie das?« fragte Lady Warren.

»Ich schließe immer mein Zimmer in einem fremden Haus«, antwortete Schwester Barker.

»Ich lasse meines immer offen, so daß ich schneller hinauskomme. Sie werden sehen, meine Art ist besser. Wenn man aussperrt, weiß man nie, was man einsperrt.«

»Ich will jetzt aber nichts mehr hören von Ihnen«, sagte Schwester Barker und streifte die Schuhe ab. »Ich lege mich hin.«

Aber bevor sie sich auf das schmale Bett fallen ließ, ging sie noch zur anderen Tür, die zum Ankleideraum führte, und drehte den Schlüssel um, als wäre es eine besondere Vorsichtsmaßnahme.

Trotz dieser Vorkehrungen konnte sie nicht einschlafen. Ihre Gedanken kreisten neidvoll um Helen und ihren Liebhaber. Wo waren sie jetzt wohl, und was taten sie?

In diesem Augenblick litt Dr. Parry einsame Qualen, während Helen – allein – die Prüfung bestand, die sie sich selbst auferlegt hatte. Im Keller, mit einer flackernden Kerze in der Hand, tastete sie sich zwischen Mäusen, Spinnen und Schatten hindurch.

Schatten, diese Bewohner der Nacht, hielten den Gang besetzt. Sie huschten vor ihr her und glitten die blaßgestrichenen Wände entlang, als wollten sie ihr den Weg weisen. Jedesmal, wenn sie eine Kammer betrat, kauerten sie auf der anderen Seite der Tür und warteten auf sie.

Ihre Nerven waren auf einen Angriff hin gespannt, der nicht kam, aber stets hinter der nächsten Ecke lauerte. Die endlose Verschiebung zog sie weiter, tiefer und tiefer in das Labyrinth hinein. Vor ihr erstreckte sich die Finsternis der Mordgasse – hinter ihr schepperte das lose Fenster hinter dem Laden, als wolle sich jemand den Eintritt erzwingen.

Schritte hallten hinter ihr, wo sie auch ging; sie hielten an, wenn sie stehen blieb, und ahmten ein Echo nach. So oft sie sich erschrocken umblickte, konnte sie niemanden sehen; aber sie war niemals sicher, allein zu sein.

Gerade als sie um die Biegung des Ganges in die pechschwarze Mordgasse gehen wollte, blies jemand ihre Kerze aus.

Sie blieb im Dunkeln zurück, gefangen zwischen dem Fenster und der Stelle, wo ein Mädchen gestorben war. In diesem Augenblick des Horrors hörte sie, wie das Fenster aufsprang und schnelle Schritte erklangen.

Plötzlich stahlen sich Finger um ihre Kehle und schnürten sie zu. Schwerer Atem keuchte durch die Luft wie eine defekte Pumpe. Sie spürte das wahnsinnige Klopfen ihres Herzens, als sie von einer Flutwelle des Grauens erfaßt wurde.

Dann ließ der Druck auf ihren Hals nach, ihre versteinerten Muskeln wurden wieder elastisch. Jäh begriff sie, was sie selbst unwillkürlich getan hatte, und nahm ihre Hand von der Kehle.

Der Luftzug, der ihre Kerze ausgeblasen hatte, war immer noch an Hals und Wange fühlbar. Doch obwohl sie wußte, daß ihre Phantasie ihr einen Streich gespielt hatte, war ihr Mut vollständig dahin. Sie durchbrach den Zauber, der ihre Beine lähmte, und rannte durch den Gang, durch die Küche, wo Mrs. Oates in ihrem Stuhl schnarchte, die Treppe hinauf und in das Eßzimmer.

Die rote Katze hatte Schwester Barkers Platz auf dem Diwan eingenommen, den Kopf auf ein seidenes Kissen gelegt. Als Helen sie überrascht anschaute, sprang sie herunter und folgte ihr in den ersten Stock.

Noch immer zitternd vor Panik drehte Helen verzweifelt am Türgriff. Als sie begriff, daß Schwester Barker sie ausgesperrt hatte, stieg in ihr eine wohltuende Entrüstung über diesen gemeinen Trick hoch.

Schwester Barker reagierte nicht auf ihr Klopfen, bis das Hämmern so rücksichtslos wurde, daß sie gezwungen war, aufzustehen.

»Gehen Sie weg«, rief sie. »Sie stören die Patientin.«

»Lassen Sie mich hinein«, schrie Helen.

Schwester Barker drehte den Schlüssel, öffnete aber nicht.

»Gehen Sie wieder zu Ihrem Doktor«, sagte sie.

»Mein – was? Ich bin allein.«

»Allein vielleicht gerade jetzt. Aber Sie haben mit Dr. Parry gesprochen.«

»Ich wollte wahrhaftig, es wäre so. Ich weiß nicht, was Sie meinen.«

Als Schwester Barker plötzlich die Tür aufriß, war Helen baß erstaunt über ihr verändertes Aussehen. Sie hatte Schleier und Schuhe abgelegt. Statt mit kurzgeschorenem Haar, wie es sich Helen vorgestellt hatte, waren ihre männlichen Züge von einer Dauerwellenfrisur gekrönt.

»Wo waren Sie?« fragte sie.

»Im Keller«, schluckte Helen schuldbewußt. »Ich – ich habe mich daran erinnert, daß ich ein Fenster offengelassen hatte. Darum ging ich hinunter, um nachzusehen, ob jemand hereingekommen war.«

Das Mädchen sah so verwirrt aus, daß Schwester Barker die Grundlosigkeit ihres Verdachts einsah. Sie drehte sich zum blauen Zimmer um.

»Ich lege mich jetzt hin«, sagte sie. »Auch wenn ich nicht schlafen kann.«

»Darf ich zu Ihnen hereinkommen«, flehte Helen.

»Nein. Gehen Sie schlafen, oder legen Sie sich im Salon hin.«

Es war ein vernünftiger Rat, aber Helen wollte Gesellschaft.

»Aber ich sollte bei Ihnen bleiben«, sagte sie, Schwester Barkers eigene Logik wiedergebend. »Wenn es jemand auf mich abgesehen hat, wird er zuerst Sie umlegen müssen.«

»Wer stellt Ihnen nach?« fragte Schwester Barker höhnisch, und wirbelte schnell zu ihr herum wie ein Wetterhahn in einem Sturm.

»Der Irre, haben Sie gesagt.«

»So ein Blödsinn. Wie käme er durch verschlossene Türen herein?«

Helen fühlte sich, als ob sie auf festem Boden stünde, nachdem ihre Füße vergeblich im Treibsand Halt gesucht hatten.

»Warum haben Sie mir dann Angst eingejagt?« fragte sie vorwurfsvoll. »Das war grausam.«

»Zu Ihrem eigenen Besten. Ich hatte Lernschwestern, die den Kopf mit nichts als Männern, Männern, Männern voll hatten. Ich mußte Ihnen erst beibringen, die Tür nicht Hinz und Kunz zu öffnen ... Ich gehe jetzt ins Bett, und Sie dürfen mich *nicht* noch einmal stören. Ist Ihnen das klar?«

Helen erwischte sie am Ärmel, als sie sich umdrehte.

»Warten Sie. Warum dachten Sie, ich sei mit Dr. Parry zusammen?« fragte sie.

»Weil er eben vor dem Haus war. Aber er ist weg, endgültig.«

Ihre Augen leuchteten triumphierend, als sie die Tür zuschlug. Trotzdem lebte Helen plötzlich auf. Zum erstenmal seit vielen Stunden war sie frei von Angst. Nach der unheimlichen Finsternis des Kellers schien die Halle, die beleuchtet inmitten erhellter Zimmer lag, zu dem Typ zivilisierter, herrschaftlicher Wohnhäuser zu gehören, wie sie im Katalog jedes Immobilienhändlers zu sehen waren.

Sie begriff, daß sie soeben eine praktische Lektion darüber erhalten hatte, wie zerstörerisch zügellose Phantastereien sein können.

›Alles, was passiert ist, habe ich selbst gemacht‹, dachte sie. ›Ich habe alles verursacht. Wie wenn man sich selbst als Kind Angst einjagt, indem man vor einem Spiegel Grimassen schneidet. Es ist nur man selbst.‹

Sie rief die rote Katze, die an der Tür zur Hintertreppe herumspielte. Sie krümmte höflich den Rücken und schnurrte, machte aber klar, daß sie in die Küche gehen wollte.

Helen öffnete ihr pflichtgetreu die Tür, als sie es sich anders überlegte. Statt ins Untergeschoß zu gehen, stürzte sie sich auf etwas Winziges auf der Kokosmatte am Fuß der Treppe.

Helen überließ die Katze ihrem Spiel. Sie tat, als ob sie eine Maus aufgetrieben hätte. Hätte Helen nachgesehen, was sie in die Luft warf, wäre ihre neugefundene Ruhe schnell dahingewesen.

Es war ein kleiner Lärchenzweig aus der Pflanzung. Jemand hatte ihn, an der Sohle eines schmutzigen Schuhs klebend, in das Haus gebracht und gedankenlos an der Matte abgestreift.

Sie war, nach dem offiziellen Tagesablauf, die einzige gewesen, die durch die Pflanzung gelaufen war. Und sie war über die Haupttreppe in ihr Schlafzimmer gelangt.

In glücklicher Ungewißheit darüber, daß die Katze zum Detektiv geworden war und einen wertvollen Hinweis gefunden hatte, ging sie in den Salon hinunter. Der Diwan lud sie zum Schlaf ein, aber sie war zu erregt, um Schwester Barkers Rat zu folgen. Sie vergaß ihren Zorn über die Einmischung der Frau, vor Seligkeit darüber, daß Dr. Parry um ihretwillen noch einmal dem Sturm getrotzt hatte.

›Ich habe einen Liebhaber, endlich‹, dachte sie triumphierend und ging zum Klavier hinüber. Sie konnte nur nach dem

Gehör spielen, aber es gelang ihr, ziemlich genau den Hochzeitsmarsch wiederzugeben.

Das Heulen des Windes lachte über ihre Hoffnung, und die Stimme eines Riesen schrie unverständliche Warnungen durch den Kamin hinunter. Oben im blauen Zimmer setzte sich Lady Warren im Bett auf.

»Wer spielt den Hochzeitsmarsch?« fragte sie.

»Niemand«, sagte Nurse Barker mit geschlossenen Augen. »Seien Sie still.«

»Nein«, brummelte die alte Frau boshaft, »Sie haben ihn nicht gehört. Sie werden ihn auch nie hören.«

Sie horchte wieder, aber die Musik hatte aufgehört. Helen hatte eingesehen, daß ihr Spielen die anderen stören konnte. Sie machte den Deckel zu und nahm einen Roman zur Hand, nur um festzustellen, daß sie sich nicht konzentrieren konnte. Ihre Augen schmerzten vor Müdigkeit, so daß die Zeilen verschwammen, aber ihr Geist blieb scharfsinnig und aktiv.

Sie ertappte sich dabei, wie sie den Geräuschen der Nacht zuhörte, als ob sie etwas Unerwartetes entdecken könnte.

Dann erhob sie sich und stellte das Radio an in der vergeblichen Hoffnung, die Stimme des Ansagers zu hören. Aber die Londoner Studios sendeten nicht mehr und alles, was aus der Luft kam, war Geknister.

Das erinnerte sie an Bühneneffekte, wie man sie bei Amateuraufführungen erzeugt, und an das einzige Mal, als sie selbst Theater gespielt hatte. Es war eine bescheidene Produktion gewesen, in dem belgischen Kloster, in dem sie ihre wenige Bildung erworben hatte.

Die englischen Schülerinnen hatten die Hexenszene aus *Macbeth* gespielt, und sie war, unglücklicherweise, die Darstellerin der Hekate. Nicht nur hatte ihre Stimme vor Lampenfieber versagt, sondern sie hatte auch die letzten Verse ihrer Rolle vergessen und hatte die Bühne Hals über Kopf verlassen.

Die Verse tauchten jetzt in ihrem Gedächtnis als unangenehme und nicht angebrachte Warnung auf.

*Denn, wie ihr wißt, war Sicherheit
des Menschen Erbfeind jederzeit.*

Helen fuhr zusammen, als ob die mächtige Stimme im Kamin die Worte tatsächlich gebrüllt hätte. Sie schaute den altmodischen Komfort des Raumes an – den weißen Fellteppich, den gefältelten rosaseidenen Lampenschirm mit seinem Spitzenüberwurf, die kleinen Silbergegenstände überall – die nur stumme Zeugen gegen die Gewalt eines Mordes waren.

›Aber natürlich bin ich sicher‹, dachte sie. ›Ich bin nicht allein gelassen worden. Schwester Barker ist auf meiner Seite, auch wenn sie übellaunig ist. Ich brauche nicht im blauen Zimmer zu schlafen. Oates wird bald zurücksein. Und es ist nichts passiert bisher.‹

Aber obgleich diese Aufzählung sie hätte beruhigen sollen, empfand sie ein unnatürlich heftiges Gefühl der Erwartung. Sie lauschte so intensiv, daß sie beinahe das hohe Quieken einer Fledermaus hätte vernehmen können.

Etwas hatte in ihrem Ohr geklirrt wie eine angespannte Saite. Sie hörte es nochmals – ein wenig lauter – schwach und jammernd wie der Ruf einer Seemöwe.

Es war ein Schrei in der Nacht.

Der Löwe, oder der Tiger?

Helen hob den Kopf, um zu lauschen, das Herz voll von einer großen Furcht. Was sie gefürchtet hatte, war eingetreten – die Notwendigkeit, eine gefährliche Entscheidung zu treffen.

Und doch weckte die Tatsache, daß dies überhaupt so geschehen war, ihren Verdacht. Jemand, der sie kannte, spielte ihr einen Streich, um sie aus der Sicherheit des Hauses herauszulocken.

Dieser theatralische Aspekt ließ sie die Lippen entschlossen zusammenpressen. Sie hatte mitleidig von einem Kind gesprochen, das draußen in der Dunkelheit und im Sturm weinte. Und hier war das Kind, gerade pünktlich geliefert.

Aber als sich der dünne Schrei wiederholte, öffneten sich Helens Lippen vor Spannung. Es war wegen des kreischenden Windes schwierig zu beurteilen, wo der Ton herkam; aber er schien aus dem Innern des Hauses zu kommen. Eine neue Furcht klopfte in ihrem Herzen, und langsam stieg sie die Treppe hinauf. Dabei wurde das Weinen immer deutlicher und glich dem schwachen Schluchzen eines sehr jungen oder sehr alten Menschen. Und es kam aus der Richtung des blauen Zimmers.

Wieder hatte etwas ganz Natürliches zum Drama beigetragen – aber das Ergebnis würde dasselbe sein. Sie wurde in Versuchung geführt, ihren letzten Schutzwall zu verlassen.

Schwester Barker war der einzige Mensch, der ihr noch Gesellschaft leisten konnte. Helen klammerte sich an sie, wie ein Kind, das vor der Dunkelheit Angst hat, sich an ein übellauniges Kindermädchen klammert. Sie hatte ihre Feindseligkeit schon zu oft erregt, um nochmals einen Streit riskieren zu können.

Das nächste Mal könnte Schwester Barker ihre Drohung wahrmachen und sie alleinlassen. Helen wurde es schon beim bloßen Gedanken an ein solches Verlassen kalt. Sie war gewohnt, mit vielen Leuten zusammenzuleben; so vielen sogar, daß sie sich manchmal danach gesehnt hatte, allein zu sein.

In dieser Krise machten ihre Kindheitserfahrungen sie besonders verletzlich; die Einsamkeit und die eigene Phantasie bedrohten sie. Sie wußte, jetzt würden alle Vorboten eines Nervenzusammenbruchs kommen; Schatten würden über die Wände huschen und Fußtritte die Treppe emporschleichen.

›Ich *muß* einen klaren Kopf behalten‹, beschloß sie verzweifelt. ›Ich darf mich nicht einmischen.‹

Sie sagte sich, Lady Warren sei keine liebe alte Seele, die einer brutalen Pflegerin ausgeliefert war. Bestenfalls war sie eine mißlaunige alte Tyrannin; schlimmstenfalls eine Mörderin. Als junge Frau hatte sie hunderte kleiner, wehrloser Geschöpfe umgebracht, nur zu ihrem Vergnügen.

Helen malte Lady Warrens Porträt absichtlich in den düstersten Farben und wurde doch unmerklich die Treppe hinaufgezogen, bis sie vor dem blauen Zimmer stand.

Da hörte sie unterdrücktes, hoffnungsloses Schluchzen. Es konnte nicht geheuchelt sein, denn es war so leise, daß sie nicht gemerkt hätte, daß jemand weinte, hätte sie nicht die Ohren gespitzt.

Sie fuhr beim Klang einer rauhen Stimme zusammen, als wäre sie selbst geschlagen worden.

»Ruhe!«

Das Schluchzen hörte sofort auf. Nach einer kurzen Stille sagte Lady Warren flehend: »Schwester, kommen Sie *bitte* zu mir.«

Helen hörte, wie schwere Schritte den Raum durchquerten, und wie Schwester Barker laut rief: »Wenn ich zu Ihnen komme, werden Sie etwas erleben.«

Helen stieg das Blut ins Gesicht, impulsiv schlug sie an die Tür.

»Ist etwas los?« rief sie.

»Nein«, rief Schwester Barker.

»Aber soll ich Sie nicht bei Lady Warren ein wenig ablösen?« beharrte Helen.

»Nein.«

Helen wandte sich ab und wischte sich den Schweiß ab.

»Das ging ja noch einmal gut«, murmelte sie.

Aber oben an der Treppe wurde sie von einem dünnen, hohen Schrei der Wut und des Schmerzes angehalten.

Glühend vor Entrüstung stürzte sie in das blaue Zimmer. Schwester Barker stand über dem Bett und schüttelte Lady Warren wütend. Als Helen eintrat, stieß sie sie fort, so daß sie auf ihrem Gesicht lag, ein schnaufender, zerknüllter Haufen.

»Sie Feigling«, schrie Helen. »Hinaus mit Ihnen.«

»Die alte Hexe hat mich angegriffen«, sagte Schwester Barker. »Sie braucht eine strenge Hand.«

Wie David stand Helen drohend vor Goliath und schaute zu der sich vor ihr auftürmenden Gestalt empor.

»Sie sind eine durch und durch böse, jähzornige Frau«, erklärte sie. »Niemand dürfte in Ihrer Gewalt sein.«

Schwester Barkers Gesicht wurde so dunkel wie eine Gewitterwolke.

»Sagen Sie das nochmal«, schrie sie, »und ich gehe aus diesem Zimmer und komme nicht wieder.«

»Ja, gehen Sie und kommen Sie *nicht* zurück«, sagte Helen, die sich auf einer Woge von Macht davongetragen fühlte.

Schwester Barker zuckte mit den Schultern und wandte sich ab.

»Da wünsche ich Ihnen aber viel Vergnügen«, spottete sie. »Wenn Sie dann allein sind, mit ihr, denken Sie daran, *Sie* haben es so gewollt.«

Helen fröstelte innerlich, als die Tür hinter der Frau zuschlug. Es klang endgültig und unheilvoll.

›Jähzorn‹, dachte sie. ›Hunde, die bellen, beißen nicht.‹

Voller Mitleid wandte sie sich dem Bett zu. Statt einer hingestreckten Gestalt sah sie Lady Warren in ihren Kissen sitzen, ein selbstgefälliges Lächeln auf den Lippen.

»Ich wußte, du würdest kommen«, sagte sie triumphierend.

Helen war es, als sei sie in eine Falle getappt.

»Legen Sie sich doch lieber hin«, sagte sie im Bestreben, ihr Einschreiten zu rechtfertigen. »Fühlen Sie sich nicht schwach nach dieser furchtbaren Behandlung?«

»Ich habe es ihr mehr als zurückgezahlt«, bemerkte Lady Warren.

Helen starrte sie in ungläubigem Schaudern an, als sie mit dem Finger über ihr unteres Gebiß fuhr.

»Mich hat das Geld für diese Zähne gereut«, sagte sie. »Aber es sind sehr gute Zähne. Ich habe ihr fast bis auf den Knochen in den Daumen gebissen.«

Helen lachte freudlos.

»Jemand riet mir, auf Sie zu setzen«, sagte sie. »Aber ich glaubte es nicht. Ich frage mich – sind Sie der Löwe – oder der Tiger?«

Lady Warren sah sie an, als sei sie verrückt geworden.

»Zigarette«, schnappte sie. »Ich will ihren Geschmack aus dem Mund haben. Schnell ... Haben Sie keine?«

»Nein.«

»Sag ›nein, Mylady‹. Dann geh in die Bibliothek und hol eine Schachtel meines Neffen.«

Helen war nur allzu glücklich, das Zimmer verlassen zu können. Zu spät begriff sie, daß sie ausgetrickst worden war, und sie wollte mit Schwester Barker Frieden schließen.

An der Tür rief die vertraute Baßstimme sie nochmals zurück.

»Ich fühle mich schläfrig, Mädchen. Diese Schwester hat mir die Nase zugehalten und eine scheußliche Medizin in mich hineingegossen. Stör mich nicht, wenn ich einschlafe.«

Als Helen zum Treppenabsatz kam, schimmerte Licht über

der Tür des Badezimmers durch; rauschendes Wasser verriet, daß Schwester Barker ihren Daumen wusch.

»Schwester«, rief Helen. »Es tut mir schrecklich leid.«

Sie erhielt keine Antwort. Helen wartete und hörte Wasser plätschern. Ein zweiter Versuch war ebenso fruchtlos, und so ging sie in die Bibliothek hinunter.

Als sie mit den Zigaretten zurückkam, erleuchtete schwaches Licht von der Lampe das blaue Zimmer. Lady Warren hatte die Nachttischlampe gelöscht und sich schlafen gelegt.

Helen setzte sich müde an das Feuer. Es brannte nur noch schwach; der Vorrat an Schneebällen im Kohleneimer ging zu Ende. Hin und wieder schlug ein Zweig an das Fenster wie ein knochiger Finger, der ein Signal geben wollte. Die Uhr tickte wie ein tropfender Wasserhahn, und der Wind blies durch den Kamin herunter.

›Da bin ich also wieder‹, sagte sie zu sich, mit einem hoffnungslosen Gefühl der Endgültigkeit. Den ganzen Abend über hatte sie sich gegen das Schicksal gewehrt und doch nur gegen Windmühlen gekämpft.

Es gab einen einzigen Trost – die Nacht ging langsam vorbei. Oates war sicher auf dem Heimweg. Das würde aber nichts nützen, denn Schwester Barker würde ihn nicht hereinlassen – so wenig wie Dr. Parry oder wer auch immer an der Tür geklopft hatte.

Zum ersten Mal begriff Helen, wie wertvoll Vorsicht sein konnte. Seit Lady Warren sie überlistet hatte, fühlte sie sich in einem Netz von Drähten und Fallen verstrickt.

Mit neu erwachtem Verdacht blickte sie zur dämmrigen weißen Gestalt auf dem Bett hinüber. Plötzlich fiel ihr auf, wie unnatürlich still Lady Warren dalag. Sie hörte kein Atmen und sah nicht die kleinste Bewegung.

Sie rief sich zurück, daß die alte Dame heftig geschüttelt worden war und daß ihr Herz gefährlich schwach war. In jäher Furcht lief sie zum Bett hinüber.

›Sie wird die nächste sein‹, dachte sie dabei. ›Sie ist tot.‹

Die Vorahnung bestätigte sich in seltsamer Weise. Lady Warren war tatsächlich nicht mehr da, und nichts hätte toter sein können als der Stapel von Kissen, bedeckt mit der flauschigen Bettjacke, der an ihrer Stelle im Bett lag.

Helen starrte die Attrappe so ungläubig und verblüfft an wie Macbeth den angreifenden Wald. Es war also wahr, Lady Warren konnte gehen.

Während sie noch dastand, bemerkte sie einen starken Geruch von Medizin. Sie drehte ein Kissen um und fand es durchnäßt und gelblich braun gefleckt.

›Sie hat auch die Schwester überlistet‹, dachte Helen.

Sie sah im Geist, wie Lady Warren sich wehrte und bei jedem Löffel Schlafmittel den Kopf drehte, um es wieder aus dem Mundwinkel rinnen zu lassen. Mit neuem Respekt vor der Schlauheit der alten Frau durchsuchte sie kurz das Zimmer, obwohl sie wußte, daß sie nichts finden würde. Da sie auch den Ankleideraum leer fand, rannte sie auf den Treppenabsatz hinaus.

Über dem Badezimmer war noch Licht zu sehen, aber sie hörte kein Wasser mehr laufen. In ihrer Furcht hämmerte Helen an die Tür.

»Schwester«, schrie sie. »Lady Warren ist verschwunden.«

Die Tür ging auf, und Schwester Barker schaute mit feindseligen Augen auf sie herunter.

»Was geht mich das an?« fragte sie. »Ich habe den Fall aufgegeben.«

»Sie gehen doch nicht wirklich?« Helen rang nach Atem.

»Sobald ich meinen Koffer gepackt habe. Miss Warren wird am Morgen vernehmen, daß die Haushaltshilfe mich entlassen hat.«

»Das können Sie nicht tun«, rief Helen in Panik. »Ich entschuldige mich. Ich – ich mache, was Sie wollen.«

»Halten Sie den Mund. Von *Ihren* Versprechungen habe ich genug. Ich gehe – und ich gehe jetzt. Das ist mein letztes Wort.«

»Aber wo gehen Sie denn hin?«

»Das ist meine Sache. Ich finde schon einen Ort, wo ich die Nacht verbringen kann. Es ist noch nicht so spät, und *ich* fürchte ein bißchen Dunkelheit und Regen nicht.«

Schwester Barker hielt inne, ehe sie boshaft hinzufügte: »Wenn ich einmal aus diesem Haus draußen bin, fühle ich mich *sicher*.«

Sie rächte sich, indem sie das Grauen, das Helen fast vergessen hatte, wieder heraufbeschwor. Das Mädchen schaute sie flehend an, doch sie verschoß noch ihren letzten Pfeil.

»Halten Sie die Augen offen. Sie hat böse Absichten.« Sie blickte auf ihren verbundenen Daumen. »Und solange sie weg ist, täten Sie besser daran, ihre Schußwaffe zu suchen.«

Helen biß sich auf die Lippen, als die Badezimmertür vor ihrer Nase zugeschlagen wurde.

»Sie kann nicht wirklich gehen wollen, bei diesem Sturm«, fand sie.

Sie empfand nicht nur eine unbestimmte Angst, sondern auch völlige Ratlosigkeit und Sorge, ob sie ihrer großen Verantwortung gewachsen war. Da sie sich nicht vorstellen konnte, warum Lady Warren ihr Bett verlassen hatte, schien es hoffnungslos, sie zu suchen. Sie konnte in diesem Haus endlos Verstecken spielen.

Vielleicht wollte sie sogar Selbstmord begehen. Sie war nicht nur alt; in ihrem Leben gab es auch diesen dunklen, unerforschten Winkel. Gewissensbisse könnten sie dazu treiben, sich umzubringen.

Helen erschauderte bei dem Gedanken, ihre Leiche im Keller aufgehängt zu finden. Unschlüssig, wohin sie gehen sollte, kehrte sie in das blaue Zimmer zurück.

Beim ersten Blick auf das Bett erkannte sie, daß die Attrappe deutlichere Formen angenommen hatte, und als sie näher kam, sah sie, daß Lady Warren sie aus schwarzen, schmalen Augen verstohlen anschaute.

»Wo waren Sie?« fragte Helen.

»Im Lande Nod«, war die unschuldige Antwort.

Sie blickte unergründlich; Helen sollte es nicht wagen, die Wahrheit ihrer Behauptung anzuzweifeln. Helen gab die Hoffnung auf eine ernsthafte Antwort auf und ging zu ihrem Stuhl zurück.

»Ist die Schwester fort?« fragte Lady Warren.

»Morgen«, antwortete Helen.

»Schnelle Arbeit. Ich bin sie immer bald los. Ich hasse sie. Sie waschen einen andauernd... Bleib dort, Mädchen, ich will dich im Auge behalten.«

Helen dachte unwillkürlich an den versteckten Revolver. Aus dem für sie typischen Wunsch heraus, mehr zu erfahren, mußte sie das Thema anschneiden.

»Mrs. Oates hat mir gesagt, daß Sie früher oft geschossen haben«, sagte sie.

Lady Warren warf ihr einen scharfen Blick zu, ehe sie antwortete.

»Ja, ich habe viel gejagt. Jagen Sie?«

»Nein. Ich finde das grausam.«

»Aber Sie essen Fleisch. Wenn jedermann selbst sein Fleisch töten müßte, wären innerhalb einer Woche neun Zehntel der Bevölkerung Vegetarier... Aber ich habe waidgerecht gejagt. Ich habe nicht verwundet. Ich habe getötet.«

»Aber Sie haben Leben ausgelöscht.«

»Ja, ich habe Leben ausgelöscht. Aber ich habe nie welches zur Welt gebracht. Gott sei Dank... Gehen Sie aus dem Zimmer.«

Helen erschrak und blickte in die Richtung, in die Lady Warrens Finger zeigte. Schwester Barker war eingetreten. Wortlos marschierte sie zum Ankleideraum, in dem ihre Sachen waren, und schloß die Tür.

Helen lauschte angestrengt und hörte, wie sie herumging und Schubladen aufzog und zustieß. Offenbar machte sie ihre Drohung wahr; sie packte. Während sie in diesem bedrückenden Zimmer saß, erlag sie einem krankhaften Verdacht, der der stickigen Luft entsprang.

Vor langer Zeit waren in diesem Haus zwei Mädchen eines unnatürlichen Todes gestorben. Niemand wußte, was damals wirklich geschehen war. Die Wahrheit war von Vermutungen verhüllt und unter einem unbestimmten Spruch des Kronrichters vergraben.

›Sie ist nicht normal‹, dachte Helen und warf einen unbehaglichen Blick zum Bett hinüber. ›Wenn es nun sie war, die die Mädchen getötet hat. Und ihr Gatte wußte es. Wenn sie ihn nun erschossen hätte, damit er sie nicht verriet.‹

Dann wurde ihr klar, daß die Geräusche aus dem Nebenzimmer aufgehört hatten. Hoffnung stieg in ihr auf, als sie sich erinnerte, daß es im Ankleideraum einen Diwan gab. Wahrscheinlich hatte Schwester Barker ihre Abreise bis zum Morgen verschoben und sich schlafen gelegt.

Daß sie in der Nähe war, erfüllte Helen mit Vertrauen. Sie ging die Ereignisse des Abends nochmals durch und kam zum Schluß, ihre jetzige Lage sei das Ergebnis ihrer eigenen Torheit. Schwester Barker war von der Oberschwester des Pflegerinnenheims speziell ausgewählt worden, um eine schwierige Patientin zu betreuen, der sie selbst nicht gewachsen war.

Helen wurde von schlechtem Gewissen überwältigt.

›Wenn sie nicht schläft, gehe ich zu ihr hinein und sage ihr, ich sei ein gräßliches kleines Biest gewesen‹, beschloß sie. ›Ich sage ihr, sie könne alles mit mir machen.‹

Sie schlich über den Teppich zum Ankleideraum und öffnete leise die jetzt unverschlossene Tür. Dann schrie sie kurz vor Schrecken auf.

Schwester Barker war fort.

Allein

Helen starrte mit bestürzten Augen um sich. Das Durcheinander im Zimmer ließ auf einen raschen Auszug schließen. Schubladen waren herausgezogen, und ein Koffer und ein Schirm lagen auf dem Tisch.

›Sie ist noch nicht fort‹, dachte Helen.

Aber eine kurze Überlegung raubte ihr diese Hoffnung. Natürlich hatte Schwester Barker ihr Gepäck zurückgelassen und würde es sich in das Schwesternheim nachsenden lassen. Ein Schirm nützte in diesem Sturm auch nichts.

Krank vor Spannung öffnete Helen den Kleiderschrank. Schwester Barkers Ausgehuniform hing nicht mehr an ihrem Platz. Eine schnelle Inspektion der Schubladen zeigte, daß sie alle leer waren. Außer einem Häufchen Zigarettenstummel und Asche war nichts geblieben.

Hier lag eine wohlbedachte Flucht vor. Mit vorsätzlicher Grausamkeit hatte Schwester Barker das Mädchen alleingelassen und war durch das Zimmer des Professors auf die Treppe hinaus gelangt.

Dieser letzte Schlag drohte Helen zu überwältigen. Den ganzen Abend hindurch hatte sie das Gefühl gehabt, die Ereignisse bewegten sich einem unvermeidlichen Gipfel entgegen. Sie sollte, das hatte sie gespürt, isoliert werden, und sie hatte dem Schicksal noch geholfen, indem sie Schwester Barker zu einem Racheakt anstachelte.

Aber sie hätte nicht anders handeln können. Sie schien eine Marionette zu sein, die von einem fremden Willen geführt wurde.

›Ich bin ganz allein‹, dachte sie furchtsam.

Zwar waren noch andere Menschen im Haus, aber nur ihr

Kopf war aktiv und wach geblieben, nur ihr Körper beweglich. Die anderen waren von den Fesseln ihrer schweren oder kranken Körper gebunden.

Verzweifelt nach Gesellschaft suchend, öffnete sie die zweite Tür und betrat das Zimmer des Professors.

Aber da fand sie keinen Trost – nur eine Steigerung ihrer Einsamkeit. Der Professor – immer noch starr seine Stellung einnehmend, als wäre er aus Stein gehauen – glich zu sehr einer Leiche vor ihrem Begräbnis.

Sie wollte weg von ihm, hatte aber auch Angst, in das blaue Zimmer zurückzukehren. Die alte Frau besaß nicht die Menschlichkeit, nach der sie hungerte. In dieser Krise wäre ihr die schlimmste Beschimpfung Schwester Barkers willkommen gewesen, hätte sie sie nur zurückrufen können.

Die Sehnsucht, eine Stimme zu hören, wurde so groß, daß sie zum Treppenabsatz hinausging und heftig auf Miss Warrens Tür einschlug.

»Miss Warren«, schrie sie. »Hilfe!«

Aber es kam keine Antwort. Sie hätte ebensogut ein verschlossenes Grab anrufen können. Nur der Wind heulte, als flöge eine Schar Hexen über ihren Kopf hinweg im Wettrennen mit dem Mond, der durch die zerrissenen Wolken wie eine ins All geschossene Kanonenkugel wirbelte.

»Sie ist grausam«, flüsterte Helen und wandte sich ab.

Aber Miss Warren schlief zu tief, um ihre Schreie zu hören. Kontakt mit anderen Menschen gab ihr stets das Gefühl, ihre Nerven würden durch ihre Haut an die Luft gezogen. Heute nacht, nach all den Unfällen und Krisen, schien jeder ihrer Nerven richtiggehend wund zu sein.

Wie alle Einsiedler brauchte sie ihre eigene, verschlossene Zelle. Aber man hatte sie aus ihrer Schale gezogen, und sie hatte die erzwungene Gesellschaft einer unangenehmen alten Frau in einer tödlichen Atmosphäre erdulden müssen.

Auch der Sturm hatte ihr Nervensystem erschüttert. Die Panne, die ihren Türgriff betroffen und sie eingesperrt hatte, war ihr willkommen gewesen, weil sie sie von der Verantwortung entband. Sie machte keinen Versuch, sich zu befreien, sondern schob ihren Riegel vor und schloß die Welt aus.

Mit Watte in den Ohren und Wolldecken über dem Kopf, um den Lärm des Sturms zu dämpfen, lag sie bald in abgrundtiefem Schlaf im Schlummermeer äußerster Erschöpfung.

Obschon Helen nahe an einem Zusammenbruch war, funktionierte ihr Wille noch – sie durfte nicht der Panik nachgeben. Sie sagte sich, daß ja nicht alle Drähte durchschnitten waren. Sie war noch immer mit der Zivilisation verbunden.

Aber als sie hinunterging, merkte sie, wie hoffnungslos sie sich in den Schlingen der Furcht verstrickt hatte. Sie konnte niemanden bitten, ins Haus zu kommen, weil sie nicht wagte, die Riegel zu öffnen.

Der Professor hatte den Befehl erteilt, daß die Tür nicht geöffnet werden dürfe, und dieser Befehl entsprang einem kühlen Gehirn, das jeden Notfall voraussah. Seine Voraussicht diente dem Interesse der allgemeinen Sicherheit.

Seither hatte Schwester Barker sie vor Ungehorsam gewarnt, und Helen hatte durch bittere Erfahrung gelernt, daß sie – zumindest bei Lady Warren – recht gehabt hatte.

Wenn sie – sie selbst – das eigentliche Ziel eines finsteren Triebes war, dann war dieses ständige Abbröckeln der Verteidigung geplant. Sie sollte in eine solche Panik geraten, daß sie auf ein Klopfen hin die Tür öffnete.

Jemand wollte sie aus der Sicherheit des »Summit« hinausziehen.

›Auch wenn ich ein bestimmtes Klopfzeichen vereinbarte‹, dachte sie, ›wäre ich nicht sicher. Jemand könnte mich belauscht haben. Nein. Es ist hoffnungslos.‹

Und doch wußte sie, daß allein schon ein Gespräch mit einem anderen Menschen ihre zitternden Nerven beruhigen würde. Sie wußte nicht, ob Dr. Parry zurückgekommen war; sie war zu verwirrt, um Weg und Zeit nachzurechnen. Aber wenn er nicht daheim war, konnte sie jemand anders anrufen.

›Das Schwesternheim‹, beschloß sie. ›Ich sage ihnen, daß Schwester Barker gegangen ist, und bitte sie, eine andere Schwester zu schicken.‹

Sie faßte sich wieder angesichts der Tatsache, daß sie eine genau definierte Botschaft zu übermitteln hatte. Sie war wieder Miss Capel, eine dem Arbeitsamt nur allzu bekannte Person – und nicht eine gestrandete Null. Mit einem Anklang an ihre frühere Sicherheit hob sie den Hörer ab.

Zu ihrer Bestürzung erklang kein Antwortklingeln; kein Summen in der Leitung deutete an, daß sie mit der Vermittlung verbunden war.

Das Telefon war tot.

Sie schaute sich mit erschreckten Augen in der Halle um. Sie wußte, es gab eine natürliche Erklärung für dieses Schweigen. Die Landstraßen waren bestimmt von Stangen und Drähten blockiert, die die Wut des Sturmes heruntergerissen hatte. Dies war nicht geplant – es war höhere Gewalt.

Aber Helen wollte das nicht glauben. Das treulich in jedem Schauerdrama wiederkehrende Element – die durchschnittene Telefonleitung – war allzu genau zur rechten Zeit eingetreten.

›Es ist keine Panne‹, sagte sie sich. ›Es passiert nie alles so auf einmal.‹

Sie wußte nicht, wo Sicherheit sein könnte, so groß war ihre Angst vor dem Haus. Sie wagte aber auch nicht, in den Sturm hinauszulaufen, sonst tat sie vielleicht genau das, was der namenlose Spieler von Anfang an geplant hatte.

›Ich muß zu Lady Warren zurück‹, dachte sie. ›Schließlich habe ich sie übernommen. Ich darf sie nicht allein lassen.‹

Sie ging durch das Zimmer des Professors in der verlorenen Hoffnung, er möge doch noch aus seinem betäubten Schlaf erwachen. Wenn sein kühles Hirn die Führung übernahm, glaubte sie jeder Gefahr gewachsen zu sein. Aber immer noch lag er in seinem Sessel – mit eingefallenem Gesicht und lehmfarbenen Augenlidern – starr wie eine Mumie in ihrem Sarg.

Vom Ankleideraum aus hörte sie auf der anderen Seite der Wand ein rasches Wühlgeräusch und schnelle Schritte.

›Sie ist nochmals aufgestanden‹, dachte sie teilnahmslos.

Wenn ihr Verdacht richtig war, so fehlte Lady Warren jedenfalls nicht die Kraft, sich rasch zu bewegen, denn sie lag friedlich in ihrem altmodischen weißen Jäckchen da, als Helen eintrat.

»Warum bist du fortgegangen, Mädchen?« fragte sie. »Du wirst bezahlt, um bei mir zu wachen.«

Helen hatte nicht die Kraft zu lügen.

»Ich ging zum Telefon«, sagte sie. »Aber die Leitung ist unterbrochen. Ich habe keine Verbindung erhalten.«

Während sie sprach, bemerkte Helen, daß Lady Warren unruhig im Zimmer herumsah. Daß sie die Macht hatte, in jemandes Plan ein Hindernis darzustellen, stärkte Helen den Rücken; sie wagte die Konfrontation mit der alten Dame.

»Warum sind Sie aufgestanden?« fragte sie.

»Das bin ich nicht. Ich kann es nicht. Sei nicht albern.«

»Ich bin bestimmt nicht so dumm, wie Sie denken. Außerdem gibt es doch nichts zu verbergen. Sie sind nicht offiziell gelähmt oder bettlägerig. Man hat den Eindruck, Sie seien hilflos – das ist alles. Warum sollten Sie nicht aufstehen, wenn Sie wollen?«

Statt zornig zu werden, dachte Lady Warren nach.

»Nie alles sagen«, meinte sie. »Behalte immer etwas in Reserve, wenn du alt und auf andere angewiesen bist. Ich gehe gern herum, wenn niemand zuschaut.«

»Natürlich«, stimmte Helen zu. »Ich verrate es nicht, bestimmt nicht.«

Und dann gab ihr ihre nicht umzubringende Neugier eine weitere Frage ein.

»Was haben Sie gesucht?«

»Meinen Glückselefanten. Er ist grün, mit erhobenem Rüssel. Ich wollte ihn haben, weil ich Angst habe.«

Helen blickte sie überrascht an, denn sie hatte geglaubt, im

Alter gäbe es keine solchen Gefühle mehr. Da fiel ihr das Kreuz ein, das über ihrem Bett hing.

»Ich habe etwas weit Besseres als einen grünen Elefanten«, sagte sie eifrig. »Ich hole es, dann kann nichts mehr Ihnen oder mir etwas anhaben.«

Erst, als sie schon aus dem Zimmer war, fragte sie sich, ob Lady Warren sie hatte draußen haben wollen. Aber selbst wenn sie auf sie hereingefallen war, kümmerte sie das wenig, so stark war ihr Verlangen, ihr Kreuz in den Händen zu halten.

›Ich hätte gar keine Angst zu haben brauchen‹, dachte sie. ›Ich habe es die ganze Zeit über vergessen und es war immer da und bewahrte mich vor allem Bösen.‹

Obwohl der Wind durch die leeren Zimmer des zweiten Stocks heulte und durchaus jemand Schritt mit ihr halten konnte – auf der Hintertreppe, während sie die Haupttreppe hinaufging – fühlte sie sich über Furcht erhaben. Sie lehnte sich gegen den starken Druck des Luftzugs und schaltete in ihrem Zimmer das Licht ein.

Das erste, was sie sah, war die nackte Wand über ihrem Bett. Das Kruzifix war verschwunden.

Sie hielt sich an der Tür fest, denn der Boden schien unter ihren Füßen wegzubrechen. Ein Feind war im Haus. Er hatte ihr das Symbol des Schutzes genommen. Jetzt konnte ihr alles mögliche zustoßen. Nichts war mehr sicher oder gewiß.

In diesem Augenblick glaubte sie die Grenze zwischen Vernunft und Wahnsinn erreicht zu haben. Jeden Moment konnte eine Zelle in ihrem Hirn bersten. Sie stand am Rande eines bodenlosen Abgrunds.

Dann aber wich der Nebel jäh aus ihrem Gehirn, und sie glaubte, die Lösung des Rätsels gefunden zu haben.

Schwester Barker hatte das Kreuz an sich genommen. Es war ein Trick. Die Frau konnte sich irgendwo im Haus verstecken.

Sie rannte zur Eingangshalle hinunter und erkannte, daß ihre Intuition sie nicht betrogen hatte. Die Haupttür war immer noch verriegelt und die Kette vorgelegt.

›Wenn sie nicht zur Hintertür hinausgegangen ist – was unwahrscheinlich ist – dann ist sie noch hier‹, dachte Helen.

Zwar plagte sie der Verlust noch ein wenig, aber die Erleichterung war überwältigend. Was sie jetzt viel mehr fürchtete als eine Bedrohung von außen war die Gefahr im Innern des Hauses.

Das zerwühlte Bett verriet ihr, daß sich Lady Warren während ihrer Abwesenheit auf eine geheimnisvolle Suche begeben hatte. Die Schublade einer Kommode in einem Alkoven stand offen, was zeigte, daß die alte Frau offenbar bei ihrer Arbeit gestört worden war.

Da sie vom Bett aus nicht gesehen werden konnte, ging Helen hin und versuchte, sie zu schließen; dabei hinderte sie etwas, das in die hinterste Ecke gestopft worden war. Sie erwischte ein Stück davon und zog.

Es war ein weißer Schal.

Die Wände stürzen ein

Helen hielt den Schal in plötzlich eisig gewordenen Fingern. Er war aus erstklassiger Seide, maschinengestrickt und ganz neu. An einem Ende sah sie einen Schmutzstreifen, und Tannennadeln hatten sich in den Maschen des Gewebes verfangen.

Sie wußte, daß sie Entsetzliches sehen würde, als sie ihn ausschüttelte. In den Fransen eines Endes war eine Lücke – ein zackiger, unregelmäßiger Riß, als ob ein Biß ihn verursacht hätte.

Mit einem erstickten Schrei warf sie den Schal von sich. Hier hatten Ceridwens Zähne in Todesangst zugebissen. Der Schal war ein Greuel, war unrein. Er hatte den Hals eines Mörders umgeben.

Eine Rakete schoß durch die Dunkelheit ihres Geistes empor und entließ einen Schauer von Sternen – lauter Fragen, die auf sie herniederprasselten und in ihrem Kopf umherschossen. Wie war der Schal in Lady Warrens Schublade gekommen? Hatte sie ihn versteckt? Was hatte sie mit dem Verbrechen zu tun? Oder hatte ihn jemand anders dorthin gelegt? War der Mörder tatsächlich im Haus?

Bei dieser Vorstellung fühlte sie sich so gut wie tot. Jede Zelle von ihr schien geschrumpft, jede Nervenfaser verwelkt. Sie stand gelähmt, jeder Muskel verkrampft, die Wirbelsäule steif und die Sinne zerstört.

Weder sah sie das Zimmer, hörte sie den Wind oder fühlte den Tisch unter ihren Fingern, aber sie erblickte ein inneres Bild.

Das »Summit« brach auseinander. Die Wände waren in alle Richtungen aufgesprungen. Die dünnen Ritzen, die den Adern eines Blitzes glichen, spalteten sich zu Rissen. Rund um sie splitterte und krachte es, während die Breschen weiter wurden und sie ihres Schutzes vor der Nacht beraubten.

Plötzlich hörte sie Schluchzen und merkte, daß es ihre eigene Stimme war. Im Spiegel sah sie ein blasses, mageres Mädchengesicht, das sie aus geweiteten, angstschwarzen Augen ansah. Nur das umhüllende rote Kraushaar sagte ihr, daß sie selbst dieses Mädchen war.

Der Anblick rief in ihr eine Erinnerung wach.

»Rothaarige haben Mut«, flüsterte sie.

Sie legte sich hin und wartete auf den Angriff; sie wollte nicht mit dem Rücken gegen die Wand stehen. Sie raffte ihren Mut zusammen, um den Schal genauer anzusehen, und es fiel ihr auf, daß er nur wenig feucht war.

›Er wäre durchnäßt, wenn er im Regen gelegen hätte‹, dachte sie. ›Er muß unmittelbar nach dem Mord in das Haus gebracht worden sein.‹

Diese Schlußfolgerung eröffnete die Aussicht auf neues Grauen. Niemand kannte den genauen Zeitpunkt, zu dem Ceridwen erwürgt worden war, außer, daß es in der Dämmerung geschehen war. Und alle – außer Oates – waren im »Summit« und konnten unbemerkt für kurze Zeit hinausgeschlüpft sein. Vom Professor abwärts standen alle unter Verdacht.

Dr. Parry hatte sie davor gewarnt, daß das Verbrechen von jemandem begangen worden sein konnte, den sie kannte und dem sie vertraute. Der Professor arbeitete unter hohem geistigem Druck, und sein Sohn wie auch Rice waren Launen unterworfen. Selbst Dr. Parry hatte die gleichen Gelegenheiten, und er war im blauen Zimmer gewesen.

Selbst die alte Lady Warren war von Verdacht nicht frei. Miss Warren war an jenem Abend, als es dämmerte, in ihrem Stuhl eingedöst. Wie hatte Lady Warren ihre halbe Stunde Freiheit verbracht?

›Ich bin verrückt‹, dachte Helen. ›Es kann nicht jeder sein. Es ist niemand von hier. Es ist jemand, der von draußen hereinkam.‹

Sie schauderte, denn tief in ihrem Gedächtnis haftete immer noch das schreckliche Bild eines offenen Fensters.

»Mädchen«, rief Lady Warren, »was machst du dort?«

»Ihnen ein sauberes Taschentuch suchen.«

Helen staunte über die Kühlheit ihrer Stimme. Wenn sie Angst hatte, schien sie aus zwei Personen zu bestehen. Eine selbstsichere Fremde hatte das Kommando übernommen und tat das Nötige, während die wirkliche Helen in den Ruinen einer zerschmetterten Festung aufgespießt war, als Köder für einen menschlichen Tiger.

»Hast du – etwas gefunden?« fragte Lady Warren.

Helen verstand sie absichtlich falsch.

»Ja, einen ganzen Stapel«, sagte sie und stopfte den Schal eilig zurück. Mit einem Taschentuch in der Hand ging sie zum Bett hinüber.

Lady Warren entriß es ihr und warf es auf den Boden.

»Mädchen«, flüsterte sie heiser, »ich will, daß du etwas tust.«

»Ja. Was denn?«

»Kriech unter das Bett.«

Helens Augen fielen in jähem Verstehen auf den schwarzen Stock. Die alte Frau war wieder verwirrt und wollte ihr Lieblingsspiel, auf Dienstmädchen zu lauern, spielen.

»Wenn ich wieder hervorkrieche, hauen Sie mich dann über den Kopf?« fragte sie.

»Du darfst nicht hervorkommen. Du mußt dich verstekken.«

Die neue Helen, die das Kommando übernommen hatte, glaubte die Bedeutung dieser Anweisung zu verstehen. Es war eine List; sie sollte von ihrem Platz aus praktisch nichts im Zimmer sehen.

»Es ist zu staubig unter dem Bett«, wandte sie ein und bewegte sich vorsichtig zur Tür.

Sie hatte erkannt, wie wichtig der Schal als Beweisstück war. Die Polizei mußte ihn so rasch wie möglich bekommen. Sie konnte sie nicht anrufen, weil die Leitung – zufällig oder absichtlich – zerstört war, aber sie konnte zu Captain Bean hinüberrennen und ihn bitten, das Nötige zu veranlassen.

Lady Warren begann zu wimmern wie ein erschrecktes Kind.

»Geh nicht weg, Mädchen. Die Pflegerin wird kommen. Sie wartet nur, bis du gehst.«

Helen zögerte, obwohl sie sich erinnerte, daß Lady Warren bei ihrer letzten Meinungsverschiedenheit gesiegt hatte. Aber die Waagschale der Macht schwankte selbst bei einem Dschungelkampf; heute konnte der Tiger an der Reihe sein, morgen der Löwe.

Sie hatte noch nicht herausbekommen, wie Schwester Barker verschwunden war. Wenn sie sich tatsächlich im Haus versteckte, konnte sie sich rächen.

›Wenn ich nur wüßte, was das Richtige ist‹, dachte sie.

»Wenn du von mir fortgehst«, drohte Lady Warren, »werde ich schreien. Und dann kommt *er*.«

Wie ein Wurfspieß wirbelte Helen herum.

»Er?« fragte sie. »*Wer*?«

»Ich habe gesagt, *sie* wird kommen.«

Offensichtlich war Lady Warren ihr Fehler bewußt, denn sie biß sich auf die Lippen und schaute Helen finster an, wie ein zorniges Götzenbild.

Helen hatte das Gefühl, aus einem Labyrinth herausfinden zu müssen. Die alte Frau wußte etwas, was sie nicht sagte.

Seltsam, wie gewöhnliche Gebräuche und Rücksichten sie noch gefangen hielten, obschon eine Hälfte ihres Wesens von elementarem Grauen zermalmt war. Aber während des ganzen Abends war kein einzelner Vorfall ungewöhnlich gewesen, so daß sie automatisch den Gesetzen des zivilisierten Lebens folgte.

Der Mord selbst hatte außerhalb des »Summit« stattgefunden, er war also eigentlich nicht mehr als eine Zeitungsmeldung. Der Irre war eine Skandalfigur, erfunden von der Presse.

Am schockierendsten war die Tatsache, daß die Haushälterin sich betrunken hatte.

Gewiß waren Schwester Barker und Lady Warren sehr unangenehme Zeitgenossen, aber Helen hatte schon merkwürdigere Menschen kennengelernt. Sie wußte, daß ihre eigenen Ängste schuld waren an den grotesken Einbildungen und Verdächtigungen, die ihr durch den Kopf gingen.

Der Morgen würde kommen. Sie hielt sich daran fest. Sie sagte sich, sie müsse versuchen, ihre Stelle zu behalten. Wenn ihr das nicht gelang, wäre sie schlimmstenfalls bald wieder arbeitslos.

Sie durfte nicht zulassen, daß Lady Warren schrie. Wenn der Professor aus seinem Drogenschlaf aufgeschreckt wurde, konnte dieser Schock seinem Gehirn schaden. Es wäre auch grausam, Miss Warren zu ängstigen, während sie eingeschlossen war.

Außerdem – dieser leise Gedanke wand sich in ihrem Gehirn wie eine Schlange – könnte der Schrei *jemand anders* anlocken.

Während sie unschlüssig stand, phantasierte Lady Warren anscheinend wieder.

»Es kommt ein Sturm auf«, sagte sie. »Es wird dunkel.«

Mit heftigem Schrecken sah Helen, daß das Zimmer tatsächlich dunkler geworden war. Sie rieb sich die Augen, aber die Einbildung verflüchtigte sich nicht. Das elektrische Licht flackerte düster und wie durch leichten Nebel.

Ihre Lippen wurden steif, als sie sich fragte, ob es völlig dunkel werden würde?

Ein weiteres Element aus einem Schauerroman war eingetroffen und hatte dieselbe spannungssteigernde Wirkung.

›Es kommt immer näher‹, dachte sie angstvoll.

Trotz ihres Vorsatzes teilte sie ihre Zweifel mit der Kranken.

»Jemand hat sich an den Sicherungen zu schaffen gemacht«, flüsterte sie.

Lady Warren schnaubte.

»Die Batterien gehen zu Ende, du Dummkopf«, fuhr sie Helen an.

Helen klammerte sich dankbar an diese alltägliche Erklärung. Oates hatte den Generator zu überwachen, und man wußte, wie träge er war. In ihrer nervösen Angst vor dem Alleinsein in der Dunkelheit hatte sie ohne nachzudenken und ohne eine mögliche Stromknappheit zu berücksichtigen, fast alle Lampen angeschaltet.

»Ich sollte wohl die meisten Lampen löschen«, sagte sie.

»Ja«, nickte Lady Warren, »und bringen Sie Kerzen. Wir wollen nicht im Dunkeln bleiben.«

Helen schaute sich vergeblich nach Kerzen um, bis ihr einfiel, daß diese nur von den Angestellten im Untergeschoß gebraucht wurden. Sie hatte ganze Bündel davon im Lagerraum, neben der Speisekammer, gesehen.

»Macht es Ihnen etwas aus, wenn ich schnell gehe?« fragte sie. »Ich muß jetzt gehen, bevor –«

Unfähig, einem totalen Stromausfall ins Gesicht zu sehen, rannte sie aus dem Zimmer und die Treppe hinunter. Als sie die Halle durchquerte, schien sie zu flackern, als ob das Haus seufzte. Es warnte sie, keine Minute länger zu warten. In Panik, sie könnte sich den Weg durch die Dunkelheit ertasten müssen, sprang sie die Küchentreppe hinunter wie eine erschreckte Antilope.

Mrs. Oates schlief noch immer in ihrem Stuhl, friedlich wie ein braves Kind. Beim Vorbeilaufen berührte Helen ihre Wange und fühlte, daß sie noch warm war.

›Gott sei Dank gibt es eine spezielle Vorsehung, die auf Kinder und Säufer aufpaßt‹, dachte sie.

Im Gang glühte eine Spirale roten Drahtes durch die herabhängende Glühbirne, und das Licht war so schwach, daß Helen den Atem anhielt. Als sie sich in den Lagerraum stürzte, erwartete sie jede Sekunde, in völlige Finsternis getaucht zu werden, gefangen zwischen dem klappernden Fensterladen und dem Horror der Mordgasse.

Sie packte die Kerzen und raste zurück, wobei sie eine schwarze Spur legte, indem sie jedes Licht löschte. In der Halle tat sie dasselbe in jedem Raum. Aber obwohl sie wußte, daß sie das einzig Vernünftige tat, sah sie sich in einem schrecklichen Verhängnis gefangen, das ihr befahl, mit eigener Hand das Haus zu verdunkeln.

Gerade als sie das dachte, wurde die Lichtoase, in der sie stand, plötzlich von den umgebenden Schatten verschluckt.

Die Verfinsterung dauerte nur einen Augenblick. In der nächsten Sekunde flackerte die Halle wieder auf, aber Helen war bereits völlig entmutigt.

Das Haus hatte der Nacht ein Signal gegeben. Ihre Furcht davor war so intensiv, daß Helen die verrückte Versuchung packte, in die Nacht hinauszurennen und es im Freien darauf ankommen zu lassen.

Captain Bean würde sie aufnehmen; sein Haus lag nicht weit weg, wenn sie den Weg quer durch die Pflanzung nahm. Die Bäume schreckten sie nicht mehr; sie dachte sogar sehnsüchtig an das Gefühl von Wind und Regen in ihrem Gesicht. Die wilde Landschaft war zu einer Stätte der Zuflucht geworden, weil die wahre Bedrohung nun irgendwo innerhalb des Hauses versteckt war.

Sie war nahe daran, die Haupttür zu entriegeln, als ihr die hilflosen Bewohner des »Summit« in den Sinn kamen. Lady Warren, der Professor und Mrs. Oates konnten sich nicht selbst schützen. Wenn der Wahnsinnige herausfand, daß seine Beute entflohen war, konnte er seine enttäuschte Wut an ihnen auslassen.

Mit dem Gefühl, ihrem Verderben entgegenzugehen, erreichte sie wieder den Treppenabsatz. Nach kurzer Pause, die sie brauchte, um sich wieder zu fassen, stieß sie die Tür zum blauen Zimmer auf.

Nichts schien in ihrer Abwesenheit passiert zu sein. Lady Warren saß zusammengekauert in ihrem Bett, fast überschwemmt von dunkelblauen Schatten.

»Du warst lange weg, Mädchen«, beklagte sie sich. »Zünde die Kerzen an.«

Da keine Kerzenständer vorhanden waren, ließ Helen geschmolzenes Wachs auf den Kaminsims tropfen, und befestigte darin vor dem Spiegel zwei Kerzen.

»Sie sehen wie Kerzen bei einer Leichenwache aus«, bemerkte Lady Warren. »Ich will mehr. Alle.«

»Nein, wir sollten ein paar in Reserve behalten«, sagte Helen.

»Die brennen lange genug für uns.«

Die Entschiedenheit der alten Frauenstimme klang unheilvoll, aber Helen bemerkte, daß sie sich verändert hatte. Ihre Augen waren weiter geöffnet und glänzten vor Befriedigung, als sie eine knochige Hand aufhielt.

»Schau«, sagte sie. »Sie zittert nicht. Fühl, wie stark meine Finger sind.«

Als Helen zu ihr hinüberging, hatte sie die Einladung vergessen.

»Ich schlafe ein wenig«, sagte sie. »Geh nicht weg von mir, Mädchen.«

Sie schloß die Augen, und sehr bald stieg und fiel ihre Brust regelmäßig wie eine Maschine, und ihr Atem ging ruhig und gleichmäßig. Es war ein außergewöhnliches Beispiel von Konzentration und Willenskraft, denn Helen war überzeugt, daß sie tatsächlich schlief.

›Nimmt mich wunder, ob ich sie nochmals wach erlebe‹, dachte sie.

Sie fühlte sich, als ob das letzte Verbindungsglied mit der wirklichen zerbrochen sei. Im Laufe der Nacht hatte sie die vorübergehende Flucht so vieler erlebt; einer nach dem anderen war ihr entglitten in Regionen, in die sie nicht hatte folgen können.

Obwohl ihre Lider schwer wie Blei waren, war sie allein in einer schlafenden Welt. Sie mußte wachen.

Jäh sprang sie auf, das Herz in der Kehle. Jemand bewegte

sich im Ankleideraum. Sie hörte deutlich das Geräusch von Schritten und verstohlenen Bewegungen.

Sie schlich über den Teppich und öffnete die Tür einen Spalt weit. Der Lichtstreifen enthüllte die dunkle Gestalt eines Mannes.

Wie Verbrecher vor dem Richter nicht länger durchhalten können, hielt auch sie die Qual der Spannung nicht mehr aus. Mit dem Mut der Verzweiflung warf sie die Tür auf.

Zu ihrer Freude und Überraschung sah sie den Professor an der kleinen Kommode stehen. Beim Anblick der vertrauten, förmlichen Gestalt wurde alles plötzlich wieder sicher und normal. Das Haus hörte auf zu schwanken und aufzubrechen; seine Mauern rückten wieder zu einer sicheren Festung zusammen.

Sie konnte nur mit Mühe die Tränen zurückhalten; die Erleichterung, wieder vernünftige Gesellschaft zu haben, drohte sie fast zu überwältigen. Doch der eisige Glanz in den Augen des Professors bremste ihren Gefühlsausbruch.

»Oh, Professor«, rief sie. »Ich bin so froh, daß es Ihnen wieder gut geht.«

»Ich weiß nichts davon, daß es mir nicht gut ging.« Der Professor sprach mit kalter Stimme. »Ich habe mir nur notwendigen Schlaf verschafft.«

Etwas ärgerte ihn, denn er runzelte die Stirn, als er eine weitere leere Schublade aufzog.

»Wo ist die Pflegerin?« fragte er.

»Weg«, antwortete Helen, unfähig zu einer klareren Aussage.

»Wohin ist sie gegangen?«

»Ich weiß es nicht. Vielleicht verbirgt sie sich im Haus.«

»Sie – oder jemand anders – hat etwas an sich genommen, was mir gehört und was ich finden will. Aber im Augenblick ist es nicht wichtig.«

Wie mit einem plötzlichen Einfall drehte er sich zu Helen um.

»Wie sind Sie in das Haus zurückgekommen?« fragte er.
Sie verstand die Frage nicht.
»Wann?« fragte sie.
»Als Sie durch die Pflanzung kamen. Ich habe Ihre Schritte gehört. Ich habe gewartet... aber Sie sind nie gekommen.«
Da wußte es Helen plötzlich.
»*Sie*«, sagte sie.

Weidmanns Heil

Helen *wußte* ...

Die Säure des Entsetzens löste die Schlacken ihres Geistes auf und ihr Gehirn arbeitete wieder fieberhaft. Eine Serie von Filmen lief vor ihrem geistigen Auge mit rasender Geschwindigkeit ab, und sie sah die ganze Geschichte in einem entsetzlichen Augenblick der Erkenntnis.

Professor Warren hatte die fünf Mädchen erwürgt, genau so, wie vorher sein Vater zwei Dienstmädchen ermordet hatte. Die alte Lady Warren wußte von den Verbrechen und hatte das Gesetz in ihre eigenen Hände genommen. Nach dem Tod des zweiten Dienstmädchens hatte sie ihren Mann erschossen.

Aber nun war sie alt geworden und ihr Gehirn bemoost, so daß sie von Bäumen plapperte. Sie hielt es für ihre abstoßende Pflicht, den Sohn zu erschießen – verschob es aber immer wieder. Nach jedem Mord glaubte sie, dies sei nun der letzte, und immer wieder gab es einen weiteren.

Mit der Ankunft des neuen Mädchens im Haus hatte sie Gefahr gewittert. Sie argwöhnte Schlimmes und versuchte, Helen zu schützen. Sie wollte sie bei sich in ihrem Zimmer behalten, wo sie sicher war.

Als sie den Professor bat, ihr die Zigarette anzuzünden, hatte sie in seine Augen geschaut und darin das allzu vertraute Glühen gesehen, das ihr verriet, daß er wieder ein Verbrechen begangen hatte. Dennoch wollte sie ihn nicht der Polizei übergeben. Sie war heimlich aufgestanden und hatte sein Zimmer nach verdächtigen Gegenständen durchsucht.

Und da – hatte sie den Schal gefunden.

Helen fühlte in sich Dankbarkeit gegenüber der alten Frau aufsteigen, obschon jetzt nichts mehr von Bedeutung war.

›Ich bin froh, daß ich ihre Partei gegen die Pflegerin ergriffen habe‹, dachte sie.

Aber auch Schwester Barker erschien jetzt in einem neuen Licht; sie erregte mehr Mitleid als Mißtrauen. Der Geist einer äußerst weiblichen Frau, die nach Bewunderung lechzte, war in eine wenig anziehende Hülle gesteckt worden. Ihre natürlichen Instinkte hatten sich nicht entfalten können, und sie war zu einer verbitterten Tyrannin geworden.

Helen dachte mit Unbehagen daran, wie es ihr wohl gerade erging. In dieser Krise wünschte sie sich die männliche Kraft und Brutalität herbei, vor der sie zurückgewichen war.

Sie schaute den Professor mit ungläubigen Augen an. Äußerlich war keine Veränderung an ihm zu sehen. Er sah grau, blaß, intellektuell aus – ein Produkt der Zivilisation, an Dinnergongs und Fingerschalen gewöhnt. Seine formelle Abendkleidung vollendete diese Illusion, und seine Stimme hatte ihren kühlen akademischen Klang bewahrt.

Sie konnte ihn so, wie er war, nicht fürchten. Was jedoch jede Fiber und jeden Knochen in ihr mit Grauen erfüllte, war die bevorstehende Verwandlung. Dr. Parry hatte ihr gesagt, daß zwischen den Anfällen von Wahnsinn der Verbrecher normal sei.

Sie tat ihr Bestes, um ihn in dieser vertrauten Gestalt zu bewahren.

»Was haben Sie gesucht?« fragte sie mit krampfhaft normaler Stimme.

»Einen weißen Seidenschal.«

Die Antwort ließ das Blut in ihrem Herzen erstarren.

»Ich habe ihn in Lady Warrens Schublade gesehen«, sagte sie schnell. »Ich hole ihn.« Eine Sekunde lang durchschoß sie die tolle Hoffnung, daß sie noch fortrennen könnte. Sie erstarb auf der Stelle, als der Professor den Kopf schüttelte.

»Bleiben Sie hier. Wo sind die anderen?«

»Mrs. Oates ist betrunken, und Miss Warren ist in ihrem Zimmer eingeschlossen«, antwortete Helen.

Ein schwaches zufriedenes Lächeln umspielte seine Lippen.

»Gut«, sagte er. »Endlich habe ich Sie allein.«

Seine Stimme klang noch immer so unbeteiligt und beherrscht, daß Helen ihr Bestes tat, um sein Interesse aufrechtzuerhalten.

»Haben *Sie* das geplant?« fragte sie.

»Ja«, antwortete der Professor, »und nein. Ich habe bloß die Feder berührt, die die ganze Maschinerie in Bewegung gesetzt hat. Es war sehr amüsant, stillzusitzen und zuzuschauen, wie andere den Weg für mich freigemacht haben.«

Helen erinnerte sich an das Gespräch beim Abendessen. Der Professor hatte seine Theorie, daß ein kluger Kopf die Handlungsweise anderer Menschen dirigieren könne, bewiesen. Er hatte sich über Gott gesetzt.

»Was meinen Sie damit?« fragte sie, lediglich bemüht, den Horror fernzuhalten, der hinter der nächsten Sekunde lauern konnte.

»Folgendes«, antwortete der Professor, als hielte er eine Vorlesung. »Ich hätte jede – Störung – mit meiner Erfindungsgabe abwehren können. Es wäre eine hübsche intellektuelle Herausforderung gewesen. Aber meine Menschenkenntnis gab mir eine feiner angelegte – und einfachere – Methode ein... Als erstes erwähnte ich Rice gegenüber, daß ein Hund zu verkaufen sei. Als er ihn heimbrachte, wußte ich, daß ich mehrere Mitglieder des Haushalts an der Angel hatte.«

»Erzählen Sie weiter, bitte«, keuchte Helen, die nur Zeit gewinnen wollte.

»Muß ich das erklären?« Der Professor war ungeduldig ob ihrer Dummheit. »Sie haben gesehen, wie alles planmäßig ablief. Ich verließ mich auf die Feigheit meiner Schwester und auf ihre Abneigung gegen Tiere und darauf, daß sich die dominierende Leidenschaft eines jeden durchsetzen würde.«

»Das klingt sehr geschickt.« Helen leckte ihre trockenen

Lippen, während sie sich bemühte, sich eine neue Frage auszudenken. »Und – ich nehme an, Sie ließen den Kellerschlüssel absichtlich stecken?«

Wieder runzelte der Professor verärgert die Stirn.

»Das versteht sich von selbst. Und Mrs. Oates würde natürlich einen Weg finden, um ihren Gatten loszuwerden.«

»Ja, natürlich... Haben Sie auch damit gerechnet, daß Schwester Barker ausziehen werde?«

Der Professor verzog das Gesicht.

»Ah, da hat mein Plan versagt, das muß ich zugeben«, sagte er. »Ich hatte damit gerechnet, daß Sie in ihrer impulsiven Torheit sie vom Tisch fegen würden. Sie haben mich im Stich gelassen. Ich mußte selbst die Vorarbeit leisten.«

Er sprach fast wie ein Lehrer, der seiner faulen Schülerin Vorwürfe macht.

Helen wußte, daß es ein Wort gab, das sie unter keinen Umständen aussprechen durfte, aber in ihrer Begierde, Schwester Barkers Schicksal zu erfahren, riskierte sie eine Anspielung.

»Wie?« fragte sie. »Haben Sie sie verletzt?«

Zu ihrer Erleichterung fing der Professor ganz ruhig mit seiner Erklärung an.

»Nur vorübergehend. Sie liegt geknebelt und gefesselt unter ihrem Bett. Sie muß am Leben bleiben, um zu bezeugen, daß sie von hinten von einem unbekannten Täter angefallen wurde, und daß ich bewußtlos war während – während –«

Seine Aussprache wurde verschwommen und sein Geist schien unklar zu werden. Zu Helens Entsetzen sah sie seine Finger zucken.

»Warum haben Sie die Polizei nicht eingelassen?« fragte sie mit dem verzweifelten Gefühl, einen Hochofen mit kleinen Fetzen Seidenpapier in Gang halten zu müssen.

»Weil sie mich morgen besuchen wird.« Wieder krümmten sich die Finger des Professors. »Sie werden nur Zeit verschwenden. Und doch, kein kluger Mann unterschätzt die

Intelligenz anderer. Während zweier Besuche im selben Haus könnte ihnen eine Kleinigkeit auffallen, die ich übersehen habe... Aber wir verschwenden nur Zeit.«

Helen wußte, daß der Augenblick gekommen war. Sie konnte keinen Aufschub mehr erwirken. Das Haus war verschlossen, Rettung also nicht zu erwarten. Und doch stellte sie noch eine Frage.

»Warum wollen Sie mich töten?«

Vielleicht wurde in diesem spannungsreichen Zwischenspiel die Theorie des Professors, ohne daß er es wußte, bestätigt. Wie Neugier ein fester Teil von Helens Charakter war, so mußte er instinktiv jeden Wissensdurst befriedigen.

»Ich betrachte es als meine Pflicht«, sagte er zu ihr. »Wie jeder Gelehrte fürchte ich den stetigen Bevölkerungszuwachs und den Nahrungsmangel. Überflüssige Frauen sollten ausgemerzt werden.«

Helen wußte nicht, worauf sie noch wartete, wenn doch das Ende so sicher war.

»Wieso bin ich überflüssig?« fragte sie ziellos.

»Weil Sie weder Schönheit noch Intelligenz noch sonst eine nützliche Eigenschaft haben, die Sie Ihren Nachkommen vererben könnten. Sie sind Abfall. Ungelernte Arbeiterin auf einem überfüllten Markt. Ein zusätzlicher Mund zu füttern. Deshalb – werde ich Sie töten.«

»Wie?« flüsterte Helen. »Wie die anderen?«

»Ja. Aber es tut nicht weh, wenn Sie sich nicht wehren.«

»Aber Sie haben Ceridwen wehgetan.«

»Ceridwen?« Er runzelte bei der Erinnerung die Stirn. »Ich war enttäuscht. Ich hatte auf Sie gewartet... Sie machte mir Schwierigkeiten, denn ich mußte sie zu Bean hinübertragen. Ich wollte nicht, daß die Polizei hierher kam. Alles unnötige Mühe.«

Helen blieb unbeweglich stehen, als der Professor einen Schritt näher trat. Sie fühlte, daß jede Bewegung die Feder berühren könnte, die die furchtbare Verwandlung bewirkte.

Er selbst schien nicht in Eile zu sein. Er blickte sich mit zufriedenen Augen um.

»Hier haben wir es ruhig«, sagte er. »Ich bin froh, daß ich gewartet habe... Dreimal an diesem Abend stand ich kurz davor – in der Pflanzung – als Sie auf der Treppe schliefen – und als Sie in Ihrem Zimmer allein waren. Aber ich sagte mir, es sei immer noch möglich, daß sich jemand einmischte.«

Er rieb nachdenklich seine Finger, als massiere er sie.

»Das ist erblich«, erklärte er. »Als ich ein Kind war, sah ich, wie mein Vater einem Mädchen mit dem Tischmesser die Kehle durchschnitt. Damals wurde mir schlecht, ich war wirklich von Grauen erfüllt. Aber Jahre später trug der Samen Früchte.«

Ein grünes Licht glühte im Hintergrund seiner Augen. Sein Gesicht verschmolz zu unkenntlichen Zügen; es veränderte sich vor ihren Augen. Und doch erkannte Helen es! Vor ihr schwebte das versengte Gesicht übler Begierden.

»Außerdem«, sagte er, »macht es mir Spaß, zu *töten*.«

Sie standen, nur durch ein paar Meter getrennt, einander gegenüber. Dann, außer sich vor Entsetzen, drehte sich Helen um und stürmte in sein Schlafzimmer.

Er folgte ihr, die Finger zu Klauen gekrümmt und mit krampfhaft verzerrten Zügen.

»Sie entwischen mir nicht«, sagte er. »Die Tür ist verschlossen.«

Die Panik eines gejagten Wildes überflutete Helen, und sie riß sich von ihm los. Sie wußte nicht, wer sie war – oder wo sie war – oder was sie tat. Um sie herum und in ihr waren Lärm und Verwirrung – ein wirbelnder roter Nebel – ein Ton wie ein Peitschenschlag.

Plötzlich begriff sie, daß das Ende unwiderruflich gekommen war. Sie war in einer Ecke eingepfercht, und der Professor hatte jeden Ausweg abgeschnitten. Er war so nahe, daß sie sich beinahe in seinen Augen spiegeln konnte.

Aber ehe er sie anfassen konnte, sackte sein Körper zusammen, als ob seine Lebensfeder zersprungen wäre und er stürzte schwer auf den Teppich nieder und lag still.

Aufblickend sah Helen Lady Warren in der Tür stehen, in der Hand einen Revolver. Sie trug die weiße flauschige Jacke einer lieben alten Dame, geschmückt mit rosafarbenen Bändern. Eine fröhliche rosa Schleife baumelte am Ende einer grauen Haarsträhne.

Als das Mädchen bei ihr war, brach Lady Warren in ihren Armen zusammen. Die Anstrengung des Schusses war zu groß gewesen. Dennoch lächelte sie mit der grimmigen Befriedigung eines Jägers, der Ungeziefer ausgemerzt hat, auch wenn ihre letzten Worte ein gewisses Bedauern enthielten.

»Ich habe es getan... Aber – fünfzig Jahre zu spät.«

Celia Fremlin
im Diogenes Verlag

Die Stunden vor Morgengrauen
Roman. Aus dem Englischen von Isabella Nadolny
detebe 21515

Nacht um Nacht schreit das Baby, ohne ersichtlichen Grund. Schlaflose Nächte lang beobachtet Louise ihr Baby und hofft auf Ruhe – für sich, ihre Familie und die neue Untermieterin, Miss Brandon. Aber aus ihrem halbwachen Dämmerzustand gibt es kein Entrinnen, sie gleitet hinüber in einen langen, quälenden Alptraum.

»Celia Fremlin erzählt so spannend, daß man unter Garantie eine wohlige Gänsehaut bekommt.«
Freundin, München

Wer hat Angst vorm schwarzen Mann?
Roman. Deutsch von Otto Bayer
detebe 21302

»Kein Anblick konnte dieser Tage mehr Schrecken einflößen als der eines gutgekleideten Mannes mit Notizbuch in der Hand beim Betrachten eines Grundstücks.« So beginnt ein psychologisch ebenso hinterhältiger wie spannender Roman rund um eine ganz gewöhnliche Familie auf dem Land: eine mißtrauische, etwas schwerhörige Großmutter, ihre zu Höherem berufene Tochter Claudia und das Enkelkind Helen.

Klimax
oder Außerordentliches Beispiel von Mutterliebe
Roman. Deutsch von Dietrich Stössel. detebe 20916

Stellen Sie sich eine ganz normale Familie aus Ihrer Nachbarschaft vor: nette, ruhige Leute, der Mann in guter Position, manchmal etwas mürrisch, aber man weiß ja, was im Beruf verlangt wird, die Frau reizend, spontan, hilfsbereit, die ihre zwei Töchter geradezu vergöttert, vielleicht etwas übertrieben. Eines Tages verlobt sich die älteste mit einem tüchtigen Buchhalter – und langsam zieht ein ganz gewöhnliches Grauen ein...

»Der Engländerin Celia Fremlin könnte es gelingen, der verehrten Spannungsautorin Margaret Millar den Rang abzulaufen.« *Wochenpresse, Wien*

Onkel Paul
Roman. Deutsch von Isabella Nadolny
Leinen

»Mit *Onkel Paul* übertrifft Celia Fremlin sogar ihren ersten Roman *Die Stunden vor Morgengrauen*. Ihre unheimliche Fähigkeit, die Kleinigkeiten des häuslichen Einerleis, die Langeweile und Enge des Familienalltags mit Merkwürdigem, Makabrem und Katastrophalem zu verbinden, macht ihre Geschichten einmalig.« *Times Literary Supplement, London*

...diesmal die Katastrophe um die drei Schwestern Mildred, Meg und Isabel – und natürlich Onkel Paul.

Die Spinnen-Orchidee
Roman. Deutsch von Isabella Nadolny
detebe 21727

Etwas muß geschehen, wenn eine aufregende Affäre plötzlich zur häuslichen Zweierkiste wird... Mit Entsetzen stellt Adrian fest, daß es vorbei ist mit seiner kostbaren Privatsphäre, als seine ›Frau für schöne Stunden‹, Rita, plötzlich bei ihm einzieht. Mit ihr hält auch der Haß Einzug: Adrian beginnt Rita zu hassen, Rita haßt dafür Amelia, Adrians 14jährige Tochter, die seine ungeteilte Liebe genießt, und Amelia – liebt ihren Lehrer. Als Rita eines Tages das Tagebuch des Mädchens, voller erotischer Tagträumereien, findet, sieht sie ihre Chance. Denn etwas muß geschehen – etwas wie Mord zum Beispiel...

»Celia Fremlin säße schon längst im Gefängnis, würde sie nicht schreiben.« *Emma, Köln*

Rendezvous mit Gestern
Roman. Deutsch von Karin Polz
detebe 21603

Milly macht sauber bei Leuten in Seacliffe. Diskret und gründlich räumt sie täglich die Reste von Mrs. Days wilden Nächten auf, versorgt Mrs. Grahams Baby mit ungeliebten Vitaminen, verleiht dem Haushalt von Mrs. Lane einen Hauch vom ehemaligen großbürgerlichen Glanz. Allabendlich kehrt sie müde und allein in ihre billige Pension zurück. Bei ihr ist nur die Erinnerung an ein ganz anderes Leben, an die Hölle vor dem Tod, die Ehe hieß. Doch vor der Hölle flieht man nicht so leicht...

»Eine Psycho-Krimi-Gruselstory von einer Spezialistin für die Abgründe im ganz alltäglichen Hausfrauendasein.« *Frankfurter Rundschau*

Patricia Highsmith
im Diogenes Verlag

Suspense
oder Wie man einen Thriller schreibt
Aus dem Amerikanischen von Anne Uhde
Broschur

Geschichten von natürlichen und unnatürlichen Katastrophen
Deutsch von Otto Bayer. Leinen

Der Stümper
Roman. Deutsch von Barbara Bortfeldt
detebe 20136

Zwei Fremde im Zug
Roman. Deutsch von Anne Uhde
detebe 20173

Der Geschichtenerzähler
Roman. Deutsch von Anne Uhde
detebe 20174

Der süße Wahn
Roman. Deutsch von Christian Spiel
detebe 20175

Die zwei Gesichter des Januars
Roman. Deutsch von Anne Uhde
detebe 20176

Der Schrei der Eule
Roman. Deutsch von Gisela Stege
detebe 20341

Tiefe Wasser
Roman. Deutsch von Eva Gärtner und Anne Uhde. detebe 20342

Die gläserne Zelle
Roman. Deutsch von Gisela Stege und Anne Uhde. detebe 20343

Das Zittern des Fälschers
Roman. Deutsch von Anne Uhde
detebe 20344

Lösegeld für einen Hund
Roman. Deutsch von Anne Uhde
detebe 20345

Der talentierte Mr. Ripley
Roman. Deutsch von Barbara Bortfeldt
detebe 20481

Ripley Under Ground
Roman. Deutsch von Anne Uhde
detebe 20482

Ripley's Game
Roman. Deutsch von Anne Uhde
detebe 20346

Der Schneckenforscher
Gesammelte Geschichten. Vorwort von Graham Greene. Deutsch von Anne Uhde
detebe 20347

Ein Spiel für die Lebenden
Roman. Deutsch von Anne Uhde
detebe 20348

Kleine Geschichten für Weiberfeinde
Deutsch von W. E. Richartz. Mit Zeichnungen von Roland Topor. detebe 20349

Kleine Mordgeschichten für Tierfreunde
Deutsch von Anne Uhde. detebe 20483

Venedig kann sehr kalt sein
Roman. Deutsch von Anne Uhde
detebe 20484

Ediths Tagebuch
Roman. Deutsch von Anne Uhde
detebe 20485

Der Junge, der Ripley folgte
Roman. Deutsch von Anne Uhde
detebe 20649

Leise, leise im Wind
Erzählungen. Deutsch von Anne Uhde
detebe 21012

Keiner von uns
Erzählungen. Deutsch von Anne Uhde
detebe 21179

Leute, die an die Tür klopfen
Roman. Deutsch von Anne Uhde
detebe 21349

Nixen auf dem Golfplatz
Erzählungen. Deutsch von Anne Uhde
detebe 21517

Elsie's Lebenslust
Roman. Deutsch von Otto Bayer
detebe 21660

Meistererzählungen
Ausgewählt von Patricia Highsmith. Deutsch von Anne Uhde, Walter E. Richartz und Wulf Teichmann. detebe 21723

Als Ergänzungsband liegt vor:

Über Patricia Highsmith
Essays und Zeugnisse von Graham Greene bis Peter Handke. Mit Bibliographie, Filmographie und zahlreichen Fotos. Herausgegeben von Franz Cavigelli und Fritz Senn
detebe 20818